的孩子

他们之后

[法]尼古拉·马修————著

龙云————译

上海译文出版社

有些人，没有留下任何记忆

他们走了，仿佛从未存在过

他们死了，仿佛从未出生过

同样如此，他们之后的孩子

《便西拉智训》44：9

# 目　录

1992

《少年心气》/ *1*


1994

《你会是我的》/ *189*


1996 年 7 月 14 日

《发烧》/ *347*


1998

《我会活下去》/ *455*

1992

《少年心气》*

* *Smells like teen spirit*，美国涅槃乐队（Nirvana）一首垃圾摇滚风格的单曲。

# 1

安东尼站在岸边，径直看着前方。

烈日当头，湖水如石油一般凝稠。有鲤鱼或白斑狗鱼滑过，鹅绒似的水面泛起几丝涟漪。男孩嗅了嗅。空气里混杂着淤泥的味道和炙热的泥土气息。在他已显宽阔的后背上，七月暑热播下了星星点点的红斑。他只穿了一条足球短裤，戴一副山寨雷朋太阳镜。热得要命，但这还不是全部。

安东尼刚满十四岁。下午茶时，他总是配着乐芝牛奶酪，胡吃海塞一整根棍子面包。入夜时分，他不时戴上耳机，写下几首歌。他父母傻不拉几的。开学后，就该上初中毕业班了。

表哥呢，他倒是什么都不操心。那年他们去参加夏令营，在卡尔维市场买了条漂亮的毛巾，此刻他正躺在上面，半睡半醒打着盹。即便躺着，他还是显得人高马大。谁都会以为他有二十二三岁了。对于这种推测，他倒是顺水推舟，趁机去一些本不该去的地方。酒吧、夜总会。女孩子。

安东尼从裤兜的烟盒里抽出一支香烟，他问表哥是否也会因为得不到允许而火冒三丈。

表哥一声不吭。在他的皮肤下面，肌肉线条一目了然。一只苍蝇不时飞来，停在他腋窝的褶皱处。他的皮肤轻轻一颤，就像马儿被牛虻蜇了一下似的。安东尼也想这样，有朝一日，上半身全是块垒分明的肌肉。每天晚上，他都在卧室里做俯卧撑，锻炼腹肌。可这不是他的风格。他照旧身材方正、粗实，像一块牛排。有一次在学校里，因为足球瘪了气，后勤管事招惹了他，安东尼要在校门口跟他约架，但那人一直没有赴约。另外，表哥的雷朋太阳镜可是正品。

安东尼把烟点燃，叹了口气。表哥知道他在想什么。安东尼已经缠了他有些日子，为的是到裸体沙滩去逛一圈，其实这名字取得有点过于乐观，因为那里的女孩子无非就是裸胸而已，而且这都还很难说呢。可不管怎样，安东尼就是疯狂地想去。

"好了，走吧。"

"不。"表哥嘟哝了一声。

"走吧，求你啦。"

"现在不行。你游会儿泳呗。"

"好吧……"

安东尼又开始盯着流水，眼睛低垂，眼神奇怪。他懒洋洋的，半眯着右眼，皱着脸，好像始终不开心。总有什么不对劲。就像这身处其中的炎炎酷暑，这平板又难看的身躯，这四十三码的鞋子，这脸上冒出来的青春痘。游泳……表哥总有理由。安东尼咬了咬牙。

上一年，科林家的儿子淹死在这里。七月十四日，很容易记住这个日子。当天夜里，周边居民来得很多，聚在湖边和树林里看烟花。大家生起篝火，在户外烧烤。午夜后，照例爆发了冲突。兵营里休假的军人和优先城市化改造区①的阿拉伯人大打出手，随后，埃尼库尔那些冒失鬼也卷入其中。最后，露营的常客也加入战斗，他们大多是年轻人，还有几位已为人父的男子，以及皮肤被太阳晒出红斑的大腹便便的比利时人。第二天，现场留下很多包装纸、带血的棍子、破碎的瓶子，甚至还有水上俱乐部的一艘 OP 级帆船被卡在树丛中；这真不简单。但是，唯独没有找到科林家的儿子。

然而，科林家的儿子一整晚都在湖边。大家对此都确信无疑，因为跟他一起来的伙伴全都可以作证。这些小家伙都是平平无奇的孩子，名字唤作阿尔诺、亚历山大或塞巴斯蒂安，他们刚刚参加完中学毕业会考，甚至还没有拿到证书。他们来这里看传统的打架斗殴，但自己并不想惹是生非。只有那么一刻，他们被卷入混战。随后的事就谁也说不清了。多位证人都曾看见，有个男孩受了伤。据说 T 恤衫上满是血污，脖子上有一道伤口，下巴流淌着长长的黑色液体。当时场面混乱，谁都没有想到要帮他一把。第二天早上，科林家儿子的床上还是空的。

接下来的日子里，省长在周边树林里组织搜寻，潜水员也在

---

① ZUP（全称 Zone à urbaniser en priorité），1959 年至 1967 年，法国政府为解决住房短缺问题在城市边缘建造福利住房的区域。

湖里做地毯式搜索。连续好几个小时，橙色橡皮艇来来回回，很多人都围着看热闹。潜水员向后调转方向，远处响起一阵噼噼啪啪的水声，接着又是等待，死一般的寂静。

有人说，科林妈住进了医院，打了镇静剂。还有人说，她已经上吊自杀。又或者，有人看见她穿着睡衣在街上游荡。科林爸在镇上的警察局上班。因为他的工作就是抓坏人，加上人们很自然地联想到干坏事的是阿拉伯人，所以大家都或多或少地认为，这是一起由斗殴引起的命案。他身材矮胖，待在救援船里，光着头，顶着骄阳。大伙儿从岸边打量他，观察着一动不动的他，观察着这种让人难以承受的平静，观察着他慢慢晒红的脑瓜。不管是谁，这种慢性子都有点让人反感。大家更希望他多少做点什么，哪怕动一动，戴上一顶帽子。

后来，更让民众难为情的是，报纸上还刊发了一张肖像。照片上，科林家的儿子容颜不整，面色苍白，怎么说都很符合受害人的身份。他两鬓头发拳曲，眼睛是栗色的，身穿一件红 T 恤衫。文章说，他通过了高中毕业会考，评语优秀。如果你了解他的家庭，这算得上了不起的成绩。就应该像这样啊，安东尼的父亲说。

最后，尸体到底还是没有找到，科林爸又开始上班，照旧波澜不惊。他的太太既没有上吊，也没什么事。只是吃吃药，事情就过去了。

总之，安东尼压根就不想去那里面游泳。烟头触到湖面，发出细微的刺溜声。他抬头朝天空望去，太阳照得他眼睛发花，他不由得皱起眉头。只一瞬，眼睑就恢复平衡。太阳当空照着，估摸到了下午三点。刚刚抽了烟，舌头上还留着干涩的味道。确实，时间仿佛停滞了。而与此同时，日子又过得飞快，很快就要开学了。

"妈的……"

表哥抬起身来。

"你喝多了。"

"烦死人了，真的。每天都无所事事。"

"好啦，得了……"

表哥把毛巾搭在肩头，跨上山地自行车，准备出发。

"行啦，赶紧的。走吧。"

"去哪儿？"

"我说了，赶紧的。"

安东尼将毛巾塞进破旧的尚飞扬双肩包，从一只篮球鞋里拿出手表，飞速穿好了衣服。他刚刚扶起小轮车，表哥就已经消失在环湖路上。

"等等我，妈的！"

打小时候起，安东尼就是他的跟屁虫。他们母亲年轻那会儿也几乎形影不离。穆热尔姐妹，人们都这样说。很长时间里，她们踏遍了全区的各大舞厅，最后为了伟大的爱情才嫁人。安东尼的母亲埃莱娜选择了卡萨蒂家的儿子。伊莱娜运气还要差些。不管怎样，穆热尔姐妹，她们的男人，表兄弟，公公婆婆，都属于同一个世界。不管是婚礼、葬礼还是圣诞节，只需看一看活动流程，就可以了然于胸。男人们很少说话，去世很早。女人们染头发，乐观地看待生活，不过这乐观也会逐日递减。年华老去，她们还保留着对男人的记忆，他们在工作中，在小酒馆里，累死累活，得了尘肺病，她们也保留着对儿子们的记忆，他们出了车祸，死在路上，其他那些离开的人还不算。表哥的母亲伊莱娜就属于这类被遗弃的女人。因此，表哥懂事很早。十六岁，他就会理发、无证驾驶、烧饭。他甚至还有权在自己卧室里抽烟。他顽强，自信。安东尼大概会一直追随他到地狱。然而，他感觉越来越不喜欢自己的家人。他们终于让他觉得渺小，不管是他们的身材，还是他们的境况，他们的希望，甚至包括他们的不幸，普遍的和个体的不幸。在他们家，不是被辞退，就是离婚，不是被戴绿帽子，就是得癌症。总之，大家都很正常，认为外部存在的一切都相对难以接受。家庭就是这样成长起来的，下面是愤怒的基石、凝聚着痛苦的地下室，在茴香酒的作用下，这些都可以一股脑儿浮出台面。安东尼把自己看得越来越高人一等。他梦想着逃离。

　　他们很快就来到废弃的铁道旁，表哥把自行车扔进荨麻丛里。铁路旁的斜坡下方，正好是雷奥-拉格朗日休闲中心。表哥蹲在铁轨上，看了一会儿这个地方。船坞大敞。一个人都没有。安东尼放下小轮车，走了过去。

　　"人影都没有。"表哥说，"咱们搞艘小船再去。"

　　"真的？"

"咱们又不能游过去。"

表哥冲下斜坡，左躲右闪跳过荆棘丛和疯长的野草。安东尼紧随其后。他害怕，但很开心。

进入船坞后，他们缓了好几秒钟才适应里面的昏暗。那里有些轻型简易船，一艘 80 双体帆船，金属架上还悬着几艘小船。衣架上挂着救生衣，散发出一股刺鼻的霉味。门洞大开，可以看到沙滩、波光激滟的湖面、一览无余的风景，宛如潮湿阴影中勾勒出的银幕剪影。

"来，取这艘吧。"

表哥挑了一艘小船，他们一起用力取了下来，然后各自选了一把桨。在离开阴凉的船坞之前，他们停留了片刻。凉爽宜人。远处湖面上，帆板划出一道明丽的轨迹。没有人来。安东尼感受到干坏事前的醉人眩晕。就像在不二价商店偷东西，又像在摩托车上耍杂技。

"好啦。走吧。"表哥示意。

他们肩上扛着小船，手中拿着桨，快步前行。

总的来说，雷奥-拉格朗日休闲中心接待的都是老实孩子，父母将他们拴在这里，等待开学。这样既免去了待在城里的烦恼，还有机会学学马术，滑滑脚踏船。最后还有一场庆祝活动，所有人都你来我往地亲吻，还偷偷喝酒；最古灵精怪的家伙甚至还能勾引女辅导员。但总有几个不太正常的家伙，疯疯癫癫的，他们来自乡下，人小脾气倔，得灵活地加以调教。如果你不巧碰到这帮孩子，可能就麻烦了。安东尼尽量不去多想。小船沉甸甸的。得坚持到岸边，顶多三十米。小船紧紧压在他的肩头。他咬紧牙关。这时候，表哥脚下踩到树根，打了个趔趄，船首栽到了地上。安东尼在后面跟着一个踉跄，他感觉碰到了什么硬物，被里面突起的刺尖或钉子扎了一下，手上划了道口子。他跪在地上，看了看开裂的手掌。流血了。表哥已经站起身来。

"走吧，没时间了。"

"两秒钟。我疼得很。"

他把伤口凑到嘴边。嘴里顿时充满了鲜血的味道。

"快!"

有人声传来。他们撒腿就跑，尽量抬着小船，眼睛盯着脚下的路。他们用力过猛，一下扎进了齐腰深的水中。安东尼马上想到身上的香烟和双肩包里的随身听。

"上去!"表哥一边说，一边把小船往远处推，"快!"

"嘿!"后面有人大声喊道。

男声，非常清晰。其他喊叫声随之而来，越来越近。

"嘿! 你们回来! 喂!"

安东尼手忙脚乱上了船。表哥使劲推了最后一把，也跳了上来。在他们身后的岸上，一个穿泳衣的孩子和两名辅导员正扯着嗓子吼叫。

"桨! 我们马上走。好啦!"

稍加犹豫，两个男孩就找到了办法，安东尼靠左划，表哥靠右划。沙滩上，只见人头攒动，密密麻麻全是孩子，他们兴高采烈，大呼小叫。辅导员钻进船坞，然后扛着三艘小船出来了。

幸好，表兄弟两个的船劈波斩浪，干净利落得让人宽慰。他们能够感觉到，湖水的阻力一直传递到他们的肩头，脚下的水流飞速滑过，让他们欣喜若狂。安东尼看见手臂上流下一道血迹。他松开桨，有一秒钟的时间。

"行吗？"表哥问。

"没事。"

"确定？"

"嗯。"

鲜血一滴一滴地落下来，在双脚之间勾勒出一个米奇脑袋的图案。手掌上裂开一道细细的伤口。他把伤口凑近嘴唇。

"划船！"表哥说。

身后每条船上都有两三个人，对他们穷追不舍，里面有几个成年人。也许他们已经报警。他们之间的距离并不远，安东尼划得更卖力了。太阳投射在深暗的湖面上，散作万千白色粼粼光点。他感觉汗水布满了额头，还顺着两肋往下淌。后背上，T恤衫早已粘在身上。

"怎么办？"

"他们不会再追了。"

"肯定？"

"划吧，妈的！"

过了片刻，表哥改变航向，沿着湖岸往前。这样可以尽快到达尖角，也就是将湖泊一分为二的那一线陆地。越过尖角之后，他们只用几分钟时间就躲开了追赶者的视线。

"瞧!"表哥说。

周围的沙滩上,沐浴的人都站起身来,好看得更清楚,他们吹口哨起哄,或者鼓劲加油。安东尼和表哥习惯去同一个地方,那片沙滩比较容易接近,俗称大件垃圾回收场。那里紧邻下水道出口,比较安静,甚至在旺季也是如此。湖泊四周还有其他沙滩。在他们身后,就是雷奥-拉格朗日休闲中心的沙滩。远处是露营沙滩。更远处,就是冒失鬼聚集的美国沙滩。尖角另一侧,靠近水上俱乐部的位置,是最漂亮的地方,那里有杉树、近乎金色的细沙、小房子、酒吧,像海滨似的。

"好了,快到啦。"表哥说。

百米开外,在他们右侧,露出一栋废弃小房子的侧影,那曾经是水泽森林局的产业,标志着尖角的开端。他们转过身来,目测追赶者的距离。他们奇怪地发现,那些人已经停了下来。据他们观察,辅导员们正在紧锣密鼓地讨论。隔这么远,还能依稀感觉到他们的恼怒与争执。有一刻,某个人站起身来,想突出自己的观点,另一人招呼他赶紧坐下。最后,他们往休闲中心折返而去。表兄弟俩相视一笑,安东尼禁不住竖起中指,现在,他们不再认真监视了。

"咱们干吗呢?"

"你说呢?"

"他们肯定会去叫警察。"

"那?划船吧。"

他们沿着湖滨继续前行，穿越芦苇丛。已经过了下午四点，阳光不再那么毒辣。从岸边萎靡不振的枝蔓间传来嘈杂声、乌鸦的聒噪声。安东尼想看看青蛙，他目不转睛地盯着水面。

"手没事吧？"

"嗯。快到了吧？"

"十分钟。"

"妈的，太远了。"

"我早就告诉过你。想想那些裸体吧。"

安东尼早已设想过那个地方，多少有点录像厅里色情片陈列柜的感觉。有时候，他悄悄溜进去，心虚地使劲瞅，直到有成年人来将他赶走。总之，他欲罢不能，总想看女孩子的身体。他在抽屉里和床底下藏了不少杂志、录像带，更不用说纸巾啦。在学校里，他的伙伴们也不例外，都很疯狂。因为朝思暮想，他们人都变糊涂了。仔细想想，大部分打架斗殴都是由此引起的。走廊里瞄一眼，火气立马上来，咳，干一架，在地上你推我搡地打滚，你来我往把脏话骂个遍。有些家伙却不会为女人纠结。有一回，在公共汽车后排，安东尼还抱过一个女孩。但她死活不让摸胸。因此，他也就放手了。他有点遗憾，她叫桑德拉，有着蓝色的眼睛，裹一条 C17 牛仔裤，臀部非常漂亮。

在他反复回味的时候，乔木林后面传来排放尾气的突突声，把他惊醒。他和表哥顿时呆住了。这是冲他们来的。安东尼一眼就认出休闲中心的雅马哈 PW50 摩托车，这是一款小型儿童越野摩托车，马力很足。很久以来，中心一直提供摩托车训练。而且，这正是中心的成功之处，甚至远胜乔凯利球或定向跑。

"他们围着湖转圈呢。"

"他们在找我们，你不用怀疑。"

"正常来说，他们看不见我们。"

当然，表兄弟俩也不傻。他们躲在船上，侧耳倾听，心里"怦怦"直跳。

"把你的 T 恤衫脱掉。"表哥低声道。

"什么？"

"你的 T 恤衫。人家老远就看得见你。"

安东尼低头脱下芝加哥公牛 T 恤衫，把它塞到屁股下面。摩托车发出刺耳的轰鸣声，在他们头上来回盘旋，就像准备捕食的鸟。他们屏声静气，焦急万分，但一动也不敢动。湖面上腐烂的植物散发出不咸不淡的味道。这味道夹杂着汗水，让他们浑身上下痒痒的。在这种类似沼泽的地方，所有东西都蠢蠢欲动，一想到这里，安东尼不由得打了个寒颤。

"咱们可能到得太晚了。"他说。

"闭嘴……"

摩托车终于远去，留下轰隆的噪声，经久不散。两个男孩小心翼翼，继续赶路，他们绕过尖角。视野开阔，另一半湖面一览无余。在船的右侧，终于可以看见传说中的裸体沙滩。沙滩灰蒙蒙的，两侧都是高地，不通道路，几乎杳无人迹。在离沙滩三十米开外的位置，一艘机动船在湖面上摇来荡去。简直没有意思。

"妈的，人都没有。"安东尼抱怨道。

实际上，还是可以看见两名女孩，但她们都穿着泳衣，胸部也裹得严严实实的。远远看去，很难有什么具体概念，也不知道她们漂不漂亮。

"咱们干吗？"

"既然来了……"

他们越来越近，女孩们开始躁动不安。她们的身形已经清晰可辨，看起来非常年轻，她们呆立不动，惶惶不安。最后，年纪小的站起身来，朝机动船的方向喊叫。她吹口哨，还踩到水里，叫声非常大，但无济于事。她只好又快速回到浴巾的位置，紧挨着女友。

"她们害怕了。"安东尼说。

"你不怕？"

表兄弟俩靠了岸，把小船拖上地面，然后靠着湖边坐下来。他们不知道该干吗，于是开始抽烟。他们没有和那两个占据此地的女孩对视。但是，他们能够感觉到她们的存在，还有难以逾越的隐隐的敌意。现在，安东尼有点想溜走。然而，费那么大力气之后再放弃，真是太遗憾了。他本应该懂得巧妙行事。

几分钟后，女孩们收拾东西，挪到沙滩另一端。其实，她们超级棒，扎着青春洋溢的马尾辫，大腿、屁股、酥胸，该有的都有。她们又开始朝机动船喊叫。安东尼瞅了几眼。就这样骚扰她们，也够讨厌的。

"是杜鲁普特家的。"表哥来了一句。

"哪一个？"

"小的，穿白泳衣那个。"

"另一个呢？"

另一个，表哥也不认识。然而，不能这样白白错过。从脖颈到脚踝，她浓缩为一条曲线，清晰、丰满。她的头发扎得很高，再低低地垂下来，给人一种完美无缺的重力感。几条细绳将她的泳衣系在胯上。等解开带子，她的肌肤上大概会勒出清晰的印痕。她的臀部尤其惊人。

"哟！"表哥也很赞同，有时候，他读得懂他的心思。

船上的人终于有了反应。显然，那是一对夫妻，运动型身材，女人一头金发，那金色几乎让人有点不舒服。他们匆忙整理好衣服，运动男使劲启动发动机，船头掉转过来，发出长长的轰隆声。一眨眼工夫，他们就来到近前。男人问女孩们怎么样，她们回答说好。那个金发女郎看了表兄弟俩一眼，那样子仿佛是他们骑摩托车闯入了她家。安东尼注意到，运动男穿一双崭新的耐克气垫鞋。他甚至都没顾得上脱鞋，就急匆匆跳进水里。他冲他们而来，女人跟在后面。感觉他想教训人。表哥站起来，迎上前去。安东尼也随即起身。

"你们在干吗？"

"没干吗。"

"你们要干什么？"

已经踏上一条险象环生的路。运动男比表哥低一头，但看起来很不好惹，一副自鸣得意的样子。他不想就此罢休。安东尼已经攥紧拳头。只一句话，表哥就化解了形势：

"您有没有烟纸？"

谁都没有马上回应。安东尼横着身子，斜着脑袋，这是他早养成的癖好，以掩饰阴沉的眼神。表哥掏出一卷湿透的 OCB 烟纸，给他们看。

"我的被水打湿了。"

"你们有抽的吗？"运动男吃了一惊。

表哥从兜里掏出一个小柯达胶卷盒，轻轻地摇里面的哈希什球。一下子，所有人都放松下来，尤其是运动男。不知不觉中，他们已经打成一片。运动男有些烟纸。现在，他非常兴奋。

"您在哪里搞的？现在可没有了。"

"我还有大麻叶。"表哥说，"您有兴趣吗？"

显然，是的。两周前，打击犯罪大队遭到优先城市化改造区的毛头小子的暗算，作为报复，警察掌握了准确的情报，突袭了德加塔楼里的几套公寓。据说，梅耶姆家一半成员都被关了，此后，整座城里再也没有毒品窝子。三伏天，意想不到的倒霉事。

因此，其他条线灾难般地兴起。有些人自视聪明，来来回回往返于马斯特里赫特，在露营地，表哥还与比利时人制订了计划。有兄弟俩，身上打孔穿钉的那种，他们成天吸毒，听电子音乐。机缘巧合，他们和家人一起来度假，在埃朗日待了半个月。由他们穿针引线，一名女线人从蒙斯赶过来，带着荷兰臭鼬，还有几乎红色的大麻球，让人真恨不得一边看梅格·瑞恩的电影，一边用曲奇浸泡热奶。在格拉普小区和周边地块，表哥倒卖过这玩意，一百法郎一克。消费者嚷嚷着嫌贵，但比起天天断货，倒是更愿意付款。

每当夜幕降临，安东尼骑车在小区溜达最后一圈，他都能闻到毒品那特别的味道会从老旧的窗户里散发出来。在顶楼，那些比他大不了几岁的家伙正一边精神恍惚地吸毒，一边玩《街头霸王》。在一楼，父辈们手持啤酒，正在看《城市之间》。

表哥点上一支用三张纸卷好的大麻烟，递给这个名叫阿历克斯的运动男，此人越来越热情。随后，就该安东尼上阵了。他也抽出几片烟纸卷起来。杜鲁普特家的女儿，安东尼只听说过名字。她父亲是医生，她可是出了名的傻大胆儿。据说，一个星期六晚上，她搞坏了老爸的宝马3系汽车，对于没有陪练的单独驾驶来说，这可了不得。她也卧在沙滩上。安东尼看着她，不禁想入非非。

然而，完全不知道另一名女孩的来路。而且，她就坐在他身边。他可以清楚地看见她身上的红斑、大腿上的汗毛，还有从肚脐一直流到泳衣松紧带处的汗滴。

表哥立马卷好一支大麻烟，阿历克斯买下二百法郎的荷兰臭鼬。现在，所有人都真正放松下来，嘴巴里黏糊糊的，随意地笑着。女孩们拿来伟图矿泉水，招呼大家喝。

"一开始，我们想来看裸胸少女。"

"真傻。谁会跑这里来裸。"

"可能是以前吧。"

"你们大概想我们脱光？"

安东尼朝旁边的女孩转过身去。正是她在提问。她令人惊讶。首先，她给人的感觉比较消极，几乎有点动物般的隋性，看见她这副样子，懊丧、茫然，感觉就像在站台上等待火车似的。同时，她胆子大，很滑稽，热衷于找乐子。再说，抽完第一支大麻烟，她毫无困意。她感觉神清气爽。

"咳，听我说！"

远处，传来 50cc 摩托车发出的轰鸣声，声音很吵，尾音很重，和刚才一模一样。

"他们在找我们。"

"谁啊？"

"中心的家伙。"

"哦，今年，他们发情啦。"

"什么？"

"是他们搞的乱子。"

"哦，不是，是冒失鬼干的。"

"他们为什么找你们？"

"小船。我们从中心偷来的。"

"老实讲，你们真这么干？"

他们一阵大笑，没有危险，他们笑得放肆，沾沾自喜。酷热退去，一股淡淡的气息，一种木炭、森林、干杉木的味道正慢慢升起。夕阳西斜，昆虫歇下来，不再鸣叫，只剩下湖水的汩汩声、远处快速路上的喧嚣、二冲程发动机间或划破长空的轰鸣。女孩套上 T 恤衫，脱掉比基尼上衣。隔着衣服面料，可以想象乳房凹凸有致。她们不在乎，男孩们也假装不当回事。最后，安东尼摘掉太阳镜。有一刻，他与旁边女孩的目光不期而遇，女孩显然是想搞明白，这张斜脸究竟怎么回事。随后，十八点过后，她开始坐立不安。大概到了回家的时候，她有点急躁。她盘腿坐在安东尼跟前，膝盖蹭到他的膝盖。简直太柔软了，女孩子，他从来就没有完全适应。

　　她叫斯特凡娜·肖索瓦。

　　安东尼正在度过他十四岁的夏天。一切都开始了。

# 2

把小船藏起来以后，两个男孩骑上自行车，穿过小富日雷树林回家。一如往常，安东尼绕着道路中间断断续续的障碍玩。这种癖好让表哥颇为恼火。几天前，在攀爬仓库旁边的山道时，安东尼差点劈头撞上一辆大众甲壳虫。那家伙只好猛打方向盘。表哥问他是不是有病，安东尼回答说，他享有优先权。

"什么优先权？你在路中间呢。"

有时候，安东尼让他抓狂。真该寻思寻思，他是不是脑子有问题。

但是现在，路上很空旷，两个男孩蹬得很快，他们迎着夕阳，身后拖着长长的影子。下午的酷热过后，周边的树木终于松了一口气，黄昏也开始倒计时。因为临到最后，运动男阿历克斯提了个建议。有个哥们儿要在父母家搞一场大型派对。如果安东尼和表哥愿意，也可以去参加，当然必须带上大麻。活动似乎要在一个临时搭建的大棚子里举行，旁边还有游泳池。有喝的，有女孩，有音乐，有夜间裸泳。安东尼和表哥说没问题，到时看能不能赶过去。确实，装酷也需要不少心思。

后来，麻烦来了，因为派对地点在德兰布鲁瓦。骑自行车的话，来回怎么也得有四十公里。除非开父亲的雅马哈 YZ 摩托车。摩托车停在车库尽里头，罩着车罩，好多年没动过了，大概已经生锈。要不压根就不用想这事。差点迎头撞上大众甲壳虫汽车，安东尼倒可以满不在乎。但事关老爸，他可不敢闹着玩。

"他不会发现的，没关系。"表哥劝说道。

"不，太可怕了。"安东尼回应道，"咱们只能骑车去。"

"得了，已经七点了，没戏啦。"

"真的，我没办法。如果开他的摩托车，他非弄死我不可。你不了解他。"

其实，表哥还算了解他。帕特里克·卡萨蒂为人正派，但有时候，哪怕仅仅在电视屏幕上留下一个手指印，他就会变得莫名其妙，让人难以忍受。一旦等他意识到问题，最坏的情况也就随之而来。他会局促不安，难为情，但并不道歉，于是说话轻言细语，还主动提出擦拭餐具，想得到原谅。有好多次，安东尼的母亲都收拾行李，到姐姐家去避避风头。等她回来后，生活还是一如既往，好像什么也没有发生过。当然，他们之间少不了有些隔阂，横在他们中间，家里似乎总缺点家的味道。

"你女朋友也去呢，"表哥坚持道，"我们得去啊。"

"谁啊？"

"少来，你清楚得很。"

"哎……"

斯特凡娜就像一段挥之不去的旋律，在你脑子里萦绕，让你发疯。安东尼的生活完全乱了套。没有任何变化，但一切都不复当初。他很痛苦；这倒好。

"她很正经，这女人，她不胡来。"

"还真是啊。"

表哥捧腹大笑。他认出了这个小姑娘，当时她也上初二，那会儿安东尼正迷恋娜塔莎·格拉斯曼，娜塔莎两只眼睛颜色不一样，喜欢穿 Kicker 休闲鞋。安东尼兴奋难耐，于是跨上自行车。他需要发泄浑身的精力。他左摇右摆地出发了，当然走的是路中间。


表哥和他母亲、姐姐一起生活，住一栋联排两层小楼，房子很逼仄，窗台上养着天竺葵。墙上的涂料已经斑驳脱落。来到房前，两个男孩把自行车往石子地面上一撂，就急匆匆冲了进去。客厅里，表哥的母亲正在看游艺节目《博雅堡》。她喜欢把声音开得老高。当声音开到最大时，大胡子弗拉斯出乎意料地给人一种先知的感觉。听见他们在楼道里跑动，她张口就吼：

"上楼前先把鞋子脱了！"

这也正常，二楼铺着地毯。来到二楼平台，只见右侧的门半开半掩，安东尼朝里面瞅了一眼。这是表姐卡丽娜的房间。地上坐着一个女孩，大腿直伸，穿着超短裤，他能猜出是谁。这是凡妮莎。随口就飙脏话，小处男，小坏蛋，去手淫吧。卡琳成天和比她大的女友凡妮莎·莱昂纳尔泡在一起，说脏话，无所事事，幻想一些凄惨的爱情故事。夏日里，她们一边做这些事，一边在莱昂纳尔家的花园里袒胸露乳晒太阳。有时候，凡妮莎的父亲会突然闯进去。女孩们直拿他打趣，但凡妮莎觉得这毕竟不是什么光彩事。安东尼也住同一街区，有时候，他会躲到女贞树后面去偷窥，她们压根就不知道。她们绝对心狠手辣，安东尼特别防着她们。每次还没等她动手，他就主动撤退。以前就发生过这事。她们特难对付。

一进表哥的卧室，他就躺倒在床上。房间就在屋顶下方，装了电扇，但还是热得要命。装饰很简洁，一个放录像带的架子，几张《海滩救护队》的照片，一幅相当放松的李小龙的海报。此外还有一台仿木外壳电视，一台录音机，一个空鱼缸，里面曾经短暂养过一条神经衰弱的蟒蛇。角落里放着脏兮兮的鞋子、摩托车杂志、空易拉罐和一根棒球棒。表哥已经用两张烟纸卷好荷兰臭鼬。

"妈的……"

"哎……"

"咱们干吗呢？"

"不知道。"

他们就这样待了一会儿，轮流抽烟，除了发呆没任何事可干，任风扇吹散了烟雾。他们大眼瞪小眼，汗流浃背，焦躁不安。

"为了咱们的计划，破一次例。"

"如果我碰了摩托车，老爸一定会揍我。"

"这个女人你看见了，你不想来真的？"

"我说了，没戏。"

安东尼气呼呼的。表哥知道怎么对付他。

"即使遇到最坏的情况，你会怎么样？说真的，百分之九十的可能吧，他根本不会发现。他没必要去动这摩托车呀。"

这话不无道理。父亲也不想听人谈起这玩意儿。摩托车会勾起他太多的回忆，太多的放弃，这有点像他的人生自由。但这丝毫也不会改变笼罩其上的禁令。安东尼机械地揉了揉右眼。他眼睛里进了点烟雾。

"你想干吗？"表哥道。

"怎么了？"

"你从没有和女人约会过。"

"才不是！"

"不就车屁股后面那点事吗，你倒是说说啊。格拉斯曼家的女儿，都两年啦，你给我们讲过多少遍啊，最后什么也没捞着。"

安东尼感觉喉头一紧。这个女孩，从小学三年级到初二，他可是朝思暮想。在班里，他始终坐在离她最近的位置。上体育课时，他总是眼巴巴地望着她。他还专门为她录过磁带，是他听电台时东拼西凑来的，有蝎子乐队①、巴拉瓦纳②和强尼③。有时

---

① Scorpions，德国著名重金属摇滚乐队。
② Daniel Balavoine（1952—1986），法国著名歌手。
③ 或指法国摇滚巨星强尼·哈里戴（Johnny Hallyday，1943—2017）。

候，他甚至骑车到她家附近溜达。可到头来，他甚至都不敢问她是否愿意出来约会。最后，数学老师的儿子西里尔·梅德拉内把她追到手。安东尼恨不得掐死他。可他顶多只敢偷了人家的双肩包，扔到埃纳河里。他早就不伤心了，为那种女人不值得。

"那……"

表哥抽出最后一根细条，卷好大麻烟，又打开世嘉游戏机。好啦，结束了。安东尼几乎要哭了。

"妈的……"

他从床上蹦起来，冲出房间，三步并作两步跑下楼梯。换种方式，过一个让人心醉神迷的夜晚，可以玩索尼克游戏，女孩们会喝酒，等着别人去搭讪，和你舌吻，一想到这些，他就不甘心就此罢休。他猛踩自行车。他打定了主意。但是，在街道尽头，他看见表姐和凡妮莎正从德什超市回来，两人提着大袋小袋，里面塞满了750毫升装的啤酒。他放慢速度。她们横在路上。他用脚尖点地。

"你去哪儿？"

"你很急？"

"咳，看着我，我跟你说话呢。"

凡妮莎抬起他的下巴。表姐和她发型相同，都留着长发，头上别着发夹，将一缕头发向后翻折过去。她们套一件小背心，穿一条迷你短裤，脚上趿一双平底人字拖，浑身上下散发着椰子油的味道。凡妮莎的脚踝处戴着一条闪闪发光的脚链。安东尼发现，表姐没有戴胸罩。她的罩杯有95D。这他早就知道，趁她不在房间的时候，他总是溜进去翻箱倒柜。

"快说啊，去哪儿？"凡妮莎重复道，她用双腿夹住自行车轮，免得他逃跑。

"我回家。"

"这么早？"

"干吗？"

"你不想喝两口？"

"你在看什么？"

"没看什么……"

安东尼感觉面红耳赤。他又低下头。

"心怀不轨哈。你想看我有没有痣？"

凡妮莎撩起衣服，指给他看腰部更白嫩的肌肤。安东尼后退一步，拖出了车轮。

"我得走了。"

"得了，停一停。别一副小娘炮的样子。"

表姐已经打开一瓶啤酒，在后面快笑喷了。她好歹跑过来救场。

"好了，别逗他了。"

她又喝下一大口啤酒，啤酒流到下巴上，亮闪闪的。安东尼又想夺路而逃，但凡妮莎坚决不放。她百般娇媚。

"安东尼……"

她伸手去摸他的脸蛋，男孩感受到她的手掌。少女的肌肤惊人地柔软，尤其是指尖。她朝他微笑。他窘得不得了。她放声大笑。

"好啦，走吧!"

他没敢多问，迅速溜走。

有好一阵子，他都感觉她们在背后盯着他，他闯过"停车让行"的标志，一口气拐进克雷芒·阿德尔大街。这时候，街上空无一人，这条街直通市中心。远处天边，天空已经点染出绚烂的色彩。他兴致高昂，不禁张开双臂，放开自行车把手。车速很快，风拍打着 T 恤衫的下摆。有一刻，他闭上眼睛，耳旁风声呼啸。这座修建在山坡上、桥梁下的城市，经历过极端的震荡，早已半死不活，安东尼一路随风前行，打着寒颤，青春激扬。

# 3

安东尼一下子就听出格朗德曼日老爹的笑声。露台上，邻居们还在和他父母一起喝开胃酒。他绕了个圈子，兜到他们那边去。卡萨蒂家住的是平房，四周别无他物，只有半枯的草坪，男孩走在上面，就像踩着皱巴巴的废纸。父亲再也懒得打理草坪了，于是把除草的工作一股脑儿交给除草剂。此后，每个礼拜天，他都可以心安理得地看一级方程式大奖赛。还有克林特·伊斯特伍德的电影，以及《纳瓦隆大炮》，这几乎是唯一让他心情舒坦的玩意儿。安东尼和老爸没有多少共同点，但至少在这方面兴趣相投：电视、赛车、战争片。在半明半暗的客厅，各自待在角落里，尽情享受属于自己的那份惬意。

安东尼的父母有着自己的人生抱负，要建一座视野开阔的房子，他们马马虎虎达到了目标。只剩下二十年的贷款，就可以真正成为房主。石膏板的墙壁，倾斜的屋顶，就跟一半时间都在下雨的其他所有地区的房子毫无二致。冬天可以用电暖器取暖，电费却高得惊人。此外就是两间卧室，一套整体厨房，一张皮沙发，一个吕内维尔碗橱。大部分时间里，安东尼都觉得这里有家的感觉。

"瞧，帅小伙回来了。"

埃弗莉娜·格朗德曼日最先看见他。她从小看着他长大的。他最初还是在他们的走廊上学会的走路。

"我还记得他在走廊上学走路那会儿。"

她丈夫点了点头，表示同意。如今，格拉普小区有十五年历史了。大家就像住在村子里，或者差不多就那感觉。安东尼的父亲看了看时间。

"刚才去哪了？"

安东尼回答说，下午跟表哥在一起。

"今天上午，我又去了施密特家。"父亲说。

"等全部完工后，我才离开的……"

"是的，但你把手套落下了。过来坐吧。"

大人们坐在露营椅上，围着花园里的塑料桌。他们已经开始喝皮康啤酒，只有埃弗莉娜还在喝波尔图葡萄酒。

"你身上有泥腥味。"安东尼的母亲埃莱娜一针见血。

"我们游泳了。"

"我觉得，你会觉得恶心吧。你会起包的。全是下水道的污水。"

父亲插话说，这又不会死人。

"快去搬一把椅子。"母亲说。

格朗德曼日老爹开玩笑地用巴掌拍着大腿，示意坐到他的膝盖上。

"你可以坐，很结实的。"

这家伙身高近两米，双手如木材一般坚硬，但少了三根指头。打猎的时候，他使用特制的步枪，可以用无名指扣动扳机。他说话没心没肺，恶习不改，倒不是专门为了搞笑。安东尼认识不少这样的家伙，开玩笑不过是出于礼貌，而不是为了别的。

"我还得走。"

"你要去哪里？"

安东尼转向父亲，只见父亲脸色一沉。每当这时候，他突然紧绷的脸，就像一张比较耐看的亚光皮革。这表情绝对不是好兆头。

"明天是星期六。"安东尼回答。

"让他出去吧，反正是假期。"

邻居插话了。父亲叹了口气。从前，他和吕克·格朗德曼日都在勒克塞尔仓库工作，那是在高炉刚刚关闭之后。他们都属于自愿离职的那帮人，接受培训之后，改行当起搬运车驾驶员。当时，他们觉得这是个不错的机会；每天开搬运车，跟玩似的。随后，帕特里克·卡萨蒂就碰到了麻烦。在同一天里，出于同样的原因，他丢了驾照和工作。走了六个月繁琐的行政手续，又在蓝十字会实习之后，他才重新考取驾照。然而，在山谷里，工作机会很少，最后他决定单干。他买下一辆依维柯翻斗车，一台除草机，一些工具，一套连体工作服，在上面贴上自己的名字。现在，他东一下西一下打点小工，而且主要都是打黑工。赶上生意好，每个月能挣四五千法郎。加上埃莱娜的工资，也只是勉强糊口而已。夏天是旺季，他让安东尼也做点贡献，去修草坪，打扫游泳池。这点外快看来非常有用，尤其是当他醉酒之后。今天上午，安东尼就在施密特医生家修剪灌木。

最后，父亲从脚边的冰桶里抄起一瓶啤酒，打开瓶盖，递给安东尼。

"他成天想往外跑。"

"他这个年龄就这样。"邻居说，一副通情达理的样子。

从他的 T 恤衫下摆露出一点肚皮，白花花的一片，让人不敢直视。他已经站起身来，让出座位。

"来吧，坐两分钟。给我们讲讲。"

"他又长高了，是吧?"埃弗莉娜说。

埃莱娜·卡萨蒂坚持说，他应该多少待一会儿，家不是酒店，也不是饭馆。但每过一秒钟，德兰布鲁瓦的派对就好像离他更远。

"你手怎么了?"

"没事。"

"没有消毒吧?"

"我说了，没事。"

"去搬把椅子。"父亲说。

安东尼看了看他。他想到了摩托车。他只好乖乖听命。母亲跟着他，一直走到厨房。最好用 90 度的白酒消毒，然后包扎一下。

"没必要。"他说。

"我有个表哥，就是因为这样，最后掉了一根手指头。"

母亲总有类似说不完的轶闻趣事，很富有教育意义，不小心酿成大祸啦，得了白血病啦，让人艳羡的人生戛然而止啦。时间一长，差不多要成为人生哲学了。

"让我看看。"

安东尼伸出手掌。没什么。他们又回到露台。

他们还在那里喝酒，然后，埃弗莉娜开始向他发问。她想知道学校里的情况怎么样，假期有什么安排。安东尼含含糊糊地回答，她微笑着倾听，在烟雾中，这善意的微笑染上了褐色的调子。为了这场聚会，她买了两包高卢烟。谈话一中断，就能听到她的呼吸声，沙哑而熟悉的气流，随后她又点上一支烟。有一刻，父亲想赶走一只大马蜂，它正围着乐芝牛粒酪香的包装来回飞舞。它总是不予理睬，他只好去拿电蚊拍。"哧哧"的声音，烧焦的味道，马蜂仰面倒地。

"真恶心。"埃莱娜说。

作为回应，父亲一口干掉皮康，随即又从冰桶里抄起一瓶。他们开始与邻居聊起不久前发生在富里亚尼体育场的事故。在吕克·格朗德曼日看来，这样的屠杀不值得大惊小怪。科西嘉人，他在工地上看见过他们，他扑哧一笑。像平素那样，大家聊足球，聊科西嘉人，聊北非阿拉伯人。埃弗莉娜起身离开，每当丈夫对这种故事津津乐道，她就不乐意听。应该说，在小区里面，打击犯罪大队近期的不幸遭遇已经让人群情激昂。优先城市化改造区离这里不远。大家已经开始想象，头戴面罩的小崽子们大肆焚烧汽车，就像在沃昂夫兰一样。邻居和父亲都表示，危险日益增加，必须考虑最后的自我保护。

"该你们上呀。"大个子冲安东尼抬抬下巴。

"跟这些人，一直都有问题啊。"父亲同意。

"我在消防队当志愿者那会儿，我们在优先城市化改造区执行过行动。才这么高的阿拉伯小屁孩，都想方设法来偷我们的卡车钥匙。"

"然后呢？"

"没什么，我们熄了火，你想怎样呢？"

"这就没辙了。"

他们开怀大笑，但安东尼没有笑，他站起身来，想从中间直接穿过去。

"你去哪里？"

这一次，是母亲埃莱娜拦住了他。

"我要出去。"

"和谁？"

"表哥。"

"你看见伊莱娜了？"

姐妹俩几乎断了来往。因为房子抵押的事情。姐妹俩继承的那栋房子，现在是伊莱娜住着。始终都是为了钱。

"嗯。"

"那，她怎么样?"

"不知道。挺好的。"

"什么意思?"

"哎，好就是好嘛。"

"好啦，你走吧，如果你要自寻烦恼。"

父亲不置一词。他和邻居又分了一瓶皮康。黄昏来临，他们俩说到气头上，彼此感觉很亲近、投机、嫉恶如仇，这恰如火上浇油，让他们更加气不打一处来。

安东尼借机跑回卧室，与表哥的卧室相比，这里远没有那么酷。父亲给他搞来一张双层床，上面贴着帕尼尼三明治广告，法国和阿根廷足球明星海报，其中还有身穿马赛队服的克里斯·瓦德尔①。在支架上放一块板子，权当书桌使用。他甚至都没有椅子，复习功课很不方便。而且，家里经常人来人往，叔叔、朋友、邻居，谁都可以来喝一杯。他开始翻壁橱，想找一套得体的衣服。找来找去，最好也不过一条黑色牛仔裤、一件白色 Polo 衫。L 号。胸前印着 Agrigel② 的字样。他来到父母的卧室里，照了照镜子。要不是把钱都花在了市集和麦德龙超市，他还可以买几件像样的衣服。也就是说，此前他一直没有操心过衣橱。但是最近他也发现，学校里的谈话开始变样，多了几分不同寻常的调子。男孩子绞尽脑汁，想要一双阿迪达斯 Torsion 运动鞋，或者一件 Waikiki T 恤衫。盯着镜子里那副可怜兮兮的怪相，他发誓

① Chris Waddle（1960—  ），英格兰职业足球运动员，曾效力法国马赛足球俱乐部。
② 法国速冻食品企业。

35

一定要攒钱。

车库里，摩托车还在老位置，被堵在尽里头，在那张老旧的乒乓球台后面。仔仔细细地叠好车罩之后，安东尼闻到了汽油的味道，他拍了拍花纹沟槽轮胎。这是 82 款，红白相间，编号 16。父亲也参加过一些比赛。心情好的时候，他会在小区里兜几圈。埃莱娜不喜欢这玩意儿。摩托车手最后都会撞上防护栏，谁都不例外，不用统计就能知道。没关系。安东尼酷爱摩托车，父亲也知道。加速，侧身转弯，他知道自己的身位。迟早有一天，他会拥有属于自己的摩托车。在他的脑海里，这个固执的想法上点缀着不同的意象，海滨、落日、穿泳衣的女孩、史密斯飞船乐队①的乐曲。

他在黑暗中推动摩托车，小心翼翼的，免得蹭上母亲的欧宝。随后，他谨慎地打开车库大门。他刚握住把手，脑后突然有声音传来。

"我总觉得好像听到什么响动。"

母亲站在外面，抽着烟。从门框里，他能看见母亲，背景是蓝黑的暮色。她看着别的地方，肩头搭着一件开衫，抄着双手。

安东尼一言不发。他握着把手，有点想哭。他想到了斯特凡娜。

母亲从嘴里取出香烟，用鞋底熄灭。

---

① Aerosmith，又译空中铁匠乐队，有"美国最伟大的摇滚乐队"之称。

"你想过没有，你爸会上演什么好戏？"

她靠过来，他能够闻到她身上的味道，混杂着凉烟草、椴花茶香波、汗水的气息，还有海喝的酒味。安东尼答应她，一定会当心。他哀求她。

"你知道，宝贝儿……"

她站得很近，摇摇晃晃的。路灯的光线投射在她的大腿上，清晰地勾勒出大腿的线条，她的小腿隐没在黑暗中。她用嘴润了润大拇指，又将什么东西抹在安东尼的脸上。男孩连忙躲闪。

"什么？"

她看起来心不在焉。她开始说话。

"我像你这么大的时候，妈妈就去世了。"

她将手臂搭在儿子的肩头，伸出双手将他搂住。

"你知道，生活嘛，并不总是那么有意思。"

安东尼沉默不语。他厌恶这种对话，母亲总是为自己找借口，找同谋。

"妈妈，请……"

"什么？……"

稍加犹豫之后，她开始亲他的脸蛋，还差一点跌倒。她那样子，就像踩高跷一样，趔趔趄趄的，靠着墙才勉强站稳。她自己都笑了。女孩一般的笑，细声细气，转瞬即逝。

"我觉得，我有点喝过头了。很难受。"

她碰上水泥，划伤了手指，她把手指放到嘴里。她吸了吸血，看了看手指，一边微笑，一边又把手指放到嘴里。

"是为了女孩，是吧？"

安东尼没有回答。她依旧笑着，然后转头回露台去了。最后，她倒是步履稳健。她身材很高，非常苗条。小区里，大家都叫她婊子。等她差不多已经远去，安东尼抬脚发动摩托车。发动机传出急促的突突声，在黑暗中响起，他穿破夜空，一溜烟远去。他开得很快，没有戴头盔。他的 Polo 衫太大了，里面被风灌满，吹得鼓鼓的。天气还算舒服。很快，他什么都不再想了。他一路向前。

# 4

表哥坐上后座，他们走 953 省道。安东尼脚踩油门，转弯时松开双腿，回到直路时又猛轰油门。速度很快，风吹得他们直流眼泪，心悬到了嗓子眼。他们走的是荒郊野外，又没有戴头盔，绝对不能出事故。他们开得太快，人又太年轻，绝不能死。有一刻，表哥忍不住要他慢点开。

德兰布鲁瓦是一个典型的小村庄，有一座教堂，省道边散落着几家农庄，还有一些新建的小楼，外加一幢牙医的老木板房，装着铁栅栏门。路上花了差不多二十分钟。到达目的地后，他们转了一小会儿，才找到开派对的房子。这是一幢现代风格的木房子，四周透明。房间里灯火通明，草坪高低起伏，宛如高尔夫球场，泳池里泛着蓝幽幽的光。摩托车稍一迟疑，灵巧地停在其他两轮车旁边。安东尼双脚落地。

"是这里。"

"对。"表哥说。

空气中弥漫着篝火的味道、烤肉的味道、割掉的青草味道。听得见音乐声。雷鬼音乐，可能是《自然的神秘主义者》。

"感觉好酷。"

"我忘了带防盗锁。"安东尼说。

表哥从摩托车上下来。他开始打量这个地方。

"反正也没什么危险。藏到那边就行了。"

他指了指那一长排农庄，那里百叶窗紧闭。旁边稍远处，堆放着为冬天准备的木柴。安东尼把摩托车藏到后面。他终究有点不放心。

表哥从夹克衫里掏出一小瓶朗姆酒，喝了一大口，然后递给安东尼。接着，他从双肩包里搜出一个易拉罐，又打开喝起来。他们就这样你一口我一口，最后把易拉罐扔在刚刚剪好的草坪上。这让他们哑然失笑；他们走了过去。

另一侧露台上，有很多年轻人围着一张大桌子，忙忙碌碌，挤来挤去。桌上摆着沙拉、薯片、面包、酒。也有不少烈酒，装满冰块的盆子里斜插着很多瓶酒。有几个高个子，相貌英俊，一边喝着苏尔啤酒，一边负责烧烤。他们是游泳俱乐部的；只要看他们肩膀就很清楚，还有他们志得意满的神情，尤其是 T 恤衫上印的文字。在山谷里，这些人代表最酷的群体，是运动员、冲浪好手。所有女人他们都敢调戏，谁也不敢拿他们怎样。雷鬼音乐结束了，换上了摇滚，类似尼尔·杨[1]的风格。

———————————

① Neil Young（1945— ），加拿大摇滚歌手。

"有你认识的吗?"

"谁都不认识。"表哥回答。

他点燃一支烟。

所有来客似乎都很开心。安东尼看见几名女孩,他或许可以很快爱上她们。高挑的身材,马尾辫,浅色紧身小背心。她们唇红齿白,额头宽阔,屁股紧实。男孩们若无其事地跟她们聊着天。这一切让人情何以堪。角落里有两个家伙坐在折叠帆布椅上,享用一瓶库比桃红葡萄酒。看看他们的 T 恤衫和长发,就可以猜个八九不离十,他们喜欢的是铁娘子乐队。

"得了,咱们走吧。"安东尼说。

"别犯傻了。来都来了。"

厨房里,美式冰箱里塞满了啤酒和苏打水。他们拿了一些,然后又到房子里转悠。谁都不认识他们,人家多少都会看他们几眼,但并没有特别的敌意。房子确实漂亮。阁楼里还放着一张台式足球桌。表兄弟俩三番五次到冰箱取酒水。大家逐渐熟悉起来,加上有酒助兴,他们也开始交起朋友。

"啊,妈的,你们在这里啊!"

是阿历克斯,运动男。他抓住他俩的肩膀,亲切地摇来摇去。

"你们来了,太酷啦。"

"嗯。"表哥说。

"这里不错啊,嗯?"

"谁家啊?"

"托马。他爸是放射科医生。"

听到这消息，男孩倒很平静。阿历克斯转向表哥：

"我们可以单独聊两分钟吗？"

"当然。"

安东尼独自待着。斯特凡娜和她女友迟迟没有来，他又打开一瓶啤酒，耐心等着。这已经是第五瓶了，开始有点上头。他想撒尿。他没有去找厕所，而是下楼朝泳池走去，他来到一个僻静的角落。天空中，月光皎洁，流泻如水。没有围墙。他深深地呼吸夜的气息。生活到底还不错。

"你好。"

他刚刚系好裤子，斯特凡娜和女友就径直朝他走来。

"你看到阿历克斯没有？"克莱芒丝问道。

"看到了。他和我表哥在一起。"

斯特凡娜穿着紧身牛仔裤、皮凉鞋、白色 T 恤衫。女友也一样，只是搭配的颜色不同，纤细的手腕上戴着金镯子。她们成双结对，出奇的漂亮，比单看还要舒服。然而，斯特凡娜稍逊色一点。安东尼想想该怎么说。他只想到这句话：

"你们想抽大麻吗？"

"严重同意。"斯特凡娜说。

男孩掏出烟纸。他正要蹲下来卷烟，克莱芒丝一把将他拉住。

"等等。咱们到那边坐吧，你也撒完尿了。"

他满面通红，但女孩们不可能察觉，天色太暗，压根就看不清。他们往游泳池下方走了走，抽起大麻烟，默然不语，很快就围着坐下来。现在，音乐开得震天响。安东尼想到了邻居。如果这样下去，他们大概会报警。他向女孩们示意，她们却无动于衷。她们操心的是更加严肃的问题。似乎某个该来的人迟迟没有出现。这就是麻烦，尤其对斯特凡娜来说。

"你们在富里耶高中上学？"安东尼问。

她们朝他转过身来，看他还在原地，有几分诧异。

"对。"

"你呢？"

斯特凡娜发问。

"开学我就上克莱蒙-哈德高中。"

他说谎了，他原本还有一年才初中毕业，而且读得还很吃力。他不知道该说些什么，只好不轻不重地来一句。女孩们会意地交换了一个眼神，安东尼恨不得挖个地洞躲起来。她们很快就把他撂到一边，要回露台去，男孩盯着她们远去的背影，只见她们肩膀狭窄，屁股裹在牛仔裤里，脚踝紧致，马尾辫来回跳动，一副高不可攀的模样。他开始出现幻觉，心情阴郁，泛起不舒服的感觉，刚才的心醉神迷一扫而光。他也往上走，想到椅子上坐一会儿。表哥劈头撞见他，心花怒放的样子。

"你刚才去哪了？"

"没去哪儿。和女孩抽烟。"

"她们来了？"

"嗯。"

"有戏吗?"

"没戏……"

表哥看了他一眼。

"回去时我来开。"

"那人要干吗?"

"胡来。那里面的人,谁都在找抽的。我卖给他们两支半克大麻烟,一些哈希什棒,共六百法郎。"

"真的?"

表哥让他瞅了瞅钱,安东尼感觉活力四射。他又渴了。

"悠着点。"表哥说。

安东尼喝了两瓶啤酒,壮着胆闯进客厅。里面已经聚集了很多人,两两结对,黏在地上,坐在长沙发上,卿卿我我,亲吻爱抚。女孩们早已不再设防,有手伸进她们的 T 恤衫。只见手臂环绕,大腿交错,裸露的肌肤,浅色的牛仔裤。做了美甲的手映出星星点点的彩色暗影。

斯特凡娜和女友也在那里,在客厅最里面,背靠着通向外面的玻璃门。在她们身边,还有三个男孩,安东尼从来没有见过他们。他们全都席地而坐,膝盖挨膝盖,周遭弥漫着甜腻、缠绵的气氛,个子最高的小伙子索性躺在地上。抓人眼球的却是另一位,那小子穿着皮夹克,头发脏兮兮的,不过确实显得可爱,有几分鲍勃·迪伦的感觉,但还是差了点儿,既自以为是,又不修边幅。另外,正在播放的音乐是《顺其自然》,更让他情绪低落。安东尼朝他们那边挪动了几步。他也想加入那个小群体。但显然，这绝不可能。

夹克男从兜里掏出一个小瓶，打开瓶塞，凑到鼻子下方，深深地吸了一大口。随后，他又递给斯特凡娜。他们挨个轮流嗅下去，渐次爆发出病态的长笑。看来真有立竿见影的特效，但下一分钟就失效。随即，他们又回归原来的状态，麻木迟钝，萎靡不振。斯特凡娜和那个可爱小子互相对视，仿佛要透过表象来探寻对方。房间里怎么也有三十度，这么热的天气，那臭小子还穿着皮夹克，不知道怎么受得了。等小瓶开始转第二圈的时候，安东尼想上去碰碰运气。

"你们好。"

五双眼睛齐刷刷地朝他盯过来，他的脸蛋顿时火辣辣的。

"这是谁？"高个子问道，也就是躺在地上那位。

显然，斯特凡娜和女友摸不着头脑。高个子坐起来，打了个响指。即便坐着，也看得出他确实高大健壮，有点加州混混的风格，穿一件浅粉色T恤衫，光脚穿一双范斯运动鞋。

"哦，你要干吗？"

克莱芒丝刚刚闻过。她一边神经质地笑着，一边重新扎马尾辫。轮到斯特凡娜了。她深深地吸了一口。

"妈的，这感觉，就像脑子里钻进个急冻人似的。"

其他人都觉得这个比喻恰如其分。等收回小瓶后，夹克男问安东尼：

"你想试一下吗？"

其他人慢慢清醒过来，等待着下文，他们眼神迷离，不怀好意。

"这是啥?"安东尼问。

"试试就知道了。"

男孩站在他们面前,想尽量弄个明白。这伙人在他看来就好像一家人。倒没有什么特别的原因,不过是一些零散的细节:衣饰,姿态,漫不经心的随意。不知怎地,他产生一种奇怪的感觉:欠债的感觉、不足的感觉、低微的感觉。他想出出风头。他接过小瓶。

"快啊!"夹克男一边催促,一边凭空嗅了嗅。

"别催人家,西蒙。"克莱芒丝说。

加州混混插话:

"嘿,怎么样?你敢吗?"

他半眯着眼睛,直勾勾地盯着他,还故意斜拉着脸模仿他。安东尼握紧拳头,这让他显得更滑稽了。

"得了,你真操蛋!"克莱芒丝一边说,一边用脚推了推模仿的家伙。

接着,她有点恼火地对安东尼说:

"你要干吗?现在走啊!"

但是,安东尼什么也没做。他盯着高个子。他就这样站着,头脑一片空白。斯特凡娜看着这一切,目光呆滞,毫无所谓,她觉得该换换气。

"好啦……"

她站起身来,像肥猫一样伸了伸懒腰。高个子也站起来。他比安东尼足足高出一头。

"好啦，开个玩笑。"第三个男孩说。

"不管怎么说，他站不住了。"

"你要吐吗？"

"明摆着呀，他要吐了。"

"他脸色煞白。"

"咳！"

安东尼一阵云里雾里。他把小瓶凑到鼻前，不为别的，只为稳住阵脚，他吸了一大口。脑际立马如清风拂过，他开始放声大笑。夹克男收回小瓶。其他人纷纷走开。只剩下安东尼，盘腿而坐，垂着脑袋，昏昏然不知所以。


等他清醒过来，他发现自己身在户外，横躺在阶梯上。他的头发湿漉漉的，表哥正在设法给他喂水喝。克莱芒丝也在旁边。

"发生什么事了？"

"你刚才人事不省。"

他好一阵子才明白过来。听得见音乐声，身边还有俩人说话，他努力睁着眼。随后，克莱芒丝离开了，他又问发生了什么。

"你喝多啦。你喝倒了，就这样。"

"我还闻过什么玩意儿。"

"对，克莱芒丝跟我说过。"

"是吗？"

"你倒下以后，还是她来找的我。"

"她也不错。"

"是的，严重同意。"

后来，表哥给他解释那两个男孩是谁，也就是加州混混和夹克男。那是洛迪埃兄弟。安东尼只听说过名字，他们的老爸很操蛋，自视为整个山谷的领主。实际上，他们的伯伯把持市政府达三十年之久，最后因为得了胰腺癌才不得不离任。就算病魔缠身，人们也经常看见他在埃朗日长久地溜达，这是他的地盘，他神情沮丧，腹部胀鼓鼓的，一条腰带系得老高。尤其让人吃惊的是，他脸庞深陷，面色蜡黄，一双猛禽般的斜眼来回转。他至死也没有放弃自己的任期，当官要一直当到坟墓里。洛迪埃家族的其他人，不是议员就是药剂师、工程师、富有的商人，或者全科医生。远到巴黎、图卢兹，都有他们的身影。在人世间，他们手握权柄，担任领导，身居要职，权倾一时，位高人显。这并不妨碍他们家族的孩子经历麻烦的青春期。显然，这就是西蒙和他哥哥的状况。

"我不知道闻了什么。"

"三氯乙烯或芳香剂。疯疯癫癫的，这群臭小子，什么都敢吸。"

"你女朋友也是，她也吸了。"

"我知道。"表哥道。

"你们聊得多吗?"

"简单聊了聊。"

安东尼挺直腰板，他们又在房子里兜了两圈。安东尼真感觉喝高了。他想回去。

"咱们回去吧，好吗？我不行了。"

"还不到十二点呢。"

"我太难受了。我想睡觉了。"

"楼上卧室多着呢。你去休息一两个小时吧。"

安东尼没有机会坚持。等他们回到露台，客人们的欢声笑语戛然而止，只剩下辛迪·劳帕①的声音，唱着《女孩儿们只想找点乐子》。突如其来的寂静，显得不合时宜。

表兄弟俩走过去，看看到底发生了什么。大伙正围着两名不速之客，他们穿着运动衣，脑袋两侧的头发剃得溜光，空荡的裤子里看不出臀部的痕迹。看他们那副睚眦必报的样子，脸上那种狂热的神情，很难知道他们是要出手打人，还是刚刚中了圈套。小个子戴一枚印章戒指，Tacchini 牌运动衣领口上方挂着一条金链子。另一位叫哈希纳·布阿利。

总算有安东尼认识的人。哈希纳和他上同一所学校。在学校里，他基本上算个边缘人，在摩托车棚里混时间，随地吐痰。在走廊里碰见他，大家一般都会低下头。他号称危险分子，人家搞活动，他总要浑水摸鱼，蹭吃蹭喝，偷东西，搅得天翻地覆，等警察开始出动，他会在最后时刻一走了之。当然，他不受欢迎。五十来人一起沉默，向他表明态度。最后，一个小矮个从人群中

① Cyndi Lauper（1953—　），美国创作歌手、制作人、演员。

走出来，想化解危机。他留着锅盖头，比例那么协调，那么可爱，就像个百乐宝玩具小人。

"我们不想找事。"他说，"但这里你们不能待。"

"你，我招你惹你了？"哈希纳反驳道。

"我们来这里，规规矩矩的，你们操什么蛋？"他的同伙说。

"没人邀请你们。"百乐宝小人解释道，"不能待在这里。"

"走吧，我们不想找烦恼。"一个游泳队的人插嘴说。

他将运动衣的帽兜罩上，伸出双手，指向天空。他继续说：

"离开，现在。"

"得了。别那么小气。"哈希纳的同伴说，"三五两下喝瓶啤酒，我们就闪人……"

游泳队的人上前一步，分开双手，以示求和。他穿着人字拖，这表明他是出于好意。

"好啦，小伙子。拿一罐吧，快走开。我们不想生事。"

又过来一名善良的男孩，也举起双手，哈希纳发声说：

"我操你们所有人的妈……"

静寂中，油滴在烧烤架的炭火上，发出噼里啪啦的响声。天空中繁星无动于衷，闪烁着同样的光辉。谁也不敢还嘴。

"好啦，没必要。"游泳队的人说，"我们不想打架。现在还不想。"

"你，你已经开始让我醉了。"哈希纳毫不松口。

"哇，你们太严肃、正经。"同伙继续说，"我们只想喝一杯，又不干坏事。"

但是，百乐宝小人什么都听不进去。既然有毫不相干的人赖着不走，等到了某个时刻，就必须得说"停"。再说，他父母第二天就要回来，这怎么可以。哈希纳居然敢提种族主义这茬儿。游泳队的人在鼻前打了两次响指。

"咳，该醒醒了。没人邀请你。你走人，万事大吉。现在还来得及。"

"你，妈的……"

哈希纳还没有来得及还嘴，二楼窗口出现一个穿花裙的棕发女子。她大声吼叫：

"我刚刚报警。通知你们一声，我刚刚报了警，他们马上就到。"

她挥舞着无绳电话，印证自己所说不假。

"你们现在离开。"百乐宝小人底气更足了。

仔细想来，这两个吃白食的家伙原本不算什么，他们一副瘪三的样子，小胡子刚长出几根茸毛，双腿瘦弱，耐克鞋太大。却需要五十个人，外加游泳队的人和警察，才能与他们一决胜负。

哈希纳开始后撤，又想尽力保全脸面，做出一副大摇大摆、漫不经心的模样，仿佛纽约布朗克斯区的居民似的。转瞬间，他就来到烧烤架的位置，他使劲一脚踹去，烧烤架倒在草坪上。轰隆一声巨响，炭火飞溅到露台上。旁边的女孩连声尖叫。

"你们真他妈混账！"女孩的女友吼道。

"快点，滚蛋，妈的！"

"她烫伤了！"

那两个家伙只得飞速撤离，出于安全起见，大伙一直跟着他们，直到他们走上大街。他们不紧不慢地穿越村庄，不时回头骂几句脏话，打几个手势。他们的身影渐渐消失，随后响起摩托车的声音，在远处久久回荡，然后一切回归平静。

十分钟后，大家重整旗鼓，吞云吐雾。人们受到刺激，三五成群地结成小圈子。一边打趣，一边讲事情的来龙去脉，大家听得半信半疑。烧伤的女孩幽幽地哭了一会儿，但情况不算太糟。那个穿连帽运动衫的男孩，只需要谦逊地收获荣誉就行了。只有百乐宝小子还狂热不减。等警察的当儿，他四处捡大麻烟头，唠唠叨叨，说扔下就再没人管了。

后来，警车终于现身，大伙向警察陈述事实。他们显得并不惊讶，也没多大兴趣。一来一去，例行公事。


在花园尽头，开始响起啪嗒啪嗒的水声，安东尼朝泳池走去，在树枝的掩映下，泳池宛如一张蓝莹莹的屏幕。泳池里有十来个人，有人喝啤酒，有人扎猛子。其中一对靠着池壁，正柔情缱绻地舌吻。不一会儿，有个女子浑身赤裸地从水中出来，还扭起舞步，逗众人开心。安东尼心醉神迷。这些人什么都敢做。她还赢得了满堂喝彩。她剃过阴毛，几乎算是平胸，但真的很漂亮。同时，这又是那么遥不可及。

"你不去游吗？"

斯特凡娜站在一棵柳树下，仅几步之遥。她看起来有点尴尬，表情局促。左裤腿上印着一块油渍。见他没有反应，她继续问：

"你游吗？"

"哦，不知道呢。"

她开始脱鞋，很快就光着脚站到草地上。

"你哥们儿不在吗？"

"那是我表哥。"

"哦，你表哥呀。太怪异啦，这场派对，我感觉已经持续两天了。"

"嗯。"安东尼回答道，不明就里。

"天快亮了。"

他看了看表。

"才三点。"

"妈的，我好冷。"斯特凡娜一边说，一边解开腰带。

她解开牛仔裤，沿着大腿往下褪，布料裹得很紧，费了不少劲。随后，她从头上脱掉上衣。她穿着一件浅色泳衣，不如下午那件性感。

"好啦，我开始游了。"

他看见她朝泳池冲去，大腿敏捷，臀部富有弹性。到达池边时，她猛地一用力，伸展双臂，扎入水中。动作又优雅，又灵巧。等再浮出水面的时候，她张开嘴，咯咯地笑，湿漉漉的马尾辫在空中划出一道道弧线。那些游泳队的人站在台阶上开始大喊大叫。安东尼听不清他们在说什么。轮到他了，他脱掉鞋子，解开牛仔裤，但他穿着衬裤，上面印着很多花花绿绿的小伞，这一下扫了他的兴。他打了几个寒颤。冷，确实冷。露台上，音乐声一下子又高起来，大家都竖起耳朵听。

是 M6 台循环播放的那类玩意。一般来说，这种音乐会让人突然想砸烂吉他，或者在学校里放一把火，但在这里，恰恰相反，大家都凝神静气。还算是新歌，来自一座同样衰败的美国城市，一座操蛋的、在远方没落的城市，那里的白人小孩也是脏兮兮的，穿着格子衬衫，喝着廉价啤酒。这首歌宛如病毒一般四处扩散，只要那里有没教养的无产者孩子、狡猾的少年、危机中的败类、未婚生子的女孩、骑摩托车的傻帽、瘾君子、差班的学生。柏林墙已经轰然倒塌，和平像一帧浓缩的卷轴渐次展开。在世界上每一座具有相同的去工业化经历的城市里，在每一个没落的地区，那些没有梦想的孩子如今都在听这个来自西雅图的乐队，涅槃乐队，他们留着长发，将忧愁化作愤怒，将沮丧化为分贝。天堂已经永远失落，革命不会再发生；只剩下制造喧嚣。安东尼跟着节奏，摇晃着脑袋。另外还有三十人，也跟他一模一样。快结束时，一阵轻轻的颤抖，然后就完了。各自打道回府。

凌晨五点钟光景，露气降落在花园里，将他冻醒。他在长椅上睡着了，自己都没有察觉。他睡在树下。他连打了几个喷嚏，然后起身去找表哥。

房子里，还有一小群人在一楼平静地闲聊，他们头发湿漉漉的，神神秘秘，声音沙哑。女孩们裹着宽大柔软的浴巾，蜷缩着靠在男人身上。空气里飘浮着一股淡淡的氯味。曙光即将初现，安东尼想到随之而来的惆怅，想到晨光熹微就满怀忧伤。此外，母亲会对他盘根问底。

上到二楼，他去浴室里搜寻，打开所有卧室的门。床上挤满了人，被单下衬出沉睡的身形，三四个胡乱挤在一起。那两个搞重金属的人找来一块挡板，直接来到屋顶。他们待在上面，头顶繁星，忙着喝葡萄酒。安东尼问他们有没有看到表哥。

"谁？"

"我表哥，大高个。"

重金属音乐人建议他也喝一杯。安东尼推辞了。

"那你们看到他没有？"

"没有。"

"卧室里找过没有？"

"刚刚找了个遍。"

"坐。你看，多美啊。"

近旁的那位指了指地平线。一条细细的赭石色带从地上慢慢升起，将光芒洒向天空。夜空逐渐变成蓝色。

"花园里那座小木棚，你找过吗？"另一个人问道。他双手枕在后颈窝，目不转睛地盯着天空。从他 T 恤衫的袖口露出一簇簇亮晶晶的汗毛，几乎带着棕色的色调。

安东尼又穿过房子。现在，客厅里空荡荡的，他感觉有点像在参观犯罪现场。易拉罐，烟头，空中经久不散的三氯乙烯的味道，扬声器里传出的轻微震动，光碟放完时发出的喀嚓声。天空已经泛白。他穿过花园。奇怪的是，泳池完美无瑕，一池碧水，光芒四射，给人不真实的感觉。他在池边站了片刻，真想跃入其中，享受柔波的轻抚。水底下，可以看到一条泳裤，或内裤。他想到了斯特凡娜，游泳之后，他就没有再见到她。不管怎样，他并不在意。他朝水中吐了口唾沫。他已经累坏了，仅此而已。

"嘿!"

他猛地回头，看见表哥从泳池那边向他示意。他穿着别人的T恤衫。安东尼不紧不慢地来到他身边。他们朝大门外走去。

"天快亮了。你刚才在哪里?"

"没在哪里。"表哥说。

"你又见到斯特凡娜没有?"

"没有。"

"这件T恤衫怎么回事?"

"没事。"

安东尼觉得头疼。公鸡开始啼鸣。他们来到柴堆后面，几小时前，他们把摩托车藏在那里。真有恍然隔世之感。

摩托车不见了。安东尼双腿一软，瘫倒在地。

# 5

上午晚些时候，哈希纳到埃朗日市政府一楼赴约，那间办公室破破烂烂的，甚至有点冷。应该说，市政府占用的是从前一所小学的校舍，这就是为什么里面有走不完的过道、四面回声的楼梯间、城堡一般的阴凉。在这里上班的人，从来都少不了带一件薄羊毛衫。哈希纳有些大意，他冷得直哆嗦。时间长了，他很恼火。他倒希望换个地方。

在他对面，一个瞪着甲亢眼的年轻女人正在忙着审核他的简历。她戴着新奇的耳环。她不时发表点意见，提几个问题。耳环上有一只小象，或一只小猫。很难搞明白。她头也不抬地问道：

"比如，这里，是什么意思？"

她用食指指着兴趣爱好一栏。哈希纳探过头去，好辨识文字。

"拳击。"他谨慎地说。

"哦，好。"

获得学士学位后，这个女人开始专攻劳动法，因为就业率高，该专业自六十年代以来就风靡一时。这是进入人力资源管理岗位的敲门砖，三十年来，人力资源管理一直长盛不衰，但与此同时，就业岗位越来越稀少。毕业后，只花了两个月时间，她就找到了工作。因此，她倾向于将失业看作抽象的威胁，那不过是电视新闻里的说辞，有点类似疟疾、海啸、火山喷发。此时，她引导哈希纳，要突显自己的技能。年轻人不紧不慢地配合她。女人继续。拳击这里，她可不能坐视不理。

　　"怎么念？"

　　"Muay-Thaï，就是泰拳……"

　　"你觉得写这个好吗？"

　　"这是运动。"哈希纳回答。

　　"是啊，但你看看，你这履历……"

　　哈希纳皱起眉头。每遇到这种情况，他就会同时表现出不屑的神情，像鸭子似的噘起嘴巴。嘴唇上方的胡茬让他看起来有些奇怪。

　　女人笑了。

　　"你明白我的意思吗？"

　　"明白。"

　　"好了。电脑技能，你能明确一点吗？"

　　"咳，不就玩电脑吗？"

　　"你家有电脑吗？"

　　"有。"

男孩用双脚钩住椅子腿。他一动弹，椅子腿就在马赛克地面上吱嘎作响。他尽量保持平静。这破事，到底还要多长时间？

"你举例看看？你会什么？Word，Excel？"

"差不多都会。"

"必须明确写出来，这很重要。你看，你会上网，这是你的长项。你会用办公软件吗？"

"嗯，我还会编程。Javascript①。类似的玩意儿。"

"这很好呀。可以说太好了。"

这一番夸奖让他很受伤。这傻娘们，以为他只会开机？话匣子一下就关上了。真遗憾。她一定会更喜欢这个感人的故事：男孩每周六上午去微趣，这家小铺子就在优先城市化改造区山坡的下方，专门回收二手电脑产品，然后转卖给学校、穷人，或者论斤转手。一台 Amstrad 6128 市场价要三千多法郎，不管是哈希纳还是他的任何死党，都没钱购买。所以，他们只好去微趣。他们花很长时间，在淘汰的 IBM 电脑上拆来卸去，彼此交换处理器，交换意见。初三的科技老师还帮他焊接某些组件。就这样，他马马虎虎攒了一台机子，功能足够强大，可以玩《双截龙》。后来，他或多或少放手了。仔细想来，他把这丢一边差不多有些时间了。

"那你去过法兰克福？"

他点头同意。

---

① 一种属于网络的高级脚本语言，广泛应用于 Web 应用开发。

"伦敦。曼谷。"

"是的。"

"你这个年纪，出门倒蛮多。"

她看着他，热情地微笑着，摆弄着一侧的耳环。实际上，这也许是挖苦的笑。她可能把他看作骗子。实际上，他从来就没有踏上法兰克福的土地。他去法兰克福干吗？这倒没关系，这骚娘们，她总可以怀疑。

"你讲英文吗？"

他动了动脑袋，意思是会。

"好。不管如何，谁都会写上这一条。"那女人说道，出奇地精神饱满。

电话响起。她把手悬在听筒上方，稍加犹豫，等电话铃响过了三声。哈希纳越来越紧张。测试，还是干吗？

"喂，你好，是的……当然，是的……"

"是的"从她嘴里说出来，拖得老长，像母亲般深情。实际上，她给人的感觉是在和一个笨蛋对话。从某个地方，哈希纳找到了几分宽慰的理由。实际上，她跟谁说话都是这个样子。

"当然，先生。等开工季那会儿，再给我们来电话。是的，好……"

她打手势、做表情，让哈希纳当回见证人。人们都会遇到这种问题。她建议对方找全国就业办事处，随后挂掉电话。

"一天到晚，都是如此……"

还有几个问题。总之，哈希纳的简历中有不少可疑内容。当然，谁都会弄虚作假，但重要的是必须保持谦逊。洲际旅行，流利的英语，部委的实习，做义工的热情，在不同的情况下，都可能引起怀疑。最烦人的就是泰拳这事。

"你明白吗？尤其是你的来历。"

"是为了工作吗？"哈希纳说，"你们到底有没有啊？"

"怎么这样说？"

"不知道。老爸告诉我来市政府。他说你们有工作机会。"

"啊，不是的，根本不是。你父亲来见值班的市长，我不知道市长怎么给他说的。我们呢，只负责引导。为重新上岗提供帮助。"

"这么说来，就是没有工作了？"

"可能有误会。我们的工作就是帮助大家发挥自我优势，重建信心。我们帮大家修改简历，寻找培训。还可以辅导大家。再说，你还不到十八岁？"

哈希纳只得承认。突然，他很想问她，他来干吗呢？

"咳，那还是未成年人。没有啦。夏天就别想了。"


他离开的时候，她坚持要送他出去，她也想到外面抽支烟。这样他也不会迷路。楼里空荡荡的，走廊里没有人影，女人的高跟鞋发出嗒嗒的响声，有一种不怒自威的领导派头。不过，她的态度已经变得热情洋溢，几乎到达熟悉的程度了。不管怎么说，她还年轻，心态开放，懂得与他人相处。来到人行道上，她与他握手，看得出来很开心。接着，毫无征兆地，她又一脸严肃。

“我忘记问你。你查邮件吗？”

哈希纳没有马上反应过来。

“你知道，就是，那玩意儿……”

她已经张开手掌，他只好与她击掌。

“前几天，我遇到几位雇主，你看，他们超级让人抓狂。他们招的年轻人，工作中都要查邮件。所有人。你看，一般人都会的。”

哈希纳寻思着她是不是在嘲笑自己。看来不是。

“我该走啦。”

“哦，当然。”

他本可以到对面坐公交车。11路，直达他家。但他心想，她可能想要陪他。他宁愿步行回去。他感觉她在背后盯着自己，一直到街道的拐角。幸好，他有衣兜，可以把手放进去。


回家路上，他在一家面包店停下来，买了一瓶可乐，两个牛角面包，然后一边吃早餐，一边爬优先城市化改造区的山坡。天气已经热起来，清冽的可乐无比美妙。不一会儿，他看见埃利奥特正四处溜达。每年赶上市集活动，商贩们都要搭一条碰碰车道，建一座小棚子，卖华夫饼。哈希纳和死党们就占山为王，整日在那里逗留。他看见了埃利奥特，埃利奥特也朝他挥手示意，哈希纳信步来到他身边。

“这什么破玩意？”哈希纳说着，一脚朝埃利奥特的轮椅车轮踹去。

"没电了。电机完蛋了。我把旧的找出来啦。"

"闹心。"

"太闹心。"

"你怎么下去?"

"我能行,别担心。"

埃利奥特有他的原则,绝不用自己的残疾去麻烦别人。而且,这多少已经成为一大优势。有一次,打击犯罪大队突袭马奈塔楼的大厅,盘查来往人等的身份。埃利奥特如牛负重,警察不但没有对他进行搜查,而且还把他抬到台阶上面,方便他乘坐电梯。埃利奥特还跟他们说,楼梯挡在电梯前面,这设计真是蠢到家了。那些家伙表示同意,他们那么尴尬,就好像是他们本人设计的图纸。

"你有消息吗?"哈希纳问。

"没啥新鲜的。真是糟透了。如果明天再不联系,我什么都没有啦。"

大麻供应到了关键节点。哈希纳甚至还联系了在巴黎的哥哥。

"你哥?"埃利奥特单刀直入地问道。

哈希纳耸了耸肩。他们沉默片刻,埃利奥特继续说:

"你去城里了吗?"

"嗯。"

"干吗?"

"没什么特别的。"

埃利奥特也没有多问，哈希纳一屁股坐到旁边的矮墙上。

"事情严重了。"

"是啊。"

哈希纳开始打量旋转木马上的装饰。迈克尔·杰克逊，狼人，木乃伊，科学怪人。又炫目，又漂亮，每当夜幕降临，这里便是一片流光溢彩。几年来，其他游乐设施都再没有移动过。哈希纳很喜欢棉花糖。

温度逐渐升高，两个男孩躲到树荫里，滚球爱好者的走廊下。从那里，他们可以看到赶来的游客。两天来，所有人都失望而返。周边高楼林立，一个个立方体，不动声色。日光中泛起些许浮尘。

午饭过后，其他人陆续抵达。通常，这个小团体差不多有十个人。贾迈勒、赛博、慕斯、萨义德、斯蒂文、阿卜德尔、拉杜瓦纳，还有小个子卡戴尔。全都住同一小区。他们起床很晚，步行或者骑摩托下来。他们待上片刻，然后各忙各的，再折回来。因此，某些熟悉的面孔总是反复出现，兄弟们轮流转圈，足以打破单调的交通。不管怎样，下午总有那么五六个人待在走廊下，百般磨蹭，耐着性子等待，他们靠着墙壁，坐在矮墙上，随地吐痰，抽大麻烟。大哥们也会过来随便聊几句。握握手，拍拍肩，匆匆忙忙说几句话，聊聊家庭，怎么样，怎么样，还好，还行。他们大部分都过上了规矩的家庭生活。如今，他们干起临时工，或者好歹在卡戈拉司或达尔第有份长期合同。萨米刚刚在火车站附近开了家土耳其烤肉店。大伙问他生意怎么样。尽管他死要面子，大家还是猜得出来，他内心焦虑，时刻提心吊胆，害怕破产。他曾经是山谷里最大的批发商，如今开着标致205。男孩们不大自在，答应说以后会去捧场，萨米也干活去了，他穿着奥林匹克马赛足球俱乐部的T恤衫，小肚子上的肥肉勒得紧紧的，他有两个孩子，还有贷款。随后，小弟们从泳池回来，踩着单车。大家纷乱地哄笑，但总的来说，在等待游乐设施开放的时间里，也没有多少正经事可做。通常，天气又热，内心又烦躁，有一种酒精上头的感觉。更有甚者，因为心情抑郁，或者无所事事，有人开始动手打架。然后又归于平静，喝一通酒。

不久，小个子卡戴尔骑着摩托车来了。他没有戴头盔，还穿着拖鞋。他照例表演前轮悬空，后轮着地。赛博也在场，他的59号棒球帽一直罩到耳根。

"干吗呢？"

"你想干吗？"

"不知道。活动活动。"

"你只是活动活动。"

"不，但今天是星期五。干吗呀？说正经的。"

"喝箱啤酒。"

"嗯。你们拿啤酒来诱惑我。在外面，就跟流浪汉似的。"

哈希纳已经发过言，于是不再有话说。放假以来，他的心情一团糟。大家也可以理解。六月份，他的摩托车报废了，后来就只得步行，跟个苦役犯似的。一开始是点火器出了故障。突然，气缸、活塞、刹车片、火花塞，全都完蛋了。加上大麻短缺，很难让人老老实实过日子。确实没门。哈希纳咬了咬牙。然后，谁都不吭声了。埃利奥特决定卷一支大麻烟。

差不多一刻钟后，天气变得如同一团糨糊，油腻腻的，似乎可以无限延展。每天都是如此。在无聊的下午，一种麻木的感觉慢慢扩散，将整座城市笼罩。透过打开的窗户，既听不见孩子们的喧闹，也听不见电视机的嘈杂。连塔楼都有种要陷落的感觉，在闷热的雾霭里摇摇欲坠。间或有改装摩托车划破宁静。男孩们眨巴着眼睛，棒球帽已经被汗渍染黑，他们擦了擦汗。焦躁的情绪在帽子下面慢慢地煎熬。人们昏昏欲睡，怒火中烧，舌尖上泛着烟草的涩味。要是在别处，有一份工作，待在有空调的办公室里，可能还不错。或者在海滨。

哈希纳苦恼得很。从早上到现在，总共也没见到十个顾客。大概已经有了新的货源。供需关系遵循磁性法则，它们可能已经转移到别处，就像闹别扭的情人。如果继续缺货，哈希纳和兄弟们就完了，他们将亏得一无所有。他放出风声，说大哥要帮他们解决燃眉之急，但说到底，他自己也不相信。这婊子养的，他与博比尼那边的伙计在做真正的生意，他住在巴黎大区，至少有三年没有回过埃朗日。他不回电话。不能指望他。如果继续下去，就只能找那些冒失鬼。他们有办法，有团伙。但是，想到这里，他对这个主意并不满意。跟这些人贩毒，真是铤而走险。他们什么都干得出来。他们你欺我诈，道德败坏，单是想一想，哈希纳就感觉难受。

他正在脑子里来回琢磨，弗雷德出现了。此人是地道的瘾君子，下流粗俗，软塌塌的像条幼虫，始终无精打采，但为人和气。哈希纳对他毫无好感。主要原因是，这个垃圾总是一副老主顾的派头，自恃当年认识布阿利兄弟，也就是八十年代最早开辟往埃朗日贩运大麻路径的那两位兄弟。

"兄弟好。"弗雷德说。

"什么都没有。回去吧。"

一如平常。弗雷德假装没听见，哈希纳几乎一个字一个字地往外蹦。弗雷德开始哀求，一克，就一克。脏话脱口而出。最后，又是恐吓，又是威胁，弗雷德才同意撤退，慢吞吞的，一副可怜相。节制是他的噩梦。生活里，他一无所有，无职业，无女人，无犯罪。他和母亲住在一起，日子过得紧巴巴的。多亏了上帝，母亲在一家大药店负责上货，没有什么可抽的日子里，弗雷德还可以去那里寻求安慰。医生们都很殷勤。似乎在某个地方，整个山谷都在接受姑息治疗。

"据说，卫生健康处还在跟踪他的健康状况。"埃利奥特望着这个消失在远处的无脊椎动物说。

"扯淡。"

"他一副要死不活的样子，看得出来。"

"那就死吧，婊子养的。"


下午五点钟左右，管碰碰车的女孩现身了，还有卖华夫饼的母亲。两个女人把时间都花在吃西班牙油条、吃糖果上，屁股粘在座位上，动都不动一下。更奇特的是，母亲有多瘦，女儿就有多肥。发电机一启动,车道就亮了。母亲开始预热做糕点的模子,吹起棉花糖。焦糖味在周围弥漫开来。音乐也开始应景。

男孩们回了趟家,身上散发着沐浴液的味道,头发亮闪闪的,有些人还喷了香体喷雾。他们一副腻烦的样子,从四面八方回来,看起来更多的还是无精打采。最后,女孩们也到了。三三两两,成群结队。有些女孩低着眼帘,暗自窃笑,黑发长长的,斜抛着媚眼。她们在车道另一侧的长椅上坐下,胳膊肘撑在安全护栏上。她们来自埃朗日的其他社区,或者拉梅克、埃当日,甚至有从蒙德沃等地坐公交车过来的。现在是假期,她们有这份权利,条件是不能回家太晚。在小区里,没有人会去勾引她们,说到底,任何女子都可能是这人的姐妹、那人的女儿。这些女观光客得到家人的允许。多亏这说大不小的市集,她们每天都可以出门。也该利用呀。

哈希纳最先朝售票窗走去。他花了二十法郎,买了十个币。窗口后面,那个女孩已经汗流浃背。她听出了高音喇叭里面的曲子,不由得提高嗓门。这是布莱恩·亚当斯①的作品,有几分慵懒。她母亲抬起头,茫然地朝天空望去。她刚刚浇了一炉华夫饼,手里拿着印满小广告的报纸,不停地扇风。其他男孩也开始排队买币。开始啦。

十个币用完,哈希纳又买了十个。差不多近两个小时,他都在来回转圈。伙伴们跳进他的车。他也如法炮制。整个时段,他

---

① Bryan Adams(1959—  ),加拿大歌手。

一门心思都在想场边那个女孩，她和两名女伴在一起，戴着硕大的耳环，留着法式美甲。她一直盯着他。每当他朝她投去目光，她就把头扭到一侧。每一天，他们都期望发生点什么，却一直没有机会。他连她的名字都不知道，一无所知。他也没有对任何人说起。快到八点钟光景，她就离开了。她从来不会待太久。

哈希纳离开车道，来到矮墙边，那里是他生活的场景，他有些恶心。埃利奥特问他出了什么毛病。

"什么都没有，别烦我。"

另外，萨义德和斯蒂文都成功地让女孩上了他们的车。同样一声不吭的女孩。哈希纳哼哼着表示不屑。小个子卡戴尔正朝他看。这傻事可不该干。

"干吗？"

"没什么。"

"你看啥？"

"没啥。"

"敢再偷窥我，婊子养的。"

僵持不下。哈希纳走到近前，小个子卡戴尔只好低下眼睛。在他们头上，一栋栋塔楼仿佛形成钳口，剪出一片蓝天。在外墙面上，一扇扇空洞的窗户，像窄小的眼睛、病态的嘴巴。华夫饼香气四溢，佛莱迪·摩克瑞①在唱《我想挣脱束缚》。最后，哈希纳退开了。小个子卡戴尔脸色发青，他平白无故挨了一

---

① Freddie Mecury（1946—1991），英国歌手，皇后乐队主唱。

顿训。

"喔，我不知道他怎么了。昨天，我们还一起去了派对。他怎么了哦？"

"什么情况？"

"不知道。他踹了烧烤架。他把大家全都当傻逼。"

"他做得对。都是傻逼。"

"哎，严重同意。"

他们一阵好笑。没关系，有时候，真该想想，自己是否太怪异。


哈希纳骑着 YZ 摩托车，沿着优先城市化改造区的山坡往下走，他斜着身子，不断加速。他挂上三挡，一溜烟冲进市中心。现在的把戏，就是表演不踩刹车。这很简单，只需要提前做好转弯的准备，走完弯道随即加油。小发动机噼噼啪啪，在街巷里发出声声怒吼。所到之处，人们只看到一个瘦削的身影，宽大的 T 恤衫袖子里伸出两只纤细的手臂。这个场景让他们局促不安，很快他们就会从政治高度得出结论。在哈希纳的胸膛里，十七岁的心脏被铁丝网牢牢羁绊。显然，对他来说，遇到红绿灯根本不可能停下来。他也停不下来。有时候，死亡俨然成为一种让人艳羡的命运。

很快，他来到省道上，省道笔直向前，直通埃当日。他在路边停下来，旁边的田野里矗立着高大的麦草垛。他扔下摩托车，在干枯的麦茬间穿行。他健步向前，嘴唇微微湿润，赤裸的手臂在身体两侧摇来摆去。嘴里泛着一股铁锈的味道。他向前开路，麦茬在脚下发出清脆的喀嚓声，身后留下一道踩平的印迹。他一直走到筋疲力尽，才靠着麦草垛坐下来。他从兜里掏出之宝打火机，开始玩起来。他用拇指掀开打火机盖，放到牛仔裤上，然后打出火苗。太阳已经威力不再，现在，原野上蒙着一层温驯柔和的光。这是一个旧打火机，古铜色，就像越南那种打火机。这是他在文凭考试期间从一个家伙那里搞来的。每年，市中心的于勒温私立学校的学生都要到路易-阿尔芒中学参加考试。他们穿着贝纳通套头衫，齐刷刷地出动。父母开车送他们过来，忧心忡忡地望着那一幢幢灰扑扑的公共大楼。还让人以为是招兵之后在火车站台送别呢。异地考试这种共和国传统已经时日不短了。另外，最初那几届考试期间，各种抢劫或者报复性的羞辱，真是层出不穷。然而，这种低强度的阶级斗争并不会带来任何结果。于勒温的富家子弟达成共识，他们将初领圣体时获赠的手表留在家里；当然，总不至于抢他们的 Tann's 书包吧。上一次，哈希纳和一伙穿摇滚 T 恤衫留长发的家伙打了起来。就这样，他收获了之宝打火机和两个琴马。蓝色的火焰散发出石油的味道，他点燃脚边的一段秸秆。秸秆马上熊熊燃烧。虽然心生邪念，哈希纳还是踩灭了火焰。铁锈的味道升到了嗓子眼。酸味涌入他的胸口，他感觉嘴里全是口水。他又打出火苗。草堆劈里啪啦地燃烧起来，火焰炙热，升起袅袅青烟。火焰升腾起来，火势猛烈，场面壮观。奇妙的味道。他退后几步，为了更好地观火。火苗已经沿着地面，向远处蔓延，寻找可以蚕食的物质。哈希纳深深地呼吸。他开始感受到内心那种出奇的平静正在降临。他终于可以回家了。发动摩托车的时候，还以为身后的整个山谷早已火光冲天。


"你又抽烟了?"老人问。

哈希纳找不到钥匙，于是按门铃，让父亲给他开门。父亲站在那里，光脚穿着拖鞋，一身牛仔服，领口扣得严严实实。在他那布满皱纹的脸上，几乎看不见眼睛了。鼻子下方有一撮白胡子，很久没有刮了。他越来越懒得打理。

"没有，"哈希纳回答，"怎么样，可以进吗?"

"你身上有烟味。你抽烟了?"

"不是说了嘛，没有!"

父亲皱着眉头，弯腰闻了闻儿子的T恤衫。他嘀咕了两句，还是给儿子让了路。进到屋里，哈希纳脱掉耐克鞋。厨房里传来高压锅的响声。闻起来像是土豆。

"有人说啊，他们见到了你哥。"父亲说，神情严肃。

他的声音抑扬顿挫、低沉、耐听。单词配上他的音色，有如筛子里的砾石一般。

"他们做梦吧。"

"他们说看见他了。"

男孩转向父亲，父亲的瞳孔周围多了一层游离不定的暗影，一种乳白的色调，这通常表明老之将至。然而，他只有五十九岁。

"如果没有看见，他们为什么会这样说？"

"我不知道啊。他们搞混了。"

"他们告诉我，是他。"

"胡说八道。别信啦。"哈希纳叹气道。

父亲看起来惴惴不安。他很久都没有见过大儿子了。哈希纳感觉心头一紧。他和父亲堵在逼仄的过道里。墙上装着镜子，贴着老照片，挂着一些老家那边的物件，地面上，他们的鞋一字排开。哈希纳继续说：

"吃什么？"

"跟平常一样。快，来吧。"

父亲回到炉灶边。他把两块碎肉牛排放进平底锅里煎起来，同时调高收音机音量，免得被牛肉的嗞嗞声盖过。随后，他把高压锅的火关掉，他们上桌吃饭。父亲喝水，儿子倒了一杯石榴汁。天还没有黑，但气温已经可以承受。可以闻到一整天都没有凉透的咖啡的味道。他们没有说话，一只胳膊肘撑在桌上，默默地吃饭。电话铃响了，哈希纳跑进客厅接听。是母亲。她从老家那边打来电话。他们说了几句话，但主要是她在讲。她告诉他，天气很热。很快就可以见到他，她很开心。她问他听不听话。随后，父亲又接过听筒，和太太用阿拉伯语聊了几分钟。哈希纳躲进卧室，免得打扰他们。后来，父亲过来找他。

"你去市政府了？"

"嗯。"

"有活儿吗？"

父亲在这里生活快满三十年了，但他讲的法语还是不伦不类，还染上了山谷里的粗俗口音。他一张嘴，哈希纳就想捂住耳朵。

"没呢。没有工作。"

"没工作？她告诉我说可以呀。"

父亲钻进卧室，想把事情搞明白。

"没有。你没听懂。她那里只是对找工作的人提供帮助。他们没有工作机会。他们没什么用。"

"怎么回事？"

"她帮我修改简历，仅此而已。她没用，我告诉你。"

"是吗？"

父亲皱起眉头，用阿拉伯语嘀咕了两句，听不懂意思。看得出来，他胡子下方的褐色嘴唇稍微嚅动了几下。哈希纳让他再说一遍。

"必须工作。"突然，父亲郑重其事地宣布。

"嗯。但也要有工作干才行啊。"

"找得到。只要你愿意，你就找得到。"父亲深信不疑地反驳。

"好吧。对了，明天我去帮你采购。早上就去。"

"对，好。"

父亲训人非常厉害，但只要哈希纳填满冰箱，他也就无话可说。男孩站起身来，说要出去。

"去哪里？"

"不知道。没地方。"

"啥意思，没地方？"

"我不会回来太晚。"

"你每次回来都很晚。"

哈希纳已经离开房间。在过道里，他赶紧穿好鞋子和上衣，但还是没有躲过最后一番叮嘱。

"如果你要干坏事，当心点。"

哈希纳满口答应，然后就到广场上去找伙伴们。卡戴尔有点赌气。哈希纳恰到好处地调侃了他几句，然后二人又重归于好。随后，他们开始闲逛，看碰碰车你追我赶。埃利奥特用两张纸卷了一支特小的大麻烟，他几乎没有存货了。六个人，差不多正好。这不但没有放松气氛，反而让大家心头冒火。

"干吗呢？"萨义德问。

这是一个仪式般的问题，同一个问题，每天要重复十遍。

"我不知道。"

"活动活动。"

"到哪里？"

"活动活动，再看嘛。"

"你走吧，别睡着了。"

每人都想尽量多抽两口大麻烟。慕斯上了当，他只好作罢，在尘土里灭掉烟头。不一会儿，女商贩就切断了电源，黑暗中，还没有离场的顾客四散奔走。两个女人也该撤了，她们带着收银箱，朝男孩们挥手再见。现在，楼房形成一道独特的风景，条条直线勾勒而出，映衬着蓝色的夜空。城市的沧桑消弭在夜色中。只剩下建筑的暗影、屋脊线、灯火通明的窗户，还有烦恼。

"该死的，郁闷……"

"他妈的，干吗呢？"

"来吧，没事，我们来玩个东西。"

"至少还可以卷一支小的。"

"不，我几乎没啦。"

"你明天抽，好吧。"

"别装孙子，关我屁事。"

"明天就没了。"

白天结束了。明天，哈希纳看能不能卖掉摩托车。他认识一个收废铁的伙计。他可以赚五百法郎。

# 6

　　表兄弟俩回到安东尼家的时候，早已日上三竿。他们浑身脏脏，神情沮丧。另外，父亲已经端坐在小卡车驾驶室，等待他们到来。邻居也在那里，穿着短裤，趿着勃肯拖鞋，手里端着一杯冒着热气的咖啡。看见他们回来，他不禁大笑起来，这主要是为了缓和气氛，而不是别的。卡车的收音机上，一个鼻音很重的声音在不断地重复"停止"或者"继续"。

　　"你们去哪里了，小东西？"

　　父亲从瓦奈太阳镜上方朝空中望去，好像要从太阳的位置来估算时间。两个男孩远远地站着，一动不动，手臂微微摇摆。

　　"哎，好漂亮啊，你这两只小鸟儿。"邻居说。

　　父亲清了清嗓子，伸手从旁边座椅上抓起一瓶水。他差不多一口气就喝掉了半瓶，然后才放回去。看起来，他也不在状态。他又清了清嗓子，咳了咳。

　　"我等了好几个钟头了。你去哪了？"

"星期六嘛。"安东尼说。

"什么意思？你就可以夜不归宿？"

两个男孩走了很久，才从德兰布鲁瓦回来，每当有汽车经过，他们都竖起大拇指，想搭顺风车。总之，走完全程，他们也没有说上一百个字。安东尼开始有点反胃。

"还都是孩子嘛。"邻居和善地说，"没什么大不了的。"

"哦。"父亲说，"我觉得，我该忙我的事去了，要是不打扰你的话。"

邻居听懂了话外之音，父亲从驾驶室跳下来。他穿着安全鞋、百慕大牛仔短裤、圆领汗衫，双臂露在外面。他在兜里找烟，两个男孩看见他那古铜色的皮肤下面，三角肌和肌腱一块块地隆起。

"我该走了。"邻居说。

父亲假装没有听见。烟点燃之后，他朝安东尼走来。

"你怎么解释？"

"好啦，我走了。"邻居又说了一句。

他再也笑不出来。他抬起缺几根指头的手，表示再见。

"嗯。问埃弗莉娜好。"父亲说。

他会的。他跐着旧拖鞋，渐渐远去。他的小腿肚很粗，绝对是惹人注目。有一次，他去抽血，发现胆固醇超高。有三天时间，他睡不着觉，但吃起猪肉来还是心安理得。不管如何，迟早都要死，但要死得舒服。父亲从舌尖拿掉一根烟丝。从他的太阳镜里，安东尼能看到自己的身影，又变形，又颓废。

"说啊。"

"我们去了朋友家。喝了点酒。我们就想在那边住下。"

父亲的唇边隐约滑过一丝微笑，他又对表哥说话。

"我觉得，你们家也在等你。"

两个男孩抓紧时间握了一下手，表哥就溜了。安东尼独自一人，宿醉还没有完全消去，他烤着太阳，面对着父亲的目光。

"什么玩意，你们那套礼节？你们握手的样子，跟那些阿拉伯人似的……"

安东尼没有还嘴。他想的是空荡荡的车库尽头。

"好啦，上车吧。"父亲说，"我们还要干活。"

"能先冲个澡吗？"

"我说了，上车。"

安东尼只得听命。父亲手握方向盘。小卡车摇摇晃晃，安东尼把胳膊肘撑在窗边，靠着窗呼吸新鲜空气。

"把安全带系上。我可不想吃罚单。"

出小区的时候，父亲已经挂上四挡，时速快八十公里。他稍微松开油门，好经过消防站旁边小学的减速带。安东尼感觉胃里面翻江倒海，他想吐了。需要停一停，哪怕两分钟也好，呼吸呼吸新鲜空气。他朝老爸转过身去。但老爸盯着路面，双手紧握方向盘，食指和中指之间还夹着香烟。他的太阳镜显映着无垠的蓝天。他们离开了城区，安东尼必须再等十分钟，才能鼓足勇气。

"你得停一停。"

父亲看了看他。

"你不舒服？"

"嗯。"

确实，男孩脸色煞白。小卡车一阵呻吟，在路边停下。安东尼从驾驶室跳下来。还没有走上三步，胃里面的东西就一股脑儿吐了出来。等他直起腰来，已经满头大汗。他抓起 Polo 衫，揩了揩脸和嘴巴。右手涂药的地方已经积满污垢。前方的省道一直通往埃当日、拉梅克、蒂永维尔，再远处就是卢森堡，一直消逝在天际。一辆菲亚特 Panda 风驰电掣般驶过，接着远处又过来一名小老头，骑着摩托车，后面拖着一辆搬运车。轰轰隆隆的声音越来越响，小老头耀武扬威地从旁边经过，眼睛直视前方，头戴一顶圆乎乎的头盔。安东尼的目光一直追随着他，正好看到小卡车的后视镜。他从中看到了父亲的下巴、脖子、肌肉分明的肩膀、后颈窝处早生的白发。他使劲咳了咳，想去除嘴里的苦味，然后又上了车。

"好点了吗？"父亲问。

"嗯。"

"拿着。"

安东尼接过水瓶，喝了好长时间。小卡车又上路了。沥青路面上，热气蒸腾，朦胧而闪烁。奇怪的是，他们再也没有见到骑摩托车的小老头，还以为他从人间蒸发了呢。广播里，主持人说米歇尔·贝尔热去世了，他那么年轻，那么才华横溢，真是可怕的悲剧。《你会在那儿吗？》开篇的音符在驾驶室里回荡。很美，但太伤感了。

"你知道吗，你妈，有时候，她在盘算什么呢？"

"什么？"

父亲摘下太阳镜，用手抹了抹脸庞和后颈窝，然后短暂地松开方向盘，伸伸懒腰。现在，小卡车飞速行驶，驶过草场，驶过金黄的油菜花地。柔美的风景上方，间或勾勒出一条条高压电线。

"今天早上她又提这玩意。你也是，捣蛋鬼，彻夜不归。"

"发生什么事啦？"

"没什么。"父亲生硬地说。

沉默片刻后，他补充道：

"不管怎样，如果她要离开，也不该我来挽留她。"

他们继续赶路。在家里，只要吵起架来，什么都可以拿出来说事，某个男人的眼神啦，电视节目啦，某个词不中听啦。埃莱娜总是说到痛处。父亲总是无言以对。安东尼心想，如果父亲敢动手打她，他会宰了他的。现在，他差不多有这力气了。他没精打采，想大哭一场。摩托车，该死的。


四十分钟后，他们来到一个叫拉格朗日的小地方，在一座豪宅前面停下来。对称的墙面，深灰色的屋顶，日晷，地面上铺着白色小石子，看到这些多少会让人心生疑问，这宅子究竟是干吗用的？在这个地方，只有长长的农庄房舍，大部分都已经废弃，还有就是树林，纷杂的小商铺，农用车的车架子。

"谁家？"安东尼问。

"我不知道。是房产中介叫我来的。需要剪剪草，修修篱笆，虽然已经很完美啦。他们要出售。"

铁栅栏门上挂着一块牌子，与他说的恰恰相反，写着"已售"。一段时间以来，边境附近的某些小村子，幽灵般的穷乡僻壤，就这样重新焕发生机。功劳要记到卢森堡账上，那边一直缺劳动力，很自然会到临近地区来招人。很多人都属于这样的情况，每天开车跑过去工作。那边薪水很高，但社保不足。因此，大家都过着骑墙派的日子，在一边工作，在另一边生活。因为跨境的输血作用，很多凋敝的地区又恢复活力，一所学校得到拯救，在空旷的教堂脚下又有一家面包店开张，原野上突然冒出很多房子。在整个地区，神奇地涌现很多人。每天清晨，每天夜晚，一队队跨境上班族，带着黑眼圈，熙熙攘攘地去挤火车，黑压压地堵满道路，到更远的地方去寻求生存的手段。经济隐秘地找到了自己发展的新路径。

父亲负责修篱笆，安东尼负责剪草坪。除草机嗡嗡直响，让安东尼神经麻痹，很快就忘记了烦恼。太阳已经很高了，他脱掉Polo衫和鞋子。细长的草茎轻触到他身上的汗水、他的胸膛、他的脸蛋。他感觉痒痒的，但一旦开始用手挠，那就再也停不下来。除草机嗡嗡响着，他时而推，时而拉，绕过杂树，什么也不再想。有时候，看着枯草丛中赤裸的双脚，他心想很容易滑倒。说白了，天气炎热，他已经精疲力竭，事故往往就是这样发生的。他的脚仿佛已伸到除草机刀片下面，刀片每分钟三千转的转速，毫不留情，贪得无厌。奇怪的是，这种想法让他内心激越。通常，鲜血也是一种脱身之计。

一点钟左右，父亲叫他吃饭。安东尼差不多已经完工，于是往上面的露台走去，那种愉悦的心情就像完成了作业似的。他一身汗水，身上还沾着很多草屑。父亲叫他等等，然后走了过来。

"跟我来。"

他们绕过房子，来到车库前面。那里有一个从墙里面伸出来的水龙头，父亲接了一根浇花的管子，只听见"扑哧"几声，水流到了地上，水量很足，也很均匀。

"把衣服脱了。"父亲说。

"干吗?"

"脱掉，听我的。你不能这样子吃饭吧。"

"我总不能这样脱光吧。"

"别讨价还价。你就当我不在场。"

男孩脱掉牛仔裤和内裤，用手护着私处。

"你以为，我会在乎你那一撮毛。"

父亲开始帮他冲澡。他用拇指捏住水管头，好增大压力。水来得猛，冲得哗啦啦的。一开始感觉很不舒服，而且觉得有点受到羞辱，但是慢慢地，安东尼就习惯了，凉水也产生了奇效。

父亲不断用水冲他的后颈窝和脑袋，让他清醒过来。

"怎么样?"

"什么?"

"不舒服吗?"

"舒服。"

父亲关掉水龙头，卷起水管。

"好啦。我们赶紧吃饭，待会儿你再帮我一把，把篱笆修剪完。"

他们回到露台，父亲递给他一个三明治。干黄油腊肠。在他带来的冰桶里，一半空间都塞的是易拉罐。

"你想喝点吗？"

"嗯。"

父亲递给他一个易拉罐，他们在草坪上坐下来，躲在樱桃树荫下。剪过的青草味道沁人心脾。在他们头上，树叶之间，光影婆娑。他们喝着啤酒，天南地北地闲聊。在吃简餐之前，父亲又喝了一罐。工作进展不错，他很满意。

"懒人一动手，真是再高效不过。"

安东尼微微一笑。总之，他也算满意。现在，他享受着乡间的静谧。东西好吃，也很累人。他喜欢在户外干活。老爸满意，他就喜欢。这可不是常有的事。

"刚才，我不该什么都给你讲。"

老爸就在旁边坐着，非常平静。他摸了摸没有打理的胡子，发出一种男人特有的声音，既好听，又让人踏实、温馨。他说的是与埃莱娜那些事。他一通胡说八道，大概开始后悔了。

"不管怎样，日子还会过下去。"

父亲清了清嗓门，开始找烟。今天就这些工作。然后，他站起身来，收拾好手套，往嘴里塞了一支香烟。

"得了……该开始啦……"

安东尼看着父亲回去工作，手上戴着手套，鼻孔里喷出烟圈。在类似的时刻，他几乎会忘掉自己的一切。

满打满算，他们又花了三个小时才修剪好篱笆。离开前，他们还抽了最后一支烟，一边欣赏自己的劳动成果。工作干得漂亮，房子很干净，一切都那么利落，焕然一新，安东尼还想待在那里，享受父亲的这份沉默与安静。但是，他们还要赶路回家。他们整理好工具，关上铁栅栏门。德兰布鲁瓦的派对似乎已经是遥远的过去。安东尼几乎忘得一干二净。人一忙起来，就很容易忘事，真是奇怪。干干活，流流汗，悲伤也就慢慢释怀了。他几乎不再有罪恶感。后来，他想到了母亲。她总是唠叨个不停。如果他再被骂，他不敢想象会是什么情形。

回家路上，有好一阵子，他都在反复琢磨这些，头靠着轻轻颤动的玻璃窗。小卡车里很舒服，他睡着了。等他醒来时，都差不多快到家了。父亲决定，趁现在单独待在一起，赶紧把问题弄个水落石出。

"那，你昨晚做啥了?"

"我告诉过你，我们去参加派对。"

"还有呢?"

"没啥。就是派对啊。"

"在哪儿?"

德兰布鲁瓦太远了。如果实话实说，父亲肯定想知道他们是怎么去的，又是谁带他们回来的。

"城里。"安东尼说。

"谁家啊?"

"我也不太清楚。城里的小年轻。"

"你从哪里认识他们的?"

"表哥那里。"

沉默了一会儿,父亲又问他,有没有女孩子。

"有啊。"

差不多过了快一分钟,父亲才继续往下说。

"不管怎样,清晨才回家,这是最后一次了。今天早上,你妈都快精神失常了。如果你再给我来这么一下,我就来管管你。"

安东尼看着父亲。这是一张男人的脸,流露出疲倦、酗酒、失眠,像大海一样迷惑人。安东尼喜欢这张脸。


他们发现埃莱娜坐在厨房里,灯管下方,忙着抽烟,浏览电视节目单。

"好香啊。"父亲一边说,一边拖了把椅子坐下来,"吃什么?"

埃莱娜弹了弹烟灰,又灭掉烟头。她抽的是云斯顿。烟灰缸里,大约有二十五个烟头的样子。安东尼甚至不敢看她。她戴着眼镜,这从来都不是好兆头。

"土豆。"她说,"还有鸡蛋、沙拉。"

"太好啦。"父亲说,随后又对着安东尼,"你没什么要说的吗?"

安东尼甚至都不敢正视母亲。他知道，她内心是多么煎熬。隔着桌子，他都能感受到她的敌意。紧绷着脸，嘴唇都看不见啦。

"对不起。"他说。

父亲接过话茬。

"你知道吗，去的路上，他吐啦。"

"不管如何，你要再出去玩，没门了。"母亲说。

她原本想说得简洁点，但说着说着，声音就沙哑了。父亲问她还好吗。

"嗯。我累了。"

"看见了吗?"父亲说，故意让儿子看在眼里。

"我也累坏了。"安东尼说，"我去睡了。"

"你先吃饭啊。"父亲说，"干活，一定要吃东西。"

无可辩驳。安东尼上了饭桌，母亲给他们上了菜。土豆入口即化，鸡蛋黏糊糊的，有点咸。安东尼狼吞虎咽。父亲呢，一如往常，结束了白天的工作，他仿佛心情大好。或者说，即便有可以指责的地方，他也更愿意将其抛到脑后。他开始谈未来的打算。对于这个夏天，几乎算不错了，跟干全职也差不了多少。他几乎开始相信，自己算得上生意兴隆。他问太太，还有没有什么喝的。她直接从酒桶里给他斟满一大杯葡萄酒。

"还是烧烤时喝的那个吗?"

"是的。"

"酒不错，应该再买点。"

"可能没必要买五升的了吧。"

父亲喝了一满杯，舒心地叹了口气。安东尼吃完自己盘子里的东西，站起身来。

"等一下。"父亲说。

安东尼定住了。母亲开始把剩下的土豆倒进特百惠保鲜盒。即便只看后背，不看她的动作，也能猜出几分，她很担忧。

"今晚，电视上要放一部不错的电影。"

为了更加确定，他拿起电视节目单，补充说：

"《战略大作战》，电视杂志评分 777。"

"不。"安东尼回答，"我快要死了。我得上床。"

"啊，这些年轻人……"

一回到卧室，男孩就脱去衣服，澡都顾不上洗，便爬上床。他想快点入睡，忘掉一切。他关了灯，闭上眼睛。走廊另一头，只听见父母一边洗碗，一边在聊着什么。老爸可能又喝了一杯。听他的嗓门，就能猜出来，话说得连珠快，多少还有点抱怨。母亲只是简单地回答，是或者否。有一刻，她大概把他赶到一边去了，安东尼听见："妈的，不会又要开始吧。"然后就没声了。后来，有人打开客厅里的电视。几乎同时，他听见走廊里响起母亲的脚步声。她没有敲门就直接进入房间。

"怎么回事啊？发生什么事了？"

她声音很低。安东尼躺在床上，没有反应，她随手关上门，过来坐在床边。

"你们把摩托车怎么样了？"

她摇他。

"安东尼……"

"我不知道。"

"什么意思？到底怎么回事？"

说来话长，又太过复杂。安东尼想睡觉，他也这样做了回答。

母亲开始打他。张开手掌，高高地举起，使劲地打下来，落在儿子的脸上。在小小的卧室里，门窗紧闭，这一记耳光很响亮，四面传来回声。安东尼的耳朵里嗡嗡作响。他直起身来，抓住母亲的手腕，然后又抓住她的另一只手。

"咳，你疯了！"

"你知道错了？"她问，"你知道错在哪儿了吗？"

她的声音小得刚刚可以听见。她在自言自语。或者是说给上帝听。

"我什么都没干。"安东尼一副哭腔，"等我们出来，摩托车就不见了。"

"这怎么可能？谁会干这事？"

家里有什么东西"喀嚓"一响，声音很清脆，梁柱的声音，或者脚步声，母亲直起身子，头向门口转过去。

"妈妈……"

他又叫了一声，才让她从惊愕中回过神来。等她清醒过来的时候，她眼睛睁得大大的，泪眼婆娑，茫然无措，双手不停地颤抖。

“对不起，妈妈。”

她赶快擦了擦脸颊，吸了吸鼻子，扯了扯 T 恤衫的下摆。她站起身来。

“我们怎么办?”安东尼问。

“不知道。我们去找回来。没别的办法。”

从卧室出去之前，她撂下最后一句话。

“不然，这个家就完蛋了。”

# 7

安东尼一心指望表哥来破解残局，但他错了。

星期天，他一整天都在找他，甚至还跑到他家里去，毫无结果。星期一，情况相同，表哥还是找不到。

仔细想来，这并不新鲜。表哥不靠谱，但是时间催人，安东尼知道，自己一个人绝对办不到。每次一进入车库，看到车罩下空荡荡的，他就手足无措，心想究竟该离家出走，还是该饮弹自尽。

幸好，母亲找到一盒过期的阿普唑仑，她服药就可以入睡，到第二天中午还迷迷糊糊的。星期天吃早餐时，对着打开的壁橱，她足足迷茫了五分钟，不知道该拿干面包还是软面包。星期一，她出去上班时，既没有戴隐形眼镜，更忘记穿高跟鞋。这种麻木的状态没有逃过帕特里克的眼睛，在剖析埃莱娜的精神状态问题上，他更是一锤定音：她让人摸不着头脑。

星期二，表哥终于现身了。安东尼来到他家，见到了他，只见他穿着内裤，裸着上身，正在浴室里。他刚刚冲完凉，在抹发胶。

"你去哪里了？我找你三天了。"

"忙着呢。"

安东尼很吃惊。这么不当回事，真是过分。表哥终于收拾完毕。他刷好牙，套上一件 T 恤衫。最后，他们一起上楼。卧室里特别整齐。像平常那样，表哥放起音乐。还没有到中午，抽烟还太早。安东尼连坐都不敢坐。他双手插在兜里，在一旁等着。

"别生气啦。"表哥说，"坐吧！"

"我他妈太晦气了。"

表哥打开窗户，站在那里剪指甲。窗外鸟儿啁啾，近在咫尺。天气预报男主持宣布说，温度将再创新高，但是有一丝凉风吹过，将窗帘掀起，温度完全可以承受。安东尼仰面往床上一躺，双眼盯着天花板。

"你的摩托车，咱们见不着了。"过了一阵子，表哥说。

"怎么啦？"

"现在，它已经走啦。"

"走哪儿了？"

表哥打了个简单的手势，表明是很远的地方。有一些转手的路线，从马赛到阿尔及利亚，甚至更远的地方。他在《知情权》栏目看到过。一眨眼工夫，有些家伙就偷走你的标致车，最后你会在巴马科看到拆开的零部件。安东尼也愿意相信，但这跟他老爸的摩托车毫无关系。

"我们该怎么做？"

"不知道。只能去见大哥。"

表哥朝窗台上吹了吹，把掉在上面的指甲屑收拾干净，然后朝安东尼转过身来。打从开始，他就没有正眼看过安东尼。

"这不管用。你得告诉你爸，就这样啦。"

对安东尼来说，他想都不敢想。

有一次，在高速公路上，父亲正要超一辆卡车，从后面跟上来一辆德国豪车，不停地狂按喇叭。那家伙时速可能达到二百公里，很远就开始来回闪灯，要父亲赶快让道。埃莱娜和儿子回头去看。确实是豪车，黑色，奢华，曲线优美，像一枚导弹似的。大概是奔驰，安东尼记不太清了。父亲非但不让道，反而一直与卡车并行。他面不改色。就这样，他至少保持了五分钟。开着豪车，屁股下还是 V6 发动机，这时间得多漫长啊。

"帕特里克，别这样啦。"母亲说。

"闭嘴。"

气氛那么紧张，最后只得半开窗户，才能驱散车玻璃上的雾气。这段小插曲破坏了刚刚开始的假期。回程的时候，全家人走的是备选线路。

安东尼围着表哥问来问去。他软磨硬泡。这是他们唯一的机会。最后，表哥让了步。


差不多下午两点钟，他们来到工厂酒吧前。自昨天以来，风平静下来，整个山谷像煎锅似的。他们尽量拣阴凉处走，一路步行过来。即便这样，空气还是沉闷，沥青依旧粘脚。一切都那么黏稠。快到达酒吧的时候，表哥率先表明自己的意图。

"我可提前告诉你了。我们得快点。我不想把一整天都耗上。"

"好。"

"我们先进酒吧，然后再走。"

"同意。"

"要听我的。"

工厂酒吧正对着高炉，在一条双向行驶的街道上，笔直的街道直通墓地。表哥先进门。里面接近三十五度，那些家伙仿佛融化在酒吧的布景中。一共有五个人。安东尼全都认得。俩人进来后，门随即关上，又是一片暗影。

"你们好，年轻人。"女老板招呼道。

男孩们也向她问好，他们的眼睛逐渐适应了昏暗的环境。三台风扇搅动着空气，嗡嗡地响着，让人昏昏欲睡。顾客高踞在高脚凳上，喝着啤酒，只有鲁迪喜欢坐最里面的人造革长椅。只见他穿着运动短裤，拣那个位置坐真是奇怪。

男孩们朝吧台走去，显得并不活跃。睡意蒙眬的眼睛纷纷盯过来。大家吸了吸鼻子。出于礼貌，有人试图打个手势。总的来说，这气氛让人想起蜡像馆。

"有什么新闻吗？"女老板问。

"没什么特别的。"

表哥把胳膊肘撑在吧台上，俯身和她行贴面礼。安东尼跟在他屁股后面。他觉得不自在，后来又发现鲁迪正从长椅上偷窥他。鲁迪呼吸很快，半张着嘴，还是平常那副惊愕的样子。他头顶上竖着一缕头发，让他看起来傻乎乎的。这天，他穿着崭新的T恤衫，蓝色还算好看。突然，他大声嚷嚷：

"热！"

"喂！"女老板威严地说。

鲁迪吓了一跳，喝下一口啤酒。现在，他茫然地看着空中，始终气喘吁吁。据说，他小时候得过脑膜炎。

"不用在意。"女老板劝解道，"他人不坏。"

接着，她又对着安东尼，问他是不是不屑于跟她打招呼。没有，没有，安东尼回答，也过去跟她贴面。

"你爸呢，怎么样？好久没见了。"

"嗯，他很忙。"

"问他好。"

"好。"

"告诉他，大家想见他了。"

他欠了账，这么说也没错儿。

"好啦，小伙子们，给你们上点什么？"

"我们想见见大哥。"表哥说，"他不在吗？"

"马努吗？他应该在后面玩台球。"

她扯开嗓子喊："马努！"她带着口音，听起来像在喊"马奴"。她老家在希尔蒂盖姆。顾客们没有反应。他们正你前我后地喝啤酒，然后又陷入各自的思绪中，呆滞迟钝，萎靡不振。又喊了第二声，大哥终于现身，手里还握着台球杆。

"有人找你。"女老板说。

马努已经看到两个男孩，忙上前和他们握手。

"啊，瞧。"表哥说，"你真在这里。"

他微笑着，露出矿石般洁白的牙齿。这让人并不踏实；他点了三瓶啤酒，然后转过来和表哥说话。

"那么，你干吗呢？"

"没什么。"

"真的？"

"假期。就这样。"

接着，他转向安东尼，问他老爸的消息。怎么样。

"还行。很平静。"

"他找到工作了吗？"

"他搞了个小公司。"

"什么公司？"

"现在，他可是景观师。"

听到这消息，马努很高兴。卡蒂打开三瓶凯旋啤酒，放到吧台上。瓶子上悬挂着晶莹的水珠，宛如在阳光下一般闪亮。安东尼感觉满口生津。大哥付了钱，把啤酒分给大家。他们为安东尼父亲的成功碰杯。冰镇啤酒沁透他们身体的每个角落。清爽，滋润，恍如春天。

"太爽啦。"马努说。

他那一瓶差不多见底了。

"我们想跟你说点事。"表哥说。

"啊，是吗？"

大哥笑了，还是以他那种滑稽的方式。人家还以为他在大喊大叫呢。他湿漉漉的脸颊，一口完美无缺的牙齿，笑起来让人出奇地印象深刻。

"可以出去说吗？"表哥问。

"这里也行。"

很久以来，马努就盘桓在工厂酒吧。他住得很近，成天在这里消磨时间，打台球，投飞镖，或者一屁股坐下来，喝酒，看着兄弟们。他把这里当成自己的家，甚至还向卡蒂建议说，他愿意帮着把酒吧翻翻新。卡蒂一口拒绝，即便差不多快十年来，酒吧都没有什么改善，既没有挂油画，也没有装空调，顶多就打扫打扫。

这是个有历史的地方。常客们都称之为工厂，此外也没有其他人来。大家在里面安静地喝酒，一直到下午五点，然后就开始放肆起来。根据各自的心境，有人苦恼，有人搞笑，有人凶狠。卡蒂乐此不疲地统领着自己的世界。警察不会上门，碰到酒鬼，她懂得怎样对付。时不时地，等她来了兴致，也会放乔·达辛①的唱片，于是大家纷纷猜想脂粉下她那副曾经的少女面孔。

"我还是想出去。"表哥坚持道。

"好……"

---

① Joe Dassin（1938—1980），美国歌手、演员，以法语歌曲闻名世界，代表作品为《香榭丽舍》（Les Champs-Elysées）。

他们喝完啤酒，抬腿就走。

"马上回来。"马努说。

鲁迪一直盯着场子里的动静，他突然激动起来，扯了扯领口，抬起手来。

"你们去哪?!"

他又大声说了一次，女老板劝他安静安静，要不然就换个地方喝酒。

"哪里也不去。"马努说，"马上就回来。"

"我可以来吗?"鲁迪担心地问。

"别动。马上回来，我不是说了吗?"

"等等……"

鲁迪开始从长椅上起身，当然也很费事。

"我告诉你，待在那里。"大哥说，"我马上回来，没必要惊慌。"

常客们趁机看热闹，当然也没有太多期许。马努站在门边。他还是一副怪相，牛仔裤绷得紧紧的，裤兜里塞着光盘。他穿着杰克·丹尼尔T恤衫，上面布满小孔，腋窝处的颜色更深。让人惊异的是，他留着足球运动员的发型，后脑勺头发较长，两侧剃得光溜溜的。你很难猜出他的年纪。女老板答应看着鲁迪，鲁迪渐渐平静下来。


外面，马努和两个男孩来到阳光下。大哥的眉毛皱成一团，眼睛几乎都看不见了。

"说说看，有什么小秘密？"

表哥下定决心，但是大哥举起手来。

"你们听见了吗？"

他们面前是一条空旷的街道，两旁都是普普通通的砖房。稀稀拉拉的橱窗，全都刷着白色涂料。另一侧，高炉硕大的躯体挺拔矗立，在暑热中轻轻颤抖，回荡着四围的声响。高炉周边，铁锈如丛林一般蔓延，从上而下尽是管道、砖头、螺栓、钢板，纵横交错，阶梯、过道、管线、梯子、厂房、荒废的控制室，七零八落，杂乱无章。

"嗯？"大哥又问道。

的确，每隔一会儿，就能听到远处响起叮当的声音。

"什么？"

"小孩子在玩弹弓。他们完全是疯玩。他们射的是钢珠。那里面早已千疮百孔。迟早有一天，一切都会轰然倒塌。"

"没人管他们吗？"表哥问。

"管什么管？"

整整一个世纪，埃朗日的高炉吸引着整个地区的居民，同时也牢牢吸附着建筑、时间、原材料。一方面，翻斗车通过铁路运来燃料和矿石。另一方面，金属锭通过轨道运出去，到达大江大河，再开启在全欧洲的漫长旅程。

工厂的身躯，只要能够坚持，它就一直坚持，它位于交通要冲，既有公路的连接，又有辛劳的滋养，还有完善的管道网络，管道一旦被废弃、论斤出售，就会让城市痛苦地流血。这些幽灵般的窟窿会激活人们的记忆，就像覆满荒草的道碴儿，墙上早已泛白的小广告，满目疮痍的指路牌。

这段历史，安东尼很清楚。整个童年，总有人给他讲述。在喧嚣热闹的背后，大地幻化为 1800℃ 的铁水，这种狂热的高温，既会造成死亡，也会催生荣耀。他们的工厂，在呼啸、颤抖、燃烧，整整六代人，夜以继日。只要一停下来，就代价巨大，倒不如让男人没有床睡，没有女人陪。最后只剩下这些：棕色的剪影，围墙，用一把小锁锁住的铁栅栏门。去年，还有人在里面搞过活动。一位立法选举候选人还建议在这里建一个主题公园。小鬼们玩弹弓，正在慢慢地毁掉它。

"前不久，消防队来过。"大哥解释说，"他们找到了一个奄奄一息的小孩。他太阳穴中了一弹。"

"是吗?"

"是。"

"然后呢?"

"不知道，我没看报纸。"

"谁啊?"

"就是埃尼库尔的一个怪小孩。好像找到他的时候，他浑身是血。"

"他们没个厌倦的时候。他应该不会再玩了。"

每当提到冒失鬼，这种惯常的俏皮话不可能逗笑马努。从拿到证书到出事故，他老爸一直在美泰乐公司工作。叔伯们也在其中摸爬滚打一辈子。还有爷爷。对于卡萨蒂家和山谷中的半数居民来说，都是同样的历史。单调的声音又响起：

"伙计们，你们想干吗？"

"和布阿利兄弟，我们出了点麻烦。"

"咦？"

"你认识他们，布阿利兄弟。你和所有人都不错啊。"

"我不认识。我从来没有见过他们，这些人。什么麻烦？"

表哥简单做了解释。了解到是摩托车的事情后，大哥兴奋地叫起来。

"啊，等你老爸知道了……"

"你确定不能直接找他们吗？"

"说什么？你们是小偷？这很酷吗？"

这样一来，显然整个事情就完全变滑稽了。表哥照例一番花言巧语，然后谈话也就结束了。大家又听见工厂里传来钢弹珠发出的沉沉的叮当声。大哥手搭在额头，想看个究竟。随后，他又作罢。

"好了，我请你们喝一杯吧，以后也就这样啦。"

两个男孩以为，他要到工厂酒吧，再给他们买一瓶啤酒。压根就不是这样，他邀请他们去他家。他就住在旁边。要往墓地方向走。他们不敢拒绝。

走在路上，安东尼又想起那些破坏工厂的野孩子。他们全都住在省道两边的小镇上，省道空无人烟，只有老态龙钟的农庄房舍，废弃无人的邮局，墙上贴着梦皂广告。不知道为什么，所有这些住在角落里的人，都多少有点怪模怪样，不成比例的脑袋，剃光头，招风耳。冬天里几乎看不到他们的人影，但是每当天气转好，他们就开着改装的汽车和震耳欲聋的摩托车窜到城里来。在城里被人撞见的时候，他们总是鬼鬼祟祟，躲躲闪闪。在他们的生活环境里，从来就没有这么多限制。据说，他们还吃狗肉和刺猬。上小学时，安东尼就遇到过这样的同学。热雷米·于格诺、露西·克莱佩尔、弗雷德·卡尔冬。他们人都不坏，但已经算心狠手辣、骄傲自大，爱惹是生非。读完小学五年级，就再也没有见过他们。在等待长到法定年龄的同时，他们可能都跑去学职业技术了。然后，他们会开始边缘化的人生，领补贴过日子，小偷小摸，家里人口众多，又缺少教养，生活条件艰苦，喜欢为非作歹，没准什么时候再生出个天不怕地不怕的家伙来，令整个乡镇都遭殃。

马努家的公寓在顶楼，比酒吧里还要热。

"坐吧。"大哥指着长椅说。

随后，他打开窗户。两个男孩已经大汗淋漓。

地上放着篮子，小狗正在里面呼呼大睡。在露出来的梁柱上，只见有几本口袋书，一些非洲装饰品，角落里悬挂着捕梦网。此外，也没有太多别的东西，一把橘黄色扶手椅，墙上贴着一张赛百味海报。一只臭虫蹦出来，似乎在右上角嗡嗡作响。

马努从开放式厨房回来，拿着一提奥乐齐易拉罐。五百毫升，像马尿一样，从冰箱里取出来的。他挑了一听，把剩下的一股脑儿放在茶几上，然后一屁股坐进扶手椅。

"趁凉，赶紧喝吧。"

两个男孩老实从命。啤酒很清爽。美妙。

马努放下易拉罐，转动扶手椅，小狗还在篮子里酣睡，他去挠小狗的头。小狗全身黑褐色，嘴巴尖尖的。抚摸几下，小狗开始哼哼，马努倒了点啤酒在狗碗里。

"你不想喝一口？"

他把碗凑过去，小狗睁开迷离的眼睛，舔了两三下。随后，它又把头埋到篮子里。

"可怜的畜生。这么炎热，它成天都在睡大觉。"

随后，他打开高保真音响。一个男声开始唱《我完全可以没有你》。这首歌不错，马努调高音量。

"这是你家啊。"表哥说，"我不知道，你还出去旅行过？"

"看你说的。四分之三的玩意都来自圣旺。有一阵子，我老去那边。那些家伙塞给我很多乱七八糟的玩意。"

马努喝了一大口啤酒，茶几上有一圈水印，他小心翼翼地把易拉罐放回原位。

"好啦，我在这里也不错。女儿也有个房间。离市中心也不远。我不在意。只是夏天热死人。"

表兄弟俩如坐针毡。这玩意像木头一样硬。大哥抿着啤酒，盯着他们，看到他们不舒服的样子，明显很得意。

"怎么样？"

"还行。"

突然，他一脸严肃，朝他们俯过身来：

"你们知道，我呢，布阿利家啊，我也就认识他们堂兄弟，当时我在艾斯卡尔酒店上班。萨义德呢，我们有阵子都在坐牢。我顶多跟他说过两次话。但是，跟小家伙们呢，根本就没有过。我现在乐得清闲。我只跟坏小子混。"

他把茶几拖到身边，翻找起来。下面乱七八糟的，有碟片、杂志、食品包装，还有个奶瓶，底部已有凝乳。在他忙着东翻西找的当儿，两个男孩互相看了看。从表哥的脸上，安东尼读出一种神情，让他忐忑不安。

"瞧，找到了。"

马努找到了想找的东西，一个镶有塑料垫圈的小金属盒。他打开盒子，把三克可卡因倒在茶几上。可卡因结成了块，略带粉色。安东尼以前从没有见过。他顿时口干舌燥。马努切好对称的三行。他用的是一张扑克牌，方块8。

"咳，马努。"表哥试着说道，"我们不是来瞧可卡因的。确实酷，但我们要回去啦。"

小狗张开嘴巴，打着哈欠。看主人手头正忙，它一跃而起，开心地喘着气。安东尼胸中涌起一股焦虑的气息。小狗三条腿站着，第四条腿是黑色残肢。他看着小宠物蹦蹦跳跳地朝主人身边而去。主人用打湿的指头沾了点可卡因，伸向小狗，小狗舔得很开心。它还汪汪直叫。马努开始笑，让表兄弟俩看热闹。

"它好有意思，嗯？"

"是啊。"安东尼说。

"说真的，马努。"表哥还想试探，"我们得走了。再说呢，我还有事情。"

"别走啊。小狗都吃呢。"

大哥用便利贴卷好，吸了一口。那玩意怎么也有十厘米长。

"该你们了。"

他把便利贴递给安东尼。安东尼浑身汗涔涔的。

"等等。"表哥说，"我们……"

"别扫兴啊。"

这期间，小狗狗不耐烦地叫着，在篮子里快速地打转，想抓住自己的尾巴。

"妈的，什么饿鬼！"马努说。

他大笑起来，小狗还在固执地转圈，兴奋到极点，两个男孩几乎不敢相信。

"好啦，现在安静安静吧。"大哥说。他生硬地拍了一下小狗的屁股，小狗一声呻吟，卧倒在地。每次都是同样的画面。它想尝一口，随即就差不多挨一顿打。

他又回来招呼客人，用鼻子吸了几次，满脸堆笑，露出一口齐整的牙齿。安东尼心想，这面孔有点像谁。是啊，《七个水晶球》里的印第安人。

"该死，真他妈的热！"

马努撩起 T 恤衫。里面，他骨瘦如柴。即便坐着，肚子上也没有一点褶皱。他又对安东尼说话，毫不留情：

"好啦，加油哦。时间到了，朋友。该你啦。吸吸气，深呼吸，清空垃圾！"

安东尼跪在茶几前。他的额头布满汗珠，胸中憋得难受，他心想，自己快昏厥了。

"你看看吧。这对你有好处。"

男孩把吸管塞进右鼻孔，使劲地吸。等他再直起身来，恐惧感已经荡然无存。终于做了。他为自己骄傲。

"嘿嘿！"大哥说，"怎么样？"

安东尼忽闪着眼睛。除了鼻黏膜有些刺痛，没有其他任何感觉。他吸着。他用拇指和食指捏着鼻子。微笑。用舌头舔嘴唇。

"啊，妈的……"

大哥放声大笑。

"你看见啥了？"

少年很难描绘这种感觉。跟醉酒的感觉不同，跟抽大麻也不一样。他感觉成为了自我的主宰，像手术刀一样，早已磨得锋利。恍然间已经自由报名，通过了高中毕业会考。而且，令人难以置信的是，斯特凡娜突然唾手可得。

轮到表哥了。等他抬起头来，便开始微笑。两个男孩云里雾里，不管怎么说，已经达到目的。太爽啦。

从此时开始，下午便在神魂颠倒中度过。

马努又切了三行，取出一瓶茴香酒，倒了几大杯，里面加上冰块。安东尼说啊，说啊，说啊，语速飞快，谈人生的意义，谈可卡因的效果，他感谢大哥，来到这里他太开心啦，说真的，太酷啦，他还想吸，他胆子大起来，什么都敢说。他一边说，一边陶醉其中，恰到好处，用词准确，思维敏捷，让人难以置信。聊

106

天有如滑冰比赛。在弯道处，速度感更让人叹为观止。

很快，安东尼脱掉 T 恤衫。表哥牙齿咬得格格响。最后，他也赤膊上阵。马努想让他们听点东西。他按"快进"和"播放"键，来回找了好久。实际上，他在找詹尼斯·乔普林[1]的歌，在那首歌里，她请求上帝送她一辆奔驰，但是歌曲可能不在这盘磁带上，最后只好不了了之。有一会儿，安东尼看了看表，惊奇地发现才过三点。但是，他感觉已经在那里待了好多个小时。小狗睡着了。他问小狗的爪子怎么回事。

马努回到扶手椅上，突然脸色阴郁下来，开始用烟头烧肚脐眼下的几根卷毛。房间里弥漫着一股焦味，很不舒服。

"事故。"

"车吗？"

"不是。聚会的时候，一个蠢货。小狗在沙发上睡着了。那个傻逼一屁股坐了上去。"

"啊，妈的……"

"他坐断了它的爪子，有四处骨折。没人告诉我。等我发现的时候，已经不可挽回。只有截肢。"

"天呐。"

"它哭叫了好几个小时，可怜的畜生。谁都没有起身。"

他猛吸一口烟，从旁边都能听见烟草的噼啪声。这段故事让气氛凝重起来。会让人以为，现在大家感觉状态不好，那是因为

---

[1] Janis Joplin（1943—1970），美国摇滚歌手，有"蓝调天后"的美誉。

小狗的存在。安东尼觉得脑袋昏沉沉的。他看见表哥又穿上了 T 恤衫。

"你真的想找回摩托车吗?"

"什么?"

在回答之前,大哥想享受一下他的成果。他又抽了一大口,吸得很深,脸颊都凹陷进去,眼睛睁得圆圆的,不停地转动着,像乌鸦一般。

"你的摩托车。你想找回来,可你没有三十六计啊,朋友。"

他站起来,走进厨房。有一会儿,男孩们听见他在洗碗池下面翻来倒去。等回来的时候,他早已踉踉跄跄,肩膀不停地撞到墙上,他手里拿着一个包裹。他把包裹朝他们扔去,但是没有掂量好,东西掉到地上。

"快。看看。"

"什么?"表哥问。

"你觉得呢?"

确实,光看包裹的形状,就大略知道里面的内容。

"去吧。"

安东尼站起来,捡起手枪,打开包装,是《队报》的旧报纸。他认出安德烈·阿加西。武器裹在碎布里面。这是一支 MAC 50 手枪。他双手握住,仔细端详。太漂亮啦。

"有子弹。"马努说。

看看这玩意,它的密度,它手柄处螺钉的宽度,它耐用的感觉,说到底,它极其简陋的样子,一切都让人印象深刻。这件武器很笨拙，毫无精细的感觉，可以想象它用起来绝对威猛。安东尼将拇指放进退壳沟槽中。表哥起身过来看。他也拿起来把玩。

从前，政府需要现代化的手段，好维持秩序，近距离杀死敌人。法国工程师就设计了这种耐用机械，以满足技术细则的需求。其他那些人，文凭低，收入少，负责在沙泰勒罗和圣艾蒂安进行加工。再后来，那些穿制服的人，从事行使暴力的职业，他们随身背着这一公斤重的金属。在这里，或在那里，以 315 米每秒的初始速度，他们打死过很多人，但合情合理，为政治服务。最后，这支手枪来到这里，又沉重，又灰暗，在马努的公寓里，在一个十四岁男孩的手里。

"让我看看。"表哥说。

安东尼有点遗憾地递给他。

"好沉啊。"

大哥又回到扶手椅上，开始抽第 n 支烟。看起来，他也快不行了。他勉强地微笑着，又做出一个不屑的动作，将烟灰缸打翻在地。

"很漂亮哈。我对你们可是格外开恩。"

表哥将武器放在茶几上。安东尼很后悔没有抓在手中。现在，他心里痒痒的。他想握着枪，看看是什么感觉。一端起枪，问题就迎刃而解啦。

"我们要走了。"表哥说。

"嗯？你想去哪？"

"好啦，马努。这有点过火啦。"

大哥的眼皮下面，静脉在飞速地跳动。他随手一弹，将烟头随意地从房间里抛出。

"你又没缺氧，小东西……"

表哥示意安东尼跟他出去。

"你来到我家里，喝我的啤酒，吸我的可卡因。不开玩笑，你以为在哪里啊？"

"好啦，马努。"表哥说，举起双手，示意安静下来，"太酷了。现在，我们该走啦。"

"你不要动。"

大哥感觉胸口一阵恶心，食道滚烫滚烫的。他稍做挣扎，下巴抵在胸口，闭上眼睛。等他再睁开眼睛的时候，只见他的瞳孔无限放大，看起来就像深邃的湖泊，黑幽幽的，毫无表情，深不见底。安东尼一个冷颤。枪就在他们之间，在茶几上。大哥俯身拿枪。

"你们走，现在。"

他拿着枪，表情又奇怪，又不屑，双腿叉开，手腕弯曲。

"你怎么样？"表哥问。

安东尼面如土色，汗珠从太阳穴直往下流。他吸了吸鼻子。

"你走，我告诉你。"

等安东尼站起来，大哥一把抓住他，他用又长又瘦的手攥住安东尼的胳膊。他的手很烫，这种接触有点让人反感。安东尼想到了艾滋病。他知道，皮肤并不会传染，电视上已经说得够多了。但一想到这里，他就不由得脊背发凉，他挣脱开去。

“小傻逼，去……”

表兄弟俩逃了出来，“砰”的一声关上门。楼梯间里，空气清新。他们三步并作两步跑下楼梯。安东尼在心里琢磨，那个坐小狗身上的家伙该会有什么遭遇。

# 8

两个男孩步行回家，他们穿城而过，后来还经过金色原野。他们晕乎乎的，并不觉得遥远，不知不觉就走完全程。然而，还是热气逼人，依旧能够感受到城市的凝重，融化的沥青、干燥的尘土，夜晚姗姗来迟。

安东尼拖在后面一点，心情复杂，沉默不语。一方面，在大哥家吸了可卡因，他很高兴，这就是传说中的转折点。而且，他还巴不得大张旗鼓地宣扬呢。另一方面，他的烦心事还没有解决。表哥走在前面，大步流星，一言不发。他在想什么呢？生气还是怎么的？肯定，别人的内心生活多少都有些糟糕成分。

"咳！说正经的，我怎么啦？你赌气还是怎么的？"

表哥没有回应，只是加快步伐，安东尼一阵小跑，免得被拉开距离。一个刚刚吸了毒的家伙，像一名"滚石"一样精神恍惚，这形象可不太好。

"等等！你倒是等等我呀，妈的！"

他们正准备爬克雷芒·阿德尔大街的时候，他的心情变了。一种模糊的焦虑感沉沉袭来，他感觉无欲无求，永远没有尽头，感觉身不由己，重回童年时光，感觉要证明自我。有时候，他感觉太难受，他想到很多快捷高效的点子。电影里，人们都有周正的脑袋、合体的衣服，通常都有出行工具。他满足于苟且的生活，在学校里一文不名，出门只能步行，连一个女人都带不出去，甚至都没有好的盼头。

来到表哥家前面，看见自己存放的自行车还在那里，靠在墙边，他多少觉得宽慰。两个男孩待了一会儿，并没有说话。现在是下午三点到五点之间，身体早已适应过来。表哥没有邀请他进门。安东尼不甘心就这样离开。

"到底什么毛病？"

"你得跟你老爸讲。好啦，就这样。"

"我不能。"

"你还想重复多少回？你想怎样？拿着手枪去找？"

表哥满脸讽刺地说。他们交往这么多年，还从来就没有如此生疏。

"好啦，再见……"表哥说。

表哥回家了。

安东尼独自待了一会儿。周围这片房子毫无变化，标准化的建筑，干枯的树木，齐人高的栅栏。人行道上，孩子们用粉笔涂鸦，写着自己的名字。宣传册已经塞爆邮筒。

他登上三级台阶，来到门口，进入逼仄的房子。表哥还在走廊里。他正要去卧室，却被母亲抓个正着。跟平常一样，到处都回荡着电视的声音。安东尼慢慢靠近，看到他出现在门框里，伊莱娜把声音调小。

"你来啦。你生气啦。"

她躺在长沙发上，手里拿着遥控器。电视屏幕上，一位美国侦探正在去圣莫尼卡的路上，小客厅窗户紧闭，充溢着加利福尼亚风情。

"怎么啦？你们吵架啦，还是怎么了？"

俩人都不吭声。一般来说，最好不要接她这茬，给她口实，她总是由着性子。她想到什么，从不过脑子，全都会一股脑儿吐出来。一开始问女儿在哪里？她大概要给女儿染发。表哥不知道。妈的干吗去啦？随后，就轮番说起发票、邻里关系、工作、结肠病、衣物、熨衣服、电视，一个都不落下。她不时回到人生的宏大叙事，说一句"我的抑郁症"。那说话的语气，就像呼唤"我的女儿"或"我的小狗"一般。她这毛病由来已久，已经成为她的一种陪伴，一种存在。她从前的老板给她找麻烦。她一年没有上班，那个坏蛋想解雇她。其实说来，她无非最担心这个。医生好言安慰她。最坏的情况，大不了联系劳动督察处。同时，她也很理解老板。毕竟要让公司运转。得了，这些坏蛋总是欺诈她这样的人，大捞好处，她没必要同情他们。

随后，电视屏幕上发生了什么情况，她调高音量，把一切又忘到脑后。就这样结束了。表哥借机爬上楼去。安东尼紧随其后。

安东尼还记得，他小时候，姨妈在一家从事生鲜食品运输的企业做财务。每次来串门，她都会带来成打的达能甜品、列日巧克力、酸奶。美好时代差不多已经过去。那时候，她与布鲁诺约会，那家伙是司机，一脸络腮胡。母亲经常邀请他们和表姐弟来家里。每次他们过来，就像过节似的。晚餐一直持续到午夜之后，听着大人们闲聊，安东尼在沙发上就进入梦乡。父亲拿出各种好酒。在一张张小学生作业本那种标签纸上，用蓝墨水写着李子酒和黄香李酒的字样。男人们嘴上叼着烟，开各种小儿科的玩笑。女人们在厨房里拉家常。咖啡壶一直咕嘟到凌晨一点。父亲伸开双臂，将他抱上床。有一次，他和表姐弟待在他的卧室，表哥拿出一份怪异的目录，上面标着勒内·夏多的名字，里面全是裸体女孩照片。他们关上门偷看，但卡丽娜也坚持要看，不然就要去向大人告状。那时安东尼九岁，表哥十二岁。看着这些玩意，他们假装若无其事，但不管怎么说，大腿间长毛这事多少让他们有所顾忌。卡丽娜还给他们看，她没有毛，但中间有条缝。安东尼大概也脱过裤子。这一切，都很遥远了。

　　他们待了十分钟，充满敌意，缄默不语，都觉得不自在，这时候，楼下有人按门铃。这有点反常。穆热尔家一般没什么来客，除了安东尼和凡妮莎。但他们从不按门铃。表哥从窗台俯身向下看。他让来客们上楼。

　　"谁啊？"安东尼问。

　　楼梯上已经响起脚步声。表哥爱搭不理，假装忙着收拾卧室。安东尼又问了一遍：

"不会吧，谁啊？"

表哥叹了口气。

"这里你不能待。你得离开。"

克莱芒丝出现在门口，斯特凡娜跟在后面。安东尼顿时一脸受伤的表情，他机械地用两根手指在眼前做了个手势，意思是把我当傻逼呀。这么疯狂，什么玩意？

"你好！"克莱芒丝说。

她扎着发髻，描着一圈眼影，所过之处都会留下一股甜腻的味道，像棉花糖似的。斯特凡娜做出一副生气的样子。现在，他们四个人待在卧室里，房间显得太逼仄、太丑陋。这当然逃不过表哥的眼睛，他抓起枕头拍了拍，弄得鼓鼓的，然后又把地上乱七八糟的电线藏起来。克莱芒丝来找他，他们相互拥抱，舌尖缠绕，尽情亲吻。安东尼一脸诧异。流行的吻式。他转向斯特凡娜。

"咋了？"她问。

没什么。两个恋人靠在窗台上。他们逆着光，外面的阳光投射进来，清晰地勾勒出他们的身影。他们青春逼人，年轻漂亮。随后的五分钟非常难熬。斯特凡娜什么也没做，安东尼更没有这个胆，那俩人倒是宁愿自个儿待着。这种复杂的社交场面，体现在恼人的沉默、巧妙的规避，还有斯特凡娜的叹息中。表哥终于抓住克莱芒丝的手，把她往外拉。

"你们去哪儿？"斯特凡娜嘟囔道。

"我们会回来的。"

"你们干正经事吗?"

"我们马上回来。你们抽支小烟的工夫。"

两个恋人消失了身影,安东尼独自和斯特凡娜待在一起。多么焦虑,出乎意料,尽善尽美。他再一次用手揉了揉右眼。

斯特凡娜开始打量墙上的录像带。她低着头,认真辨识每一部片名,一直没有抬头。不时地,她抬起幽怨的眼睛。她穿着白T恤衫,袖子很短,看得见左肩上的痘疤。只要安东尼一伸手,就可以抚摸她。她属于这类型的女孩,穿着背带短裤,小腿肚圆圆的,脖子上有一条颈纹,微卷的头发垂在后颈窝。她抓起一本杂志,开始来回扇风。在这座火炉里,她浑身的肌肤仿佛氤氲着一层湿润的光泽。她漫不经心,大大咧咧。有点类似吃饭用手抓然后又舔手指的那种女孩。她一屁股半卧在床上,身体用胳膊肘撑着,跷起二郎腿。右脚在空中荡来荡去,甩掉了运动鞋。安东尼看见她的大腿压着被单,已经改变模样,仿佛具有了全新的厚度,既动人心弦,又戳人。

"哦!"斯特凡娜说,正看得出神的安东尼一惊。

小伙刷的红了脸,挠了挠脑袋。他宣布说,要去卷一小支烟。

"他妈呢?"女孩问。

"没啥好怕的。她从不上来。"

"肯定?"

"相信我吧。没有危险。"

听到这样回答,她彻底放下心来。安东尼在一个小书桌里找到烟纸和大麻，开始卷起来。他本应做的事，其实是讲一讲到马努家的闪电拜访。这似乎是最有把握的方法，可以向她证明，他已经是真正的男子汉。但是，斯特凡娜心思不在这里。

"他妈呢？她不工作吗？"

安东尼不知道该如何回答。

"她身体不好。"

"什么毛病？"

"心脏。"

这是个万能答案，斯特凡娜心满意足。安东尼卷好大麻烟，递给斯特凡娜。

"拿着。"

"别。好吧……"

说实话，斯特凡娜心想，女友怎么会带她来到这里。这破房子太难看了。能住多少人啊？再说，这里面邋里邋遢的，地毯也脏兮兮的。尤其是，她想到在楼下碰见的那个疯婆娘。她问她们是不是已经成年，然后张口就问她们要烟。这怎么说都算特别。从抽第一口烟开始，安东尼就觉得嘴里干涩，黏糊糊的，他后悔提出建议，非要卷一支大麻烟。然而，以后也很少会有这样的机会，给斯特凡娜卷一支烟。那么多细节，诸如她戴手镯的方式，纯天然的秀发，细腻的皮肤，透过她，他能想象一个封闭而精致的世界。他脑海里有些迷迷糊糊让人艳羡的意象，夏天度假的房子，全家福，帆布躺椅上一本打开的书，樱桃树下的一条大狗，从牙医诊所那些杂志里看到的纯粹的幸福。这种女人很难追。

"你觉得他们出去是不是很久了？"

"不知道。"斯特凡娜说，"再说，我也不在乎。"

他又给她递大麻烟。

"我说过了，不要。天太热了。我会恶心的。"

说出这番话，斯特凡娜看到了效果，她差点埋怨自己话说得太粗暴。这个男孩，看他闭上眼的样子，还蛮有意思的。在这一点上，她觉得他和西蒙不同。一想到这里，她就感觉自己有病。她想抓住机会，不管三七二十一，享受一番被爱的小小乐趣，在懊恼中打几个滚，让苦闷散发。说到底，她倒愿意整天想着这些。另外，这或多或少也是她正在做的事。安东尼打断她：

"他们在干吗啊？"

"你觉得呢？"

"我不明白，为什么他啥都不告诉我？"

"克莱芒丝成天都给我搞这样的计划。"

"什么意思？"

"我不知道……"

"比如，我来这儿干吗呢？没有胡来？"

"当然。"男孩同意。

这份坦诚倒让斯特凡娜觉得好玩。她把匡威帆布鞋甩到地上，盘腿坐在床上。无疑，这条马尾辫撩得安东尼心里像猫抓似的。

"得了，把那玩意儿给我吧。"女孩指着大麻烟说。

她重新点燃，吸了三大口。至此，气氛就明显放松下来。斯特凡娜躺倒在床上，双眼望着天花板。就这样，安东尼可以观察她的大腿、腿上金色的茸毛、轮廓清晰的小腿。再往高处，几乎到了胯部，可以想象一道梦幻蓝的暗影。她的右手悬在空中，食指和中指夹着燃烧的大麻烟。

"你呢，有女朋友吗？"

安东尼吃了一惊，回答说有。斯特凡娜转过来看他的表情，想核实一下他是否在撒谎。她嘲弄地笑起来。

"怎么啦？"男孩问。

"你多大啦？"

"十五。"安东尼继续瞎说。

"你至少已经吻过女孩吧？"

"是的。"

"你怎么做的？"

"怎么啦？"

"舌头往哪个方向？"

过去这一学年，这种讨论花费了安东尼很多心思。在这一点上，意见各不相同。他选择了自己的立场，也是大多数人的态度。因此，他回答说，应该按顺时针方向。女孩的脸上流露出淘气的神色，安东尼沉下脸来。

"你呢？"他马上反问。

"我什么呀？"

"你有男朋友吗？"

斯特凡娜叹了叹气。太复杂了，她不想多说。然而，她还是说了出来，唠唠叨叨。就这样，安东尼大概明白，有一个小子太可爱了，但他表现比较差，可不管怎么说，还是太可爱啦。有时候，他很乐意；有时候，他的所作所为又好像斯特凡娜压根就不存在。她多少也懂他。他很复杂。而且，他还读加缪和《蓝草》①。总之，她很抓狂。很快，安东尼就开始后悔不该这么好奇。他又抓起大麻烟，从中寻求慰藉。斯特凡娜继续自己的独白，能够重温痛苦，当着别人的面消磨痛苦，她很高兴。她不停地讲，安东尼随意观察她。他看见她起伏的胸部，依稀可见 T 恤衫下面隆起的胸罩。她把大腿伸直，双脚在脚踝处交错，叠放在床腿上方。她保持这种姿势，小腹处露出一块三角区。过了一会儿，她终于沉默下来。安东尼注意到，她的臀部在轻轻扭动。他想抚摸她。他下楼去找喝的东西。

他在往可乐里面加冰块的时候，姨妈突然冲进厨房。

"那两个女孩是谁？"

"哎，妈的！你吓死我了。"

三块冰打碎在地上，碎屑满屋子飞溅。

"是谁？我不认识这俩女孩。"

"就是女朋友。"

安东尼开始用抹布收拾残局。姨妈在一边袖手旁观，拿着遥控器，若无其事的样子。

---

① 《去问爱丽丝》(*Go ask Alice*) 一书的法文版译名。

"她们从哪里冒出来的?"

"怎么啦?"

"她们来这里吸毒吗?"

"才不是呢。就是女朋友呀。"

他把冰盒放回冰箱,拿起可乐上楼去。姨妈拦住去路,斜着身子往门口一站,用肩头顶着门框。她满脸嘲讽地看着他过来。

"是你女朋友吗,胖的那个?"

"她不胖。"安东尼说。

冰块在杯子里融化,发出咔嚓咔嚓的细微脆响。男孩感觉手中慢慢升起一股凉意。跟平常一样,只要觉得不自在,他就想撒尿。

"嗯,注意饮食,对她有好处。她们住哪里啊,这两个女孩?"

"我什么都不知道。"

"不管如何,她们很可爱。你告诉她们,下次得问声好。"


之后,安东尼和斯特凡娜并没有单独待太长时间。另外俩人上楼来了,如玫瑰一般清新,甚至头发都毫不凌乱,让人不禁纳闷,这样子,他们能干什么呢。随后,女孩们就骑着摩托车离开了,就像来时一样。启动前,克莱芒丝打了个手势,斯特凡娜则毫无表示。

# 9

　　星期四清晨，埃莱娜早早起了床。事情的来龙去脉，儿子终于一五一十讲给她听了。她来回掂量着，最后做出决定。她来到儿子的卧室，把他叫醒，坐到他的床边，开始给他解释后续的事情。她打开百叶窗，窗户霍然洞开。只听见百鸟啼鸣，高速公路上一片喧嚣。美好的一天刚刚开始。她想了很久，考虑每一句话该怎么表述。似乎那些话语的可靠度将决定全家的未来。

　　"我们到那个男孩家去。我跟他父亲聊聊。跟你朋友聊聊。我相信，问题能够解决。"

　　"你真是疯了。"安东尼说。

　　他想让她打消念头，但并不管用。她脑子一根筋，想到什么就非干不可。她按时出门上班，打扮得漂漂亮亮，穿五厘米的高跟鞋，画蓝色眼影。现在，她做出决定，担忧也彻底消失了。整个上午，他对着浴室的镜子，一边挤黑头，一边琢磨这事。正午刚过，母亲如约来找他。一路上，他闭口不言。他早就给她解释过很多遍，跟这些人聊压根没用。埃莱娜不赞同。成年人之间的对话，一切都会迎刃而解。她信心满满，但不想把车停到塔楼下面。他们步行走完最后一程。

布阿利兄弟住在优先城市化改造区，小区毫无特色。它不像那些巨型睡城，如萨尔塞勒或芒特拉若里迷宫般的楼宇。这里差不多只有十来栋不算高的楼房，从天上鸟瞰，能看见它们拼凑出梅花的图案。另外还有三栋更高的塔楼，有十五层左右，其中最著名的就是马奈塔楼。

近几年来，"黄金三十年"期间建设的优先城市化改造区里，居民大量流失，遗留的房客自然认为可以把空房子据为己有，扩大自家居住面积。他们抢起大锤，各自打造出漂亮的五居室。两间厨房，两间浴室，每个小孩一间卧室。租金没有变化。廉租房管理处对这种违建行为也睁只眼闭只眼。不管怎样，塔楼不会得到修缮。在电视天线和晾晒的衣服之间，可以看见斑驳的涂料、布满铁锈的阳台、滴滴答答漏水的排水管道、外墙面上密密麻麻的棕色雨痕。曾经的住户早已远走他乡，要么去了卢森堡或大巴黎地区，要么领上年金就回北非去了。最幸运的人可以给自己盖一栋小楼，这是二十年奉献的结果。说白了，这些破破烂烂的楼房标志着一个世界及建筑师的失败。很快，它们就会轰然倒塌，但倒得绝不会像电视上那样壮观。人们会采取蚕食的办法，用推土机将一堵墙推倒，把楼房一栋一栋渐次撕裂。楼房开膛破肚，依稀可见绣花的地毯、铁栏杆、福米卡塑料贴面、敞开的壁柜，就像大轰炸期间的伦敦。只需两周时间，全都可以搞定。五十年的生命，顿时化作一堆废墟。太快了，规划师心想。在此期间，还有些小小的躁动，攒动的人头，那些老住户，在那里一住就是三十年。

上楼之前，在毕加索塔楼前的拱廊下，正对塞尚塔楼的地方，安东尼和母亲略加踌躇。男孩想撒尿，再洗洗手。在他的手掌中，生命线和事业线已经积满黑垢。他感觉汗淋淋的，全身膨胀。

"手脚不要乱动。"母亲说。

"我想小便。"

"我也是。忍一下。"

为了给自己壮胆，她吃了一颗嘀嗒糖。

"快，绿灯。"

安东尼嚷了一声，但她已经穿过街道。现在是下午三点，路上只见到小推车。右边稍远处，一些小家伙正在游乐场玩耍，坐在弹簧摇摇熊猫上摇来晃去。母亲们一身疲惫，坐在长椅上，看着他们玩。有些妈妈摇着童车，车里面的宝宝睡得正香。安东尼和母亲穿过街道，她们都朝这边看过来，只见一个高个子棕发女子，脚穿松糕鞋，还有一个背背包的少年。他们看起来像是小偷。

在大堂里，母亲和儿子很是诧异，水泥建筑里竟是凉森森的。他们走楼梯。死一般的寂静。走在台阶上，鞋子发出刺耳的声音，在楼梯间里四面回响。他们在四楼停下来，挨个看门铃上的名字。布阿利家住右边第一户。

"那？"

"按呀！"

母亲按下门铃，一个尖细的声音仿佛穿破楼层传上来。在古墓般的寂静中，感觉整栋楼打了个寒颤。

"好啦，停！"安东尼抓住她的胳膊说。他的声音传来回响，让他们心头发紧。墙壁之间，每一个声响都在暴露他们。他们等待着回应，但什么也没有。安东尼和母亲孤零零的，置身于充满敌意的地盘，他们感觉害怕，勇气逐渐丧失。

这时候，锁孔里传出金属声。门后好像有人在操作复杂的机械结构，门应时打开，露出一名矮个子男人的身影，他穿着一身牛仔服，留着小胡子。母亲努力微笑。安东尼低下头。在走廊昏黄的光线里，布阿利先生的身影看起来变了形，脑袋很威猛，双手太笨拙。他的脸上布满深深的皱纹，一圈一圈扩散开来，两只眼睛就像两点闪烁的微光。他打量着来客，毫无表情，略显尴尬。

"您好，先生。"埃莱娜用带着歉意的口吻说。

那人沉默不语，充满好奇，精神饱满。一听埃莱娜问哈希纳在不在家，他额头的皱纹更深了。

"不。他不在。"

"您知道他很快会回来吗？"

"您想干吗？"

身后，埃莱娜和儿子能感觉到空荡荡的楼梯间，感觉到整栋大楼自下而上的死寂，仿佛有很多人在场，密密麻麻，在默默地攒动。无所事事的居民，都在那里暗中窥视，电视、毒品、娱乐、炎热、烦恼，这是他们的日常。一点动静就足以让他们警醒。埃莱娜回答说，她想跟他聊聊。这很重要。

"什么事？"那人问。

"我希望等您儿子回来再谈，先生。"

埃莱娜很有礼貌，但多少让人生疑。这种礼貌，让人想起公证员刻意保持的距离，或者医生宣布坏消息时的语气。

"他不在。"那人重复道，说着就要关门。

埃莱娜先是伸手去挡，接着又用上了肩头。

"很重要。我必须跟他聊聊，布阿利先生。"

"他干吗了？"

看他的表情，埃莱娜感觉他有点动摇。她问能不能进去待一会儿。布阿利先生不知道。他很担忧。首先，他不想人家给他找麻烦。埃莱娜一直坚持。

"不行。"那人说，"别烦我。"

楼上有一家开了门，响起几个典型的男人的声音。还有链子的响动，吁吁的喘气声，一条狗在低吠。安东尼果断地推开门，把母亲拽进屋。

"来……"

"你们干吗？你们没这权利。"

不速之客用力一推，那人一个踉跄。他看着他们，不敢相信。

"你们疯啦。出去。"

安东尼随手关上门，拉上插销。现在，三人挤在狭窄的过道里。那人能够闻到埃莱娜的头发散发的香气。清新的橙花香，好闻，有女人味。他感觉很焦躁。她盯着他，双眼圆睁，还把食指放到嘴边打手势，请他不要出声。邻居们牵着狗下楼。他们说着阿拉伯语，气氛比较喜庆。安东尼越来越想撒尿。等其他人渐渐远去，他问道：

"可以用一下您家厕所吗？"

这个问题让老人顿时失去防备。他告诉安东尼，过道尽头靠右。埃莱娜趁机把前因后果讲给他听。这故事，她已经反复斟酌了很久，她毫不费力地一股脑儿讲了出来，该突出的地方还刻意强调。就这样，她有两次说到"小偷"一词，但声音温柔，令人宽慰。渐渐地，那人的脸色变了。他看起来老得可怕，一下子觉得自己也有责任。他和拉妮娅一道离开那个贫穷的国家，在埃朗日相对找到了收容的感觉。在厂里，四十年间，他都规规矩矩，遵守时间，表面上很温顺，但内心始终是阿拉伯人。因为他很快就明白，工作中的三六九等并不单单取决于技能、资历或学位。在非技术工人中，存在三个等级。最低端的是黑人、北非人，正如他自己。上面一级是波兰人、斯拉夫人、意大利人和最笨拙的法国人。为了进入更高级别的岗位，必须是土生土长的法国人，此外别无他法。如果哪个外国人破天荒成为专业技工，或者进入基层管理圈，他周围会始终笼罩着一种怀疑的气氛，一句"我不知道咋回事"，就会先入为主地把他否定。

工厂的运行规则对此脱不了干系。乍想来，人们大概会认为，效率决定人员的分配和投入的力量。有生产的逻辑，有如山的军令，似乎就足够了。其实，在一直高高信奉的这些图腾后面，山谷也逐渐丧失竞争力，这里存在一大堆心照不宣的规则，从殖民地传承而来的强制性方法，看似天经地义的排名，保证被侮辱者严守纪律和等级的暴力机制。在最底层，正是马利克·布阿利和他的同类，卷毛、阿拉伯人、北非佬、黑鬼；这些都是广泛使用的词。随着时间的推移，对他及其同类的蔑视也更加隐秘，但从来就没有消失，甚至还一度被推进。但是，他剩下一肚子怨气，燃烧了整整四十年。现在，已经不重要啦。他领着失业保险，还有美泰乐公司的解雇赔偿金，他让人在国内盖了一栋小房子。拉妮娅已经提前回国。他们工作那么卖力。打小时候开始，他们的孩子就更懂事，更善解人意。到底是怎么回事？

马利克清了清嗓门。

"我去泡茶。"

他朝厨房走去，把埃莱娜留在过道里。很快，她就听见壁橱的响动、水流声、燃气灶的动静。

他们默默地喝着茶，滚烫的金色小杯子在油蜡布上勾画出一个个圆圈。主人没多少话说。他双眼盯着茶杯，思来想去，都是灰暗的想法。在此期间，埃莱娜看着他若有所思的脸庞，如原野一般沟壑纵横，还有他那双干活的手。很奇怪，这人让她想起父亲。

"您搞错了。"他说,"哈希纳不是这样的。"

他盯着她,眼神毫不宽容。他没有撒谎。他对真相也不感兴趣。他只满足于履行父亲的职责;晚一点,他再跟哈希纳算账,就这么定了。看他那么固执,埃莱娜又把事情陈述一遍,那人听着她讲。随后,他用双手把油蜡布抹平,用昏花的双眼盯着她。她双肩裸露,她很漂亮。人世间,一切都不简单。

"您跑到我家来侮辱我……"

"我觉得,远不是这样哦。"埃莱娜说。

外面,乌鸦一个劲地聒噪。安东尼心想,如果老头胆敢胡来,他会让他人头落地。从一开始,他就抖动大腿,不停地跺脚,脚后跟在椅子下面发出声响。他在想哈希纳什么时候会回来,事情会发展到哪一步。他心里不停地琢磨类似的故事:报仇,劈脸打几拳。但是,马利克·布阿利只是闭上眼睛。

"摩托车在哪里?我家里没摩托车。"

"我不知道。"母亲接过话头。

"那?"

"我要跟您儿子谈谈。从一开始,我就对您说过。"

"他不在。"

"对不起。没有摩托车,我就不走。"

"你们现在就走。"那人说道,声音洪亮,斩钉截铁,"马上。"

埃莱娜和他隔着桌子互相打量。现在,形势已经剑拔弩张。

教育是一个宏大的词，可以放进书中，文件里。实际上，能干的事，谁都照干。要么流血，要么不在乎，结果总蕴藏着神秘的成分。孩子出生，你会为他做规划，为他度过很多不眠之夜。十五年里，你一直告诉他，吃东西的时候不要吧唧嘴，要挺直腰身。还得给他提供休闲，给他买运动鞋，买泳裤。他会生病，会从自行车上摔倒。不管怎样，他都会历练自己的意志。你教育他，走着走着，你就没有了力气，开始无眠，你渐渐行动迟缓，身体衰老。迟早有一天，在你家中，你会遇到仇敌。好兆头。他马上会做好准备。这时候，真正的麻烦也随之而来，要么出人命，要么对簿公堂。现在，埃莱娜和那人就是这种情形，要顾全大局，减少损失。安东尼呢，他一心想掀翻桌子。这样喋喋不休的讨论，他觉得没有任何意义。他不耐烦的心情宛如抽筋一般，这让他血肉收缩、肌肉紧张。

"等哈希纳回来，我跟他讲。"男人承诺道，"如果是他，就把摩托车还回去。"

埃莱娜打算信他一回。这位老人虽然遭受侮辱，但还是近情近理，埃莱娜对他闪过一丝好感。

"您可以信任我。"他站起来，继续说。

他收起三个茶杯，放到洗碗槽里，然后做个手势，请他们离开。各自保持着距离，礼仪细节，毫不含糊。走到门口，他们握手告别。

马利克·布阿利独自一人，背靠着墙壁。他的嘴唇开始轻轻颤抖。他感觉双腿无力。他把手伸到嘴边，使劲地咬，口水流淌出来。

后来，他只好穿上一件干净衬衫。然后又套上鞋子，下到地窖。地窖里并没有太多东西，只有箱子和工具。总之，没有摩托车。他不慌不忙，拿起一把锹，又挑选了一把镐。再试试锤子。他就着天花板上悬挂的灯泡，开始掂量每一件工具，评估它们的把手，再握着操作操作。最后，他确定了自己的选择。他把镐在墙边放稳，齐齐地锯断整根手柄。随后，他拿着手柄上楼回家，在电视机前坐下来，开始看奥运会。晚上有田径 200 米半决赛。牙买加人包揽了前三名。手柄就放在触手可及的位置。时间流逝，夜幕降临。十点前，他有点打瞌睡，儿子回来又把他惊醒过来。他看了看表，用阿拉伯语嘟哝了两句。他扶着膝盖，站起身来。

"是你呀？"

"嗯，嗯。"

年轻人在黑暗中脱鞋子。他吸了点大麻，希望父亲别又没完没了地训斥他。你去哪了，干吗了，没看到你哥哥吗？

"我一直在等你。"

"跟朋友们在一起。我累啦，去睡了。"

哈希纳感觉有个影子在背后移动，他转过身来，见父亲朝他头上高高举起了手柄。他还来不及说话，手柄就打在他的脑袋上，发出非常沉闷的响声。接着又挥舞第二下，打在他的胳膊肘上。男孩倒在亚麻油地毡上，尽量用双手保护自己。棍子雨点般落下，打在他的手指上、肋部、后腰，此起彼落，非常疼痛。他听见自己求饶的声音。父亲二话不说。他喘着气，耐着性子，拿出工作中的那股子力气，每一棒都打得很重。

　　打完之后，父亲把哈希纳关在卧室里。这时候，哈希纳从衣柜的镜子里看到了自己的惨状。他似乎被打散了架，浑身上下青一块、紫一块。手指还勉强可以活动。他小心翼翼地躺到床上。全身那么疼痛，他不由得开始发神经地笑。很快，隔壁房间传来反常的低语声。他把耳朵贴到墙上。父亲在卧室里祈祷。也就是说，如果情况严重的话。哈希纳扯过被子，把头罩上。他绞尽脑汁，想搞明白老爸为什么责罚他。他又疼，又屈辱。他终于睡着了。夜里，有一刻，他想去小便，但发现房门上了锁。他只好在字纸篓里方便。早晨六点，父亲来看他。他们推心置腹地聊了聊。老爸给他解释说，如果下次再犯，一定会亲手宰了他。哈希纳再也无话可说。相反，他要去找小娘炮和他表哥。这没什么好商量的。

# 10

等斯特凡娜醒来，家里已经空无他人。她光着脚来到厨房。她迷迷糊糊的，憋着一股起床气。母亲在桌上给她留言，要她在十一点四十五分打开炉子，还提醒她和正畸牙医约个时间。便条贴在她的碗上。最后，母亲还画了一颗小小的爱心。

斯特凡娜倒上一杯果汁，腋下夹着一本过期的《看这里》，来到露台上。她只穿了一条宽大的平角短裤和一件史努比背心。她一边抿果汁，一边浏览杂志。强尼、茱莉亚·罗伯茨、帕特里克·布鲁尔，千篇一律。她与克莱芒丝都喜欢那两位摩纳哥公主，喜欢称呼她们为贻贝①，两个附在岩石上的傻货。女孩们无事可做，甚至都找不到一个体面的男人。

电话响了，这个点儿肯定是克莱芒丝。斯特凡娜忘记拿无绳电话。她本应起身，跑去接电话。同时，她又觉得坐着很舒服。青草上还能看到没有消散的晶莹的露珠。凉爽的空气渐渐变得沉闷。很快，她感觉腹部上罩着一层黄乎乎的热气，让人憋闷。邻居家响起电机的声音。但是，樊尚家并没有人，每年他们都要去拉马蒂埃勒待三个礼拜。声音越来越大，很快她就看见一名身材精干的男子，正推着除草机。斯特凡娜能够看见他肩头下活动的肌肉，块垒分明的宽阔后背。她将一只脚放到椅子上，机械地拿手摸来摸去。头天晚上，她刚刚做了美甲。她把食指放进两个脚趾间，然后又凑到鼻子下方。这种私密的味道，淡淡的，是她熟悉的体味。另外，她还借机嗅了嗅腋窝。夜里她醒来的时候，满身汗水，头发都粘在额头和太阳穴上。这是因为她睡觉时要盖被子。她曾经试过不盖，但童年记忆里的那些怪兽会统统从床下钻出来。

现在，帮邻居家除草的那个家伙停下来休息。他点燃了一支烟，脱掉紧身背心，搭在除草机扶手上。他的胸紧绷绷的，露出一块块肌肉。看得见一些蓝色图案。斯特凡娜想到了塞尔日，他也有纹身。游泳的时候，可以看见他肩头的浅色海马。但是，塞尔日至少没有这种经过长期劳动雕琢而成的身材。他成天坐在省议会的扶手椅上，屁股都懒得挪一下，就算走动，也不过是为了和同事去吃午饭，或者和供应商去下餐馆，他们请他吃大餐，想骗他购买电脑服务。礼拜天，塞尔日会骑山地自行车，跟斯特凡娜的父亲一道，但骑完十公里，俩人就躲到树荫下，开始喝开胃酒。远处，男子在鞋底灭掉香烟，将烟头装进兜里。接着，他又开始干活。他的后背被太阳晒得黑黑的，头顶的头发已经变得稀

---

① Moule，在法语中原指贻贝，也有傻瓜的意思。

疏。斯特凡娜感觉，有一滴汗正从自己右肋往下流。然而，太阳伞一直撑开着。她模模糊糊感觉想要什么，可能是糖。她使劲揪了揪大腿。电话铃又响起来。她叹了口气，决定去接听。在她的后背和大腿上，花园椅烙下一个个长方格的印迹。

克莱芒丝甚至连"你好"也懒得说。

"怎样？"

她想干吗呢，原来是想了解头天聚会的各种八卦。塞尔日和太太来家里吃饭。对两个女孩来说，每次都是调侃奚落的良机。

"什么怎样？"

"别装蒜啦，跟'红猪'怎么样？"

"咳，没什么。"斯特凡娜说。

"是这样吗，嗯？说说呀，不要脸。"

斯特凡娜格格地笑。

"他给你看那个没有啊？"

"住嘴，你坏透啦。"

"我敢肯定，他给你看过。"

"他只是要我当心。"

"龌龊的坏蛋！"

女孩们开始大笑。一天晚上，塞尔日·西蒙在狂喝两杯威士忌和一瓶桃红葡萄酒之后，壮着胆问斯特凡娜刮阴毛没有，这之后，他就成为她们嘲弄的对象。围坐在饭桌上，要讲究规矩，大家谁都感觉不舒服，说到底，问题还是值得一提。塞尔日在 VSD 杂志里看到过：如今，所有年轻女孩都会刮掉阴毛。哦哦哦哦！斯特凡娜的父亲说，但不管怎样，他比他朋友喝得还要醉。

斯特凡娜还是小女孩的时候就认识塞尔日·西蒙。他是家中老友。他常来喝酒，和父亲一起去打猎。两人还共同拥有一艘船，停靠在芒德留拉纳普勒海边。塞尔日有两个女儿。大女儿在里昂学药剂学。老二在美国，她声称在念书，但大部分时间都消磨在校园里，那校园和在电影中看到的毫无二致，绿油油的草坪，高大的历史建筑和崭新的楼宇交相辉映；且不说那帮运动员，一个比一个傻帽，一个比一个吸引人。不管怎样，斯特凡娜脑海里就是这样的印象。

两年前，塞尔日·西蒙还拿她打趣，捏她鼻子，给她讲卡蹦吧糖纸上的小笑话。她过十四岁生日的时候，他想来想去，觉得最好不过送一把瑞士刀。但是，一段时间以来，他们之间的关系发生了有趣的反转。有时候，斯特凡娜突然发现，他正在偷看自己的大腿，或者死盯自己的眼睛。倒没有什么特别的恶意，但是他呆呆的，一动不动。等反应过来自己被抓个正着的时候，这个胖子马上又恢复镇定，爆发出粗犷的怪笑。她和克莱芒丝拿这事开玩笑。嘿嘿……发自胸部的笑，哮喘病似的，智商为五，真蠢。

总之，女孩们就是这样讲的。

头天晚上，塞尔日和太太米莉耶来家里吃饭。一般来说，只要太太在场，他就比较收敛。因此，斯特凡娜做了脚趾美甲，穿了件低胸小背心。此外，少女再没有任何挑逗他的地方，而且整个晚上都没有说一句话。她也就生生闷气，像小男孩一样在家里溜达，光着脚丫，穿着小背心，无所事事。

现在，男人们跟她说话时都非常可笑。他们用低沉的声音，又感性，又有尺度。塞尔日首当其冲。每次都是同样的场景。甜点之后，斯特凡娜就离开饭桌，晚上的某个时刻，他会来找她。他把头探进客厅，或者微微推开她卧室的门。晚安，宝贝儿。好。斯特凡娜有点害怕，但同时，这种被男人彻头彻尾盯梢的感觉，她也并不讨厌。

他们身材臃肿，有着牲口般的肩膀，围着你转来转去，吞云吐雾，身强力壮，浑身是毛，手掌厚实，又恶心，又性感，真是太奇怪啦。少女警惕他们，却又隐隐约约想找他们。她还会想，他们有德国豪车，有信用卡，到底能干吗呢？有些家伙拖家带口，让几乎弱智的子女读天价商校，在某个角落还泊着私家游艇，他们也会发表意见，认为在家乡村镇当市长也不错，还可以找情人，举债务，虚荣心爆棚，和朋友们喝喝威士忌，穿拉尔夫特大号衬衫，对于一个年轻女孩来说，所有这些通天能量都不名一文。

他们会怎么想象？

他们吸毒，妄自尊大，想到第一次就会情绪激动，甚至怒火中烧。他们在向终点奔跑，各自带着必要的行李，还有癌症般的责任。某一天，这些活力四射的女孩，乳房坚挺，大腿仿佛三秒钟前刚脱模似的，她们会跟男孩子上床。即将到来的这个时刻让他们万分惊愕，难以抚慰。他们没有经验，最后弄得大汗淋漓，他们希望再次把握机会，多少告别白纸一样的经历。少女们舒展的线条，让他们饱受折磨，她们腹部平滑，浑身肌肤宛如白色的车漆，男孩们获得了一切，他们会意识到，只有第一次才重要。

　　现在，斯特凡娜待在阳台的阴凉处。她把胳膊肘撑在栏杆上，继续和克莱芒丝闲聊。不在一起的时候，两个女孩就煲电话粥。斯特凡娜和母亲定期会为这事吵架，母亲认为，这样打电话会让全家破产。父亲本能地站在女儿一边。母亲又跟父亲较劲。母亲和女儿之间的矛盾，必须分出个胜负，父亲既宽宏大量，又胆小怕事，只好选择逃避。最后，大家都赌气不说话，各自在家里占据一个角落，幸好家里还比较宽敞。尤其是父亲，他还为自己安排退路，想躲得远远的，眼不见心不烦。就这样，他的工作间逐渐变成书房，开始有了单间公寓的味道，甚至还专门做了预算，要在车库旁修淋浴间。这个具有政治高度的项目被母亲一票否决。父亲也承认，自己的想法太离谱，不得已只好退而求其次，要搞个移动卫浴间。这也不错。

“下午你想干吗？”克莱芒丝问。

“不知道。”

“你说呀……”

“哦，不知道。现在，他根本不考虑我啦。”

“开玩笑。他爱死你了。他想要你。太明显啦。”

“你觉得？我不认为。”斯特凡娜装谦虚地说。

"瞧你这小样……"

斯特凡娜再也受不了这家伙。小学三年级，她就与西蒙同班。那时他是个好学生，心气很高，活泼好动，穿 501 牛仔裤、Kickers 鞋。后来，他改变很大。如今，他穿皮夹克，不停地抽烟。他看起来有点忧郁气质。多亏他，斯特凡娜才发现了莱昂纳德·科恩和大门乐队。她循环播放。太美啦。

"那?"

克莱芒丝有点不耐烦。

"只能去公园咯。"

"你认真的吗?"

"那还能怎样?"斯特凡娜懒洋洋地说。

"昨天刚刚去了。"

"我先给你打预防针哈，我呢，我不去你男人家啦。"

"好吧，我认了。"克莱芒丝表示同意。

到表哥家串门，并没有给她留下深刻的印象。跟坏小子来往就这样烦人：通常，他们的生活跟茨冈人似的。这么一说，表哥真是太可爱了，在这座该死的城市里，他差不多算唯一拥有大麻的人。克莱芒丝想再见他。

"还有他妈!"斯特凡娜冷笑道，"不可能，但认真说，你看到她了吗? 那是个疯子!"

克莱芒丝没有反驳。当天晚上，她要和表哥在停产的老电厂那边见面。他们已经在那里约会过好几次。目前，他还不大敢造次，但她信任他。一想到这里，她就轻微地颤抖。两个女孩就这

140

样待了几秒钟，都没有说话。斯特凡娜在家里来回踱步。她感觉脚下的地板光滑、冰凉。在盛夏时节，这很舒服。她又回到露台上。除草的男子已经离开。只剩下一堆刚刚剪掉的青草。她闻了闻青草的味道，沁人心脾，有春天的感觉。

"噗，我太讨厌这座城市了。"斯特凡娜说。

"我呢，我喜欢。"

"赶紧逃离吧。"

"还得两年。"

"永远都不可能。"

"如果你在学校里继续这样混的话。"克莱芒丝说，"显然，我就只好独自离开。"

"没有我，你想干吗？这些男人，你永远也搞不完。"

"你得先搞一个呀。"

"哎，"斯特凡娜认厌了，有点沮丧，"好啦，公园见吧……"

公园，就是市政府新建的滑板场，靠近消防队，在出城的位置。那里有一个 U 型池，三根横杆，两道缘石。在那里出没的都是形形色色的富二代，臭名昭著的小流氓。不少人在滑滑板，更多的人在喝啤酒，还有几个堪称模特的女孩。站上滑板，西蒙的风格沉着冷静，但这并不妨碍他做出全城最精彩的跳跃动作，因此其他所有花式他几乎都不当回事。他穿着系带范斯鞋，露出衬裤的牛仔裤，每天换一件不同的 T 恤衫。

"这周都去四次了。"克莱芒丝叹道。

"然后呢？"

"我不知道……每次都一样。"

"哎，我希望肥妞克里斯蒂尔不在。"

"这女孩算什么啊。谁都嘲笑她呢。"

"你觉得吗？"

"是啊，严重同意。"

斯特凡娜重新挑起话头，又兴奋，又失望，话匣子可以一直聊到头昏目眩。还需要回到这个话题，剖析每一次与西蒙的约会，剖析他们之间那些细小的动作、最微妙的变化，一如昨天、前天或者明天。当然，克莱芒丝算是闺蜜。她纠缠了她差不多四十五分钟。最后，她宣布说，像平常那样，下午三点左右过来接她。


斯特凡娜准备好意大利千层面，一边看重播的《危险角》，一边自个儿午餐。随后，她回到楼上卧室。她觉得有点低落、慵懒。有时候，什么都让她感到厌烦，甚至包括她的卧室。说起来可笑，这卧室的由来算得上一部史诗。最初，小女孩那会儿，她的卧室就在父母的卧室对面。从十二三岁开始，她就缠着父母换卧室。设想过很多方案，最昂贵的方案就是把顶楼改造出来。最后采纳的就是这个方案。不幸的是，冬天气温会降到零度以下，夏天会蹿到四十度左右。隔热，通风，空调，怎么也要花掉一万五千法郎。从此，斯特凡娜终于有了自己的小天地，而且视野开阔，在斜屋顶下方的窗户旁，摆上几个垫子，一个小小的角落。别忘了，还有单独的卫浴。

为了排遣烦忧，少女心想，看看书吧。谁都这样烦她：该读书哦。书架上主要是学校的必读书，左拉、莫泊桑、《无病呻吟》、拉辛。还有一些别的书籍，她也更喜欢。最近一个月来，她钻进《大个子莫纳》的奇妙故事里。他们浅尝辄止的爱情，若有若无，欲说还休。同时，她也不能说讨厌。有时候，当她累了，当她吃撑了，总感觉那里笼罩着一种适合她的氛围。她打开床头柜的抽屉，找到 Balisto 巧克力。她拿出一块，放进唇间，她感觉巧克力在舌尖融化，她继续阅读。房间里很热，窗户全都敞开着，有微风吹拂，掀起粉彩色的窗帘。她又吃了两块巧克力，开始有点打瞌睡。二十分钟后，她热醒了，嘴里有一股很不舒服的味道。外面，克莱芒丝的摩托车喇叭声响个不停。然而，现在还不到两点半。

"我出来得快。"克莱芒丝解释说，"老爸又拿预备班说事，我没有耐心啦。"

"你不想考预备班了？"

"不是，现在才八月九号。我没兴趣。"

斯特凡娜笑了。克莱芒丝很搞笑，她满身小资风格，又不乏流氓气息，胆子大，肆无忌惮。但这不妨碍她以平均十六分的成绩升入高三。斯特凡娜远远不及。

"但是，我走得太急了，完全忘了要给你带头盔。"

"啊，没事儿。"

"嗯，对不起。快点儿上车吧。"

斯特凡娜跨上摩托车，搂住女友的腰。五米开外，已经很难区分她们俩。她们穿同样的衣服，跆同样的人字拖，扎同样的马尾辫。摩托车发出嗡嗡的声响，载着她们渐渐远去。

这个点儿，路上不会碰到多少人。上班族要么在办公室里、在机器旁，要么在度假。老人们躲在家里歇凉。只有小孩子不怕热，在外面寻开心。因此，速度一起来，空气也变得凉爽，风如丝绸一般柔和。女孩们能够感受到风在摩挲她们赤裸的双脚。斯特凡娜从女友的肩头观察道路。两个小小的人影滑行在省道的路面上，一路疾驰，她们觉得自由自在，默默地开始盘算生活带给她们的种种承诺。


她们到达的时候，除了西蒙和他哥哥，还有那个留长发的滑稽伙计，他名叫罗德里格，他们都坐在 U 型池的阴影下。那里还有一名从没有见过的女孩。

"那是谁？"

"不知道。"

克莱芒丝在放摩托车的脚撑，斯特凡娜机械地整理着马尾辫。

大家彼此问好，那个女孩也微笑示意。气氛并不是特别友好。斯特凡娜盯着新来的女孩，心里充满了戒备。两个女孩也不敢坐。

"你们干吗呢？"克莱芒丝问。

"没什么特别的。"

西蒙的哥哥罗曼拿着一支刚刚点燃的三张纸卷成的大麻烟。

"你们到底还是有大麻啊?"

"这是安娜。"男孩指着这个不知道从哪里冒出来的女孩说。

"她是比利时人。"罗德里格补充道,好像尽在不言中似的。

"那,嗯?"

斯特凡娜尽可能会心地朝她笑。女孩们还是没能坐下。她们就像两个傻瓜一样站着。

"她和表哥们来露营。他们不停地抽烟,疯子。"

"酷。"

"你从哪里过来的?"

"布鲁塞尔。"安娜回答说。

"太好啦。"斯特凡娜说。

她审视着她的双腿,她的脸孔。这个布鲁塞尔坏女孩,斯特凡娜觉得很有几分拉丁气质。她的眼睛颜色太浅,与肤色几乎可以算不和谐了。至于她的发型,简直乱七八糟。斯特凡娜和女友两个人都留着长发,戴着发夹,扎着发圈,头发可是她们的宝贝儿,她们随时都在捣饬;这个女孩却是不折不扣的朋克风,半是刘海,半是帕蒂·史密斯的发式。当然,蓝色的 T 恤衫下面,她没有戴胸罩。要是斯特凡娜这样,大概会哭鼻子。

罗德里格递给斯特凡娜大麻烟,她毫不犹豫地接了过来。在德兰布鲁瓦聚会之后,她曾经赌咒发誓,生活中一定要有所克制。那天晚上留给她的记忆,全都是苦涩的味道。她喝酒,抽烟,闻芳香剂,有一会儿,她躺在沙发上,昏昏欲睡,浑身无力,西蒙来到她旁边。他在她耳边喃喃细语,谈个人的事情,甜言蜜语，说知心话。她心里很受用，又没有力气，于是听之任之。后来，她突然发现，他在亲吻她。再往后，他们去了楼上的一间卧室。西蒙搂着她的腰肢，扶着她的后颈。同时，他的双手在她身上摸来摸去。他的吻让她惊艳。他们饱含激情，又热烈，又甜蜜，又温馨，宛如熟透的蜜桃。她撩拨他的头发，他解开她的胸罩。他出奇地熟练。她感觉浑身酥软，恍如一摊液体，又如一汪流水。她有可能说过"不"，但是大脑中已经不太清晰。她记得西蒙亲吻的炙热，在面颊上，在脖子周围，在膨胀的胸脯间，还记得解腰带的声音。男孩把手伸进她的牛仔裤，她张开大腿，轻轻地呻吟，他隔着内裤，探索她早已湿润的隆起的阴部。然后，男孩褪掉她的裤子，用嘴唇亲吻那片模糊的区域。斯特凡娜抓住他的手腕，引导他。她鼻翼扩张，呼吸加快，她急不可耐，浑身燥热。她想体验他进入体内的感觉。最后，西蒙给她看了看食指和中指，皮肤皱巴巴的，仿佛刚洗完澡。再后来，她就记不太清楚了。最后，她洗了个澡，有点难过，也有点开心，这种让人恶心的感觉，就像贪吃之后又开始后悔。可自那以后，他就对她不理不睬。真让人恼火。

西蒙和罗德里格赤裸着上身，滑着滑板，女孩们和罗曼待在U型池上方，无所事事，双腿在空中摇来摇去。滑板来回震动，冲击波传遍整个滑道，也拍打着他们的胸脯。罗曼开始厚颜无耻地向斯特凡娜示好。这种企图让她更是怒火中烧，因为她可以明确，西蒙对她满不在乎，要不然他哥哥怎敢如此放肆。这让她感觉自己丑陋、烦人、任人宰割。但是，这里的比利时女孩完全是个新人，她身材苗条，无与伦比，斯特凡娜必须摆出一副好的形象才行。有一会儿，罗曼试图把手放到她的后背。她让他滚一边去。

"你以为自己是谁啊？"男孩说道，明显伤了自尊。

所有人都听见了，他开始发飙，脸颊比平时更红。看到这阵势，克莱芒丝也掺和进来。

"住嘴。"她说，"瞧你这小样。马上。"

上初二的时候，她和罗曼约过会，从这段伤心的经历中，她还保留着对他的影响力。这种影响力她并没有滥用，但确实可以立竿见影，要让他老实一点，并没有太多问题。这一次，她大概有点夸张，当众堵了他的嘴。他站起来，走到 U 型池另一端。在那里，他分开大腿，开始朝空中撒尿。

"你真恶心！"

"呵，肥妞，住嘴！"

他不紧不慢，还故意不停地抖动，甩掉最后几滴尿，再合上裤子门襟。

"你没资格说我。"

"你这个烂人。"克莱芒丝说，"说实话，是不是过分了点。"

"嗯？跟问题青年胡来就可以？"

一语击中。克莱芒丝脸色煞白。他怎么知道的？其他人也知道了吗？没有人表示反对，她猜测自己和表哥的事已经人尽皆知。情绪落到低谷。她下决心一定要尽快解决。不管怎样，先要拿到自己想要的东西。

安娜建议卷一支大麻烟，缓解缓解气氛。这本是出于好意，但斯特凡娜一口拒绝，克莱芒丝考虑到要保持团结，也一口拒绝。斯特凡娜一直当心，害怕回家后太难受。母亲有一股子海关人员的精神，缜密得跟秒表似的。如果斯特凡娜眼睛充血，晚上七点还没有回家，那就免不了一顿絮絮叨叨，谈自重，谈未来。晚回五分钟，就代表很多预兆。大家会得出推论，前途尽毁啦，意外怀孕啦，酗酒的男人啦，没有前途的职业啦，甚至还有更坏的情况！十足的社会学课程，最后总是以行政考试收尾。然而，读法学院期间，母亲自己也并不出色。在嫁给一名奔驰特许经销商后，她才迎头赶上，经销商垄断整条山谷，分支机构甚至远至卢森堡。在斯特凡娜家，为了弥补书读得不多的状况，大家只好讲些诸如此类的故事，工作要努力、要靠自己、劳动的价值等。话这样说不是不对，但多少美化了曾经的现实。为了构建自己小小的汽车帝国，斯特凡娜的父亲很幸运，靠的是一笔家庭遗产，而且来得恰逢其时，当时他刚读医学专业一年级，已经挂掉了三科。

"好!"

西蒙在旁边停下滑板。他定在那里，一只手扶着垂直的滑板，裤子垂得很低，腹部的肌肉汗珠闪闪。斯特凡娜抬起头来。他面颊红润，头发湿漉漉的。

"走吗?"

他对比利时女孩说道。她回答说好，带着浓浓的口音。然后，她站起身来，一副懒洋洋的样子，看起来身材高挑。她不慌不忙地拍了拍屁股上的尘土。在她的 T 恤衫下面，一对乳房悠悠地颤动。看得出来，乳头很大，很坚挺。斯特凡娜怒火中烧。

"你们这样去哪里?"罗德里格打趣道。

安娜转过身去。西蒙正在用 T 恤衫擦拭腋窝，也没有多说。他先离开 U 型池，然后扶着女孩下去。

"好好玩哈。"罗德里格说。

斯特凡娜垂下眼睛，鼻子酸酸的。这种感觉直往上蹿，很难受，每一次都是这种情况。而且，克莱芒丝还看见了。她强忍着眼泪，一门心思玩手腕上的金手镯。等时机成熟，她也站起身来。

"你也要走?"

"等等，我带你回去。"克莱芒丝建议道。

"不用啦，没问题。"斯特凡娜说。

"别呀，等等，我一会儿带你。"

"不是说了吗，没问题。"

"别傻乎乎地走回去哈。"

"放开我，可以的。"

克莱芒丝明白，话已经说到头了。她没有再坚持。


斯特凡娜出发了，她要穿越滑板场和老工人城之间那片杂乱的区域。这里杂草丛生，高低起伏，可以扔废弃的冰箱，也可以骑山地自行车，此外别无用处。怎么也要走半个小时，才能到达市中心。湖在另一端。她家也并非那么近。但斯特凡娜毫不在意。在这片荒地上，她铁了心，沿着弯弯曲曲的土路往前走，喀嚓喀嚓的脚步声连续不断，抚慰着她。她很满足，但越来越伤感，越来越懊恼。她开始跑，但刚一发力，就显得笨手笨脚，她膝盖内扣，胳膊肘贴着身体，禁不住打了个趔趄，直挺挺地摔倒在泥地上。等爬起来时，她发现双手有点出血。这一下，防线失守，她开始大哭起来，又伤心，又难看，一把鼻涕一把泪，不停地抽泣，哭花了妆容。她差点哭断气。最后，她觉得轻松了，但感觉特别累。就在这时，发动机的声音把她惊醒。她回头看了看。是另一个傻帽。

# 11

　　安东尼和母亲匆匆离开优先城市化改造区,往车上赶。为此需要穿越这样的景观:停车场,花坛,杂草丛生的小丘,还有信笔涂鸦的公共设施,推着童车的母亲,来回兜圈子的电动车。有些居民把胳膊肘撑在窗台上,不声不响地打量着他们。远处,只见高架桥横跨一部分山谷。上面的车辆风驰电掣,以一百三十公里的时速奔向巴黎或者相反的方向。

　　"你看,我们干得不错吧。"埃莱娜说。

　　对行动的进展,她多少还算满意。在她和那个老家伙之间,事情也算是达成了。

　　"你不同意吗?"

　　安东尼耷拉着脑袋,一言不发地往前走。他犯了倔脾气,好像感到羞辱似的。看到他这种猥琐的样子,她真想抽他一耳光。

　　"得了,别演戏啦。这样走路像什么样子?"

　　男孩的眼神让她心中一凛:

"摩托车呢，再也见不到啦。这没用。现在它已经到达北非。这没用，我告诉你。"

"住嘴，别这样说。"

"现实点吧，妈的！"

"我们做的不过是分内的事。"

他抬头向天空望去。再一次，母亲感觉像面对一个陌生人似的。说起来，十年前他还会用面条做项链，当作母亲节礼物送给妈妈。再说，他一直算是乖孩子。当然，在学校里，他不大用功，而且爱打架斗殴，但总的来说，她也清楚，他还是有分寸的。他很小那会儿，她唱《水边河流》给他听。他超喜欢蓝莓果酱，喜欢印度小孩撒迦里的漫画，或者诸如此类的东西。星期六晚上，对着电视机，他靠着她的膝盖进入梦乡，他脑袋的气息她还记忆犹新。就像热面包似的。有一天，他要求她在进入他的卧室之前必须先敲门，从那时开始，事情的发展越来越快，让人出乎意料。现在，她身边这小子多了几分粗鲁，一心想要纹身，散发着脚臭味，走起路来左摇右摆，像个流氓似的。她的小男孩。真的让她很恼火。

"小傻帽！你想我提醒你，最初是谁偷走了摩托车吗？"

安东尼盯着她，不无挑衅，满眼愤怒。

"这些人，我们不能相信。这一点你始终弄不明白。"

"住嘴，少这样说话！跟你父亲一个德性。"

奇怪的是，这句话说到了男孩心坎里。

"不管怎样，我该做什么，我心里清楚。"他说。

"什么意思？"

现在，他们正在下坡，奔市中心而去。下面有一个环岛，分出三条路。走其中一条，可以回到格拉普小区。安东尼将其抛在身后。他没走这条路。埃莱娜抓住他的领口。她恨不得宰了他。

"干吗这样？"她吼道，"我受够了！我受够了，你听见了吗？"

"松手，放开我！"

他粗暴地挣脱开去，看到儿子那副丑陋的模样，埃莱娜着实吃了一惊。好多个月以来，她看到儿子身上完成了青春期的变化，她的恶心也日积月累，宛如一个恶毒的秘密。他看起来很蠢，没完没了地赌气。他那只病态的眼睛，从前赋予他一副惹人怜爱的表情，如今看来更像是一种残缺。而且，时不时地，从他的举止中，从他的语气里，她看到另一个人的影子。他父亲。

"我受不了你了！听见了吗？！"

一辆轿车朝优先城市化改造区开上来，在他们旁边放慢速度。车上是一帮年轻人。他们欢天喜地地鸣着喇叭。

"需要帮助吗，夫人？！"

安东尼趁机溜掉，把她撂在那里。他跑得飞快。车里的一个小伙问道：

"我带您回去吧。"

"啊，少烦我！"她一边说，一边打手势，就像驱赶蚊虫似的。

安东尼一路向下跑到环岛，然后朝右边拐去。这不是回家的路。

他这样跑了一会儿，但不知道该去哪里，又不愿意马上回家。对满世界的人，他都充满怨恨。就在不久前，只要看一部好电影，吃吃爆米花，他就心满意足。即便周而复始，生活也总是很有意思。早上起床，上学，一堂接一堂的课，伙伴们，一切都衔接有序，天衣无缝，最紧张的事情莫过于来一场突击考试。而如今只有这一切，这种困顿的感觉，这种形同监狱的日子。

如果他没记错，第一次发狂是在生物课上。老师咬文嚼字，说出一个个外星文似的单词，类似单卵或分裂生殖，突然，他心想，他受够了。坐在第一排的卡普希纳·麦克尔。油蜡布的颜色。旁边实验台的同学。顶楼实验室里弥漫着小苏打和香皂的味道。他啃得乱七八糟的指甲。这种持续的冲动，让他皮肤发烫。他受够了，仅此而已。他打量着墙上的挂钟。还有大半个小时，他突然感觉，这半小时如大海一般浩瀚无边。于是，他把面前的一切都掀翻在地，文具袋、课本、练习簿，甚至包括凳子。

在校务办公室里，事情还不算太糟。对孩子们的成长，维尔米诺先生压根就不了解，他们长年封闭，荷尔蒙旺盛，被领着攻读那些无用的证书，好最终进入或多或少知名的学校，但是等接受完这些教育，就像经受过同样多道轧钢机碾压似的，要么成型，要么破碎，但总算出厂啦。在角落里，打得头破血流，抄铲子你来我往，再悄悄地吸毒、酗酒，维尔米诺先生早已见惯了。他只是照例执行校规，既不愤怒，也不宽容，照章办理。安东尼被停课三天，此事才算了结，这种小错误此后也是屡屡再犯。

从那以后，生活蒙上了一层怪异的色调。早上起来，安东尼感觉比头一天还精疲力竭。然而，他睡得越来越晚，尤其是周末，这让母亲很愤怒。每当伙伴们让他疲惫不堪的时候，他心中就升起一股无名火，要用拳头做出反击。他一心想打人，想自我折磨，想撞墙。他戴着随身听，出门去骑车，同一首忧伤的歌曲反反复复听好几十遍。电视上突然出现比弗利山庄，他伤心极了。在远方，有加利福尼亚，在那边，当然啦，人们过的生活也算值得。而他呢，长着青春痘，运动鞋破了洞，一只眼睛还很难看。父母还主宰着他的生活。当然，他总是阳奉阴违，不断挑战他们的权威。可是，让人能够接受的命运却始终遥不可及。他也不能像老爸那样，一半时间都消磨在电视机前，对着电视新闻大声嚷嚷，或者跟冷漠的妻子互相谩骂。生活在哪里？妈的！

安东尼反复琢磨这些阴暗的想法，不知不觉已经往城外走去。现在可以从远处看到凄凉的全景：浓密的山丘，衰黄的野草。那边，还有一辆废弃的购物车。对于那些富有想象力的人来说，这似乎很浪漫。安东尼并不这样想。他开始往回走，一眼瞥见了斯特凡娜。

他顿时心跳加速。

她独自一人，走在通往新滑板场的小路上。远远望去，就猜得出是她。一看到马尾辫、屁股，就再也不会有任何疑虑。一辆摩托车从她身后驶来，速度缓慢，颠来簸去，伴随着那种标志性的颤动。那是另一个傻帽，罗曼·洛迪埃，他骑着雅马哈 Chappy

迷你摩托车。斯特凡娜停下来等他。他们之间的距离迅速缩减。安东尼一阵恶心，他已经猜到后面的事情。

但是，事情的发展却恰恰相反。看得出来，斯特凡娜不想搭理这个蠢货，他们的谈话也随即变调。女孩想继续赶路，那家伙却不管不顾。他左摇右摆，紧跟在她身后，不停地踩油门，免得被落下。他行驶到远处，又折回来，拦住她的去路。真是令人恼火，甚至看着都很烦人。他一鸣笛，安东尼就再也受不了，于是埋头冲了过去。

他没有想到距离这么远。他跑了差不多一分钟，才来到他们身边，那俩人就这样看着他一路过来。这个场景很奇怪，男孩一路风驰电掣，脚下生风，小短腿狂捣腾，只看得见上半身。罗曼把摩托车支在脚架上，抓住头盔带，做好了一切准备。斯特凡娜发现他很慌张。她心想，安东尼是否会直接冲上去，卡住他的脖子。不排除这种可能。他终于到达跟前，风尘仆仆，气喘吁吁。他微笑着。

"你干吗呢?"罗曼撇着嘴，撂出一句。

安东尼双手扶着大腿，努力想缓过气来。再说，他正对着太阳，看得也不是太清楚。尽管这样，他还是马上明白过来，斯特凡娜刚刚哭过鼻子。她脸上还带有泪痕，眼睛红红的，还有点黑眼圈。

"怎么样?"他问道。

"凑合。"

"出什么事了?"

"没有。还好。"

她没好气地回答。罗曼觉得好玩。

"你以为什么呢，斜眼？以为她需要你？"

"你说什么？"

类似的交流，又你来我往了几个回合，诸如你以为啥呀，你把自己当谁呀。罗曼朝安东尼走了两步，感觉他心里正在盘算，要劈脸给安东尼一头盔。安东尼呢，正严阵以待。斯特凡娜却从中打断：

"你们俩也是让我醉了。我回家了。"

她真的走了，把他俩留在那里，还有他们的那份骄傲，以及没有任何看客的空荡荡的现场。一下子，有点伤感。罗曼戴上头盔。

"这一次，你运气好。"

他又骑上摩托，伸出一根手指，朝安东尼比了比，然后才离开，跟来时一样，嘀嘀嘀，嘀嘀，嘀嘀嘀，随后声音渐渐消逝，罗曼不见了人影。

这片区域的另一侧寂静得让人压抑，地势高低起伏，岿然不动，阳光洒落在山谷里，催生出丰富的色彩效果，四周弥漫着一层金褐色的气韵，笼罩着一层金棕色的外衣。斯特凡娜的身影已经非常渺小。男孩心想，应该跟着她。他并不想揪住她，只是想跟着而已。他上路了，默默地守护她，小心翼翼地在他们之间留出百来米的距离。女孩很快就发现，自己并不是一个人。她停下来。安东尼只得硬着头皮走过去。

"你干吗呢？"

"没干吗。"

"为什么跟着我？"

"不为什么。"

"你有什么想对我说吗？"

"没有。"

"你有病，还是咋地？"

"哪里会是。"

"所以呢？"

"什么都不是。"


然而，他还是跟在她身后。斯特凡娜感觉越来越心烦意乱、情绪低落。和这个傻帽在一起，她可不想被别人看见。她也不想独自待在家里。暮色降临，她心里开始莫名地焦虑。现在，他们沿着通往埃当日的省道往前走。斯特凡娜走在路沿上，一路踩着枯草。他也亦步亦趋，隔着三十米的距离。再一次，她让他追了上来。

"你要跟我到哪里？你不烦吗？你没事吧？"

他耸了耸肩。现在，她开始平和地说话，更多地是为了调侃，而不是别的意思。

"说实话，你到底想干吗？"

"没什么。我想聊几句，仅此而已。"

"你经常这样尾随女生吗？"

"从没有过。"

"你知道，你让人恐慌，嗯……"

他想挤出一丝笑容，安慰对方。

"我不想吓着你。"

"喔……好吧。"

她看着风景，仿佛在寻找什么。不管是步行，还是骑车、坐摩托车、赶公交，这地方她都来过无数次，整个山谷她早已烂熟于心。所有的男孩女孩，也都跟她一样。在这里，生活无非就是行程。上学，去朋友家，到城里，去沙滩，在泳池后面抽大麻，在小公园里跟伙伴们碰头。回家，出门，成人也如出一辙，工作，采购，家务，汽车保养，电影院。每一个想法都涉及一定的距离，每一次乐趣都需要一定的燃油。久而久之，人们的思维方式也就像交通图册似的。记忆中全都是地理位置。斯特凡娜突发奇想。

"你想喝一杯吗？"


他们开始往回走，那条路蜿蜒曲折，最后通往观景台。公路两侧，浓荫夹道，鲁克斯公司的员工新近还盖起一栋栋豪宅。拾步朝山顶走去，植被越来越茂密，浓荫越来越厚重。斯特凡娜和安东尼肩并肩地向前走，胳膊肘不时碰来碰去。爬坡很累人，慢慢地，他们觉得双腿乏力。他们默默地前行。安东尼满心欢喜。这一切，他曾经多么向往啊。

很快，他们就依稀看见了耸立在高处的圣母像侧影。旺戴尔家族大发善心，出钱修建了这尊雕像，雕像足足有十米高，俯视着沉睡的工人们。时间已经过去好几十年，它还是垂着头，张开双臂，一如既往地为埃朗日祈福。一旦来到它的脚下，还是会让人叹为观止。

"二战期间，有炮弹伤着它了。"安东尼说。

"我知道。"斯特凡娜说。

这是他们共同的历史。斯特凡娜让他稍等片刻，然后消失在基座后面。小伙抬起眼睛，只见雕像五官和善，长袍上有着厚重的褶裥，光滑细腻的金属表面上，已经开始有锈蚀的痕迹。等再次露面的时候，女孩手里攥着一瓶伏特加。

"这是什么？"

"前不久我们来这里喝酒。还留了一瓶呢。"

"酷啊。"

"砰"的一声脆响，她拧开瓶盖，举起瓶子送到嘴边。

"热的呢。"女孩扮了个鬼脸。

"让我试试。"

安东尼也喝了一口。真不怎么样。

"好难喝，对吧？"

"严重同意。"

"再给我看看酒瓶。"

斯特凡娜又喝了一大口，然后朝景观示意图走去，示意图呈环状展开，下临虚空。她爬上去，坐在上面，欣赏风景，双腿摇来摆去。安东尼一跃而起，坐到她身边。她已经把酒瓶递了过来。

"还算舒服哈。"

"是啊。"

远处，只见埃纳河静静地流淌着，弯弯曲曲，波光潋滟。山谷里，显然已经天色向晚。在安东尼的脸上，一道道汗水早已洗尽风尘，各种瑕疵也更加凸显出来，嘴唇上长出了一圈茸毛，鼻翼上长了个青春痘。脖子上，血管不停地跳动。他转向斯特凡娜。在这个已然不重要的空间里，两个人的存在什么都算不上。一条支流流经这座山谷，在这里，人们建起六座城镇，还有很多村庄、工厂、房屋，住着不少人家，培养起风俗习惯。在这座山谷里，呈几何图形的庄稼地，种着小麦或黄灿灿的油菜，凭借崎岖不平的地形，剪出一幅幅精致的拼图。零零散散的树林在地块之间蔓延，延展到村庄附近，簇拥着灰扑扑的公路，这里每年有上万辆重型卡车通过。有时候，在一道青葱逼人的山沟里，一棵孤零零的橡树拔地而起，宛如凭空吹来的一团墨影。

在这座山谷里，人们曾经富有，在每个偏僻的村庄都曾建起高耸的屋宇，足以傲视当下的形势。孩子们曾经被野狼、战争和作坊吞噬；如今，安东尼和斯特凡娜待在这里，看到的是断壁残垣。在他们的肌肤下面，一阵轻轻的颤栗传遍全身。在这座死亡的城市里，仿若延续着一段地下的历史，最终会要求人们站队、选择、运动、战斗。

"你愿意和我约会吗?"

这句话冷不丁冒出来，斯特凡娜差点哑然失笑。但是，看见小伙一脸严肃，她及时打住。他目不转睛地看着风景，又执着，又英俊。伏特加开始发挥小小的作用，说到底，斯特凡娜不再觉得他有多小。而且，曾经被习惯扭曲的这副面孔，现在从侧面审视的时候，也少了些从正面观察显示的不准确。长长的棕色睫毛，满头凌乱的黑发。她忘记了警惕。小伙子觉得正被打量，于是朝她转过身来。露出半眯的眼睛。她开始微笑，有几分尴尬。

"为什么问我这个?"她说。

"不知道。你很漂亮。"

光线逐渐暗淡。绝对不能回去。安东尼心想，该握住她的手。她猜出了他的意思，身子稍微挪开了一点。

"你住哪里?"

他指给她看。

"你呢?"

"那边。"

她目不转睛地盯着那边，凹地里，高桥下，层层叠叠的屋顶，息息相关的生命。她来过这里很多次，对这幅全景了如指掌。她马上就可以找到各种参照物。她觉得，这一切还远远不够。

"我想赶紧逃离这儿。一通过高中毕业会考，我就要离开这里。"

"你想去哪里?"

"巴黎。"

"是吗?"

对于安东尼来说，巴黎是个抽象而空洞的玩意儿。巴黎是什么？七天满负荷。埃菲尔铁塔。贝尔蒙多的电影。有点像游乐园，而且很自以为是。他压根不明白，她要去那里干吗。

"我要离开，管那么多干吗。"

然而，对斯特凡娜来说，巴黎是黑白色调的。她喜欢杜瓦诺①。圣诞节期间，她和父母去过巴黎。她还记得琳琅满目的橱窗和歌剧院。有一天，她也会成为巴黎人。

他们继续喝酒，后来她说，她要回家了。

"这么早？"

"快七点啦。不然妈妈会修理我。"

"你愿意我陪你回去吗？"

她提了提精神，把酒瓶朝城市方向扔去，酒瓶飞出很远，划出一道长长的弧线，留下一道漂亮的轨迹。他们用目光追随着酒瓶，直至它消逝在几十米开外的山脚下，树丛中响起一片窸窣。

"不用了，"斯特凡娜说，"没事的。"

她离开后，安东尼看了看落日。他没有哭，但并非没有泪意。

---

① Robert Doisneau（1912—1994），法国著名摄影师，与布列松齐名。

# 12

埃莱娜·卡萨蒂特意休了一天假，她时不时会这样做。在这种情况下，一如平常，六点钟，她第一个起床，然后边用早餐，边听欧洲一台。她喜欢菲利普·奥贝尔主持的专题节目。他特别棒，懂得如何谈论女人，尤其是谈论玛蒂尔达·梅。

在家里忙忙碌碌的清晨，总是按部就班，雷打不动，大家轮流用厨房、浴室和厕所。目的是避免正面冲突，因为在卡萨蒂家，谁都没有好脾气。然而，在家庭生活中，用餐却是特殊的时刻。杜马夫人也是这样说的，这是出事后指定给他们家的社会助理。埃莱娜还记得，这个胖女人精力充沛，说起话来似乎不动嘴唇。她在他们家的厨房里坐下来，两条大腿显得出奇的粗大。她苦口婆心地提建议，还要看看账本。她干涉家庭内部事务，这让埃莱娜很讨厌。

"我是干会计工作的，您知道。"

"我知道，"杜马夫人回答说，"但是，我们有可能做出改善。"

杜马夫人微笑着，很专注公允的样子，她翻着支票本存根，不时用食指蘸蘸口水。她真的很投入。法官派她来，是为了孩子的健康成长。到了一定程度，埃莱娜就会明白。帕特里克也做出了努力。事情一件接着一件，节奏很快。

"你们意识到没有，你们需要帮助？"

夫妻二人回答说是。在法官办公室里，安东尼习惯待在堆满玩具的小角落。有一次，他没有找到戴眼镜的蓝精灵，抱怨不休。可能被其他小孩拿走了。

显然，他们需要帮助。在这期间，杜马夫人会让你抓狂，她总是不知疲倦地朝你微笑，那份善意根本就没有底线。埃莱娜本来对老公忍无可忍，但是社会助理的行为又让两个人几乎达成和解。胖女人不厌其烦地描述他的习惯，每天喝了多少听啤酒，抽了多少支烟，他的朋友，他的步枪，他的摩托车，他在小家伙面前的谈吐，甚至包括他走路的仪态。每一种癖好，她都要矫正，好让这个家庭正常地运转。进步，进步，杜马夫人喋喋不休，这是她的主旋律，然后再开始责备，对症下药。做父母的不得已，都低了头。吃饭的时候，你们谈什么？您问太太白天过得怎么样吗？帕特里克鼓着腮帮子。他能怎么回答？你们也可以去博物馆啊，对失业人员可是免费的哦。

不管怎样，卡萨蒂家还得试着分享早餐的时光，这是美式的公民底线，早餐有主食，也有新鲜水果。埃莱娜还记得，帕特里克喝咖啡声音很大。她又看见小家伙在嚼燕麦片。再没有比吃糊状物更让他恶心的了。最后，她让他到电视机前去喝雀巢巧克力。她和帕特里克两个人待在一起，无话可说，备感屈辱。

有一次，埃莱娜安排大家去欧罗巴公园玩。每个游乐项目都要排队，加上天气炎热，人满为患，为了忍受这一切，做父亲的不停地喝啤酒，总共差不多喝了五升。这就是德国游乐园的好处，犄角旮旯都在卖狮百腾扎啤。回程由埃莱娜开车，一路停了五次，好让帕特里克在路边撒尿。那一天，安东尼非常开心。那时候他还很小，什么也没有察觉。

等这段行政监视期结束后，杜马夫人还提交了报告，意见并不很积极，但是少年法庭的法官每年要经手差不多一百五十件案子，比这更触目惊心的情况比比皆是。他们又回归太平。说到底，令埃莱娜伤心的是，这种堕落的故事原本就是东拼西凑，居然所有人都认为是铁定的事实。就算你问安东尼，他也会支持这种说法。但是，埃莱娜有着刻骨铭心的记忆。

埃莱娜差点取消她所谓的单身日。因为头天下了雷阵雨，而独自关在电影院里悄悄地休假也没有任何意义。更何况，摩托车的事已经让她抓狂。摩托车失踪一周了，她可谓寝食难安，每当帕特里克一开门，她就会吓一大跳。其实，那辆摩托车既不值钱，也没有用处。但是，他们却没办法安慰他。她知道，一旦帕特里克发现真相，他肯定会彻底失去理智。你想想啊，就因为邻居迟迟没有归还烧烤炉，他都能拿一把摇柄找上门去。

但是，她需要单身日。

她第一个出门，帕特里克还在冲澡，安东尼还在梦乡。她开着旧欧宝，奔格雷芒日的方向而去。这有点像私自外出，明知被严加禁止，又令人陶醉。现在，她飞驰在省道上。挡风玻璃上挂着细小的水痕，更加衬托出天空的湛蓝。天空中，起飞不久的飞机留下一道航迹云，倏尔又消散开去。她摇下车窗，呼吸雨后大地的清新气息，一种润泽丰沃的味道，让人想起开学季，一种翌日的味道，一种乡愁的味道。今天天气很好，电台上早就预报过。

　　她的第一站是家乐福，要买些吃的东西：面包、一个西红柿、一瓶矿泉水，外加一本《当代妇女》。随后，她继续赶路。来到游泳池停车场，她看了看时间。还不到十点。她要在这里打发一整天时间。她感觉远离凡尘，身心自在，太完美啦。她到柜台买票。收银员是老同学。她们认出了对方，彼此会心地笑了笑，这已经足够了。随后，埃莱娜进入更衣室。在那里，她穿上两件套泳衣。这是她两年前买的，但穿起来还不赖，依旧很时尚，大腿处呈半月形，黄色，高腰，上面一直到小腹位置。穿这种玩意儿，最好把身体晒得黑黑的。整个夏天，埃莱娜都是这样。最后，她扎起头发，在腰间系一块浴巾，然后抓起包包，轻跳了一下，便奔向露天泳池，太阳镜顶在头上，双脚直接踩着地面。她甚至还哼起了小调。


　　格雷芒日游泳池堪称典范，七十年代建成，五十米长，配有水泥跳台，铺着碎石地砖，又古老，又现代，尽头处有两米深。

一大早，这里并没有多少人，只有那些狂热的爱好者，赶在人流高峰之前，游上几个来回。埃莱娜选了一把长椅，从那里可以看见从更衣室出来的人走过。路过一对不下六十岁的夫妇时，她还冲他们打招呼。老太太正在织毛衣，老头在读报，报纸就在脚边铺开。他们的大部分夏日时光都消磨在这里，从头到脚都油光发亮，他们浑身晒成了古铜色，头发花白。午饭后，他们还懒洋洋地睡个午觉，那时候可以看见他们的足弓，可以较准确地了解他们原本的肤色。这两个人来自一个差不多已经完结的世界，在那里，日光浴被视为具有理疗功能。他们不喝酒，不抽烟，习惯早睡，每天都在太阳下暴晒。

埃莱娜解开浴巾，在长椅上铺开，仰面躺在上面。她的唇间不经意发出一声舒坦的叹息。她尽量什么都不想。长长的身体舒展开来，看起来非常光滑。她挑剔地打量着自己的身体，审视自己的大腿、臀部，还用手掌挤出一点橘皮组织。等她一松手，皮肤表面又恢复了无可挑剔的样子。渐渐地，她的肌肤变成一个复杂的表面，变成一段记忆。一天一天，变化悄无声息。某天清晨，她发现有了变化，皮肤皱巴巴的，血管突如其来变得鼓鼓囊囊。身体私底下也有自己的生命进程，在慢慢地造反。跟很多同龄女性一样，埃莱娜强迫自己遵守季节性食谱。在她与身体之间，已经达成一种奇怪的契约，节食少餐已经成为合理回忆的一张法币。用痛苦换来饱满的精神，用空腹换来光滑的肌肤，用节制换来十足的活力，这就足够了。说到底，效果一般。她摸了摸腹部，用食指戳了戳肚脐眼，只听见细微、沉闷、饱满的声音。

她笑了笑，站起身来。时间流逝，可那又怎样呢？在柜子底找到的这条泳裤还始终套得进去。她所过之处，男人们还是继续回头。

泳池里，有人来回游动，在远处掀起泡沫，响起汩汩的水声，晶莹的蓝色水花上下翻滚。最威猛的那些人游到池子尽头，突然来一个掉头，再从水下冒出来，伸展腰肢，若隐若现。埃莱娜感觉太阳慢慢炙烤着面颊、鼻子，大腿也很难受。她很热，但还可以承受。她站起身来，走到泳池边，双脚站到台阶上，保持平衡。她伸出双臂，高举过头顶。理论上讲，必须戴泳帽。她一个猛子扎了下去。

在清凉的水中，埃莱娜开始游自由泳，三十年前，她在镇上小学学会了这些姿势。不断地重复这些动作，她觉得傻乎乎的，但毫无疑问，身心都很舒服。很快，她感觉关节、肩头微微发热。运动发力之后，自然有相应的影响范围，她委身其中，觉得幸福。她感觉小腹紧实，肩膀舒展。在水面每呼吸一口气，都犹如深吻。

游完一个单程，她靠着池壁，平稳气息。池面上，万千涟漪，水波荡漾，轻抚着她的脸庞。她忽闪着眼睛，好甩开从睫毛上垂落的水珠。一阵微风吹过，她身上起满鸡皮疙瘩。这是一种奇妙的乐趣。身体存在的一切信号，都让她满心欢喜。

因为每天，一切都在合谋，要与她的身体作对。丈夫不再亲吻它。儿子让她操碎了心。工作的时候老是坐着，让她觉得索然无味，再说那些事务也没有任何意义，说来说去无非都是斤斤计较。当然啦，还有时间，还能对你怎样。

她抗拒着这一切。十七岁时，就已经如此。她和姐姐都喜欢跳舞。她们一起找男友、旷课。她们买坚挺的胸罩。她们听电台的《年轻》节目。在小区里，已经有人叫她们婊子，因为她们不按部就班，遵守那些划定了不同阶段、规范了良好尺度的规则。埃莱娜拥有全埃朗日最美丽的臀。这种权力出其不意降落在你身上，你怎么也难以拒绝。男孩子两眼看得直勾勾的，呆若木鸡，他们出手阔绰，你可以随意选择，排好档期，一个一个地交往。你可以主宰他们的欲望，在这个拥有 DS 汽车和西尔维·瓦尔坦[1]的法兰西，女孩们只满足于厨艺和纯情少女的角色，这几乎已经算是一场革命。

埃朗日第一美臀。

一天晚上，热拉尔送她回家，说出了这样的话。那是个强壮的男人，穿一件皮夹克。他可以轻而易举地抱起她，她喜欢热拉尔的双臂给她带来轻盈的感觉。他二十岁，在一家铁器厂工作。星期六，他开着标致运动摩托来接她。他带她出去，星期天下午，只要有机会，他们就躲在角落里，在乡下小酒吧后面，站着做爱。热拉尔很有抱负。服完兵役后，他打算出国。在油菜花地里，每当系扣子的时候，他都会向她详细描绘自己的职业规划。他要到国外做工程，他们会生儿育女，到海边度假，建一栋房子，里面有三间卧室。在兴头上，他甚至还会一一说出想象中挂

---

① Sylvie Vartan（1944—　），又译雪儿薇·瓦丹，法国国家级摇滚女歌手。

在工作间里的各种工具，工作间紧挨着车库，车库里可以停两辆汽车。冬天，他们会烧壁炉。如果运气好，他们还要去滑雪，这得看情况。埃莱娜躺在地上，望着湛蓝的天空，专心地听着。她感觉大腿间流淌着热乎乎的东西。她希望千万别是那玩意。她问他。他非常小心，绝对没问题。说白了，有那么严重吗？不。一个家庭，两辆汽车，在那里生活，很安逸。

埃莱娜又游了五十米。大腿开始有点疼。她上气不接下气，感觉已经上了年纪。她明白，一开始往往反应迟钝，情绪不高，但等到五个来回之后，就会再起兴致，阴郁的想法也将一扫而光。需要克服寒冷、气喘，这样的慵懒真如烂泥潭。必须坚持，一鼓作气，一个一个来回，荒唐地重复。思绪闪过她的脑际，记忆如潮水般滑过心头。游泳既是一项耐力运动，也是一项恼人的运动。她盯着老旧的池底，零零星星的地砖已经掉落。阳光斜射在水面上，闪闪烁烁，暗影浮动，让人眼花缭乱。每一趟都分为好几个阶段。埃莱娜游着。

初次见到帕特里克时，他腿上还打着石膏。她十八岁，穿着薇姿长裙。一位表姐结婚，埃莱娜穿着高跟鞋，并不习惯，看起来笨手笨脚，就像呆头呆脑的小长颈鹿。其他女孩都在她背后指指点点。她和姐姐一道形成联盟。那些女孩嫉妒她，说她坏话，埃莱娜已经习惯了。凭着屁股、脸蛋、独特的头发，她心里明白，自己威胁着小女孩们的平衡、地位和心态。比如，只要愿意，她随时可以让贝尔纳·克洛岱尔和她上床，而他和尚塔尔·戈麦兹拍拖了差不多一年半时间，下一年就要结婚。人称婊子，意思是说她是一大威胁，可以用身体来解决某些问题。在这里，婊子一词赋予了她一份不公正的力量，人家都嫉妒她，想小心翼翼地遏制她，害怕某些事情眼看着就会变得脆弱，如同流沙似的。在这个语境里，道德追寻着匿名的政治愿景，也就是要遏制埃莱娜身上潜在的放荡因子，限制她的美貌产生的效应，抑制她的美臀带来的超乎寻常的力量。

热拉尔没能来参加这次婚礼，在现场，埃莱娜遇到了帕特里克。因此，热拉尔没看见他俩暗送秋波。一条腿不能动弹，帕特里克真是心急火燎。他不能跳舞，只好独自待在角落里。他看起来很忧郁，若有所思，带着几分迈克·布兰特①的可爱气质。婚礼散场时，埃莱娜找到办法，跳上西姆卡小汽车，跟着帕特里克回家。之后，他们悄悄约会，协调两边家人，处处乖巧行事。这很简单。那阵子，为了爱情，什么都干得出来。再后来，他们住进一套小公寓，开始规划人生。一个家庭，两辆汽车，在这里生活，真是尽善尽美。

总之，埃莱娜再没有见过热拉尔。二十年后她才知道，他确实出国打工去了，先后到过突尼斯、埃及甚至印度。他成为高级焊工，在航空、核能或农业食品企业当雇员。这些企业渐渐变得富可敌国，为热拉尔提供的生活条件和社会保障堪比铸币造钱或宣战打仗的国家。埃莱娜还了解到，热拉尔在普罗旺斯—阿尔卑斯—蓝色海岸大区定居下来，离马蒂格不远，还建了一栋带游泳

---

① Mike Brant（1947—1975），以色列歌手，词曲作者，20 世纪 70 年代移居法国后声名鹊起。

池的两层别墅，开一辆奥迪。他和一名安的列斯群岛的短发女子结了婚，当然这也无妨，他还为国民阵线投过一两回票。两个孩子，一帮朋友，肾结石，一位拿篱笆高度找茬的邻居，但热拉尔无忧无愁。埃莱娜还得知，他酷爱旅游。也就是说，一年一度，电视上看过的风景，他都能到现场去核实。拉斯维加斯，马达加斯加，越南。在一次葬礼上，埃莱娜了解到所有这一切。在这种场合，总能碰到很多老友故旧。

期待中的第二股冲劲，埃莱娜感觉已经来临。困难渐渐消散，取而代之的是一种浓烈的感觉：放松享受，恢复活力。她心想，就算再游一千米，也不在话下。随后，她感觉自己身材苗条，活力四射。身体抵制、精神反叛的这段时间，只要扛过去就万事大吉。现在，一切顺利。埃莱娜很快就四十岁了。还有人叫她婊子，但已经越来越少。她风韵犹存，她搞不明白为什么要遮住大腿、腰、屁股。尤其是，她还憧憬自己的那份爱情。一想到这里，她不禁在水中笑起来，她对男人的胃口一以贯之，这层秘密也被池水掩盖。有时候，开着车，她不由自主地在路边停下来，开始抚摸自己，很快就乐在其中。一辆三十二吨的半挂车追风逐电般开过，欧宝被震得前摇后摆。在她的腹部，一切都还在，依然如故，她需要手的爱抚，需要目光的注视，双腿之间可以其乐无穷，这乐趣无关办公室的规定、交通规则、结婚协议，以及大部分其他法律。这乐趣，谁也不能剥夺。

有一阵，埃莱娜还睡过一名同事。这小伙算是一张白纸，喜欢穿伊甸园短袖衬衫、西裤。他去喝咖啡，她看着他从面前走过。他有着美丽的臀部和头发，等过了某个阶段，这也就堪比一切啦。圣诞节期间，她喝高了，告别的时候，她蜻蜓点水般吻了他的嘴唇。他们开始你来我往，互相勾引。一天晚上，正逢年终总结，她待到很晚，他关在办公室里，一直等着。最后，他们凑到一起，开始深情拥吻。埃莱娜差不多已经忘却。他们像两个孩子似的，又像急切而狂热的铲车，手指不停地抓来抓去，心脏怦怦直跳。她从裤子里掏出他的阳物。他几乎立即进入她的体内。站着，穿着衣服，又激动，又蹩脚，一分钟就足够了。第二天，他们就开始到酒店开房。火热的时候，他就在地毯上干她。倒不是要让她扫兴。但是，看到膝盖上的疤痕，他很快就泄了气。帕特里克什么都没察觉，但后来再也没有像这样趴在地上干过。

埃莱娜心想，十五个来回，早就不止了吧。她来到池边，满心欢喜，觉得完成了义务。在她游泳期间，来了很多年轻人，或者独自一人，或者成双结对，都是十五到十七岁的少男少女。他们依次坐在池边的水泥台阶上。有些人比较面熟。看着他们，埃莱娜心中一激灵。他们聊着天，心情大好，无忧无虑，完美无缺。这些具有速度感的身体，都是由池水和训练打造而成的。女孩子们臀部紧绷，肩膀宽阔。男孩子们有着充满稚气的脑袋，健美运动员一般的上身。

埃莱娜算得上游泳好手，她微笑着来到长椅边。她在太阳下晒干身体。教练走了过来，照例说了一通指令，年轻人马上到跳台后排成一列。第一批先跳入池中。其他人紧随其后，同时起跳，规规矩矩，入水的那一瞬，溅起些许水花。她看见他们在水下游出很远。很快，随着他们有规律地拍打水面，两道水痕相互交织。骄阳之下，他们游得很快，他们非常年轻，死亡压根就没有立足之地。埃莱娜专心致志地看杂志，任由自己的思绪驰骋。已经过了十一点，池边开始人头攒动。午饭后，她在太阳伞下打了一会儿盹。十五点左右，泳池上笼罩着一种麻痹的气息。骄阳似火。即便是上厕所，也只能踮着脚尖走路。人们都躲到了树荫下。一群男孩正在水中大喊大叫，胡乱地拍打水花。

　　差不多快到十六点了，那位高个子来了，他双眼澄澈，怪模怪样，身宽体胖，磨磨蹭蹭，有点约翰·韦恩①或米彻姆②的味道。埃莱娜并没有刻意等他，但她多少希望他能来。他把随身物品放到台阶上，然后下水游泳。埃莱娜是泳池的常客，他也是。有一次，跟丽娜一起，她们觉得好玩，偷偷地打量他，胡猜乱想一通，比如他的职业、名字、声音，包括做爱时的声音，他有没有女友或者小癖好，诸如此类的玩意。她们还给人家起了个外号，塔尔赞。这个高大、伟岸、笨拙的躯体。埃莱娜看他游了一会儿，也就忘到一边去了。等他从池中出来，她看见他臂膀很长，肩膀很宽，水珠在他腹部淋漓地流淌。他朝她这边看了一眼，埃莱娜一时恍惚，但很快又专注于手中的杂志。她想掩饰。他走过来。显然不行。他回到座位上，擦干身子，然后离开泳池。下一次吧。她很搞笑，像小女孩似的，觉得很

---

① John Wayne（1907—1979），美国演员，以出演硬汉闻名。曾主演《关山飞渡》等影片。
② Robert Mitchum（1917—1997），美国演员，以主演黑色电影著称。

开心。

　　回来的路上，埃莱娜感觉身轻如燕。她慢慢开着车，单手握着方向盘，一点也不着急。电台正播放一首达琳达①的歌曲，有几分忧伤。她本该多一点这样的安排，忙里偷闲，太爽啦。经过公公婆婆家的时候，她想起了全家人吃年夜饭的情景，在餐桌上度过的那个下午。他们早已不在人世。一切都在，每条街都记录着自己的历史，每面墙都述说着一段记忆。她从消防队前面溜过，绕过小学，远处冉冉升起一道长长的黑烟，顿时抓住她的眼球。离家越近，黑烟越浓，能够闻到融化的塑料和燃烧的汽油味道。她眉头一紧。离他们家很近。她开始祈祷，千万别有什么意外发生。一进小区，穿过两片密密麻麻的楼宇，她看见邻居们早已三五成群聚在一起。大家都在围观。摩托车已经烧焦、毁坏、融化，但就算烧成灰也能认出来。

　　埃莱娜拉上手刹，从车上跳下来，连车门都来不及关上。双腿勉强支撑着她。大伙儿看见她一路过来。她看起来容光焕发，洗完澡后，头发闪闪发亮，散发出热量，仿佛带电一般，凌乱蓬松。所过之处，有人说，这是几个小阿拉伯人搞的鬼。有个声音高喊：

　　"埃莱娜！"

　　埃弗莉娜·格朗德曼日从看热闹的人群中冲出来，手里一直捏着高卢烟。她穿着一件白衬衫，上面有一道细长的烟痕。她惊

---

① Dalida（1933—1987），法国天后级歌手。

慌失措，浑身颤抖，结结巴巴地说：

"帕特里克在找你。他出去了。他开着卡车。他到处去找你啦。"

埃莱娜想到了儿子，于是急忙冲向汽车。

"等等！"埃弗莉娜·格朗德曼日说，"怎么跟他说？"

"我马上回来。"埃莱娜许诺道。

"消防队马上到。等等。"

但是，埃莱娜已经出发了。她必须找到儿子。她早已六神无主，每一秒钟都漫长得像一分钟那么难捱。

# 13

没有钥匙，又想发动摩托车，只需一把螺丝刀就够了。安东尼从罗曼修车铺顺手牵羊拿了一把。修车铺位于勒克莱尔将军大街，他不时会到那里逛逛，看技工们干活。迪迪埃有时还让他取一辆摩托车，出去兜兜风。就因为这样，他还开过本田CBR1000。这些车的火力可以直接把你送上月球。

他一边磨蹭，一边在市中心闲逛，肩上背着双肩包，衣兜里藏着螺丝刀。他又快步向前，目光专注。他去了一趟马努家，马努很高兴能帮他救急。我早告诉过你啦，跟这些人啊，你绝没有三十六计陪他们玩。他背后的 MAC 50 手枪沉甸甸的。

他首先沿着圣卡特琳娜大街往前走，随后又拐到米什莱街。在街道尽头，他看到了自己寻找的东西。人行道上摆着几辆摩托车。在地铁游艺厅前面，总少不了摩托车。走到近前，他数了数，三辆摩托车，一辆助力车。只有标致 103 助力车有防盗锁。

他兜里还剩一张五十法郎的钞票。他想，还可以玩一局电动弹子游戏，然后再出手。他推开游艺厅的大门。

里面有两排游戏机和一帮玩家。玩家都很年轻，男孩居多，在让人窒息的环境里，他们玩得兴致勃勃、热情似火。紧里面有一面硕大的镜子，拉长了室内的视野，光怪陆离的电子屏幕投射在上面，蒙着一层浓浓的雾气。老板坐在玻璃隔间里，处于中间位置。他的工作基本上就是换换币，抽抽万宝路；再说，少年们来这里玩，既想躲着抽烟，也想玩《太空侵略者》。这时候，游艺厅里面只有稀稀拉拉几个人，但星期六下午或放学后，可是人满为患。安东尼换了一些五法郎的币，朝最里面的弹子游戏机走过去。他迎面看见自己从镜子中走来，短小的身材，映衬着闪烁的蓝屏。他往"亚当斯家"投了二十法郎，忙不迭地玩起来，但他技术很差，又心不在焉，弹子一个接一个地滚落下来。他又换了五个币，还是同样的成绩。他在牛仔裤上擦了擦手，犹豫了片刻。靠近门口的地方，两个浓妆艳抹的女人正喝着可乐。一个家伙正在往《打砖块游戏》排行榜输入自己名字的首字母。那边，两个男孩正兴味盎然地玩日本武士游戏，他们沉默不语，大汗淋漓。更小的那一位，手指上下来回操作按钮，快得可谓出神入化，时不时，一滴汗水沿着他的鼻梁滑下来，最后掉到地面上。换 CD 的时候，音乐戛然而止，只听见送风机传来强劲的呼哧呼哧声。安东尼听着沙滩男孩，又最后玩了一局，还是灾难性的结果，于是他使劲踹了一下游戏机，机器夸张地闪烁不停。他已经身无分文。他感觉很懊恼，垂头丧气。现在，肚子也饿了半天啦。

应该说，头天晚上，事情就发生了决定性的改变。安东尼刚在"安塔利亚"买了薯条，母亲就不知从哪里冒了出来。她开着车，毫不犹豫地掉过头来，越过旁边的土路基，来到他身边。她一路过来，差点撞到"土耳其人"的露台以及两名顾客。

"上来！"

"怎么了？"

"上来，我告诉你。"

安东尼马上遵命。母亲找他半天了。她一脸憔悴，披头散发，手包翻倒在地，后视镜垂在空中。他想问她究竟发生了什么，但她马上发动汽车，要继续上路，欧宝汽车转弯打方向超硬，大家都盯着她看，就为了这么点小事，她差点放声大哭。

稍后，她说：

"到我姐姐家去吧。摩托车没啦。他们烧掉了。"

她一股脑儿讲给他听，对于安东尼来说，差不多算松了一口气。毕竟，事已至此，倒也不无好处。至少，这场灾难不会再如影随形，让他纠结。现在，必须得为自己谋划，善后，考虑钱、衣服、吃饭，还有睡觉的地方。提心吊胆一周之后，现在感觉似乎好多了。

伊莱娜打开门，半天没有回过神来。姐妹俩已经很久不说话了。她给他们沏茶，上蛋糕。当回主人，肚量大一点，对她来说也是个机会，只有在情景剧中，她才能更好地展现自我价值。有一刻，电话铃声响起，大家你盯我，我盯你，一言不发。接着，表哥跑去把底楼的百叶窗关起来。感觉像在等待一场热带风暴。但是，父亲没有来。电话响个不停，没完没了。伊莱娜最后拔掉了电话线。差不多到了午夜时分，一种和平的氛围沉沉地笼罩在屋子上方，大家吃了点面包、白煎鸡、一点奶酪、茄汁烩扁豆，搞得下巴和手都黏糊糊的。天气还很热，渐渐地，夜色将他们团团包裹，虽然还有点不安，但都开始哈欠连天。好歹得睡一会儿。伊莱娜打开沙发，在客厅地板上铺开床垫。埃莱娜怎么也睡不着。所有这一切像放电影一样，在她脑子里翻来覆去，她想了很久，却找不到满意的办法。

清晨，一家人齐齐聚到厨房，一起用早餐。埃莱娜和儿子没有吱声。他们走也不是，留也不是。现在，他们就像难民似的，只有仰人鼻息，依靠外部力量。诚然，对于事态的发展，伊莱娜有自己的想法：必须报警，找各种协会，请一名律师。提起妹夫，她还说出了混蛋、粗人、恶棍等字眼，显得既开心又恶毒。埃莱娜用小勺在咖啡杯中搅动，她阴沉着脸，默默地忍耐着，但不失礼貌。损失很惨重，她心里已经逐渐习惯，对于自己的不幸遭遇，她开始盘算各种行政解决方案。过了一会儿，安东尼离开房间，抓起双肩包，从浴室的窗户溜了出去。

现在，在地铁游艺厅蓝幽幽的大镜子里，他盯着自己看。他胸中漂浮着一种奇异的平和感。是时候了。他机械地揉了揉右眼，朝门口迈去。

在外面，他挑了速度最快的摩托车，一辆雅马哈 BW'S，配有 Pollini 排气管，他马上从摩托车外壳着手。周围空无一人，必须赶快下手。他开始用螺丝刀卸摩托车外壳，一颗螺丝卡在那里，他把螺丝刀立起来，利用杠杆原理，塑料壳发出一声刺耳的脆响，终于掉了下来。再一次，他看了看周围是否有人过来。狭窄的街道两旁，耸立着五百米长的高墙，一副无动于衷的样子。他流了点汗，打湿了双手。他把螺丝刀插进防盗锁，来回转动，然后握住把手使劲用力，只听见"咔吧"一声，防盗锁拦腰折断。他只需用脚一点，就可以发动摩托车。他踩了一脚，发动机马上轰轰作响。排气管喷出的尾气发出震耳欲聋的炸响。熟悉的声音惊动了摩托车主人，他从地铁游艺厅一路跑出来。

"嘿！"

这小子穿着运动裤，戴着耳机，就是在周边省道上碰见的那种乡巴佬，那帮弱不禁风的少年，胆大包天，丑得吓人，喜欢大喊大叫，他们在职业高中就读，是退休人员的梦魇。其他玩家也一个个从游艺厅出来，为他助阵。安东尼将加速转把扭到头，一溜烟跑了，把大伙儿抛在原地。米什莱街笔直一线，他不断加油，指针在时速八十公里左右徘徊。他来到街道尽头，适当减速，飞快拐过弯道，然后朝上半城飞驰而去。他的心"怦怦"直跳。至少，他不用再琢磨各种问题。远处，信号灯变成了红色，他想径直闯过去，但转念一想，觉得还是要谨慎，等绿灯再过。他一秒一秒地数着。一个声音突然传来，让他大吃一惊。

"你干吗呢？这摩托车，什么玩意啊？"

是凡妮莎，表姐的闺蜜。她朝他走过来，肩上挂着一双溜冰鞋，她开始上下打量摩托车。红灯跳到绿灯。她还是惯常那副神态，带着几丝狡黠，站得很近，一条腿斜站着，像个舞者。

"偷的？是吗？"

"不是。"

发动机的转速慢了下来，发出轰轰的声音，不大不小。看到摩托车外壳这副模样，女孩子不禁放声大笑。

"严重啦！你偷的。我真不敢相信！"

安东尼一反常态，镇静自若。在他那张歪斜的脸上，凡妮莎寻找着某种解释，想弄明白为什么他如此反常地平静。他满不在乎，就这样。因此，她感到困惑不解。安东尼发现，讨女人欢心，只要你压根不当回事，这绝对算是一剂强心针。

"你怎么啦？"她说。

"没怎么。"

他从来就没有注意过，她的眼睛那么阴郁，那么金黄，那么热烈。他问她，这八月酷暑天，拿着溜冰鞋干吗。

"我刚刚让人修理过。"

溜冰鞋很沉，她放到地上。她弯下腰，男孩看到她胸部柔软的隆起，白色的棉质胸罩，被挤压的肌肤，泛着浅蓝的血管。她的腹部收紧。

"你偷了摩托车，想去哪里？"

"不去哪里。"

"你不想带我回去？"

"不行。"

"快，送我回去，太沉啦。要不然我得走三十分钟呢。我的肩膀都会被压塌。"

确实，溜冰鞋的带子在她的肌肤上刻下了一道印痕。安东尼还是摇头，意思是不行。可他一下子沮丧起来。这一次，凡妮莎总算很热情。她的肌肤晒得那么黑。

"告诉我，怎么啦……"

"没什么。"安东尼重复道，"我得走啦。"

信号灯又变成红色。他皱紧眉头。他想起了她的手，她酥软的手指，以前她摸过他的脸。

"安东尼，等一下……"

这么说，她知道他的名字。他开始加速。摩托车又出发了，一声长长的轰鸣，声音上扬，让人撕心裂肺。


如今，这一切环环相扣，飞速向前，已经没有回头路，男孩驾着摩托车，任由自己的心情飞驰，这比速度快可还要糟糕，他感觉沥青的碎屑飞溅起来，落在手臂上。举目望去，两侧的高墙宛如一段灰蒙蒙的布带，他享受这种惊慌的感觉，自己浑然已经变成一个连续移动的点。他开着摩托车，什么也不再想，只保持移动，他在搜寻自己能量的峰值。在腹部、胸腔、四肢，他已经找到机能的极限，甚至他的意志也演化为一道轨迹。从此，摔倒的可能已变得虚幻，事故也恍然再不可能。安东尼一路飞驰。

不幸的是，优先城市化改造区位于山坡顶上，那道山坡又高又陡，攀登的过程中，摩托车开始吃力，速度慢了下来，突突突地响个不停。为了消除这种困顿的感觉，安东尼在塔楼下徘徊了一会儿，他马上变得兴味索然。很快，他看见了楼群中间的空地，色彩艳丽的旋转木马，烈日下蔫不拉几的树木。走廊下，一帮年轻人无精打采，正在消磨时光。安东尼把脚落到地上。他远远地观察他们。一切都静寂无声，摩托车的发动机照旧转个不停，他放慢速度，继续前行，鞋底擦过覆满灰土的地面。

那帮年轻人差不多昏昏欲睡，萎靡不振。上午，埃利奥特终于搞到两个大麻球，虽然切得乱七八糟的，但好歹可以抽。闹了两周饥荒，现在恍如盛夏中的圣诞节。于是，从上午十点开始，大家就精神恍惚，一直没有停下来，所有人都在那里，十来个男孩子，既彼此独立，又形影不离。埃利奥特拿出六张烟纸，卷了一支长长的大麻烟，一副心花怒放的样子。

"这啥玩意儿？"

赛博第一个凑上前来，骑着摩托车过来的这个小怪物，他想看看到底是谁。就算再好奇，他也没有贸然走出走廊下的阴凉地。对方缓缓而来。赛博想用舌头舔舔嘴唇。他的嘴上沾满纸屑。他眯起眼睛，问道：

"咳……这是谁啊，婊子养的？"

"是你妈。"

"别，严肃点……"

慢慢地，那帮年轻人醒过神来，既然有个人影过来，那就绝非偶然。

"哈希纳……"

"什么?"

"那家伙,那边……你瞧。"

"什么家伙?"

摩托车还在朝这边行驶。哈希纳站起身来。在刺眼的阳光下,看不清摩托车上是谁。不论如何,这家伙没有戴头盔,而且个子矮小,像根拨火棍似的。哈希纳压根不当回事,甚至还有几分友好。他想回家,喝一听可乐,清净地看电视。单是想一想,他就觉得神清气爽。又抽了大麻,太爽啦。这期间,他的眼睛逐渐习惯了空地上耀眼的阳光。身影逐渐清晰起来。形象显露出来。妈的!

"谁啊,他妈的?"埃利奥特说。

"真的别担心。你瞧。放心哈。"

哈希纳离开走廊,径直朝安东尼走去。很快,他们之间只剩下几米的距离。那帮人受不了了。三种语言对骂起来。有人坐不住了,也开始走出廊道。

"你敢来这里。"哈希纳淡淡地说。

安东尼把背包的带子滑到一边,打开背包,把手伸了进去。

"哦,哦,哦!"有人起哄。

安东尼把手拿了出来,握着 MAC 50 手枪。年轻人全都跑回走廊。

"妈的,是谁?"埃利奥特高声吼叫,他坐在椅子上,突然感觉自己惹了大祸。

安东尼眯起左眼，直直地举着手枪，开始瞄准。

"不要唬人。"哈希纳说，尽力保持冷静。

阳光洒在他的脸上，但他还是能认出安东尼那方方的脸庞，他紧握的拳头，还有手枪的枪管。周围的座座塔楼俯视着这个场景，漠然地置身事外。哈希纳开始觉得害怕。恐惧感让他生出很多坏主意，催促着他，要么受苦，要么逃跑。但是，打小时候起，经验就告诉他，在他的世界里，懦弱比痛苦的代价要高。遇事逃跑，不敢拳头相向，这是牺牲者的可悲命运。最好还是直面危险，哪怕事后后悔也罢。这一课早已谙熟于心，哈希纳挺直腰身，面对着手枪。

安东尼慢慢抬起手枪，在食指下面，他感觉扳机已如性兴奋一般敏感。他内心镇定，屁股后面，摩托车发动机还在低声振动。有人在窗台上大喊。如果远程射击，他没法打中。只需给一点点力，就会发出沉闷的声响，八克的金属子弹就会喷薄而出，要不了三十分之一秒，就会打爆哈希纳的脑瓜子。口径大约十毫米，颅内所过之处，子弹会烧坏不少大脑组织，正是靠着它们，哈希纳才可以呼吸，吃巨无霸，谈恋爱。走完自己的历程以后，子弹就会像没事人一样，离开这个脑袋，在身后留下一个鲜血直流的空洞，血肉模糊。从机械到人体构造，现在，这一连串的效应将两个男孩联系起来。即便不能准确表达，两个人至少也都心知肚明。安东尼叹了口气。他必须这样做，为了老爸，他不能输这口气。一滴汗水流到他的脖子上。就是现在。

就在这时，摩托车熄火了。

奇怪的是，这个毫不起眼的变化，让他的动作突然难以持续。安东尼觉得自己手臂发软。他从头到脚大汗淋漓。他再也无法待下去。哈希纳一直站在他对面，汗津津的，满脸羞愧，差不多也开始害怕了。安东尼不知道怎么办好：他劈脸朝他吐了一口唾沫。

　　要重新上路，他还得用螺丝刀，费力地捣鼓一会儿。哈希纳不敢擦拭。他觉得脸上到处都是唾液，鼻子上，嘴巴里。随后，安东尼终于走了。走廊下，谁也没有吭声。这一切是那么不可饶恕。

1994

《你会是我的》*

# 1

安东尼在仓库里找到索尼娅。他本该想到她会在那里，这可是最糟糕的藏身处。她戴着耳塞，听着摇滚乐，眼睛死盯着有些磨损的指甲，沉浸在自己的世界里。连他走进来，她也没有听见。

"你在这里搞什么鬼？我找你半个小时啦。"

她没有反应，他凑到她眼前打了个响指。

"喂，跟你说话呢……"

她抬起眼睛。平素她气色就不好，现在更是形同灾难，红眼睛、黑眼圈，妆也没有化。

"你怎么啦?"

"没怎么。"

"西里尔惹你啦?"

"没有。"

索尼娅十四岁，既没有辅导员资格，也没有救生员证书，既没有高中毕业证，也没有驾照，甚至还没有到法定工作年龄；换句话说，她没有多大用处，而且也无事可做。她父亲好说歹说，非让人家给她找份工作。他在水上俱乐部协会搞财务，总管西里尔也别无他法。所以呢，她就打打杂，在酒吧里洗洗涮涮，发发通知，把让人讨厌的情绪散布到沙滩的各个角落，她翻来覆去地听芭芭拉或赶时髦乐队那些玩意，好让自己打起精神。

看起来，她这一年过得很艰难，数学上麻烦很大，心情也起起伏伏。她父母很担心，尤其是她的数学。安东尼很喜欢这女孩。她很机灵，比较出众，用功而且超级漂亮，眼睛是灰蓝色的，嘴巴很有特点，能够跟他聊到一起。但是，两三天以来，她完全不正常，总是躲到犄角旮旯里，就这样消磨时光，难得舒展愁眉，脸色比平时还要苍白，瘦得让人害怕。

"是男人？是吗？"

她摇头否认。怎么能同时有别人呢？安东尼最担心的是，她突然爱上西里尔。那是个名副其实的傻逼，但他有风度，满头的灰白头发，戴百年灵手表，可能会让某些女孩着迷。他属于那种老奸巨猾的家伙，寻思着征服小女孩，好躲开脱发的困境。一想到这里，安东尼也没了主意。她只有十四岁，操蛋。

"好啦，过来吧。别待在那里。去看看，今天好多人。"

他伸过手来，她拉住他的手，跟着他，双脚磨磨蹭蹭，一直走到酒吧。她还刻意调低了随身听的音量，这让安东尼觉得她还算懂事。

"你喝什么？"

"什么都不要。"

"别演戏啦。你不会割腕吧？得了得了。"

女孩耸了耸肩。如果她想的话，她真会割腕。

安东尼从冰柜里拿了瓶怡泉，给她倒上一杯，然后自己直接对着瓶子喝。饮料瓶已经打开了一会儿，气泡不是太多。至少很清爽。

自上午以来，安东尼就马不停蹄东奔西跑。这是让人喘不过气的一天。一切都那么沉重，停滞不前，天空压得低低的，空气偶尔颤动几下，带来的也无非是淤泥的味道、多肉植物的味道、燃油的味道。

"现在，你不能再添乱了。西里尔超级紧张。他今晚上要搞派对，就跟要在王子公园球场搞法国杯决赛似的。"

索尼娅盯着咖啡壶上方的四类酒水许可证。突然，她脸上抖了一下，似乎是一丝微笑。不，她满眼的幽怨。

安东尼顿时觉得很抱歉。他想找到解决方案。

"听我说，你藏到度假小屋就行了呀。谁也不会去找你。"

过了一会儿，他试探性地问：

"你恋爱了？"

女孩突然脸色大变。这个问题让她那么尴尬，甚至连当下的不幸都忘到了脑后。

"有时候，你真没用。"她一脸不屑地说，"你多大啦，还瞎说八道？"

"哦，好吧。"安东尼说道，把怡泉瓶子和她没有动过的杯子收好，"我才不管那么多呢，嗯。"

"但是，你有朋友吗？你跟别人说话吗？你至少在上学吧？"

安东尼朝她伸了根指头，露出一丝微笑。索尼娅还想继续，但西里尔蹿了出来。

"嘿，你们在这里，哦。"

他从外面进来，风风火火的样子，穿着浅色牛仔裤、仕品高船鞋，罗曼·洛迪埃紧随其后。索尼娅马上脸色转阴。

"你们在这里干吗啊，游客呢？"

"没干吗。只是休息一下。"

于是，西里尔开始滔滔不绝，讲他深谙的那一套管理话语。这套话语，他经常使用，几乎算灵丹妙药，这样一来，即使他自身无能，也多少可以松口气，因为他压根就不知道该怎么工作到位，他始终只能仰仗别人来完成工作，而人家的薪水还不如他高。这就是当老板的把戏，让人艳羡的驭人之术。某一天，他会得溃疡的，他也意识到了。这一次，倒并不涉及挑战和个人投资。索尼娅和两个男孩只能默默承受，洗耳恭听。他们也习惯了。

然而，安东尼还在琢磨，西里尔和女孩之间到底会发生什么。他对西里尔完全不了解，又看见索尼娅当着他的面赌气，就算提出这样的问题，也算合情合理。安东尼希望什么事也没有。他喜欢这份工作，压根就不想添乱。每天上午，十点前不用上班。再说，他只负责把船从船坞里弄出来。体力活，报酬不高，但是在这里会遇到很多有身份的人，给的小费让你哑舌。其他时间，他就在沙滩上闲逛，和罗曼一起勾引女孩子，或者躲在仓库里喝啤酒，消磨时光。而且，与罗曼在一起，他俩可谓臭味相投。这也算是一大惊喜。在安东尼的记忆里，这是一个大傻逼，又骄傲自大，又咄咄逼人。其实，等你了解他之后，就会发现他不过是有点酷罢了。仅仅两年时间，他噌噌地往上蹿，现在身高已经一米九。这家伙游手好闲，但他一开始干活，谁也比不上他。安东尼看见，他深一脚浅一脚，独自把三百公斤重的小船搬进船坞，太恐怖啦。而且，他也很大方，总是乐呵呵的，出手阔绰，跟谁都认识。安东尼喜欢坐他爸的奥迪在城里兜风。他们一起招摇过市，枪炮与玫瑰乐队的歌开到最大音量，窗户摇到底，他们俨然王者独尊。

西里尔训完话，他希望大家都已经理解。安东尼回答，嗯，罗曼呢，没问题。

"我想和你谈谈。"索尼娅说。

"谈什么？"

"就五分钟。"

"这，我可没时间。"

"很重要。"

西里尔想起索尼娅的老爸，于是转向两个男孩。

"你们俩，去帮我摆椅子、凳子、桌子。检查一下，看园艺师是不是在按我的要求干活。之前我告诉他们，要用九重葛来装饰露天咖啡座，结果他们弄的是铁线莲。"

"不管如何，要下雨了。"罗曼说。

"什么？"

"没什么。"

西里尔示意索尼娅跟他走，他们钻进了办公室。安东尼盯着办公室门，定了片刻。齐人高的位置挂着一块牌子，明确写着"闲人免进"。

虽然酷暑难耐，男孩们还是忙前忙后，很快一切准备就绪。在沙滩和俱乐部之间的草坪上，他们摆好了冷餐台，还有两排塑料座椅。露天咖啡座已然成形。没有九重葛，铁线莲又不搭，大家只好用棕榈叶做装饰，也还不错。

稍后，两辆小卡车送来食品和饮料。西里尔自然找的是山谷里最好的外卖商贝林热，他在埃朗日开了一家门店，在埃当日也有铺子，还雄心勃勃想到卢森堡那边发展。伙计们都一袭白衣，无可挑剔，像抹了滑石粉似的，他们来来回回，开始卸餐盘，海鲜、沙拉、猪肉、水果、小三明治，还有玻璃罩中可用勺子品尝的各式各样的小玩意。另外还专门备有减肥餐，贝林热先生本人也亲自出马。今天晚上，俱乐部协会新任主席走马上任，很多人要来捧场，水上俱乐部汇集了全市重量级的法学家、医生、企业家、公务员。外卖商事无巨细，格外用心。今天，冷链可不能掉链子。

安东尼和罗曼负责跟伙计们一道卸饮料。光是香槟，就预备了十箱玛姆。还有摩泽尔冰镇白葡萄酒、波尔多红酒、桑塞尔白葡萄酒、矿泉水、可乐、果汁。十六点左右，一切都准备妥当，男孩子们才有工夫躲到杉树下，抽口烟，休息一会儿。索尼娅一直没有现身，现在，湖面上乱云飞渡。空气刺人。大家感觉身上黏糊糊的，浑身发痒，焦躁不安。就算那帮伙计，看起来也脏乎乎的。

"要爆发了。"安东尼说，估计着会下雷阵雨。

"听我说，实际上，我们谈到你了，昨天晚上。"

"跟谁？"

但是，安东尼再清楚不过，他感觉胃中空落落的。

"斯特凡娜。昨天，我在阿尔加迪看见她啦。她跟父母一起吃饭。"

安东尼望着天空，嘴里咬着一段青草，胳膊肘撑着地面，双腿交叉。他能够闻到自己的味道，干活之后放松舒缓的味道。天空中阴云密布，让人以为夜幕即将来临。

"然后呢？"

"没什么。她今晚肯定会来。"

"酷。"

罗曼大笑。

"是啊，酷。她一直记得你呢。"

"是吗？"

"嗯。她还问你怎么样。"

"真的？"

"没有啦。"

"你这个坏蛋……"

过了片刻，安东尼问：

"她真的要来吗?"

"我觉得吧。不管怎样，她老爸似乎很看中这个活动。"

"哦，她老爸，确实……"

安东尼差点忘了。斯特凡娜的父亲不是别人，正是皮埃尔·肖索瓦，俱乐部协会新任主席。头一年，他还参加过市镇选举，第一轮就铩羽而归。后来，作为反对党，他在市镇议会谋得一个席位，从此一门心思想在当地协会组织打牢根基。安东尼想，他要好好洗个澡。

"我去冲个凉。一身臭汗。"

"等等。还得把 80 双体帆船弄回来呢。"

罗曼指了指湖中心几乎一动不动的两艘船。

"去开橡皮艇吧。它们自己绝对回不来。一点风都没有。"

"呃，"罗曼说，"我来开吧。"

"你让我很吃惊哦。"安东尼说。

他们你推我搡，争先恐后地冲下山坡，来到沙滩上。安东尼上了船。罗曼负责掌舵。


十八点刚过，第一批客人就早早抵达。他们或成双结对，或单身赴约，带孩子的当然更少。大部分都穿着浅色衣服。为了接待来宾，西里尔特意穿上优雅的紫色西服。考虑到天气状况，大家还租了防雨布，万一下雨，冷餐会可以照旧不误。这一切都得赶快搭建好，安东尼根本没有时间冲澡。他只好在厨房洗了把脸，换了件干净 T 恤衫。这还远远不够。

外面，东一处西一处摆上了烛台，蜡烛散发出强烈的柠檬味道。桌布、椅子、帷幔，全都是白色。香槟桶正等着摆进酒瓶。这一切都给人井然有序、干净清爽的感觉。音响里响起了几丝音乐。西里尔请来一位卢森堡调音师。一等夜幕降临，大家就会开始跳舞。总之，一切都似乎会动起来。海鲜正在飞速解冻，安东尼把一立方米的冰块捣碎，用来冰镇海鲜盘，此外，他还留意着斯特凡娜来了没有，心情越来越焦急。一看到索尼娅，他就跳上前去。

"咳，你刚才跑哪去了？还好吗？"

"我辞职了。"

"不会吧？"

"哦，真的。我累死了。到此为止了。"

但是，似乎也不见她心情好转。

"你什么时候走？"

"马上。"

"你这就严重啦。应该早点告诉我。"

"没什么好说的。"

她还是耐心地换了衣服，为晚会做好准备，她穿一件花衬衫，两边各戴一颗钻石耳坠。但是，随身听的耳机还缠绕在脖子上。还有德克斯牛仔裤。

"你这样子挺好的。"安东尼说。

"谢谢。"

"一改阴郁的气息。"

"我明白。"

"你还待会儿吗?"

"嗯。我还有点事,要见一下西里尔。"

"跟他胡说什么呢?"

她耸了耸肩。没什么胡说的。

"好啦,再见。"她说。

"你不能不辞而别哦。"安东尼坚持道。

"你担心这个哈。"

她戴上耳机,溜走了。

十九点刚过,皮埃尔·肖索瓦和太太到达现场。他大腹便便,一团和气,五官棱角分明,灰白的头发平平地搭在头上。他一说话,或者微笑,总像一尊木偶,仿佛脸上系着一根根提线,有人在后面操纵似的,他的脸部随即条件反射,肌肉开始颤动。旁边的卡罗琳娜·肖索瓦光彩照人,打扮得体,戴着戒指,金发碧眼似乎有点矫揉造作之感,她的膝盖厚实,但那张瑞典女人的脸轮廓清晰,令人耳目一新。西里尔缠住他们,说了几句话,然后又彼此握手,这更具象征意义。两名服务生端着一杯杯香槟,开始在人群中穿行。西里尔过来找安东尼:

"这样不行。把你朋友找过来,你们开始为冷餐会服务。尽量先让他们喝点水。他们很燥热。"

确实,客人们大声说话,你来我往地挽手,说过之后又放声大笑，刚刚上的酒杯马上就见了底。这一切浸润在声光色电之中，让人难以承受，天空压得低低的，仿佛一顶危险重重的盖子。冰块呢，几乎已经全部融化，冷餐台上滴滴答答不停地淌水，贝壳刺身盘浑如沼泽。客人们走过来，满脚踩的都是水。有几位女士索性脱掉鞋子，感受清凉。安东尼和罗曼开始斟酒。他们推荐波多矿泉水，但谁都不要。很快，卡罗琳娜·肖索瓦又来取酒。她认出了罗曼，大声欢呼。

"我不知道你在这里工作。"

"嗯，是的。"

"话说回来，还不错嘛，打发夏天的时间。"

罗曼礼貌地表示赞同，又递给她一杯酒。

"啊，太好了！"金发女人心花怒放。

安东尼很想被引荐。但罗曼压根没有想到。他一直心心念念，想问斯特凡娜的妈妈，她一会儿会不会过来。

"哦，你知道的，她呀……"

他们又聊了片刻，主要说的是彼此共同的熟人，随后，音响里传出劈里啪啦的声音。主席登上了专门为活动搭建的小台子。

"有请各位！"他说。

聊天的喧哗声戛然而止。皮埃尔·肖索瓦再次请大家安静，他挥动双手，人群很快站好队形，听他讲话。

"我简单说几句。首先，我要感谢大家前来捧场，虽然眼看要下雷雨。"

这句感谢话又引出很多其他感谢之辞。讲话继续，又机智，又亲切，时机的把握，眼神的介入，手臂的挥举。有时候说一句妙语，来一个微笑，听众们汗津津的，一动不动，大着胆子瞅瞅旁边的人。西里尔在最后一排挑了个位置，他审视着各位的表情，不无紧张。他不时点头，对主席的话语深表赞同。稍远处，卡罗琳娜·肖索瓦一边听演讲，一边转动着手腕上的金手环。突然，安东尼好像看到有人像松鼠一般溜了进来。是索尼娅。他用目光追随着她，她已经无影无踪。

主席说要简短发言；他胡说。他压根就不简短，他回顾俱乐部的历史，说经历过一段危险的时期，后来转危为安，平安落地，如今又欣欣向荣。当然，这种命运属于更加宽泛的国家、经济、全球层面的大视野。他提到"去工业化"、"考量"和"现代"等字眼。大家热烈鼓掌。

"嘿！"

西里尔往安东尼身后一站，抓住他的胳膊。他看起来惊慌失措。

"你看过冰块吗？"他问道，"到处都在淌水，虾都变质了，太恶心啦。赶紧给我清理清理。到厨房去拿几个桶过来。你可以把海鲜全部扔垃圾桶。今天晚上死定了。快！"

安东尼撒腿就跑。主席台上，皮埃尔·肖索瓦开始在兜里找小纸条，他在上面事先写了发言要点。

"是的……我特别想告诉你们，死亡时代已经过去。到现在，整整十年，人们都在为美泰乐公司痛哭流涕。每每提到埃朗日，无非就是危机，苦难，社会退步。够啦。今天，我们有权考虑别的东西了。比如，未来。"

又一次，掌声如雷。对这些论据，安东尼倒也并非无动于衷，在去厨房的路上，他不禁停住脚步，倾听下文。毕竟，这段工业时代的记忆，他也烦透了。这段记忆会让那些没有经历过这个时期的人产生与主流擦肩而过的感觉。如果稍作对比，这段记忆会让一切举措黯然失色，会让一切成功微不足道。炼钢工人，他们美好的往昔让大家烦恼了太长时间。

主席继续讲话。说到底，水上俱乐部是一个完美的案例，它展现了山谷中无限的可能。新近完成改造工程之后，露营地几乎又人满为患。明年，我们将打造水上综合体，包括游泳池、滑道，以及二十五米深池。工业生产的奇思妙想不再有立足之地。现在是休闲时代。又清洁，又带来回报，所有人都各有利好。在对休闲的角逐中，埃纳河谷拥有得天独厚的优势。夏天，这里阳光灿烂。湖泊、森林、美景，不胜枚举。另外，这里还有一流的高速公路基础设施。富裕的国家近在咫尺，如卢森堡、德国，这也是毋庸置疑的优势。更不用说当地好客的传统啦，从前，我们接纳过来自全欧洲和地中海地区饿肚子的人，从而让这些闻名遐迩的工厂正常运转。他提到了荷兰、比利时、瑞士，说到底，这些国家都并不遥远，会给我们提供支付能力出众的客户群。我们还可以指望整个大区、巴黎和布鲁塞尔的援助。灾区有权利享受国际援助。各项报告很快就会证实他的说法。援助会随之而来。这个项目很有吸引力。掌声再次响起，经久不息。今天晚上，聚集在这里的重要人物，早已厌倦忧伤的氛围。毕竟，他们没有任何理由绝望。三十年间，行业的衰败重塑了整个就业圈，改变了工作性质，动摇了法兰西财富的根基，他们深知这一点，他们感同身受，满怀激情。如今，需要奋力向前。各种手段都必须跟上。

"你好。"

斯特凡娜进门的时候，安东尼正在酒吧前，一手拎着一桶冰块。

"你好。"他回应道。

罗曼仿佛人间蒸发了，他只好独自打扫现场。他扔掉四千法郎的海鲜，差不多够一个月工资了。他的双手还残留着浓烈的腥味。为了收拾残留的冰块，他得跑五个来回；现在，他早已全身湿透。

"我来得太晚了？"斯特凡娜问，她还在外面就听见了喧哗。

"不。他们开始得太早，应该是这样。"

确实，主席的讲话激发起出乎意料的乐观效应。现在，大家几乎开始政治的狂欢，不能不说事情有点出格。有人过敏，开始呕吐，一位部门主管把酒杯从肩头抛过去。香槟滴酒不剩。西里尔呢，对这种混乱局面，他也听之任之。至少，人们在找乐子开心。

"你在这里打工？"斯特凡娜试探地问。

"嗯。"

"不错啊。"

"什么？"

她不紧不慢。

"你长大了。"

这话很中听，即便她多少还是把他当小孩子看。他们没有多少话可说。他们面面相觑。

"你上大学了，现在？"安东尼问。

"没呢。"她说，"我刚刚参加完高中毕业会考。"

"考过了？"

"成绩优秀。"

她隐约打了个手势，意思是这无关轻重。不管怎样，她多少还是有几分得意。安东尼觉得她比以前更漂亮了。脸蛋少了几分稚气，没有了婴儿肥。然而，她的头发还是那么浓密，还留着所谓的马尾辫。她的眼睛更大了，可能是换了一种化妆方式，效果更好。另外，她穿着无袖衫，白色 V 领，依稀可见乳沟。安东尼好一番努力，为的是能够正面看看她。

"我得进去啦。"女孩说。

"嗯。回头见。"

"嗯，回头见。"

她从他面前经过的时候，他想到了虾的味道，于是傻乎乎地屏住呼吸。她进门前，他还想再看她一眼。但这里并不是电影院。


从这时开始，男孩的晚会内容就变成了借口回收空酒杯，在来宾中寻觅斯特凡娜。每一刻，他都仿佛依稀看到她的马尾辫，仿佛隐约瞥见她的肩头，仿佛猛然瞅见她的眼睛、面庞，仿佛找到了她的身影，而她并不在那里。他从无到有，将她一点点重组，彻头彻尾地虚构，在聚会的痛苦中，然后与她偶遇。斯特凡娜很快就开始微醺，也忙不迭地投入游戏。安东尼的腹内充溢着火花。她也对他放电。一个微笑。乳沟如太阳般熠熠生辉。

卢森堡的调音师尝试不同的音乐，想打动来宾，但都徒劳无功，谁也无意跳舞。天气太热，大家都无精打采，加上又胡吃海喝了一通。现在，阴沉沉的湖面上掠过几丝晚风，掀起一片粼粼波光。大家一直盼着雷雨。有酒助兴，那些平素不得志的人开始说起好高骛远、急功近利的话。太太们通常都会加以阻拦，但并不奏效。稍后，在车子里，就是算账的时候了。回去后，可能会争吵、责备，或者做爱，总之得小心翼翼，免得吵醒孩子们。还算是一个温馨的夜晚。

午夜已过，与斯特凡娜之间的关系，也加快了步伐。她也开始寻找他。她开始撒娇，他们开始彼此轻抚。应该说，晚会上再也没有其他年龄相仿的年轻人。安东尼可以暂时专享这份奇妙的特权。不享白不享。有一会儿，他正在洗碗，她甚至跑到厨房来找他。在强烈的霓虹灯下，他以前从来没有这样看过她。大腿上的茸毛，光彩照人的皮肤，胸罩的衬骨，在额头上，在脸颊上，彩妆下面，粉刺微微凸起。这个不完美的躯体，这种未加雕琢的真实，更让他欲火中烧。

"你待会儿干吗呢?"斯特凡娜问道。

"没什么特别的。"

"你可以送我回去吗？我一直在喝酒。现在，好像到处都有警察。"

"好，当然啦。"

说这话的时候，她一副中立姿态，没有设防，她腰肢斜倚，重心压在右腿上。她的脚趾和手指都做了美甲。这些细节让人发狂，正是这些细节，承载着女人追求保养的目的，寄托着她们追求美丽的愿望，彰显着她们为悦己者容的热望。这促成了一段夫妻间琴瑟和鸣的芭蕾，从时光深处穿透而来。说白了，整个人类都取决于这种精致的考究。

"你还要多少时间结束？"

"半小时，你可以吗？"

"嗯，半小时，好。"

"酷。"

"待会见。"

看着她从厨房离开，男孩刻意瞅了瞅她的屁股、腰身，不禁开始想入非非。看起来，一切都那么触手可及，但同时又是那么不可把握。这个发射窗口已经成为平生的契机。他浑身臭烘烘的，散发着虾味和柠檬洗洁精味。这澡是非洗不可啦。

确信西里尔并没有监督他之后，他赶紧往度假小木屋冲去。说是小木屋，说白了，不过是改良的衣帽间，后面一字排开三间小木屋，紧靠公路，带卫生间、淋浴，为了美观，还配有露台，摆着几把长椅。整体看来，确有几分郊游的意思，多少会让客人心醉神迷。安东尼带上一块香皂，还有一块擦身子的干净抹布。

不幸的是，他没有 T 恤衫可换，这让他不无郁闷。他急匆匆的，开始一路狂奔。他已经急不可待。真比喝酒还要糟糕，真比爱情还要恼人。

但是，远处的一点微光，让他止住了脚步。

灯光从第一栋小木屋的窗洞里发散出来，在黑暗的背景中，勾勒出窗户和门洞的剪影。他谨慎地慢慢靠近。谁也不可能在这里干什么事。他想到了冒失鬼，或者流浪汉。他本可以折返回去，但突然间，他觉得胆怯并不是明智之举。他蹑手蹑脚地靠近。透过关闭的门仔细倾听。他想撞开门，但是门上了闩。

"谁在里面？"

他握着把手，摇动着门，但门闩纹丝不动。他听见里面有脚步声、低语声、窸窣声，整体感觉是一种不安的声音，在杂乱中响起。

"开门！"安东尼坚持道。

他高声吼叫，不过是为了给自己壮胆。他把香皂放到抹布里面，做成投石器的样子，但这并没有很重的分量。

"好啦，两秒钟。"一个声音回答道。

门随即打开，劈头看见罗曼。索尼娅在他背后。她低着头。

"在疯什么呢？"安东尼说。

"什么？"

罗曼一改平常的客气。

"她才十四岁。你是猪啊，还什么？"

"安静安静，好吗……"

"妈的，你怎么回事？"安东尼说。

罗曼直直地朝他走来，使劲地推他。

"我说了，安静！"

在高压之下，安东尼也退后两步。他感觉整个身体都在震颤。这种能量让他震撼，让他深感屈辱。他气不打一处来。

"我回家了。"索尼娅说道，看到事态不妙。

"我送你。"安东尼说。

"奇怪啊。你们真是让我醉了，你们俩。"

她开始闪人，安东尼想跟着她。罗曼的大手使劲抓住他的肩头。

"站住。"

随即，罗曼用另一只手捏住他的后颈窝，像抓一条小狗似的。安东尼挣扎、吼叫、恼怒，突然歇斯底里。他想打罗曼的脸。但这张脸很远、很高，他被人控制着，看不清楚。罗曼给了他一耳光，打在耳朵上。很快，安东尼感觉泪水盈眶，鼻子一酸。

"住手！"索尼娅吼道。

太迟了，虚荣心已经捷足先登。安东尼叫得更凶。他用手指去抓对方的眼睛、嘴巴。他想咬人。两个男孩翻倒在地，你一拳，我一拳，胡乱地打来打去，但是都没有打中。他们缺少距离，缺少准头。他们有地面做挡，有夜色掩护。总之，这一切就像一出闹剧，两个扭曲的身体，事出意外。安东尼和罗曼在地上滚来滚去，索尼娅大喊大叫。安东尼偶尔咬上一口。罗曼推起他，往背上乱揍。他打了两拳。

"你们疯啦！住手!"

安东尼的嘴里已经有鲜血的味道。这是金属的味道，如同碘一样尖刻，又像醚一样令人恶心，却让人安心。

小木屋的灯光熄灭了。

他想到了斯特凡娜。还要送她回家。

# 2

　　哈希纳开着一辆沃尔沃客货两用车，如果人家问他车以前是什么颜色的，他大概不知道该如何作答。

　　他正在回家的路上。

　　两年前，他们和父亲一起回去过。小汽车装得满满当当。他们带着香水、咖啡、香皂，还有在齐亚比为堂弟们买的衣服，以及几件准备在当地卖掉的李维斯。在船上，父亲给他剪了头发。他还从行李箱中取出了新衣服、皮鞋。哈希纳应该很帅气。

　　在地中海的另一侧，母亲正翘首等待他们。她将儿子抱在怀中。在他这个年纪，已经有点尴尬，亲戚们还在远远地等着，齐刷刷的，活像一堵吓人的照片墙。哈希纳马上就觉得他们丑陋、肮脏，仿佛刚刚从坟墓中出土似的，还有他们脸上那种仿佛刻入皱纹的愠色、他们的衣着、他们外强中干的身体，乃至他们打量他的方式。

　　父亲在北非修的那栋房子已经有好多年了，一直都没有竣工。他们去工地看过。很可笑。兀立的墙坯、零散的管道、凭空高耸的铁三角。每个工种都有自己的借口。没有时间。更不用说天气，还有当局的问题。总是差某道手续，或者要支付某些意想不到的费用。哈希纳的父亲无话可说。这是他的错。他本该待在现场，监督工程的进展。即便在法国，也应该随时指导工匠，要不然工期就会无限延长，你只好等木工来履行自己的承诺，或者铅管工来证明自己的存在。这栋没有封顶的烂尾楼，成了指责他的口实。父亲远离妻子。他的生活跟单身汉无二。

因此，他们十个人一起挤在叔叔的公寓里，说实话，这地方也不算完善。情况如出一辙，墙里面露出一条条电线，楼梯上留着一个个洞。不时会漏水。另外，浴缸的排水口随时堵着，以防万一。某天夜里，有个声音高喊："来啦！"水管里发出断断续续的鸣响，水龙头咔哧咔哧地空喷。水流了出来，但是颜色混浊，只有细细的一缕，然后才慢慢变得清澈，变得顺滑、温热，孩子们一脸兴奋，他们一直打量着水流，宛如看到奇迹。

两年后，哈希纳回来了。

在尼奥尔附近，他下了高速，进入小小的道达尔加油站，去喝杯咖啡。已经过了十八点，他从早上一直开车，没有休息，也没有说过话，一路严守交通规则。特别想撒尿的时候，他就在瓶子里方便，现在，瓶子滚落在副驾驶一侧的脚垫上。

他独自回来，兜里塞满了钱，还是那么年轻，还是那么冷酷。他的脸上少了几分犹豫，嘴唇上方不再有那撮小胡子的暗影。现在，他留着背头。他穿一件昂贵的阿玛尼衬衫、一条白裤子。光一条腰带，就相当于最低工资标准的一半。

他加满无铅汽油，扔掉接尿的瓶子，把车停在咖啡馆前面。透过大大的玻璃窗，可以依稀看见陈列架上摆着明信片，货架上摆着杂志，冰柜里装满了饮料和平淡无奇的三明治。在吧台后面，两个穿制服的家伙不停地忙前忙后。大门打开，一名二十岁的女孩从服务区里面走出来。她从沃尔沃旁边走过，目不斜视，她金发碧眼，脚穿草编鞋，胸很小，下身穿一条牛仔短裤。草编鞋脚后跟处受到严重挤压，她那头蓬乱的头发就像秸秆似的。她上了一辆奔驰 4×4。从后视镜里，哈希纳可以看到加油枪，人工灯光的黄色霓彩，水箱终于可以喘口气的大货车，一辆接一辆油箱见底的小轿车，疲惫不堪的驾驶员目不转睛地盯着跳转的数字。天际线上方还有一线迟暮的光，映衬出一条条高压电线。道达尔的标牌居中端坐，透出红色、橙黄、蓝色的色调。奔驰车调转方向，继续赶路。车牌号是 75 打头。一名巴黎女子，年轻人想。

随后，他进入服务区，来到吧台一屁股坐下来，点了杯咖啡。一位穿制服的问他，加不加糖。

"一杯咖啡。"哈希纳重复说。

真是惜字如金。穿制服的给他上了咖啡，没有发任何牢骚。

老家那边，晚上，大家在露台上没完没了地聊天，一边喝着小杯咖啡。就这样，哈希纳跟叔伯堂兄弟们度过了很多美妙的时光。加油站的咖啡与北非苦涩的混合物之间只有遥远的联系。他闻了闻，眼睛看着外面。他感觉自己很封闭，不知道外界的情况。他站起来，问有没有电话。

"那边。"服务员一边说，一边指了指一个阴暗的角落，就在汽车和自动售货机之间。

哈希纳付了咖啡钱，他一口也没有喝，然后来到指引的地点。他投进五个币，拨了一个复杂的号码。一个沙哑的声音回答他。年轻人问了问母亲的消息。是的，他一路顺风。一切都很好。他问了问猫咪的情况。对方又安慰他。哈希纳平静地呼吸着。沙哑的声音沉默了。他挂掉电话，待了片刻，一动不动。这种虚空的感觉倒并不让他惊奇。他继续开车。他还要赶不少路。


父亲离开德土安的时候，交代他好好照顾母亲，监督工程进展。他寄希望于他。哈希纳满口答应。倒不如父亲自己留在那里，亲自负责。

"如果你再干傻事，我会亲手宰了你。"父亲说。

这些话语似乎一言九鼎，又沉重，又坦率，但没有价值。他动不动就这样说。比如，摩托车事件后，警察登门的时候。说起来，警察也都表现得中规中矩。哈希纳的父亲坐在椅子上，一副又顽固又不无尊严的神态，每次跟当局甚至家庭补助局打交道时，他都是这副模样。有一刻，警察让他出示各种证件，他掏出一大扎用皮筋捆好的红色文件。居留证、入籍证、劳动合同，全都在里面，三十年耐心收集的证明。好了好了，警察说。然后，

214

他们想看看地窖，再带走哈希纳。不管怎样，他们并没有任何与他作对的意思，除了两三个大麻烟头，还有藏在床下弹簧里的一把刀。在警察局，他们关了他五个小时。既漫长，又短暂。哈希纳什么也没有交代，一个字也没说。他被释放了。第二天，父亲宣布说，他们要回德土安。

真有意思！父亲那代人离开摩洛哥，是因为他们无事可干，在原地待着，任何问题也得不到解决。而现在，这里已经成为应许之地，成为完美的希望之乡，在经历过法国的堕落与晦气之后，这里已然成为洗刷罪恶的地方。太傻啦⋯⋯

从那时开始，哈希纳就不再有空余时间。他和老爸逛商场购物。他们填满汽车，大包小包，花花绿绿，又紧张地赶了两天路。半路上，在离佩皮尼昂几公里远的高速公路服务区，他们开始睡觉。三四个小时，睡得也不踏实，穿着内衣，开着车门，车座上铺着浴巾。男孩还记得，半挂车来来往往，穿行在法国和西班牙之间。车声轰轰隆隆，远光灯直刺夜空。昏头昏脑的游客们喝一杯咖啡，在空调房里打几个寒颤，孩子们的眼皮早已开始打架，少年们正在看篮球杂志，梦之队在巴塞罗那奥运会上大获全胜，迈克尔·乔丹俨然成为半神。

晨光熹微，他看见父亲站在土丘上方，穿着短裤、拖鞋，忙着观察川流不息的车辆。

"我们该走了。"父亲说，声音含糊、单调。

他五官松弛，腹部隆起，腆着啤酒肚，胸部凹陷。肩头上、后背上，黑色的汗毛已经变白。人们会以为他是精神病院逃出来的疯子，或者迷路的退休老人。有一刻，这种衰弱的感觉被哈希纳看在眼里。他说不。

"我不是征求你的意见。"

"我不走。到那边我无事可做。"

男人朝儿子转过身来。他脸上的神态表明，不能讨价还价。在这一点上，他绝不示弱。

"我受到的耻辱，这是最后一次了。你就按我说的干吧。"

在到直布罗陀海峡这一千公里的路程中，他们差不多就说了两句话。后来，他们坐船来到休达①，需要长时间跟摩洛哥海关交涉。哈希纳待在车里，越想越觉得懊恼。气温差不多有五十度。成千上万的车辆，纷至沓来的人群，一波接一波，络绎不绝。他们站着，大喊大叫，伸长手臂，递交护照。流亡的感觉，逃难的味道，乱哄哄的，无休无止，真他妈操蛋！

其他的不过是习惯问题。尤其需要适应这种无处不在的陪伴，叔伯姨舅，堂表兄弟，七大姑八大姨，甚至深夜也不例外。炎热。好多个星期，他都穿着短裤，席地而卧，好图个凉快，周围鼾声如雷，男人的呼吸声、浓烈的气味、性的味道，夹杂着脚臭，还有私处、汗水、食物的味道。公寓很小。什么都要分享，包括空气，哪怕是一平方米的面积。

还要忍受母亲的责备，她随时都在训他，因为他看起来懒

① Ceuda，西班牙在北非的属地，位于直布罗陀海峡北非一岸。

散，让人捉摸不透，滑头，说话不算数。她想到小区里关于他的闲言碎语，为他的名声担惊受怕。都是狗屎，男孩想。你会让我发疯的，母亲说。她想打他，但他太高啦。有好多次，他都躲到楼梯间，悄悄地流泪。

幸好，还有大海，无垠的蓝色，一片汪洋恣意，还有沙滩、轻轻拂动的萎靡不振的树叶、掠过脸庞的滚烫的空气。幸好，还有表妹吉兹拉娜。

其实，她只是邻家女孩，是作为表妹介绍给他的，人家马上示意他，绝对不要打歪主意。从第一次见面开始，他们就互相窥视。她丰满、柔软，眼睛是琥珀色的，富于心计，心思复杂，患有肾结石，不大识字。她从没有剪过头发，凭着一头长发，她可以玩出各种花样。根据不同的日子，她会把头发编成小辫、大辫，盘成发髻，或者索性任其自然下垂。每当她出现在某个场合，这种野性马上就会征服大家，会朝你喷涌而来，甚至深入你的口鼻，随后，在地毯上，在座椅上，你甚至还可以找到它的残留，这种蜂蜜、牲口、坚果的味道，会在你身上经久不散。他们总共就说过三次话，说到底，哈希纳所做的不过是等她。整整一年，他都在想她浑圆的腹部，想她那因为衣服掩盖不住而不经意间展露的乳房。正是她悄悄送给他两只虎纹猫。后来，突然之间，她就嫁给小学老师雅兹德。他们一起去菲斯生活。

失望接踵而至。这种失望让男孩加速走向另一种激情。在生活中，一切都日渐式微，让你难以把握，最后都将灰飞烟灭，因此，他决定要大发横财。单单是利益，似乎就可以让死亡保持距离。为了抵制生命的消亡，他只想疯狂地积累。诚然，在德土安，并没有三十六计让你赚钱。他全身心投入其中。

普瓦捷、图尔、奥尔良。这条从埃朗日通往直布罗陀的道路，在他之前，父亲早已走过几十次。现在，轮到他来书写与摩洛哥的复杂历史了。父亲打发他回来，是为了让他洗刷过错，学会生活，成其为人。而他回来的时候，带回了四十五公斤大麻脂。

来到特鲁瓦附近，寻找接头地点的时候，他迷了路。他应该朝南先走 A26，然后再走 A5。就这样，浪费了个把小时，但他既不慌乱，也不急躁。他有的是时间。瑞典车开起来底盘很稳，硕大的散热器格栅上，星星点点布满了被撞死的昆虫。这种汽车很容易让你相信生命是永恒的。

等找到普莱纳-德旺协议开发区的时候，差不多已经夜幕降临。他放慢速度，打开车窗，寻找地方。这里给人焕然一新的感觉。仓促之间搭建起来的库房紧挨着素净的酒店。连锁餐厅期待着大型超市顾客的光临。此外还有几家园艺用品店，两家玩具店，一家速冻食品专营店，两家高保真音响店。里面，一条道路弯弯曲曲，连缀着一座座环岛，合理地疏通了各停车场之间的交通。那些不方便的过度地带，是稀疏的草坪。哈希纳开得很慢，在脑海中梳理那些让人踏实的招牌：圣马克鲁，达尔第，汽车玻璃，齐亚比，国际体育。在夜晚难得的静谧中，这些商店空荡荡的，多了一份戏剧效果，一种还算美丽的墓地氛围。无垠的天空沉沉地笼罩大地。他抽了一支云斯顿过滤嘴香烟，听着电台里的《依帕内玛女孩》。这样的时刻，并不是一直有机会感受的。

最后，他驶进了家乐福停车场，停车场宽敞得恍如平原。最后一波顾客推着满满当当的购物车，从自动门走进来。哈希纳远远地停了车。气氛很温馨，高速公路近在咫尺，喧嚣声传到这里如同轻微的鼾声，听着很舒服。他感觉有几分慵懒，内心得到抚慰，总之还不错。一对夫妇开着菲亚特，斜穿过停车场。那边，一家咖啡馆还在营业。透过光线闪烁的玻璃窗，依稀可见人影、长椅、老旧的橙色圆形塑料灯罩。太阳从商业中心后面落了下去。一种逐利的凄凉氛围从地下升起来。

在商店入口处，保安叫他抓紧时间，差不多该打烊了。他直奔园艺用品货架，挑选了一把镐、一把刀锯。走在空旷的过道里，鞋底发出嘎吱的声音，声音很低，反复不断。古典的背景音乐，让逗留徘徊的顾客早已麻木。还有两个收银台开着。他付了钱，对收银员客客气气。

来到户外，他觉得景观毫无可赏之处。夜色更加厚重，视野所及，平原上密布着闪亮的光点，在碧蓝的夜色里，每一盏路灯都散发出温暖的光芒。红色黄色的车灯，显示出车辆缓慢的移动。霓虹灯的招牌上闪烁着鲜艳的绿色、冰蓝色，浑如白霜的感觉。广告牌闪闪烁烁，透出暗淡而愚蠢的色调。这种光怪陆离的感觉让你很难有确切的概念，不管是人类的命运，还是生活的空虚。哈希纳把铁镐顶在后保险杠上，把手柄锯掉。然后，他把刀锯放进后备厢，铁镐手柄放在副驾驶座位上。明天上午八点，他有约会。一个星期天。他有时间。他肚子饿了。

他开车来到麦当劳得来速，点了麦乐鸡、可乐、大份薯条，然后躲在车里面，一边大快朵颐，一边听二十二点新闻。说的无非是哈马斯、巴拉迪尔①、雅娜·皮亚特②，当然少不了足球。当天有四分之一决赛，意大利对西班牙，巴西对荷兰。他喜欢巴西队，跟所有人一样。

随后，他在一家自助酒店开了间客房。睡觉前，他略加踌躇，是否该随身带着毒品，但是不管怎样，毒品就在后备厢里面，没必要再跑个来回。他的房间里配有卫生间，但淋浴却要到走廊尽头。他带着手柄，来到淋浴间。他必须熟悉这玩意。有个长途司机正在刷牙，从镜子里盯着他经过，并没有搭腔。水很烫，哈希纳享受了很久。之后，他抽了一支大麻烟，看着电视，睡着了。

等他醒来，他不记得做过什么梦。大麻就是这样。几年来，他再也没有做过梦。


他在家乐福前等了十分钟，一辆白色运输车才从另一头露出身影。时间还早，沃尔沃独自停在停车场中央。协议开发区没有所谓的礼拜天一说，方圆数公里都是这么空空荡荡的。小卡车划了一道大大的弧线，来到他旁边，当头停住。司机也是那种随处

---

① Édouard Balladur（1929— ），法国政治家，曾任法国总理（1993—1995）。
② Yann Piat（1949—1994），法国政治家，瓦尔省议员，1994 年 2 月 25 日在下班途中被枪杀。

可见的北非裔法国人，小矮个，穿浅色夹克，戴飞行员眼镜。他从上面打量哈希纳，问道：

"是你吗?"

"里面是啥?"哈希纳指着小卡车屁股问道。

"没什么。"

他们简短地估量了对方。小个子注意到对方副驾座位上有一根铁镐手柄。他的车载广播里传出电子音乐，那种粗暴而快捷的玩意儿，他本人也大张着嘴，飞快地嚼着口香糖。人们马上就可以明白，他自诩为伊维萨随处可见的那种时髦小傻帽。哈希纳示意他调低音量，这样才听得见彼此说话。

"你好年轻啊。"那家伙表态说。

"然后呢?"

"我不知道。没想到你是这样的。"

哈希纳没有问他，人家究竟是怎么给他讲的。他大概能猜个八九不离十。在德土安、阿尔赫西拉斯或者 A9 高速公路上，他曾经让很多人大吃一惊。有一段时间，他甚至还保持着一项纪录。从赫罗纳到里昂只用不到三个小时，后备厢里装着五百公斤货物。这需要一辆奥迪 S2，而且不要过分热爱生命。

"那?"哈希纳说，由于对方还在掂量他。

"我们停远点吧。没必要这么光天化日。"

小卡车慢慢起步，哈希纳紧随其后。他们开了一会儿，穿过空荡荡的协议开发区。一个人都没有。全都关门闭户。在每一个环岛，都需要换挡减速。他一把抓住铁镐手柄。牢牢地握在手中。他有自己的想法。很快，小卡车打着转向灯，要向右拐，他们来到一家服装市场后面。这地方很隐蔽。一边是金属集装箱，一边是空纸箱堆，中间刚好能够停下两辆车。那伙计从小卡车跳下来，并没有熄火。哈希纳将车倒过去，屁股对屁股，再打开后备厢。接着，他们拿着扳手，开始卸货物，清空后备厢。

"你怎么称呼？"

"哈希纳。"

"我，比比。"

他们动作很快，都是轻车熟路。然而，哈希纳并不喜欢来这里。

"这儿从来都没有人。"比比安慰他道，"说实话，租个车库有什么用呢？不过是自找麻烦。"

确实，方圆好几公里都没有任何声音、任何车辆、任何顾客。价值数以百万计的货物囤在那里，安然无恙，皮沙发、电视机、成箱的玻璃、按摩浴缸，它们无声地躲在铁盒子里，等待再次开启生命的旅程。这种死亡与富足的味道，哈希纳感觉很不舒服。

他们几分钟就搬完了货物，全都是一公斤重的小块，差不多有四十块，切割得很仔细，外面包着防漏塑料纸。他们将其摆在改装的汽油桶里，可以像罐头一样打开。装满以后，比比再倒入汽油。哈希纳自己留了五块。

"你拿这干吗？"

"你觉得呢？"

比比抽出一支万宝路，然后把烟盒递给哈希纳。

"你别在这里抽啊。"哈希纳说。

"汽油？没危险。"

"别抽，我告诉你。"

比比皱了皱眉头，把烟收起来。

"你为什么开这种车过来啊？我以为你会开赛车。"

"速度嘛，已经过时了。"

对方撇了撇嘴，表示怀疑。每个星期，多少辆 400CV 赛车穿越法国，载着摩洛哥大麻，无情地挑战雷达、警察和公共意识。全程时速二百公里，这些家伙是名副其实的疯子，小打小闹的人对他们心生艳羡，全国上下，这些高速贩运的大宗货物，最终被小生意人零售出去。在每座城市、每个市镇、每座楼宇里，上百个家伙都自视为路上的佼佼者、强势的百万富翁。首当其冲就要数比比。再也停不下来啦。

"现在，你去哪？"

"我回家啊。"哈希纳说。

"好吧……"

他也无话可说。他们握了握手。上车之前，比比还是想了解了解。

"那根棍子，干吗用的呢？"

"占地。"

# 3

安东尼满嘴鲜血，离开了水上俱乐部。他几乎算是逃走的，连头盔都忘了拿。此后，他机械地往前开，不知道该去哪里，速度已是最快。

然而，他不再像从前那样头脑发热了。很长时间里，他都喜欢纯挑衅性地驾车出行，喜欢沿着人行道一路向前，喜欢开倒车，喜欢在车流之间来回穿梭，喜欢逆行，到最后一刻再猛然拐弯。他开摩托车是为了摔倒，他要寻找身体的接触，寻找与路面的摩擦。另外，那段日子在他身体右侧留下一道伤痕，从脚踝到髋部，就连胳膊肘也留下了褐色疤痕。至少，柏油路还有一定底线。

现在，每当他看见小孩子们这样玩，他也感到难以理解了。在小区尽头的小公园里，当他认真思考的时候，似乎糊涂的岁月已然过去，包括与斯蒂夫·穆莱特的入室偷盗，还有狂喝滥饮。他时不时还会碰到这个初一时的伙伴，他打断了他的胳膊，代价是被学校扫地出门。那家伙倒是自鸣得意，眼睛都不眨一下。安东尼很痛心。

现在，当他驾驶125摩托车的时候，他尽量不显山露水。每天，他都要重新选择路线，非常谨慎，路线选择要考虑它们的几何特性，一路上前前后后的感受，会带来哪些可能性，不管是自己的激情，还是他醉心的复杂操作。从老妈家到水上俱乐部，从学校到老爸那里。还有一条线路，从勒克莱尔大街到老电厂，途中要穿城而过。这条线路集合了不同的乐趣，既有纵深线，又有很多直角。来来回回重复这些线路，他为的是让动作更加完美，让早上的出行更加流畅，让如风前行的感觉更加纯粹。空气动力学近乎死亡，近乎幸福。

但是，当下时刻，压根就不是这么回事。他满脑子乱绪如麻，思前想后，不能就这样离开湖边，他穿越树林，驶过道路，浑如疲于奔命的仓鼠。围绕着斯特凡娜的存在，不知不觉中，他已经驶出一条愚蠢的轨道。她就在那里，某个地方。他不甘心离开她。而且，天气开始有点凉意，他开始后悔，出来的时候也没有带运动衫。一切都发生得太快了。他冷得浑身起鸡皮疙瘩，恼人的疲倦感又直往上冒。斯特凡娜的身体，妈的。

此刻，他第二次从雷奥-拉格朗日休闲中心前经过。他生出一个想法。他减速、踌躇，然后停了片刻。在后视镜里，他看了看自己的脸。下巴上的血迹已经变干。他抿了抿口水，想尽力抹掉。他气色不太好。凑合吧。

他把摩托车半隐藏在树林里，然后劈出一条路，来到小露营

225

地。两年来，休闲中心推出了亲近自然和探索活动，包括徒步、了解动植物、篝火晚会、露营。有点世俗童子军的味道，教练们或多或少有点嬉皮士的感觉。这种创新吸引了各式各样的少年，既有纹身的问题少年，也有穿短袜喜欢小马的女孩。两周的体验，要自己做饭、洗碗，在树林里大便，还有权带一把刀。最后，结束的时候，男孩们都精疲力竭，但似乎长大了，他们带着一袋脏衣服，以及对这段短暂生活的无限回忆。

来到那片刻意整治的林间空地，安东尼估摸有十来顶帐篷，还有一个炉灶，柴火还冒着烟。更下面的地方，一大片混沌的黑色，与沉沉的黑夜彼此黏合：那是湖泊。他蹑手蹑脚地走过去，心中有些不安，然后靠着没有燃尽的火堆蹲下来，想暖暖手。他蹲在那里，试图在黑暗中寻找一些参照物。夜色深重，没有月亮，这并不容易。营地一侧以森林为墙，一侧以深邃的湖泊为界。一切都那么静谧、齐整，树叶纹丝不动。整个晚上，大家都在期盼的雷雨并没有如期而至。还需要等待，空气中徘徊着一种发散的压力，一种沉闷的气氛，似乎已经误入埋伏。

幸好还有帐篷，里面还有一群少年，虽然脏乎乎的，但都生龙活虎，蜷缩在各自的睡袋里，按照性别严格分配。他一路向前。最好不要出错，要不然会搞出丑闻。终于，他找到了自己要找的帐篷，帐篷搭在一边，更小一点。他跪在前面，用食指刮了刮帆布。

"扑哧。"

他继续。

"嘿……扑哧。你在吗？"

他刮得更加用力。里面，一个细小的女声尖叫起来。

"嘘！是我……"

"谁啊？"那个声音问道，充满忧虑。

安东尼有一种被关在外面的感觉。在他的背后，树林阴森森的。他转过身去。什么也没有。但是，他不敢伸手臂。周围越来越黑暗。在树林里，他仿佛看到很多斜立的人影，腐殖土的黑斑暗点，由来已久的蠢蠢欲动，一切都那么无动于衷。他打了一个寒颤。

"是我。"他低声说，"开门！"

帆布上，拉链分开一条缝。

"说话小声点……"

安东尼手脚并用，爬进帐篷里面。

"你干吗呢？"那个声音问，"几点啦？"

安东尼断续摩挲。什么也看不见。他感觉手指下有东西很柔软。

"嘿！"

"我看不见呢。"男孩说。

"你干吗呢？"

安东尼的手继续探索。他感觉摸到了女孩的脸蛋。脸颊温热，刚刚睡醒的样子，犹如刚出炉的面包。

"你好细腻。"

"你个傻帽。"凡妮莎抗议道，"我叫你不要来这里。"

她一把抓住他的领口，把他拽进来，好关上帐篷。安东尼立马躲了进去，在这个狭小的空间里，飘浮着一股棉花糖的味道，或者类似的玩意，后面有一种更加模糊、温热的气息，被单的气息，沉睡的肌肤的味道。他把手放在一条裸露的大腿上。凡妮莎听之任之。

"让我看看。"男孩说。

"什么？"

"你呀。我不知道。让我多少看看。"

她开始在角落里乱动，似乎是把后背朝他转过来，他将计就计，开始摸她的屁股。她穿着宽大的短裤睡觉，透过短裤，他能感觉到内裤的轮廓。他想把手伸进双腿之间。

"住手。"女孩愠怒道。

小手电发散出一缕细细的光。他看见凡妮莎满脸不高兴。

"有问题吗？"

她没有回答，只是给他看了看表。

"什么？"

"你捣什么蛋？都凌晨一点多了。明天我得累死。"

"我想看看你。"

然而，她还是很受用。

"我干活呢。如果你被人抓住，我就彻底毁啦。"

现在，她直起身来，面对着他，跪坐着，满脸担忧，不肯妥协。她的头发微微卷着，垂在肩膀上。通过史努比 T 恤衫，隐约可见她裸着的双乳，几乎四四方方的乳头。突然，她的表情变了。

"你怎么啦？"她问。

她把光照在男孩脸上，用手指细细地拂过他的伤口、眼眶、鼻子、破裂的嘴唇。这一番检查有如轻抚。安东尼闭上眼睛。

"妈的。谁把你搞成这样？"

"没事儿。工作中出岔子了。"

"怎么啦？"

"另一个傻逼。洛迪埃家的。"

"兔崽子，他揍你啦。"

"我说了，没事儿。"安东尼反驳道，他有点儿恼了。

她用手指捏了捏鼻梁，想核实一下断了没有。她又查看牙齿，摸了摸头皮。她像母亲一样对他进行检查，打量他的身体。他由着她，但并不情愿。

"没事，妈的。得了。"

"他为什么这样对你？"

安东尼含糊其词。他尤其不能告诉她，在离开水上俱乐部之前，他刻意留出时间，在酒吧写了个小纸条。他脸上沾满鲜血，双手不停颤抖，他写了两遍。最后，纸条完全弄脏了，字迹也模糊难辨。随后，他硬着头皮穿越整个晚会现场，独自一人。收到小纸条的时候，斯特凡娜刷地红了脸。所有人都盯着她。主席和他可爱的太太没有回过神。这既是丑闻，也是压轴戏。你还在这里干吗？西里尔吼道。但是，安东尼已经递出了小纸条，其他的都不重要了。两天之后，他会在老电厂后面等斯特凡娜。这就是蓝墨水写下那几行字的内容。也许她会赴约。

最后，他跨上摩托车，头也不回地离开了，光着头，三挡踩到底，把声音弄得震天响。这样离场，也不算太糟。

"你的工作呢?"凡妮莎问道。

"没了。"

"你被开啦?"

"嗯呢。"

"这下麻烦啦。"

安东尼挺直身体躺下。他想要她过来，靠在他身边。

"等一下。"她说。

她关掉手电，在他身边躺下。

"什么也看不见啦。"

"我可不想被某个小子抓现行。"

"你害怕什么?"

"没什么。举起手来。"

他乖乖听命，她就势在空中抓住他的手，与他十指相扣。现在，他们低声私语。

"你手好凉。"安东尼说。

"嘘。你工作怎么办? 你觉得会有麻烦吗?"

"不会。我不知道。我才不管那么多。"

"得了吧。"她补了一句。

如果他再变回那种小家子气的孩子，她可不喜欢。她吻他的脸颊、鼻子、嘴唇。他伸出舌头。她温柔地含进嘴里，这个动作随即演化为热吻。唾液流了出来，温馨，甜蜜，百转千回。她已经将手放在他的裆部。他开始勃起。

"你闻起来有甘草的味道。"安东尼说。

"甘草。"

"不。你，你有甘草味。"

她格格直笑，这是她的牙膏的味道。她轻咬他的脖子，探寻他的嘴唇、下巴，感觉到他的双手已经伸进她的 T 恤衫，在使劲挤压她的胸。她毫无征兆地直起身来，把后背对着他，让整个臀部贴近男孩的骨盆。他搂住她的脖子。她禁不住开始呻吟。

"嘘！"

这一次，轮到他来要求保持安静了。就这样，她嬉玩了一会儿。在帐篷狭窄的空间里，他们在虚空中游弋，与世隔绝，心满意足。近在咫尺的其他帐篷、黑暗中隐藏的危险、深邃的树林，这些都强化了他们的愉悦。每个人都能感觉到，对方的欲望在不断升级。安东尼搂住她的颈项、腹部。她那么柔软，娇喘微微，被他紧紧抱在怀里，浑身都渗着汗珠。抱紧点，她说。他用力环抱。她胸中又发出一声呻吟。接着，她再也控制不住，又转过身来，他们的嘴唇随即贴合。一声响动，让他们停了下来。

"听见了吗？"

"没有。"

"肯定？"

"是啊。"安东尼说。

他想马上重来。他准备好了。其实，他担心自己泄气。

"我一直都害怕，在这里。"凡妮莎解释道，"一天晚上，我太担心啦，只好跑去和其他女孩睡。"

"酷啊？"

"她们十二岁，笨蛋。"

"你怕啥？"

"就是森林，在外面。窸窸窣窣。而且还有那些冒失鬼。"

"他们不会来这里。"

"你说啥呢。有天上午，有人看见死刺猬，挂在树枝上。"

"然后呢？"

"这是他们的把戏，刺猬。他们吃刺猬，我觉得。"

"一群傻逼。"

他们喃喃细语的当儿，安东尼把手滑向女孩的后背。他一根根摩挲她的椎骨，抚过她的腰肢、髋骨。在腰窝处，他的指尖摸到了些许汗珠。凡妮莎身体湿润，凹凸有致，在帐篷闷热的空气里，她的声音如燕语呢喃，恐惧感加剧了他们的快感。他想将自己的腹部紧贴凡妮莎的腹部，让彼此的汗水交融。他大汗淋漓。他擦了擦前额。

"你是不是太热了？这里面闷死人啊。"

女孩没有回答，她把手滑进二人身体之间，解开牛仔裤。安东尼低声哼哼。

"别出声……"

男孩开始找手电，然后打开。

"你干吗？"

"就两秒钟。我想看看你。求你了。"

凡妮莎由着他，他一脸严肃，就在眼前。脸上长着细细的汗毛，褐色的皮肤。安东尼往后退了退，好看得更清楚。他想把手伸进她的内裤，但是她躲闪开了。

"你有安全套吗?"

"嗯。"

她抬起腰身，爬到帐篷另一头。她背对着他，地上放着一个敞开的口袋，她在里面翻来找去。

"妈的，放哪里去了?"

他看着她。

"别动。"

"怎么?"

她从肩头瞅了他一眼，有点狼狈。

"我说了，别动。"

"你有病。"

但是，她嘲讽地微笑，游戏继续下去。他把手电挪到近处。

"挺胸，让我看清楚。"

"不要，别犯傻啦。"

"住嘴，要不我喊人啦。"

她扑哧一笑，把腰身凹下去。

他们悄悄地说着话，心脏快要跳出来似的。现在，帐篷已经偏离航向，远离大陆。他们躲在里面，紧张兮兮，难以克制。一年多来，他们已习惯了，只要彼此都有欲望，或者偶尔逮住机会，他们就要这样做爱。他们既不问问题，也不提要求，既不指责，也不承诺。尤其是，他们之间培养起性爱的密语，达到了一种无可衡量的默契。正因为这样，他们积累了不少经验。彼此的情趣、偏好、禁忌，他们都深深懂得。在床上，他们老练得如同三十岁的男女。他们很开心，对自己的捷足先登也颇为得意。由此也滋生出一种奇怪的感情。安东尼欣赏凡妮莎，因为她给了他必要的启蒙，可以让他在未来马到成功（比如让斯特凡娜或其他女孩坐享其成）。凡妮莎也喜欢他，因为他有耐性，人很纯真，有可塑性。说白了，所有这些，既源于好的方法，也源于双方的误会。

一开始，她还得主动挑逗他，这毕竟还是个小孩，笨手笨脚的，人又腼腆，虽然他矢口否认，但她马上就发现，她是他第一个真正的女人。因此，要教会他，该采取什么路数，怎样才舒服，轻重缓急，先后步骤。等他理解了女性性心理，掌握了基本原则，凡妮莎再让他明白她本人的需求。

她需要的，就是要让别人迎合她。

因为，一般来说，在生活中，这总是她的角色。总是她，鼓舞士气，集中精力，调整性格。另外，大家都认可她的优点，她知道自己想要什么。你可以说是抚慰。

凡妮莎在一个重感情、非常稳定的家庭里长大，现在普遍流行离婚和重组家庭，她父母却经受住了考验。二十年来，他们都住在同一栋小楼里，共有三个卧室，两个孩子，一儿一女。他在国土部门工作，她在市政府做秘书。每年，他们都要到萨纳里度两周假。他们并不想改变生活，工资体面，涨薪合理，他们都很满意。他们有自己的位置，对生活很满意，有时候运蹇时乖，他们也略有不快，对电视上那些危险忧心忡忡，对人生的美好时光称心如意。一天，一场癌症，让这种静止的和谐如临大敌。等过了些日子，一切安好。冬天在壁炉里生火，春天在外面散步。

他们的大儿子托马，在体育学院读书。父母也没什么好说的。然而，女儿心气很高，荒唐古怪，她报出来的花费难以支撑，他们也不无担心。应该说，打青春期以来，凡妮莎就心高气傲。就读法律系，只会进一步强化家里的这种感觉：她自以为高人一等。

然而，直到十五六岁，她看起来还都比较浅薄。后来，读高二时，她受到了刺激。她开始努力，一想到要待在埃朗日，过一辈子悠闲、差不多还算幸福的生活，她就觉得非常恐惧。也许是在社会学课上，一下子灵光闪现，也许是和妈妈在勒克莱尔超市购物时瞬间顿悟。不管怎样，从那时候起，她开始疏远卡丽娜·穆热尔，也就是表哥的姐姐，她从小到大的闺蜜。结果，高中毕业会考，她一举爆发，现在她学法律，成天泡图书馆，手头全是那些让人头大的教材、笔记本、三色思笔乐，一直都焦虑不安。

周末回家，看到父母忙前忙后，她觉得这不是自己想要的生活，他们总是那么和和善善，几乎不管说什么话，都要来回掂量。各有所好。只要你想要，你就能做到。不可能人人都当工程师。凡妮莎从内心深处喜欢他们，看他们这样的人生道路，既没有亮点，也没有大毛病，总是不痛不痒，不禁让她略感羞愧和难为情。她搞不明白，这一切需要那么多的毅力，需要那么多老老实实的牺牲，就算一刻不放松，也不过是平平淡淡的生活而已，领回工资，安排假期，操持家务，准备晚餐，随时都要在场，要上心，还要等离经叛道的女儿逐渐自立。

凡妮莎觉得他们渺小、卑贱，总是精疲力竭、内心苦涩，生活在条条框框之中，工作没劲，喜欢看电视明星杂志，刮彩票，父亲总是衬衫领带，母亲每个季度都要染发，找人占卜，却认为心理医生全是骗子。

凡妮莎想逃离这个世界。不惜一切代价。她有多想逃离这种生活，她就有多焦虑。

在第一次阶段考试前，她拼命地用功。之所以热情高涨，部分原因是因为家里人的警告。父母早给她打过预防针，说如果第一年没过，她可能立即会被遣返埃朗日，谁都不会留把上学搞成业余爱好的人。但说到底，这些威胁的话她压根就不相信。然而，打小时候以来，关于大学她也听到过很多疯狂的传闻。此前学习顺风顺水的孩子，突然分数低得惊人。老师毛病很多，人尽皆知，侮辱学生就是法则。另外，学生也很自我，远离了爸爸妈妈，一堂课接一堂课上得漫不经心，梦游似的，情绪低落。因此，很多学生纵情聚会，简单行乐，把大把时间用来睡大觉，一门心思躲在单身公寓里，或者干脆不上课，沉迷于《塞尔达传说》游戏。这种传闻，就算脑子进水的人，也会感觉疯狂。

让凡妮莎尤其害怕的是那些城里女孩，她们又娇艳，又伶俐，穿战壕大衣、莫卡辛鞋，头发很漂亮，背珑骧包包。她们步行来上课，而凡妮莎从大学城过来，要挤四十分钟公交车。她们不复习功课，大把大把的时间消磨在学校旁边的咖啡馆，喝加柠檬的巴黎水，聊政治，聊假期，聊冬季运动，本科的男孩们一心想引起她们的注意。这些女孩生来就自信满满，对伦敦和阿姆斯特丹的博物馆如数家珍，她们家住市中心，遣词造句都有选择，她们让人怕得要命。后来，到第一学期末，她亲自领教过。这些目空一切的小女孩，松松垮垮，漫不经心，但她们天资平平，那些根本不学功课的女孩，在成绩公告栏前面还大哭鼻子。凡妮莎呢，每一门都过了平均线，宪法还得了十五分。

为了庆祝，她也跑去喝了杯咖啡，在市中心一家光鲜的餐馆，独自一人，坐在那里，腰身笔直，面前放一本老版萨冈小说，当然讲的是爱情。好多个礼拜以来，她第一次感觉找到了自我。

再见到安东尼的时候，她希望人家围着她转。她希望被热情拥抱，搂在怀中，用心亲吻。她想受点苦，这可以让她改变想法。法学院的男友叫克里斯多夫，人很好，一心想考巴黎政治学院，即便如此，那也和她不相干。她已经按照自己的需求，把安东尼调教出来了。他循着规矩办事。他不会对任何人提起。说穿了，她喜欢他。


安东尼仰面躺下。她抓住他的手。现在，两个人把帐篷的帆布固定好，没有说话。凡妮莎发现他张着嘴呼吸。很奇怪，她从来没有注意到。

"我饿了。"男孩说。

"别瞎说……"

他打了个哈欠，把拉链拉上，直起身来。

"我从中午就没有吃饭。你有烟吗?"

"别出声。"

她在包里翻找，他从帐篷里钻出来。外面，什么都没有改变，但魔力已经消散。只剩下万事万物厚重的物质特性，还有天空中平实的美感。安东尼伸了个懒腰。空气吹干了他的身体。他觉得很舒服，神清气爽。她递过来一支烟，他接了过来，她又递过火来。

"你不抽吗?"

"不。"她回答说。

她看起来很警觉，待在帐篷里。

"怎么啦?"男孩问，语调几乎有点咄咄逼人。

"没什么。"

他沉默了片刻。随后又撂出一句:

"明天，我要去看我老爸。"

"酷。"

"嗯。我一直在想会怎么样。"

"这样就一直很好。"

"嗯。但我觉得好怪。"

她把脑袋探出来，似乎真心在关注。

"我认不出他了。"安东尼说。

"怎么说?"

"不知道。他跟以前不同了。"

"你妈呢？她怎么说?"

"没说什么。他们不见面了。"

"这样倒更好。"

"嗯。"

稍后，凡妮莎问他：

"你想我也来吗？明天晚上我有空。"

安东尼看着她，一头雾水。

"什么?"

他的语气有点生硬，但毫无用处。她习惯了。

"我不知道。我就是随便一说。"

"你不要来我老爸那里。"

"行。好了。我无所谓。"

就这样，凡妮莎有时会出格。安东尼还是那样生硬，独来独往。这次比平素还要厉害。他一心想着与斯特凡娜的约会。两天后。他抽完烟，在草地上熄灭烟头，吻了吻她。

"再见。"他说。

"再见。"凡妮莎回应道。

她并不埋怨他。

后来，她躲到一边，在树下清洗，拿着一瓶矿翠、一件 T 恤衫。她没有听见什么响动，也没有看见任何人。然而，这种奇怪的感觉，她始终挥之不去，当她洗私处的时候，她老觉得有人在瞅她。

# 4

帕特里克·卡萨蒂把衣兜搜了一个遍，然后把硬币撂到福米卡贴面柜台上。并不重。主要是两块钱的硬币，还有一堆生丁。

"就这些吗?"老板问。

"等我看看。"

男子继续东翻西找，把上衣兜翻了个底朝天。今天是星期一，收获的日子。最后，他又掏出两张五十法郎的钞票，把其中一张扔在零钱上面。

"我留五十法郎。还得吃饭啊。"

"当然。"老板说，他了解人生。

"那，好了吗，还是怎么?"

"让我看看……"

老板转过身去，背后的咖啡机巍然端坐。一个大玻璃瓶放在旁边的角落里，满满当当的。看得见里面有些灰不溜秋的钞票。他双手捧着玻璃瓶，晃得硬币叮当响。

"声音很好听哈。"理发师边说边举起杯子。

"差不多了，我觉得。"帕特里克说。

老板把玻璃瓶放在吧台上。这是三升的玻璃瓶，有密封橡胶圈。上面贴着标签，可见"李子酱 1987"的字样。果酱早吃光啦。

"数一下？"老板问。

"好嘞。"帕特里克微笑着说。

每天早上，他都要来"中转站"喝咖啡。这家酒馆是葡萄牙人开的，离他工作的地方不远，店主是一对棕发夫妇，深色皮肤，每天都要工作十五个小时。老板叫乔治，夫人不在场。乔治的头发又厚又密，男人们总是逗他，说他是北非来的。不管怎样，葡萄牙也紧挨着。几个世纪的入侵催生了不少混血。老板沉默以对，那样子似乎在说，谁笑到最后，谁笑得最好。

"好啦，点点数，来吧。"理发师表示赞同，但先呸了一声。

他用拇指打了个手势，让给他续杯。老板照办，起身前最后一杯麝香白葡萄酒，这是第三杯啦。每天早上，理发师也是雷打不动的常客。八点钟，他就开始喝第一杯葡萄酒，就像喝柠檬水似的。这对他有帮助，让他的手更加稳健。另外，最伟大的外科医生都是这么做的，他在一本杂志里看到过类似的说法。再说，谁不会对自己的工作产生抱怨呢。更何况，有位叫美乐蒂的女人几乎就在对面开了店，生意也没那么兴隆了。她推出了会员卡，儿童理发五十法郎，而且穿得袒胸露乳：这是搞不正当竞争。他也想过要重新粉刷墙面，换掉老旧的霓虹灯管，但这些现代化的朦胧愿景和别的东西一样，早已经迷失在小酒馆。就这样，理发师已经完全秃头，还加入了保卫共和联盟[①]。他喜欢会议、猪肉食品、自己的国家、夏尔·帕卡[②]。

"得嘞！"

老板斟满酒杯，然后把玻璃瓶中的东西一股脑儿倒在吧台上。几枚硬币掉到马赛克地面上，但谁也懒得捡，后面再说吧。他们仨开始把钱币按大小分类，凑满十元就摆成一堆。不管如何，他们有的是时间。九点半前，帕特里克不用上班，学校放假了，酒馆里几乎空无一人。来的都是常客，理发师，帕特里克·卡萨蒂，还有纳姆尔，一个靠吃残疾补助过活的胖子，他躲在角落里看报，膝盖上放着他的小狗。村子里不再有傻子，但大大小小的咖啡馆里聚集了很多典型的穷困潦倒之人，他们半醉半醒，半残半废，躲在这里，从早到晚忙着喝酒。

最后，老板拿起一个便签本，开始算账。大家把钞票理平整，开始十元十元地点硬币。账算了两遍。大家都很担心，怕白高兴一场。

"没问题，五千二百六十八。"

理发师一惊，脱口而出。

"新法郎票子？"

"是哦……"

---

① Rassemblement pour la République，法国政党，属传统右翼，前身是戴高乐于 1947 年创立的法兰西人民联盟，于 2002 年 9 月解散。
② Charles Pasqua（1927—　），法国政治家，曾两次出任法国内政部长。

"不，谁知道呢。"

"好啦……"

帕特里克得承认，这算不错啦。差不多一年了，省下来的酒钱都入了这笔账。日积月累，还是花了些时间。那两个人和善地看着他，仿佛完成了一项义务似的。这就是兄弟。

"庆祝一下。"理发师说着举起了酒杯。

帕特里克稍微点了点头，神情不无狡黠，不会吧，你可真有趣。

一开始，帕特里克真受过苦。比你想象的还要惨。时日久了，酒已成为身体中的一员，和其他器官一样不可或缺。它就在那里，在体内，在深邃的地方，不可示人，对事物的运转有用，就像心脏，像肾，像内脏。戒酒几乎就等于切除器官。帕特里克哭过，深夜里叫过。在滚烫到需要咬牙坚持的浴缸里捱过很多个小时。随之而来的是偏头疼，腰酸背痛，夜里出冷汗，两个月后的某一天，他清醒过来，最终戒掉了。一切都变了，包括他的体味。

这期间吃甜食太多，他长了点肚子，但他睡眠更好了，又开始晨勃。就这样，他发现了全新的生理经济体系，既有利润，又有无谓损失。例如，从床上起来，他觉得舒服很多；但是，他再也感受不到刚刚喝酒时的那种美妙与活力，那感觉犹如给锅炉添加柴油，火辣辣的酒让你仿佛迎来人生第二春。

但是，说到底，不喝酒的人生，问题还不在这里。是时间。烦恼。凝滞迟缓，各色人等。

沉睡了二十年，帕特里克才迟迟醒来，在这场大梦中，他梦想过建立友情、兴趣爱好、政治观点、完整的社会生活、自我与权威感、确凿无疑的各种人与事，最后留下的却是仇恨。诚然，四分之三的时间里他都是醉醺醺的。饿肚子的时候，什么也坚持不住。需要重新来发现整体，发现全部的人生。一下子，各种特征清晰地显现出来，会灼伤你的目光，这种沉滞凝重的感觉，这种由人群组成的糨糊，这种由众生形成的烂泥，会让你彻底沦陷，填满你的嘴巴，淹没各种关系。这才是主要困难，也就是要超越他人的现实而存续。

　　因此，刚开始那会儿，他独自关在家里，躲在优先城市化改造区的小公寓里。分居之后，他火速租下了这个带厨房和卫浴的单间。他心想，等正式离婚后，再找个好点的房子。一年半以后，他还住在那里。有些日子，他在家里来回走动，活像一头困兽，笨重、混沌，浑身有使不完的力气，但是没有目标。时不时，他站在浴室的镜子前面，用双手捏自己的肚皮。他厌世，对什么都不满，对人生的代价牢骚满腹。安东尼一件接一件地干蠢事，老婆也是个臭婊子，事情多如牛毛。他躲在阴沟里，反复琢磨如麻的世事，回味曾经的青春。

　　最后，他买了一辆自行车。往好的方向迈出了第一步。太烦人了，他没有车库，只有把车塞在家里，就算两居室也会挤得满当当的。好在他会出来溜达。他沿着运河一路向前，会碰到其他自行车手。他在河沿上小坐，看流淌的河水。这份烦恼，也算他的开心事。上帝保佑，他又找到一份新工作。就在那时，他有了攒钱的想法。每天，他都要投二三十法郎进去，这是他从前的酒钱。十个月后，他攒了五千多法郎，算是一大笔钱了。

"那，你决定了？这钱你打算干吗？"

"哈！"帕特里克说，动作夸张地挥舞着胳膊。

就好像其他人都不明就里似的。

老板用手背把零钱推倒在吧台上，五千法郎又装回那个装李子酱的大玻璃瓶中。他把玻璃瓶摆在柜台上，里面很多硬币，非常沉，俨然一座高塔，耸立在三个男子汉的鼻前。

"那不庆祝了吗？"理发师继续试探，他的酒杯已经空空如也。

"要，快呀。"帕特里克同意了，很大气的样子，"再给他续上一杯。"

"啊，这我喜欢。"

然后帕特里克又转向纳姆尔，问他渴不渴。纳姆尔不吱声。他还没有看完报。骑士查理王蹲在他的膝盖上，一行一行地跟着他的节奏，等着主人翻页。

"给他来杯基尔酒吧。"

老板给理发师斟满酒，帕特里克给纳姆尔送去。他先前只要了杯黑咖啡。

夏天，"中转站"里人不多。这里可以说是一家高中酒吧，有一台足球桌、两台电动弹子游戏机，对孩子们宽容到了极致，一杯咖啡，一杯水，就可以待上三个小时。旁边紧挨着城里面最好的富里耶高中。中午还准备有小吃和三明治。吧台上有一台花生贩卖机和一部投币电话。这一切都那么陈旧，透着栗色调，没有任何翻新：凳子，马赛克地面，大镜子，几盆绿植，合成材料，黄铜横杆。尤其是压根就没有音乐，老板娘有耳鸣的毛病。整体看上去倒是干干净净，如手术室一般。每年八月，老板歇业一个月，他们要回国，回到离科英布拉不远的小村庄，那里酷热逼人，布鲁纳姨妈做的午餐非常丰盛，晚餐也毫不逊色，他们的时间全都用来消食。回来的时候，他们看起来年轻不少，但长了五公斤肉，几乎晒成了黑人。现在，"中转站"门可罗雀，透过落地窗，可见间或驶过的汽车、正对面的家庭补助局办公室、一家废弃的豪华大酒店、一家因为安全问题而停业的电影院。那里放映的最后一场电影的海报已经饱经风霜，斑驳陆离。西尔维斯特·史泰龙主演的卡车司机的故事。纳姆尔的声音突然打破了寂静。大家都习以为常，洗耳恭听。

"狮子座。精力饱满，今天，您掌握了事态发展。爱情：做好准备，迎接惊喜。夫妻关系：惊世骇俗。工作：雄心壮志可能会掩盖关键问题。"

每天早上，读到本地报纸的最后一页，他就开始朗读星相内容，总是从狮子座开始。这是他家小狗的星座。理发师等着听白羊座，然后按捺不住地问道：

"你打算把你老婆打发到哪里去，用这些钱？"

"不是我老婆了。"帕特里克说。

"的确。"

帕特里克也想到同样的问题。他说：

"我跟旅行社的女孩看看再说。"

"大概可以去西西里吧，五千法郎呢。"

"看看吧。"

帕特里克看了一眼墙上挂在本菲卡俱乐部队旗之间的挂钟。他站起身来，到时间了。

"好啦，先生们……"

"再见。"老板和理发师说。

"回头见。"

"好好工作。"

帕特里克拿起装满钱的瓶子，祝大家一天开心，然后离开了酒馆。他的储蓄罐很沉，可能有五六公斤，但还是没有他的罪恶感沉重。出来的时候，他看见纳姆尔毫不犹豫，一口干了基尔酒。这让他很开心。

一出来，他赶紧往销能公司办公室赶。他大步流星，不时看看手表，腋下的储蓄罐发出叮叮当当的响声。办公室里，卡罗琳娜已经先到了，正站在咖啡机前面，咖啡机咕噜咕噜地响着，满室生香。她递给他一杯咖啡，然后拿过软木板，上面别着一张派工单。

"拿着，给你的。"

帕特里克一边看材料，一边吹着滚烫的咖啡。他把储蓄罐放在桌上，这是行政人员中午用餐的地方。卡罗琳娜瞥了一眼，碰都不敢碰。

"你们是认真的?"帕特里克问。

"啊，是啊，就这样。"卡罗琳娜反驳说，很务实。

"你们是认真的。"

同样的单词，但是语气更加严肃。卡罗琳娜说了声抱歉。现在，她嘴甜得跟抹了蜜似的。

"我们人手不够，我的兔兔。又是七月。你希望我怎么说呢？"

"嗯。说是夏天，可一整年都是你们在安排呢。"

"得了，抱怨不管用的。"

帕特里克数了数。十三个检查点，差不多三十台机器。尤其是他被安排到医院。这个地方的自动售货机成灾，每一层都有，每个角楼都不落下。他需要整整一上午时间。他看了看手表，叹了口气，拿上派工单，然后朝门口走去。卡罗琳娜在背后招呼他。

"嘿！你的储蓄罐。"

这么一搞，他差点都忘记了。卡罗琳娜双手捧着玻璃罐。还给他之前，她把硬币晃得叮当直响，似乎这响声能告诉她有多少钱似的。

"里面有多少？你赢彩票了？"

"别碰。"帕特里克说，他想一起拿走，派工单、钱、咖啡。

"等等。"卡罗琳娜道，"没必要赌气哈。又不是我做的计划。"

"哦，不是，恰恰就是。"

"我能做什么，只能看我手头有什么。你让我怎么说呢？"

帕特里克一肚子话说不出口。他组织词句。他白费时间。

"你最好把钱拿去，请我下餐馆。"卡罗琳娜最后开玩笑说。

帕特里克看了她一秒钟。说到底，干吗不呢？这是个主意。她并不是特别漂亮，但年过四十，还风韵犹存。他喜欢她的随意，喜欢她的塑身牛仔裤，喜欢她妖娆又克制的性格。她属于长腿女人，冬天不易察觉，等天气好转，换上超短裙，穿上高跟鞋，顿时就改头换面。帕特里克喜欢这种类型，时不时秀一下性感，春天的傲娇，如燕子归来。另外，这是个不可救药的工作狂，她总是觉得老板在理，认为客户有据，不计自己的时间，对强势的一方总能找到妥帖的解释。她可能缺乏想象力，凡是值得存在的，她绝对不会反复置喙。她独自带着两个女儿，七岁的妮娜，十五岁的索菲亚。五年来，她都没有涨过工资。

"怎么样？"她问。

"什么？"

"请我吗？"

"不。"

"这钱拿来干吗？"

"这是个惊喜。"

"给我吗？"

"你权当是吧。"

"快，再见。你已经迟到啦。"

他出门的时候，她又补充一句：

"你的工作帽，别忘了。"

每一次打开自动售货机，帕特里克就要收起里面的硬币，用海绵擦一擦，重新摆满易拉罐、矿泉水、薯片、布罗萨尔小蛋糕，还有巧克力棒。每台机器都配有磁卡。他的腰带上挂着一个小扫描器，每到一部机器前面，就会有自动记录。回去后，只要把扫描器连接到电话线上，这些宝贵的信息就会传到公司的数据中心，公司也通过这些数据来安排人员出工，或开具发票。附带地，这些信息也可以衡量工作的节奏，计算无效时间，优化工作线路，让开支合理化，解雇懒人。

通过阿第克猎头公司，帕特里克找到了这份工作，老板毫不犹豫就和他签了长期合同。他的工资接近税后七千法郎，外加餐补、五个礼拜的带薪假期、互助保险。还有免费玛氏饮品和可乐。

总的来说，抛开工作节奏，这活儿很适合帕特里克，不管如何，他变得越来越节俭了。离婚以来，他每天都吃同样的东西，米饭和鸡肉，穿同样的衣服，每天都过得毫无二致，包括周末。说到底，一成为单身汉，他就变得简单了，却又生出帽子这茬儿。销能公司的T恤衫和外套还算凑合。然而，公司这顶帽子，软塌塌的，红色，号称可以调节大小，却成为他的底限。这玩意儿，他直接拒绝往头上戴。然而，他光着头，在工作现场被质量督察员撞见过好多次。就这样，麻烦开始了。您没有看过工作手册，卡萨蒂先生？帕特里克反驳说，对于完成分内工作，这并无裨益，再说不管如何，也没有谁看见他呀。督察员开始厉声厉色。凡事都有规矩。诚然，不可能每条规矩都遵守，大家又不是纳粹。尽管如此，有些原则牵涉到公司形象。这就严重了。

此后，帕特里克还是不把工作帽太当回事。感觉有人打量的时候，他才戴上帽子，还把帽子踏到脚下，忘在雪铁龙 C15 上，还总是把帽子搞丢。开车时，工作时，在酒馆，在办公室，在车库，他都会琢磨这个问题：他该戴帽子吗？从前，男人们都无需装扮，或者说，只有电梯工、门房、仆人才需要。现在，谁都变得像奴才。尘肺病和瓦斯爆炸不再是职业风险。现在，文火会熬死人，还有各种死法，侮辱你，慢慢奴役你，每天随时监视你，跟你斤斤计较，还包括石棉瓦。自工厂关门以来，劳动力不过是漫天飘洒的彩纸屑。大众和集体的时代已经终结。如今是个体的时代，临时工的时代，种群隔离的时代。所有这些零零散散的工作，在就业这个硕大的空洞里，无休无止地旋转着，这里的空间被无限地分割，可塑性强，又完全透明：工位，单间，隔断，玻璃贴纸。

这其中，空调会平和大家的情绪。传呼和电话让次要的人与事更加疏远，让人际关系更加冷漠。在竞争的大洗礼中，千百年来奉行的团结互助精神分崩离析。到处是新的小工作，既没面子，薪水又低，还要卑躬屈膝，点头哈腰，这早已取代了昔日的团结互助。生产不再有意义。大家讲人际关系，讲服务质量，讲公关策略，讲客户满意度。这一切都变得渺小、孤立、混沌，是骨子里的乱套。这个没有朋友的世界，帕特里克搞不懂，这种纪律从动作延伸到言语，从肉体过渡到灵魂，他也弄不明白。人家只等你临时有空，只等着可以用钱交换的劳动力。从今以后，必须相信这一点，到处都在宣传某种精神，使用统一颁布的词汇，它来自上层，空洞无物，却具有让人惊诧的效果，可以让你的抵抗变得非法，让你的利益无从捍卫。需要戴上帽子。

在这个世界里，蓝领已经无足轻重。他们的史诗已经过时。大家对他们的工会冷嘲热讽：雷声大雨点小，随时准备妥协。每当有可怜虫提出请求，不要再过那么悲惨的生活，人家就会给他用 A 加 B 的方式来证明，他的生存愿望是多么不合情理。想跟大家一样，好吃好喝，过好日子，他可能会阻碍前进的步伐。然而，他的自私可以理解。他傻乎乎的，不懂得世界范围内的蝴蝶效应。如果给他涨工资，他的工作就会被转移到布加勒斯特郊区。中国人更吃苦耐劳，热爱祖国，他们会马上取代他的工作。他应该理解那些和蔼又幸运的教育家解释的全新约束。

话说回来，盛夏七月，并不存在督察员猛然窜出来的危险，所以帕特里克照旧光着头干活。为了按照预期跑遍医院，他花了一上午时间。午饭时分，他还在继续工作，因为安东尼要过来晚餐，他想早点回家。十五点过后，他打了几个传呼，也没有怎么上货。在这些机器前，显然，他希望做出干活的样子，只要打了卡，人家也就满足了。他干活快，手又准，在每台机器前都是相同的动作，有时候，他也会享用一听免费可乐。戒酒以来，这成了他的毛病。就这样，他每天要狂灌两升可乐，结果肚子里总是胀鼓鼓的，喉咙里一个接一个地打嗝。在医院空荡荡的走廊里，这简直有点像放花炮。最好不过的是，在等红灯的当儿，他连连打起嗝来。大家都朝他转过身来，一愣一愣的。帕特里克开着销能公司的车，总会给他们行一个军礼。你瞧，这肯定有利于公司形象。

十九点左右，安东尼来到父亲家，几乎总是那么准点。他们在门口相互拥抱。从远离母亲的视线，开始自谋生计以来，他们都不太清楚究竟该怎么办。曾经一度取代亲情的无声的敌意悄然消逝了。现在，在他们之间，取而代之的是一种又尴尬又温情的感觉。他们刻意避开那些敏感的话题。

"怎么样？"

"还行。"

"这怎么回事？"

父亲皱着眉头，指了指儿子脸上的淤血。嘴唇破裂，一只眼睛红肿。

"没什么。"

"你打架了？"

"没有。"

"让我看看。"

安东尼早就溜了，父亲连碰都没有碰到他。这是个下意识的动作。父亲把手收回来。没必要再坚持。

"好吧。"

安东尼坐到小厅里面，外面正对着停车场。他特意把摩托车停在前面。他想这样随时盯着。厨房里，父亲正在烧饭。安东尼闻到番茄酱的味道，平底煎锅里，肉发出嗞嗞的响声。

"你做啥？"

"博洛尼亚肉酱面。"

"酷啊。"

父亲微微一笑。意面很方便，只要安东尼过来，他绝不做别的东西。五百克一包，小家伙吃得狼吞虎咽。看到儿子过来，胃口又好，他少不了有几分得意。整个童年时期，安东尼都很矮小，低于平均身高，看看他的体检手册，那只怯生生的眼睛，还有总爱在母亲裙下徘徊的喜好，就会一目了然。帕特里克很高兴，都已经结束了。流逝的光阴也并非只有恶意。他把平底锅下面的炉火调小，在肉里拌入洋葱和大蒜，用木铲来回翻炒。然而，他总有点不放心。安东尼挨了打，他想搞个明白。受了侮辱，也要对上号。他听到客厅里传来一个郑重其事的声音。是电视。环法自行车赛简讯。

"黄衫是谁？"

"安杜兰。"

"没劲。每次都一样。"

"这是一台战争机器。"

"可不是嘛。"

"他会赢的。"

"我知道。"

他们一边吃饭，一边看新闻。安东尼吃得津津有味，父亲正在盘子里切面条，这让人想起陈年的争论。在这件事上，埃莱娜非常专横，绝对不能切意面。帕特里克想到这里，不觉心头一紧。

屏幕上，只见一具具紧裹的尸体，堆在铲车挖出来的公共墓穴里。在戈马，没有生石灰，瘟疫的幽灵已然显露。父亲和儿子听着新闻，漠不关心。来自这个盒子里的一切，似乎都那么遥远，那么虚假。另外，政府发言人刚刚露面。他侃侃而谈，那些词语仿佛插上了翅膀，穿越了国界。父亲和儿子吃着意面，免得它凉下来。父亲时不时说点什么。今天，天气还很热。什么时候开学？你妈怎么样？

"好。"

"她情人呢？"

"不知道。最近很少看见。"

"哈。"父亲瘪着嘴说，"他跑得倒很快啊。"

安东尼痛苦地看了他一眼。老爸忍不住。他就这样，话里带刺，尖酸刻薄。做父亲的想挽回。

"咳，正说呢，我有礼物送给你妈。"

"什么意思？"

父亲离开餐桌，到碗橱里取出储蓄罐。电视新闻里正在纪念人类第一次登月。在布满火山灰的月球表面，处于失重状态下的宇航员完成了历史性的漫步。热烘烘的客厅里回响起那句已经听过千百遍的话。看到这些钱，安东尼一脸惊奇。

"我攒了好久了，让她去度假。"

"你说啥呢？"

"她批评过我多少次了啊，说没有带你们去度假。"

"你不能这样做。"

"我也不想挨批评。"

"什么批评？她都不跟你说话啦。"

"我了解我自己。"

"她再也不想啦。你疯了。"

"你站在哪边，妈的？我出钱让她旅行，就这点事。"

安东尼看到这张脸又变得像皮革似的，鼓鼓的脸颊，眉毛舒展，瞳孔放光。持续了好长时间。他随即又开始专心吃饭。现在，意面差不多已经冷了，每吃一口都勉为其难。父亲又平静下来。

"听好了，她想干吗都可以。我呢，我只是还债，就这样。"

电话响了。父亲看了看表，额头略皱，透出一丝担忧。他去走廊里接电话。安东尼把电视声音调低。父亲一字一顿，断断续续地回应，是啊，是吗。

"啊，好呀？什么时候？"

突然，他压低了声音。安东尼坐在椅子上，转过身来观察。老爸在那边，穿着旧拖鞋，呆立着，手里拿着电话听筒，瞠目结舌，是的，是的，啊，好。他又做出惯常的动作，梳理本已稀疏的头发。在走廊的暗影里，安东尼觉得他身体衰老，头发斑白，虽然有啤酒肚，但看起来还是很羸弱。如今，每一刻，他说的话都会暴露他的思想，老爸的内心世界，他的苦涩，他的惊异，从前是那么难以领会。初现的裂痕。

通话又持续了几秒钟，还是同样的语调，委婉，惊讶。随后，父亲挂了电话，瞪圆眼睛对儿子说：

"我接到一个坏消息……"

# 5

　　哈希纳到得很早，他开着车，在埃朗日优先城市化改造区的塔楼下转了一会儿。他还认得广场、尘埃、阴凉地，在那里，他经常烦得要命。旋转木马不在了。他没有看到任何熟悉的面孔。尽管如此，这里是他的家。暑热逼人。

　　他害怕饭前这段死寂的时光，他不能打定主意马上回家。他本可以去找埃利奥特和其他伙伴，但又没有兴趣。离开太久了，如今回来，笼罩着各种流言蜚语和疑问。距离会产生模模糊糊的信任，他不想过快挥霍掉这种感觉。

　　因此，他决定到城里兜一圈。他停好沃尔沃，一路步行，好放松放松大腿。离开摩洛哥已经三天了，他几乎没有说过一句话。他身处一种失重的状态，感觉还算舒适。过去这些礼拜，他睡得很足。至于埃朗日，跟离开前一模一样。然而，千百个的细节都在否定他的第一印象。那边新近开了一家土耳其烤肉店，这边开了一家电子游戏厅。公共汽车候车亭似乎已经废弃。崭新的德高公司广告牌主推巴黎香水和廉价鞋子。

说到底，在这些熟悉的街道上，信步闲逛也很舒服。哈希纳感觉大家在等他，他感觉自己很重要，是一名出色的游子，仿佛所有留守人士都过得并不体面，他们什么也没有干，说白了，无非就是在等他。在弗拉芒广场的露台上，靠着喷泉，他喝了一杯咖啡。一位女士在遛狗。两名小孩在池边玩水，保姆在一旁看着他们。顶着骄阳跑出来的人，都像兴致勃勃的游客。沉闷的氛围，无聊的闲逛。

他又钻进沃尔沃，差不多十七点了。他觉得神清气爽，飘飘欲仙。周遭弥漫着一种海水浴场的氛围，一种反季节的温馨气息。这种宁静的感觉，他继续享受了一会儿，尽量慢慢开车，把胳膊肘伸到窗外，呼吸着这片熟悉的大地的温醇味道。

在老家那边，他也度过了一些类似的时光，夜里无所事事地在外闲逛。他还记得与拉西、梅迪等一帮人面朝大海抽大麻烟。回到德土安的时候，哈希纳还以为自己只会遇到一些没见过世面的蠢货，或者驻扎在北非的法国兵。后来，堂弟德里斯给他介绍了一群朋友。很快他就注意到，大家消磨时间的方式并没有什么不同。无所事事，一边抽大麻烟，一边玩游戏，捧腹大笑，想女孩子。只不过，他们处于源头。在那边，大家搞到的大麻烟品质优良，让你难以置信，浓郁、柔和，泛着漂亮的棕色，且毫无异味。它会让你欲壑难填，会让你发疯般地笑，而价格又十分便宜。大家都抽三张纸卷的大烟卷，或者直接放在烟斗里抽，然后狂吃糕点，搞得满手都是蜜和糖。然后再抽一轮。人们喝薄荷茶，外面热得要命，你只得把自己封闭起来，躲进这种状态，虚无缥缈，偏执妄想，又愉悦，又劳累。哈希纳光脚坐着，穿着牛仔裤、短袖衬衫，背靠墙壁，在一间空荡荡的房间里消磨了无数时光，看着日影透过百叶窗悄悄溜走。微尘与烟雾，像海潮般勾画出来，像梦境中舞动的光影。隐隐约约的音乐会将你带到很远的地方。潦倒甚至也可以多一分独特的美感。大家看着这一切，毫不厌倦。有一次，阿布戴尔带来一本《吉尼斯世界纪录大全》。小伙子们都惊呆了，那些有关巨人和侏儒等世界纪录的页面，他们看得爱不释手，接着就是没完没了的爆笑。看到那怪异的小矮人居然只有电话听筒那么高，哈希纳不禁笑翻在地。

以往暑假期间，哈希纳回过很多次摩洛哥，但从来就不想和当地人打成一片。他厌恶他们。他们的思维方式还停留在中世纪，让人害怕。但是这一次，由于他别无选择，透过表面的麻木迟钝，他发现了暗中涌动的东西。里夫地区每年出产成千上万吨大麻脂。整条整条的山谷遍布绿油油的大麻地，一望无际，国土部门睁只眼闭只眼，谁都心知肚明。你在露天咖啡座看到这些狡猾的家伙，留着小胡子，一副大腹便便的派头，他们表面上让人敬重，实际上非常贪婪，与华尔街那帮人不分伯仲。交易得来的金钱滋养着全国上下。大把大把的钞票，人们用来修盖楼房，打造城市，建设整个国家。人人都能在各自的层面捞到好处，不管是批发商、公务员，还是工商业巨头、女人、警察、议员，甚至小孩。大家也想到了国王，但没胆说出来。

哈希纳跟大家一样，也想挥霍一把。堂弟德里斯给他几十克，他就这样下水了，一点一点地贩毒，几乎就在大街上直接卖给游客。从那以后，便一发不可收拾。有了钱以后，他买了第一个一公斤，然后继续投资，搞大宗货物，远销法国和德国。晚上，他回到家中，和家人一起吃晚餐，再正常不过的样子，脑子里不停地计算美元和法郎，母亲在旁边问他还要不要蔬菜。

话说把他遣送回来，不过是为了好好调教。效果却恰恰相反。他吸毒后精神恍惚，找妓女，一天赚的钱，从前老爸要辛苦半年。想想就觉得好玩，这就是生意经。从各方面来看，不管是运输路径，还是雇佣的员工，或者想想他在全欧洲养活了那么多家庭，这项走私活动顶得上重工业那一手老牌。无数的劳动力集中在睡城①里，他们受教育程度不高，通常都是外来裔，他们都靠这笔恰逢其时的生意过日子，小毒品贩子已经取代了蓝领工人。对比到此为止，新生无产阶级的哲学更多地出自商校，而不是终极斗争。

哈希纳拿父母的境况对比，权衡自身的优势。抛开挣钱多少不说，他无需把时间填得满满的，按部就班，千篇一律，让人乏味，从星期一到星期五，一心盼望着假期，弹指间就从青春韶华走进墓地。他的业务，他觉得相对自由、灵活。他可以睡懒觉，也可以闲逛。诚然，工作也是一成不变，每次无非就是上货，切大麻，包装，再卖出去，但是，节奏却比较散漫，而且运输那玩

---

① 也称"卧城"，主要指大城市周边的大型社区或居民点。

意实属大冒险。既感觉像在创业，又感觉像在做贼，到底还不错。

最大的弊端就是坐牢，谁都可能进去，即便再有权有势，即便再机灵。一旦被捕，国家会充公他们的财产，冻结他们的银行账户，甚至还要收缴他们太太的首饰。在马赛，或在丹吉尔，许多美轮美奂的豪宅被查封好多个月，最后凄惨地沦为废墟，直到有一天，小流氓跑来砸烂门闩，霸占卧室，在五千法郎的沙发上大小便，然后留下一片狼藉，还有墙壁上信笔涂鸦的口号。

一年后，在小圈子里，哈希纳已经被视为可靠的伙伴。他头脑冷静，持有法国护照，这可是很大的优势。当某个地方突然出现问题，不管是西班牙，还是法国，大家就派他去看个究竟，他坐飞机去，再飞回来，二话不说。很快，大家建议他驾车往返。一开始，他还得负责开路，不久后他得到提拔，只需要开主车就行了。从太阳海岸到维勒班，车队井然有序。一辆车打前站，在十公里外，如果路上设卡，可以提前通报。一辆车跟在后面，如有需要就负责回收货物，载货的那辆车全速前进，车门和后备厢里藏着五百公斤毒品，全程不停车，时速达二百公里。在这个小把戏里，哈希纳表现出了显而易见的素质。此外，他也很走运。

就这样，二十岁上，他每个月就能挣好多万法郎。从头到脚，他穿清一色阿玛尼，身材颀长，目空一切，光脚套着网球鞋，除了大发横财之外，不再有特别的期望。他习惯抽走私雪茄，给自己买了块百年灵手表。他看起来志得意满。有时候，母亲还是会烦他，但他极大地改善了家中每个人的生活品质，她不敢再要求他老老实实做人。他把楼上一层租下来，让大家住得更加舒坦，又买来新床垫、两台电视机、一台洗衣机，还修好了管道。食品柜里总是满满当当的。另外，他还是继续住在家里，尊敬长辈，抽烟都躲到外面。还能要求他什么呢？

生意上的成功，最后使他对世界的运行产生了新的想法。在他看来，人生中有的是选择。我们可以像父辈一样工作，满腹牢骚，埋怨老板，花时间低三下四地去乞求，指责不公。也可以像他这样，敢做敢为，具有实干精神，强力扭转命运。才华一定会得到回报，他自身就有力地证明了这一点。就这样，行走在社会边缘，他接纳了社会上广为传播的观点。我们必须得承认，金钱具有非凡的改造力，它可以变强盗为股东，变走私犯为正经人，变皮条客为生意人。反之亦然。

问题是，到最后，这些钱数额惊人。男孩们花起钱来大手大脚。他们还通过一帮当老板的朋友，成功地洗掉了一部分钱。但还有一沓一沓的钞票，一笔一笔的款项，在银行里沉睡。这让哈希纳很恼火。他跟堂弟德里斯说起来。两个男孩看到扩张的愿望受阻，真是气不打一处来。他们寻找合法投资，最好是地产。有熟人给他们介绍了一笔生意。这家伙在卖定制别墅，专门针对那些想在萨达、索维拉、纳祖尔、德土安或丹吉尔养老的欧洲人。每投入一元，就可以赚三块。点子似乎很棒。堂兄弟俩做了了解。这人的背景无懈可击，他名下已经有好几十个项目。他们又到现场去核实。别墅一律白色，清爽干净。银行家和建筑师都穿着体面的西服。他们打定了主意。另外，那位熟人可以接受外汇、现钞，什么都要。等收了钱，他就失踪了，任何痕迹都没有留下。

男孩们很震惊。真是太侮辱人了，一连好几天，他们甚至都没法提这个话题。但是很快，他们就收到来自萨达、索维拉、纳祖尔的信件，他们曾经选择在这些地方投资。那边，很多人都要求付款。工程已经启动。工人们等着发工资，公务员等着拿小费。确实，在每一份施工单下方，都签着哈希纳和德里斯的大名。除了已经打水漂的钱之外，这些人还开出天价支票。一开始，两个男孩装聋作哑。其他邮件又纷至沓来。信都是手写的，全是骂娘的话。后来又开始威胁。一天晚上，在哈希纳和家人住的那栋楼的楼道里，莫名地燃起了大火。他们觉得被人盯梢，开始提高警惕。还有一次，德里斯被堵在美术馆附近。两个人抓住他，另一人拿着锥子，要凿他的眼睛。他们只好付了钱，哈希纳决定就此了结。不管怎样，父亲心脏有毛病。他决定回去。

因此，他回到埃朗日，带着恐惧、耻辱，还有余下的钱。

哈希纳一边爬楼梯，朝父亲的公寓走去，一边反复琢磨这场溃败。他拿着铁镐手柄，悄无声息地上楼。一个邻居男孩，三步并作两步往楼下跑，跟他迎头碰上。再差四步楼梯，就会和他撞个满怀。男孩看了看这个身影，缓慢、瘦弱，还在继续往上爬。就是他，哈希纳·布阿利。小区里已经有两年不见他了。有关他的传言都不光彩。他的老友们还收到过从巴利阿里群岛和太阳海岸寄来的明信片，心里既讨厌他，又悄悄地羡慕他。总之，所有人都以为他会一去不复返了。小家伙赶紧去传播他回来的消息。

哈希纳刚刚上到三楼。他还没有按门铃，门自动打开了。父亲正等着他，脸上挂满微笑。

"快进来，"他说，"进来。"

看到父亲和颜悦色的样子，哈希纳也很高兴。背可能比从前驼一点，皮肤更加黯淡。一段时间以来，他开始和老同事玩滚球游戏，好有点事干，这样呢，他也可以透透气。

"你好吗？"

"好，好。"

他们简短地抱了抱，父亲随即看见了铁镐手柄。

"这是干吗呢？"

一路上，哈希纳设想过很多刻薄的话。最后，在这里，面对老去的父亲，在从小长大的这栋楼里，一切都不再有意义。他的意图一一展现出来，就像放电影似的。父亲老了，温和、健忘、懒散。他很高兴再见到他。

"没什么。"哈希纳说，"糊涂事。"


一进到屋里，父亲就告诉他接下来的安排。他早已经准备好一满盆哈利拉浓汤。只是忘了加香芹。鹰嘴豆也几乎用完了。没有就没有吧。他还从调料铺买了茶叶，从布拉纳店买回新鲜薄荷。老人变成了话痨，这让哈希纳很吃惊。他发现，在家里惯常的气味下，还有一种怪怪的香味挥之不去，那是老皮革和尘土的气息。他找了找，看是哪里来的味道，但这味道似乎没有出处。它来自墙壁里、流逝的时间里、父亲的习惯里。父亲刚刚抓他的胳膊，要吸引他的注意。哈希纳感觉到他的腕力，这力度让他放心下来。

"你在家里睡吗？"

"不。我不住家里。"

"你去哪儿？"

"我要去看看朋友。"

"你有睡的地方吗？"

"当然，别操心。"

"你的卧室，我准备好了。"

"谢谢。但是我不住家里，我告诉你啦。"

父亲略加犹豫，又问他有没有工作。

"还没呢。但是我会找的。"男孩回答。

"好。"

他们来到厨房，摩洛哥浓汤，深红的颜色，浓郁的香味。父亲又问起太太的消息。实际上，他每天都给她去电话。

"她很好。"哈希纳说，"她休息得不错。"

"很好。"老人同意。

随后，他沏上茶。厨房的餐桌上，铺了一张新蜡光布。上面点缀着热带小鸟，底色是深蓝的，非常好看。哈希纳一直在听父亲没完没了的唠叨。他有个习惯，对自己做的事情，凡事都要点评几句，所有过脑子的内容都要说出来。好啦，我烧水，我切胡萝卜，我去开窗，我去开机器。他的生活，他总要大声说出来，害怕事情半途而废。哈希纳心想，他自个儿在家的时候，是不是也这样呢？后来，他去了卧室。一切才安静下来。

"你瞧，全都准备好了。"父亲说。

又看到鲑鱼色的床单，花朵图案的羽绒被，已经布满破洞的旧地毯，男孩笑了笑。墙上依然贴着死亡人数乐队和《终结者》的海报。哑铃还摆在角落里，白色小柜子上放着一瓶让-保罗·戈蒂埃香水。只有重要场合他才喷香水，瓶子里面还剩四分之三。

他们看了会电视，然后再吃晚餐。浓汤非常美味。其余的和平常一样，袋装土豆泥，解冻的碎肉牛排。最后，父亲无休无止的唠叨倒也非常适用，避免了各种问题，也没有谈到实质内容。晚餐拖得很久，等到父亲说喝咖啡的时候，已经二十一点了。哈希纳同意。是雀巢。令人作呕。晚餐过程中，父亲起身去小便了三次。哈希纳一直盯着挂钟。一喝完咖啡，他就站起身来。

"我得走啦。"

"好的。你有车吧？"

"嗯，为什么问这个？"

"明天，我需要你送我一下。现在我不喜欢开车了。"

父亲让他看了看自己的眼睛。瞳孔里多了一层奶白的色调。他看得不那么清晰了。

"你希望我几点过来接你？"

"五点左右吧，傍晚的时候。"

"有点晚吧，不是吗？去购物吗？"

"不是。我要去参加一个葬礼。你把我捎到波尔加尔那边，就是墓地旁边。你能来接我吗？"

"可以，当然了，没问题。"

"好。"

父亲把他送到门口。在楼道里，他把手放到他的后背上。他不是催他走。临别之际，这是一个关爱的动作，一个温柔的表示。

"你不久再回来？"

"是的。我就待这边了，这次。"

"啊，太好了。"

"我已经告诉过你了。"

"是的，是的，当然了。"

突然，父亲显出着急又焦虑的样子。不管如何，他没心思听下去了。

"怎么了？"

"没什么，没什么。"

他们又拥抱了一次，然后父亲催促儿子赶紧出门，随即把门关上，没有再做解释。哈希纳很奇怪，他在门垫上站了一会，一动不动。楼梯间里鸦默雀静，寂然无声。他拉了拉门把手，门开了。房间里静悄悄的。厨房里透出一线灯光，一直照到过道里。男孩感觉自己像小偷，又像盗墓贼。他待在门口，不敢贸然进去，几乎有点羞愧。突然，他听到哗哗的水声，水量很大，间或夹杂着几声呻吟。父亲又在小便，还唉声叹气。哈希纳悄悄掩上门，把父亲留下，还有老年生活那些单调的秘密。

广场上，赛博第一个瞅见哈希纳。他坐在矮墙上，正用小石子打一块大石头。这个小游戏他已经驾轻就熟。夜幕差不多已经降临，他们一共五个人，没什么变化，依旧游手好闲。旁边的路灯把昏黄的光线投射在地面上。今年，破天荒头一回没有搞市集活动。倒也无妨，男孩子们还是待在那里，看着塔楼中间的这片空地。他们抽烟、折腾，轮番喝斯蒂文从留尼汪带回来的白朗姆酒。赛博用旧金山49人队球帽换了一顶纽约队帽子，海蓝色加白色，跟老电视剧中的神探玛格侬一样。他再次用更小的石子击中了大石块，这时候，他看见毕加索塔楼下闪出一个身影。

"嘿……"

所有人都在看。人影走了过来。是哈希纳，手里拿着铁镐手柄。几个小时前，大家就知道他回来了。整个下午，大家都在拿他开涮。总的来说，大家都很纳闷，他为什么又回到这个角落，放着摩洛哥和西班牙的好日子不过。大家都很好奇，心头痒痒的。斯蒂文第一个吃惊。

"他拿根棍子干吗？"

"不是棍子。"埃利奥特说。

他坐在轮椅上，与小团体分开，独自待在一侧，轮椅发出吱嘎吱嘎的低响。他汗流浃背，手也湿漉漉的。好多天以来，空气一直闷热，急需一场大风、一阵电闪雷鸣，他残疾的身体在短裤里发酵。母亲早上要给他抹爽身粉。时不时吹起一丝微风，让人期盼天气大爆发，期盼一场狂风暴雨，整个山谷都盼着能松口气。但是，每一次都是虚假信号。一切又恢复如初，恍如满盈、停滞的性欲，恍如痛苦的暂停。埃利奥特笑了。他极力克制。

"晚上好。"

"晚上好。"

其他人围拢过来。现在，他们站在路灯投下的白色光圈里。一张张脸庞与记忆中的样子重叠。然而，他们早已不是原来的样子了。好多个月的时间已然飞逝。

"怎么样?"

"还行。"

哈希纳问大家好，跟他们挨个击掌，漫不经心，最后轮到的是埃利奥特。

"你回来很久了吗?"

"你晒黑了，是不是?"

"好开心。"

"你会待很久吗?"

他们都摇头晃脑，大献殷勤，把手搭在他的背上，但内里并不太信服。可以觉出他们有点尴尬。

"那是什么，那截木头?"贾迈勒问道。

哈希纳把手柄竖起来，拳头紧握，手腕有力。

"没什么。是给我老爸的。"

"你老爸，他还好吧?"

"怎么样啊，北非？讲讲吧。"

"咳，讲讲呗。"

"你带那玩意回来了吗？"

"你什么时候走？"

"有大麻烟没有啊，小子？"

哈希纳一一作答，但惜字如金，最多不超过两个字，渐渐地，他的冷淡感染了小团体。埃利奥特看着自己朋友，已经认不出他来了。然而，他还是他。哈希纳从兜里掏出一根十克的大麻棒，似乎喜悦之情又激活了整个团队。大家开始裹烟卷。十分钟后，那帮伙计又回到矮墙位置，一边抽烟，一边闲聊。只有哈希纳站着，拄着自己的棍子。他问大家，生意怎么样。

"哦啦啦！"伙伴们说。

他们解释说，现在走私活动被更小的孩子控制了，他们只有十四五岁。这代人胆子大得让你害怕。他们什么也不顾忌，一门心思只想挣钱。他们在优先城市化改造区来回穿梭，骑着摩托，打架斗殴，心气很高，吸毒成瘾。他们还雇用更小的孩子，监视周围的情况。很多家庭不闻不问，无形中却充当了保护伞，结果在小孩的床下，或者在奶奶的衣橱里，藏着很多二百五十克重的块状大麻。有些小头目还配有武器。他们总是寻衅滋事。警察加强对他们的监视，加大巡逻力度，但他们躲在车里不出来，除非遇到不可抗力。总之，情况已经发生了很大变化。

"那批发商呢？"

这些少年不可能骑摩托车跑到荷兰去，他们肯定需要货源，肯定有一个成年人躲在暗处，他有很多联系人，持 B 类驾照，负责组织工作，调节供需关系。

谁都不敢回答。哈希纳也不着急，用三张纸卷了一支大麻烟。接着，他转向埃利奥特。

"那么，是谁?"

胖子在轮椅上扭捏半天，然后才回答。热死了，妈的!

"是卡戴尔，我觉得。"

"他在哪儿?"

谁都不知道，但一般来说，他总是在夜里现身。

"我们去等他。"哈希纳说。

谁都没有心思继续抽烟了。好歹大家知道哈希纳回来的目的了。


等小个子卡戴尔终于露出身影，已经差不多十二点了，小伙子们几乎坚持不住。他们四肢僵硬，又饥又饿，每次只要一张嘴，似乎哈希纳就要判他们死刑。最后很熬人。现在，转瞬即逝的隆隆声，断断续续地划破天空。边境那一侧的地平线上，看得见炙热的闪电。这种气氛让人吃不消。大家都梦想着可以冲冲凉，早点睡觉。说到底，小个子卡戴尔的出现，让大家松了口气。该结束啦，不管以什么方式，反正越快越好。

"基佬们，晚上好!"新来者说，一脸的嚣张。

他套一件机车皮衣，脚穿价值八百法郎的大耐克鞋。他大摇大摆，志得意满，神情放松，就这样一路走过来。哈希纳的存在并没有让他多一份激动。

"瞧，"他说，"有人回来啦。"

哈希纳两眼冒火，嘴唇紧咬。

"这么说，你回来了……"

哈希纳听之任之。其他人听着这番交流，都撇着嘴，暗暗在心里面掂量和盘算。哈希纳并没有真正的优势。他本来就不是很强健，今天晚上，他给人的感觉更加赢弱、病态，一副软怯怯、松垮垮的样子，谁也不会指望他来做本地的巴勃罗·埃斯科巴①。他的傲气并不管用：他显得弱小。相反，虽然卡戴尔个子矮小，但身板挺直，活力外泄，一段时间以来，他搞了不少可卡因，看起来信心十足、顺风顺水、为人狡诈、咄咄逼人。他按七千法郎一公斤的价格进货。在阿姆斯特丹、圣德尼和维勒班，他都有熟人。转手一卖，轻而易举就可以拿到一万五千法郎，单单是他宝马750上的那几个轮辋，就要值四份最低工资。他啐了一口。头顶上方的天空里，又滚过隆隆的声响。卡戴尔张嘴微笑，看得出他右侧的牙掉了几颗。他镶了金牙。很漂亮。

"好了。"他说道，一副教训人的姿态，"我很高兴，你也来了，但是……"

他还来不及多说。铁镐手柄虎虎生风，画出一道完美的轨迹，随着一声矿石般的脆响，他的下巴变了形。哈希纳的动作突如其来，不分青红皂白，各位见证人都没反应过来。随即又是一

---

① Pablo Escobur（1949—1993），哥伦比亚大毒枭。

273

片沉默，有人开始嚷嚷。小个子卡戴尔倒在地上，下巴已经脱臼，他用手撑在尘土中，抬起腰身。他眼神迷茫，就像在大商场里迷路的孩子。他像狗一样喘着气，喉头、鼻翼传出呼呼的气息，听起来有点嘶哑，缕缕唾液混夹着血丝，正从嘴唇往外流。他想站起来，但是痛得要命，他还没明白究竟发生了什么，还以为只是鸡毛蒜皮的小事，或者偶然失足摔倒。后来，他试图开口说话，但感觉牙床黏糊糊的，让人恶心。哈希纳看着他，一言不发。他吓破了胆，担心被当场打死。

# 6

母亲要安东尼陪她去参加吕克·格朗德曼日的葬礼，他别无选择。这还是人生头一回。为此，他略加捯饬，白衬衫、正装、领带。这样一身打扮，他觉得很奇怪，既像警察，又像老板。说来倒也不难看。他甚至还穿上特意买的正装皮鞋。像婚礼一样，葬礼也要花钱。母亲想给他买硬皮鞋，耐穿一些。安东尼想买尖头高田贤三。幸运的是，正逢打折季。

一路上，埃莱娜都在不停地捯饬头发。这是她极度焦虑的表现。她不停地抽烟。有两次，安东尼都提示她是红灯，要她停下来。

"没事的。"他说道，一副保护的口吻。

她连声说是，是。不管如何，应该这样。在硕大的太阳镜后面，她保持着克制。离婚后第一次，她要去见帕特里克。这就是葬礼的弊端，会遇到很多人。

他们到得很早，在教堂的停车场里，很容易就找到了停车位。教堂耸立在市中心，离市政厅不远。它的罗马风格、壁柱林立的对称的外墙面、高耸的钟楼，都让人叹为观止。在被德国吞并期间，旺戴尔家族修建了教堂。他们向建筑师提出要求，要有点文艺复兴的味道，有点意大利的味道，要对威廉皇帝纪念教堂及其西哥特风格构成侮辱。为了这栋并不具有生产功能的建筑，他们花了不少钱，大概也不无顾虑，因为他们生活在巴黎第八区，而埃朗日则处于德国控制区。一百一十年后，在普遍的贫困之中，埃朗日的圣米歇尔教堂傲然屹立，宛如一尊奢侈的圣物。每逢有家庭为尘肺病人或酒鬼举行葬礼，人们都感觉像参加国葬似的。

很快，教堂前面的广场上开始人头攒动。安东尼和母亲待在一侧，现在也走进人群。她向前走着，身穿深色长裙，收腰处系着一条亮色腰带，肩头挂着小化妆包。在涌动的面孔中，安东尼也认识几个，尤其是经常在城里碰见的那些人。大家都面带微笑，安静地聊着天，乍看还以为是在主保瞻礼节，只是不会有这么克制，不会有这黑色的基调。雷雨始终未下，就像迟迟没有兑现的诺言。这个时节，压根就不适合穿正装。

"你看。"埃莱娜说。

凡妮莎刚刚看到他们。她穿过广场，来到他们身边。她也穿深色长裙、高跟鞋。她很漂亮。

"你来了？"埃莱娜说，一副惊喜的样子。

"是啊，是啊。"

"你认识格朗德曼日家？"

"不太熟。"

凡妮莎一脸微笑，自然、甜美。安东尼的母亲喜欢这个女孩。她时不时来家里串门，她懂得问好，会待在楼下聊五分钟，然后再和安东尼一道上楼，躲在卧室里。她和他们用过一两次晚餐。她很聪明，不搬弄是非，属于可以帮助安东尼上进的那类女孩。每次她都主动提出要帮忙收拾桌子，洗洗碗。后来，她没有再打电话了。安东尼也不再提这事。话说回来，这也不关她的事。

安东尼却另眼看待这事。一找到机会，他就把凡妮莎拉到一边。

"你干吗呢？"

"我打扰你啦？"

"没有。但你没事可做啊？"

"还行。不要慌。我走。"

安东尼一把抓住她。他热得透不过气来，于是松开领带，解开衬衫领口。他想透透气，于是抬眼看了看天空，天空沉沉笼罩，仿佛触手可及，布满了云石般的纹理，灰蒙蒙的，混沌得像一锅汤。

"该下一场啦。我受不了了。"

"天气预报说，今夜之前，什么也没有。"

安东尼很清楚。他专门看了天气预报。晚上二十一点，在老电厂后面，他还有约会呢。他要去赴约，哪怕是刮风、下雨、降雪。

这期间，埃莱娜开始四处溜达。来的有邻居、老同事、死者的家人。她带着应景的神态，跟每个人打招呼，但一聊起天来，那份装出来的悲伤很快就云消雾散。大家你来我往地说着近况。谁去世啦，谁家的儿子去中国啦，谁在争取自己的退休权利啦。在埃莱娜的脸上，表情像风云一样变幻。她和气、热情，对别人的生活、幸福、苦难，始终都充满好奇。等她摘掉太阳镜，你会看见她的黑眼圈和尘灰色的皮肤，因为日焦夜虑，皮肤已经皱巴巴的，因为以泪洗面，皮肤仿佛被灼坏了似的，这让她更显苍老。近两年来，她尝尽了酸甜苦辣。

凡妮莎和安东尼看着这一小群人在教堂的阴影下开心地晃来动去。安东尼抽着烟，手放在衣兜里。有好一阵子，凡妮莎都一言不发。他朝她转过身来。

"你生气啦？"

"没有。"

"有点像。"

她后悔不该来。说到底，确实如此，他又没有让她怎样。她想尽量在他的生活里占据一席之地，可干吗用呢？这个小傻帽，小混混。一只斜眼，那么难看。她仔细看了看。不幸的是，他也没有那么丑。

"好啦。"男孩一边说，一边推了推她的肩头，"好啦，对不起。"

"你要我的时候，就没有那么凶。"

他吃了一惊，猛地朝她转过身来。

"什么意思？"

"没什么。"

"你说这没什么用。我爽,你也爽啊。"

轮到她转身正对他了。她穿着高跟鞋,几乎比他还高。

"嗯,深更半夜,你把我弄醒,要打炮,我太喜欢了。"

"你想怎么?"小伙恼了,"想我们结婚?"

"傻逼……"

这更多的是遗憾,而不是指责。显然,她对他没有任何指望。这是个小孩,行为粗鄙,在学校里调皮捣蛋,成天骑摩托车惹事,完全就不是她的菜。后来,他们达成约定,见面,做爱,也就够了。只有做完爱,两个人躺在床上,看着天花板,才不得不说几句知心话。有时候,安东尼的母亲不在家,在半明半暗的卧室里,他们会待上很久,就这样聊天。他有着长长的睫毛、褐色的皮肤。他老是说,他无事可做。显然,完全不是这样。有时候,即便在梅斯的单身公寓里,或者在与克里斯多夫一起看电影的时候,她也会想他。她随时都想抓住他,扯他的头发,咬他。她也讨厌自己这个样子。她穿上了最漂亮的长裙。


突然,人群中间开始躁动,有人往复徘徊,就跟鱼群似的。死者的遗孀埃弗莉娜·格朗德曼日刚刚露面。一个高个子搀扶着她,那人约略有点驼背,身材很精干,脸上有些坑坑洼洼。是她的侄子布里斯。所有人都认识他。他在埃唐日路经营卡车和特种车辆租赁。

"好像开始啦。"凡妮莎说。

实际上，埃弗莉娜状态还不错。她甚至还有点明星范儿，面带微笑，跟所有人问好，手里一直拿着高卢烟。然而，安东尼有好几个月没有见过她了，她仿佛一下子老了很多，面容憔悴，满布皱纹，就像已经被岁月榨干。在这副皮囊下，她的眼睛炯炯有神，始终充满笑意，形成鲜明的对比。她的双腿却不好看，就像两截木头。男孩希望千万别和她拥抱，这会很不舒服，让人不寒而栗。

"你觉得，我们该过去吗？"

"看你啦。"凡妮莎回答。

"我不知道跟她说什么。"

"咳，你就说节哀。仅此而已。"

"我觉得不够。"

"你从来没有参加过葬礼？"

"没有。你呢？"

"我祖父母，小时候。"

"啊……节哀。"

"可怜的傻瓜。"

他们待在原地，无话可说。说到底，她今天来到这里，安东尼还是很高兴的。灵车出现了。这是一辆雪铁龙 CX，又长又笨，早已过时，镀铬装饰横贯车身，玻璃窗很多，可以看到内部。灵车所到之处，人群自然分开。灵车停下来，周围一片肃穆，只听见液压悬架的喘息声。在这个动作里，有某种庄严的东西。另外，来宾已经开始默哀。在车里，有一具躯体即将消失。这是所有人冰冷的未来。谁也别想要滑头。

"妈的，我在想，我老爸在哪里？"安东尼说。

"你肯定他会来？"

"我希望。"

即便过了这么长时间，男孩还是一直担心，怕看见他突然窜出来，醉得要死要活的。对于从前，对于童年，他有太多的回忆，且不说别的，离婚期间的危机，他说要寻短见时可怜兮兮的样子。最好不要去想。

两个男人从 CX 中出来。他们穿着同样的正装，茄子色，聚脂纤维面料，个儿高的那个穿的网球袜都露了出来。同行的矮个子戴着太阳镜，一遇到阳光，眼镜的颜色变得更深了。他们打开后车门，侄子和另一名男子上来帮忙。他们用肩头扛着棺材，棺材看起来特别轻，显得太小。

"他怎么装进去的啊？"有人问。

"他只剩皮包骨了。"

"不管怎么说。他们没有把他对折吧……"

人群慢慢形成队列，好护送死者。棺材前行。孀妇独自紧随其后。在她身后，人们三三两两，一步一踱，沉默不语，或领着孩子，或搀着老人。教堂中庭里清凉深邃，管风琴奏出悠长的乐符，在每个人的心头回荡，在石头穹顶下萦回徘徊。长椅上逐渐坐满了人，棺材被放到支架上。一侧一支白色大蜡烛，森然守护。

安东尼、他母亲和凡妮莎溜进去，待在祭坛和门厅的中间位置。男孩不习惯这种地方。他看了看彩绘玻璃、雕塑，还有充满苦难与荣光的图画，却什么也不懂。对于他和其他许多人来说，这种语言已经丧失了意义，只剩下一堆夸张的礼节和空洞无物的姿势。好歹这里很凉快。

神父拍了拍话筒，试了试音响效果。他开始了。

"我亲爱的兄弟们，我们今天在这里集会，为了缅怀……"

安东尼转过头来，希望在人群中看到父亲的身影，但他一直没来。表哥就在几排远的位置，带着他女友塞弗丽娜。他们相视一笑，表哥甚至还朝他挤了挤眼。自从和这个女孩交往以来，他好像从人间彻底蒸发了。一名混血女子，非常漂亮，参加各种选美比赛。即便在这里，衣着简单，一袭黑衣，她也难掩光彩。表哥对她言听计从。这可以理解。但不管怎么说，也是够傻的。

此外，墙上的照片很好地概括了格朗德曼日老爹的一生。家人，邻居，曾经的同事，两位市长助理，生意人，酒馆的朋友，派遣公司的伙计，还有待在最里面的法国总工会的同志们。这帮人全都一副自家人的样子，却又有一股冷眼旁观的嘲讽意味；同时，他们也拒绝穿正装出席。还有雷斯维耶大夫，他穿着千鸟格西服外套，黑色 Polo 衫，眼镜架在额头上，脚上永远是一双柏哈步①皮鞋。一开始，他怀疑是胰腺出了毛病。他要求进一步检查，诊断结果出来了。他为吕克·格朗德曼日看了差不多四十年病。他们一起做出决定，既然已经无可挽回，那就尽可能延后手术时

---

① Paraboot，法国手工制鞋品牌，成立于 1908 年。

间。后来实在痛得受不了，才让他住进一间双人房，窗外就是停车场，可以看电视，每天注射吗啡。他很快就不省人事，两周后便撒手而去。

在仪式上，神父总结了死者的一生。这一生既不太长，也难称典范。一张 A4 纸就够了。一开始，他有父亲，也有母亲，他们在战争中双双殒命，留下两个孤儿。吕克是老幺，是国家抚养的孤儿，在寄宿学校里长大，条件很艰苦。人们只看见他身强体壮，一直都乐呵呵的，偶尔发发牢骚，但为人宽厚温和，对于他们来说，这些过往几乎难以想象。他喜欢自然、摇滚、夏尔·泰内①，喜欢打猎、喝酒。一九六六年，他遇到埃弗莉娜，然后娶了她。随后，神父又开始罗列他干过的工作，这与山谷的经济史息息相关。美泰乐，蓝格赛，波莫纳，城市 2000，索格热姆。然而，却只字未提穷困潦倒的日子，失业，社会计划，工会运动，政治，在最近一场选举中，他还为国民阵线贴过海报。

神父简单地总结说，对于吕克·格朗德曼日来说，友谊绝不是空洞的字眼，他一直大力投入社区生活。埃弗莉娜坐在前排，认真倾听，凝神静气，双手合十，中间捏着一块干毛巾。除此之外，无非是起立、坐下、祈祷。总之，谁也记不住那些话。侄子朗读了艾吕雅的一首诗。大家轻声合唱。有意愿的人还到棺材旁祈福。管风琴响起。仪式结束。

退场的时候，安东尼如释重负，他终于看见父亲就在后面，

---

① Charles Trénet（1913—2001），法国歌手。

靠近大门。他一直站着，双手插在兜里。他专门理了发，穿着蓝色西服。从那里就看得出来，他足足瘦了一圈。

"你挨着我。"埃莱娜低声道。

安东尼让她放心。她脸色苍白得像床单。那边，父亲盯着他们，嘴角挂着一丝微笑。除此之外，他似乎精神也很好。

# 7

斯特凡娜把敞篷标致 205 停在火车站前。这是一栋功能性百年建筑，顶上装着大钟。显示时间为十六点十分。克莱芒丝提醒闺蜜，她们到得太早了。斯特凡娜甚至没有听见。

自从期待落空以来，她就在做准备了。因此，最近这些日子，她小心在意，每天狂喝两瓶矿翠。她晒太阳，但也不能过头，最多一小时，耐心地抹防晒霜，一层又一层，直到达到完美的效果：细腻的黄褐色，泛着光泽，金色皮肤上带着又美丽又清晰的印痕，身上勾勒出两件套泳装的记忆。早上一起床，她就站到秤上，心里默默地担忧。她是个吃货，喜欢吃喝玩乐。她喜欢熬夜，酒量也有加大的趋势。因此，她严格监视每一克体重的变化，谨慎地安排睡眠，控制饮食，极端注意自己的身体，根据时辰、光线、劳累程度、饮食多少，她的体重变化很大。她磨光指甲，描绘眼影，大量使用海藻类香波或者鸡蛋洗发水。她还去了死皮，淋浴时用咖啡渣来回搓身体。大腿和私处也让美容师做了处理。她怡然自得，她让你欲念如炽，她精致到每一个细节。她穿着一件崭新的小背心，类似小帆船条纹衫那种。一见到她，克莱芒丝就问，这难道不是给六岁儿童穿的？

"我们还得等好长时间。"克莱芒丝继续说，已然头昏脑涨。

"不会的。"

"咳，怎么不会？抱歉。"

两个女孩来到二号站台，那里空无一人。她们俩都穿着匡威帆布鞋、超短裙，留着长发。火车十六点四十二分到站，最多停两分钟。在埃朗日，火车站已经几乎没有用场，但还是原则性地留在那里，因为当市长的众议员已经将其上升到政治高度，一座城市，如果没有火车站，那太不像话了。在斑驳的墙面上，海报已经字迹模糊，早已停开的地区快线，时间表还贴在那里。广告还是六个月以前的。天气沉闷得可怕。克莱芒丝选择在阴凉处等待。斯特凡娜焦虑不安，一直盯着地平线上两条轨道的交汇点。

她很幸福。她得到了回报。

因为，最近几个月来，她吃了很多苦头。一直以来，斯特凡娜早就习惯了对什么都满不在乎，她满足于偷偷懒撒撒娇，这几乎可以应对所有事情。要不是考试临近，老爸期望值过高，搞得她措手不及。他突然为她的未来抓狂。总之，就这么定了：如果高中毕业会考没有得到优秀，买车的事，度假的事，全都没门儿。

"不是吧，你认真的吗？"

她还记得他给她施压的那个时刻。她正在厨房里站着吃优诺草莓酸奶。也许在那之后，她这辈子都会讨厌优诺草莓酸奶。

"提前告诉你了。就这样。我要优秀，要不你就别想要汽车。"

"我都考过交规啦。"

"所以呢？昨天，在体育场，我见到了你朋友的老爸。她要去念预备班。在里昂。"

"所以呢？"

"没有理由。你不比她笨。"

克莱芒丝这婊子一直都在偷偷用功。现在因为她这破事，斯特凡娜没有了退路。

"从小学一年级开始，她就像疯子一样苦学。"

"那你在干吗，这些时间里？"

"没干吗！然后呢，怎么办？三个月时间，我没法把十年都补回来。什么鬼！"

"我已经告诉你妈了。就这样。然后，你去填大学注册表。拖了多少个星期了。"

"那好吧……"

"什么时候？"

"我会填的。"

"今天。"

"妈的……"斯特凡娜怒道。

一生气，她连勺子带优诺全扔进了垃圾桶。

最后通牒真是太打击人，因为她刚刚淘到一辆标致205，里程表上显示 225000 公里，可以敞开车篷，红色，父母都同意了。她与克莱芒丝一道设想过无数场景。现在可好，在厨房里，梦想彻底破灭，没有任何回旋的余地。

自从瞄准市长的位置以来，父亲就变了胃口，凡事必须合规，简直无以复加。妈妈也几乎不能穿超短裙出门了。现在呢，他希望自己有个高学历的女儿。当他为自己的爱车狂热，每年都想着换车的时候，当然不会那么头疼。

思来想去，最危险的还是度假这事，因为只要给他们施加点压力，最后她总能搞到一辆汽车。在这旮旯里，真是离不开汽车，再说又这么便宜，他们一定不会为难她。相反，度假却是另一回事。打一开始，他们就不满。应该说，这计划让人担心。洛迪埃家在巴斯克地区有栋度假屋，纯木板房，面朝大海，有点田园牧歌的味道，每年八月，他们都会邀请一帮朋友，一些被选中的人。这一次，斯特凡娜和克莱芒丝终于得到邀请，这是头一回，算是莫大的恩惠。应该说，如今，斯特凡娜和西蒙出双入对，虽然中间也闹过很多次分手，上演过很多心理剧，却总能重归于好。日子一长，分分合合倒成了常态。她是他的女人，仅此而已。

不管怎样，从四月份开始，斯特凡娜的生活就陷入噩梦。她打算奋起直追，总平均分达到差不多十分，因为英语和体育两科的系数是五，父亲的严苛要求把她逼进了复习的战壕。最糟糕的是，她同时还要考驾照。

就这样，连续好多个星期，她每天都很疯狂。六点起床，早饭前学习，主要是历史、地理，这两科需要大量的死记硬背。雅尔塔，美国，日本，导弹危机，黄金三十年，有完没完？妈的！她买了很多布里斯托尔便签。她用蓝墨水书写，重要日期用红色标注。随后，她飞快地吃麦片、喝橙汁，上学路上，还要在车里继续复习。接着就是上课，辅导数学。她选的这个方向，所有科目都要计分，包括哲学。柏拉图的《会饮篇》，严肃吧？这些不着边际的课程是谁策划的？失业、各种主义、来自亚洲的竞争已经让国家饱受创伤，这种无足轻重的希腊玩意，难道还指望年轻一代感兴趣？在资料信息中心，斯特凡娜用两根手指挤压太阳穴，这可把克莱芒丝逗乐了，但并不能帮她更好地理解洞穴神话。不久后，她决定专注于编年史。一小套一小套的复习材料，做得很到位，总结了所有必须掌握的知识点，免得你在考试那天出丑。她开始划重点。她太焦虑了，最后，找不出一行没有被划线的文字。有时候，她实在感到沮丧，就双臂交叉，把脸埋进去。天气很好，电视上很快就要直播法网公开赛。

傍晚，克莱芒丝把她捎到驾校门口。教练工作的时候，穿着百慕大短裤、高帮皮鞋，把手臂伸到她的座椅后面。整个驾驶课上，她都能闻到他腋窝的气味，能够感觉到那种酷爱机械的乡下土鳖的黏糊糊的存在。她差点哭鼻子。学泊车的时候，那家伙使用的方法特别恶心：在她操作的时候，他凑在她旁边嘀咕，眼睛盯着后视镜："对……对……不对……就这样。往右一点。好……对。"有一次，她拉上手刹，一言不发，抛下他就走了。这个乡巴佬！

回到家，还得继续战斗，要学习到二十一点，甚至更晚。克莱芒丝来搭伴，一起备考。两个女孩花了不少时间，去揭开大学专业的面纱。斯特凡娜从来就没有真正喜欢过自己选择的方向。她发现全是一团糨糊，高大上的课程，死胡同般的道路，走不通的路径，毫无用处的学士学位或高级技工文凭，这一切会带给你薪水丰厚的工作，但绝对没有进步的希望。相反，克莱芒丝对这套路径驾轻就熟。她一直在做准备。斯特凡娜突然发现，不存在什么命运。实际上，需要构建自己的未来，就像建筑游戏似的，需要一块一块地添砖加瓦，需要做出好的选择，因为某个专业方向可能需要你特别用功，但又毫无用处，你很容易就会迷失其中。对于这一切，克莱芒丝都了如指掌。她父亲是医生，母亲是督学。几乎就是这帮人制定的游戏规则。

　　有时候，斯特凡娜也想放弃。她想逃避。她开始想念西蒙·洛迪埃，想他可以做的事情。但她没有一秒钟可以给他，她很了解他，他不会为鸡毛蒜皮的事情消磨自己的时间。每次在学校走廊里相遇，斯特凡娜就忍不住要向他解释。谈话会直接转向争吵。维吉尼·瓦尼埃这个婊子成天围着他转，她的虎牙，她的巨乳。管他妈的。斯特凡娜应该集中精力。优秀。汽车。度假。巴斯克地区。到了那边，她每天都可以游泳。他们可以冲浪、烧烤，天天像过节一样。她与西蒙，他们在杉树下做爱，身上带着海盐的味道，天风吟吟，海洋近在咫尺。

　　"沙子会让你屁股发痒。"克莱芒丝补充道。

　　斯特凡娜微微一笑。她不再用同样的眼光看待闺蜜。现在，正当考量未来、选择人生规划的时候，突然，她眼前出现了一种全新的事实：世界属于优等生。那些被我们嘲笑的人，因为他们只会跟风，胆小怕事，溜须拍马，煞费苦心，但从一开始，他们就是对的。为了谋得体面的位置，为了日后过一种忙碌、受人尊重的生活，为了穿高级定制服装、名贵鞋子，光靠摆酷和出身好还不够。必须得做功课。斯特凡娜受到很大的震撼，因为她之前倚仗的无非就是凡事无所谓的态度，还有滑行运动的天赋。

不管怎么样，由于拼命用功，最后，脑子里生出很多奇怪的念头。捷径、惊喜、灵光闪现。学校里教的那些科目她一直都认为是在消遣、打发时间，目的是为了引导年轻人。一旦开始填鸭式教育，看待事物的角度就会发生改变。斯特凡娜不能很好地界定这种震撼：她既感觉更加自信，又感觉不那么确定。有时候，因为受到约束，一种恍然大悟的感觉倏地滑过脑际。或者相反，一种明摆着是事实的感觉，在眼皮底下忽然消逝。世界开始分化，生出很多枝蔓，直至无限。

渐渐地，她开始感受到学习的乐趣。

同时，一种可怕的焦虑在她身上蔓延。直到很晚的时候她才发现，她对于成功的想法完全属于自欺欺人。父母的理想，他们日益优越的生活，山中的木屋，瑞昂莱潘的公寓，他们忙前忙后地应酬，他们高人一等的感觉，如今在她眼里，恰恰显得那么贫乏。销售豪车，认识城里所有的富人，这并不足以达到目的。说穿了，这只是一种赚小钱的眼界，一种永远自甘麻木的格局。这样的舒适地位命悬一线。父母自视高贵，其实不过是毫不起眼的经销商，受制于在别处建构起来的主导力量。

她与克莱芒丝看到了整体图景。真正的决策者都读过预备班和专门学校。从小学开始，社会就会过滤掉一批批孩子，目的是选择精英，选择最能巩固当下局面的那批人。只有通过系统性的大浪淘沙，才能够支撑现有的权能势要。每一代都会出一批聪明绝顶的人才，他们很快会被说服，也肯定会得到回报，他们将夯实前辈遗产，为各大家族赋予活力，强化法兰西金字塔宏大的架构。"成就"与出身和血统论并不矛盾，很多人都曾经这样梦想过，法学家、思想家，或者被戏称为黑骑兵的第三共和国小学教师。实际上，它掩盖了广泛的遴选行为，掩盖了非同凡响的聚合能力，掩盖了对现有等级制度不断修补的持久计划。这太讨厌了。

用功复习，劳心费神，吃露依饼干，一直坐着不动，而外面却阳光灿烂，时间一长，斯特凡娜对什么都喜欢不起来。与克莱芒丝，她们一起幻想，异想天开，想叛逆，想浪迹天涯，想精打细算，以音乐和沙滩为生。这种革命性的热情掩盖不了她们的疲倦，她们的怠惰，对失败的焦虑和排名垫底的煎熬。五月，这种不公平的感觉让她们心急如焚。后来，考试如期到来。斯特凡娜平均得了 14.7 分。她获得优秀，与世界的进程也得以和解。政治层面的愤怒随即烟消云散，刚刚滋生的加入青年社会主义运动的念头很快就被无情地埋葬。父亲满心欢喜，给她买了红色小轿车。

在此期间，其他旅客也来到二号站台，来到两个女孩旁边。

克莱芒丝尽量无视他们。斯特凡娜则来回跺脚。终于，火车出现了。

斯特凡娜马上朝尾部车厢冲去。西蒙很快就下车了，精神饱满，手里拖着行李箱。他拥她入怀。他们一番亲吻。

"太想你了。"

"我也是。"

她看着他。他一脸微笑。斯特凡娜马上明白，有哪里不对劲。

"我有车了。"

"酷啊。"

"我太高兴了，妈的。"

"嗯，我也是。"

"你理发了？"

"嗯。"

他们和克莱芒丝汇合，然后一起往外走。西蒙坚持要带着行李箱坐在后排。他们上路了。

这个时刻，斯特凡娜梦想过几十次。他们坐上敞篷车。他们年轻、漂亮、自由。她还专门为车载音响准备了一盘磁带，有海滩男孩和拉马诺内格拉的曲目。压根没有这种感觉，西蒙好像很疏远，克莱芒丝也很漠然，她自己感觉有点窘迫，一点都不舒服，好像她违背了自己的原则，好像刚刚吃了两根士力架巧克力棒。

"怎么样啊？"

"很酷啊。"

"你干吗了？你去了音乐会。"

"必须的。"

"你看到埃菲尔铁塔了吗?"克莱芒丝问，一脸严肃。

"嗯。"

"太棒了。"

斯特凡娜又一连问了几个问题。沉默中，她猜测是女人的事。就算通盘考虑，这也无关大碍。巴斯克在召唤他们。距离会很快让他忘记那位萍水相逢的巴黎女子。总之，西蒙还是经常要去巴黎，堂兄弟们都在那边，如果他确实物色了恋人，那就需要监视他。他一口一个巴黎，其实那些堂兄弟住在吕埃尔-马尔迈松①。堂姐在达能做高管，她丈夫在拉德芳斯的马特拉公司工作。此外，他们有三个小孩。光从照片来看，有点像三胞胎，就是《费加罗夫人》画报里可以看到的那种欠抽的金发小孩。

"你们干吗了?"

"没什么特别的。"

"你有朋友吗？你们出去玩了吗?"

"嗯。"

"什么意思，嗯?"

斯特凡娜从后视镜里核实。西蒙戴着 Quicksilver 太阳镜。跟平素一样，他似乎心不在焉，尽管这样，那副冷淡的样子还是让

---

① Ruel-Malmaison，法国法兰西岛大区上塞纳省的一个镇，位于巴黎郊区。

她发疯。她控制不住，不管怎样，她还是想对方在乎自己。她缄默不语。她急于单独和他待在一起。只要他愿意的事，她都会做。可西蒙却蹦出这样一句话，好像屁事没有的样子。

"其实，比亚里茨已经没戏啦。"

"什么？"

克莱芒丝在座位上猛地转过身体，斯特凡娜差点就地停车。

"不去了。没有搞定。抱歉。"

"他说什么？"克莱芒丝说。

"认真的吗？"斯特凡娜问。

"快说说啊。到底怎么回事，这计划？"

"嗯，对不起。就这样。不提了。"

斯特凡娜猛地把车往路沿上一停。后面的车狂按喇叭，然后超车而去。女孩们将信将疑，盯着西蒙。说实话，他看起来并没有多愧疚。

"至少解释解释吧。"

"没什么。走吧。我给你们讲。"

斯特凡娜才不干，她偏偏拉上手刹。西蒙看了看他们停车的这个地方。这是一个杂乱的区域，房子稀稀拉拉的，有小花园、栅栏、彩色百叶窗，像一座散乱的群岛。此外还有指路牌、电线、空地。这里不是乡村，不是城市，也不是住宅区。一个公共汽车站可以让人想象它与文明世界的联系。两个老家伙默默地待在那里，都多长时间啦？

"所以呢？"

"对不起。"西蒙说，始终一副理所当然的样子。

"'我要一个解释'这句话里面，你到底有哪个词不懂?"克莱芒丝说。

"太复杂了。"

"别坐我的车。"斯特凡娜说。

"你开玩笑吧?"

"嗯。笑死人了。下去。马上。"

"等等。"

"什么?"

"我给你解释。不是我的问题，我呢，其实……"

他给她们讲了事情的来龙去脉。朱利安，也就是他的大堂兄，夏天本来打算去美国西海岸，要待整整一个月，他准备很长时间了，算得上一个超级计划。可他倒霉到家，溜冰时摔断了腿。西蒙马上抓住机会。三天后他就要出发。行李已经准备就绪。在一个心理医生家住一个月，在加利福尼亚卡梅尔小镇，太平洋之滨。这是放松的大好机会，绝不能就此错过。他非常抱歉。

"你就这样扔下我们不管啦?"斯特凡娜说。

"你们想让我怎么做呢?"

"把你自己吐的东西吃回去。"克莱芒丝说。

"你知道多久了?"

"一个星期。"

"也不通知我们?"

"你知不知道，所有的安排都要根据你来定？"

"当然。实在对不起。就是因为这个。其实，我不知道该怎么告诉你们。实在对不起，小妞们。"

他坐在那里，穿着白色 Polo 衫，小脑袋藏在太阳镜后面。斯特凡娜恨他，又情不自禁地觉得他可爱。这就是她的悲剧。差不多有两年了，他让她过着地狱般的生活。他们分过十次手。不仅仅是因为，在夜间派对上，她多次抓到他和别的女孩热吻。他撒谎成性，偷父母的钱，沉迷于吗啡，从来言而无信。最糟糕的是，他总能成功脱身。每一次都是她主动求和。斯特凡娜心里揣着很多疯狂的爱情故事，相互吸引或彼此反感的故事，正如《飞跃比弗利》中的迪恩与凯莉。西蒙折腾、自私、性感。真是傻帽啊，唉！

"同时，我一直都说，这是个傻逼。"克莱芒丝有一次评价道。

斯特凡娜想了想。事情也不至于糟糕到这个地步。

"你兄弟，"她说，"他不能帮我们把门打开吗？"

"你们可以去问他。"西蒙略带嘲讽地回答。

"你真是有病，说真的。"克莱芒丝说道。

西蒙皱了皱眉头。

"你们没有给我选择的余地。我很清楚你们会坏我事。这几天我就在想，应该怎么向你们宣布这消息。"

你必须得承认，此人有摆脱困局的天赋。你批评他，两秒钟后，你又要向他道歉。斯特凡娜吃过多少次回头草，她自己也记不清了。但这一次，她也烦了。

"拿上你的箱子，滚。"

她已经打开车门。她晃他的座椅，让他出去。

"我不能在这儿下车。这里前不挨村后不着店。"

斯特凡娜往周围扫了一眼。至少要走一个小时，他才能进城。拖着箱子，天气又热。一想到这里，她喜上心头。

"快，出去。滚，现在。"

克莱芒丝默默地幸灾乐祸。最后，西蒙很不情愿地下了车。他朝车站的方向走去。他歪着脑袋看了看，希望人家说，好啦，走，捎你回去。但是，斯特凡娜感到太恶心了。她想到西蒙的双手抚摸她的屁股、肚子、全身。妈的。

"太没用了……"克莱芒丝说。

"简直了。"

随后，斯特凡娜回到车上，松开手刹，朝埃朗日驶去，天空阴沉沉的，七月的天气闷热厚重。她们一路飞驰，既不当心，也不开心，她们一言不发。假期泡汤了。高中最后一个假期。伤心涌上心头，突如其来，让她们喉头发紧。

# 8

　　弥撒最后，管风琴手照例演奏一首巴赫的托卡塔。这一段乐曲，常被用作人体历史动画片的片头曲。和弦高扬、急促，管乐声声，隐约有玄思的况味。尽管安东尼不相信这种宗教幻想曲，但是，峭拔的石头建筑、蓝色的彩绘玻璃、自下而上的垂直感，还是让人颇为震撼。更远处，在中庭位置，四个人抬着死者栖身的棺材。人们一步一踱地向光亮处移动。就这样，成千上万个礼拜天就这样慢慢溜走，在合唱中，在圣歌里，和着忧虑，伴着希冀。男孩一个激灵。确实，这里面很凉。

　　他来到父亲身边，和他拥抱，闻出了他身上的香水味儿。母亲也和父亲贴脸。接着，他们来到教堂前的小广场上，阳光很刺眼，大家有点局促。得重新找到参照。埃莱娜把提前发放的黄色流程单折起来，然后开始在手包里找太阳镜。她躲避着前夫的目光。她戴上太阳镜，在胸前抄起双手。

　　"还好吗?"父亲问。

"嗯。你呢?"

"好,好。有点怪怪的。"

"是。"

他谈起死亡,她谈起重逢。安东尼和凡妮莎肩并肩站着。他几乎想牵起她的手。

广场上,信众从教堂出来,挤到不愿意参加弥撒的人群里。黑压压的一大片。他们认出了穆斯林老同事,宗教反对者,还有工会里的顽固分子,他们宁愿卧轨,也不想迈进教堂一步。虽然这些人为人狡猾,心口不一,但大家都能感觉到,他们还是有底线的。至于吕克·格朗德曼日,一旦被埋进墓穴,他的历史也就告一段落了。他第一次交社保还是一九六三年。他做过代理、人事代表、小职员、秘书,差不多什么都干过。在美泰乐大罢工时期,他甚至还成为罢工运动的代表人物。他对理论不擅长,谈判也没有多少天赋。有更狡猾的人、更傻帽的人、更狂热的人,有人可以牺牲更多,有人可以长期执着。但是,吕克却有种乍看起来毫不起眼的品质:他善于营造气氛。在斗争中,大家需要他这样的男人,瞎说八道,胡作非为,给犹豫不决的人当头棒喝,与煽风点火者"套近乎"。有时候,这很麻烦。要花时间。他开的玩笑又很难戳到笑点。但只要跟他在一起,很快就能感觉到过节似的气氛。他以自己的方式将大伙凝集在周围,让大家更加团结,一直坚持到底。

此后,他的介入,他的和善,又多了一份好战的色彩。他逐渐开始认为,在自己投身的事业中,被愚弄的不仅仅是工人、职员、外省人或者文盲。他们同样是本土法国人。其实，不幸来自移民潮。掰手指算算就一清二楚。移民人数差不多有三百万，刚好与失业人数相当。可笑的巧合。仔细想来，如果你愿意承认，进口懒汉才是当下苦难的首要原因，这一堆错综复杂的问题立马就变得简单明了。

另外，在吕克身边，很多人也都赞同这种判断，他们呼吁实施配额制，实行分配，总之他们郑重指出，他们是在自己家里。虽然获得了成功，但这些点子只是停留在幕后，局限在一时一地。在需要坚持的地方，人们还是守口如瓶。某种隐隐的羞辱感，如同温文尔雅的礼节，让人欲言又止。另外，在介绍他生平的时候，对于这些不光彩的信念，神父也三缄其口。在《共和国东部报》的讣告中，更是只字未提。每次埃弗莉娜听到提起这档事，总是叹口气，轻描淡写，然后把手背翻过来，表示就此打住。这个男人惹人生气。他就跟足球似的。


棺材进入灵车，侄子站在教堂前面的石阶上方。他拍了拍手掌，请大家注意。埃弗莉娜不停地说谢谢，神情严肃地点头，还借机点了一支香烟。火苗升腾，她吸了一口棕色烟雾，面颊深陷。侄子解释说：

"我们要去圣米歇尔公墓。有谁愿意的话，可以跟着过去。但是，所有人都过去，可能也没这个必要。"

他还做了说明，一来没有那么多停车位，二来家里人也希望私密一点。他说这番话的样子，几乎就是在道歉。确实，广场上黑压压全是人，还以为全城居民都来了呢。大家听着，没有抱怨。沉默中，几个小小的暗示，彼此交换一下眼色。有一刻，安东尼突然瞅了瞅父母。他们相视无言。随后，母亲就把眼睛移开了。父亲盯着她的脚。

"但是，"侄子继续说，"我们不会就这样告别。埃弗莉娜邀请大家到工厂小聚。我觉得，没必要再告诉大家地址吧。"

这个提议，大家都觉得好玩，随后他又宣布说，埃弗莉娜要请大家喝咖啡，做一轮东，随即嘀咕声在人群中漫延开来。

"香槟！"有人嚷道。

埃弗莉娜开始微笑，显得不合时宜。不管如何，气氛已然发生改变。死亡，也算白喜事，大家该去喝一杯。

"嘿！"

表哥牵着女朋友的手，朝他们走过来。

"怎么样？有什么新闻没有？"

"还行。你呢？"

"挺好的。"

看到这小小的家庭聚会，帕特里克显得很开心。他抓住表哥的肩膀，轻微地摇来摇去。

"好长时间了哈，嗯？"

"是啊。"表哥说，有点尴尬，也很高兴。

"你妈告诉我说，你们要出去住。"埃莱娜说。

"还没有呢，还在找。"表哥回答。

"我们会找到的。"塞弗丽娜说。

"你们在哪里找？"

"金色原野那边。有些全新的小公寓。我们去市政府看过。他们现在啥也没有。再说，我们也不是优先对象，总是这样啊。"

大家都明白了。

安东尼有些敷衍地问了两三个问题，但是，从父母分手以来，母亲和姨妈倒是亲近了不少。一下子，表哥那点麻烦事，大家全都心知肚明。他决定休学，打打零工，做点小生意，搬运啦，清扫啊，修修补补啦。漂亮的塞弗丽娜打算读个高级技工文凭，但是她没有参加高中毕业会考，情况比较复杂。因此，她开始走纷繁复杂的程序，要搞成同等学力，但是她酷爱辣妹组合，而且暗下决心，要走演艺路线，所以读书的热情也大打折扣。她泡歌厅，参选洛林小姐，上表演课，往巴黎寄简历。最后，两个人谈起恋爱。显然，这只能说是胡来。


灵车启动，亲属们也出发了，人群开始流动。要去工厂，大家稍加犹豫，究竟该开车，还是该步行。考虑到距离不远，后一种选择占了上风，差不多三百来人，浩浩荡荡上了路，在埃朗日穿行。从教堂到酒吧，不到一公里路，要穿过两条街。队伍很快钻进街道，大家开始提高嗓门，大声喧哗。居民们站到家门口，看大队人马喧器而过。他们认出某些熟人，开始打听消息。还有人临时加入队伍，因为他们大概听说过死者的名字，再说免费喝一杯，何乐而不为。大家都在纳闷，小酒吧怎么装得下这么多人。喜欢搞笑的人，已经开始说东道西嗓门很大，毫无遮拦，带着浓重的口音。心情逐渐发生了变化。大家开始笑，开始叫，当然，神经已经放松下来，生命总是不知疲倦，依旧朝气蓬勃，大家脸上红扑扑的，后颈窝全是汗水。天气炎热，这个礼拜六真如火炉。胸口涌动着欲望，想一展歌喉。很快，高炉露出了身影。快到啦。安东尼一路与表哥同行，凡妮莎紧挨着他。他父母肩并肩走在前面。他们话不多。不过还好，他们没有吵嘴。

"看起来还行啊。"凡妮莎说。

"嗯。"

"可能会很顺利。"

虽然安东尼与母亲生活，而且也不认为错误在母亲一方，他还是不由自主地想站到老爸那边。老爸掉了十公斤肉，茶饭不思，人瘦了一圈，看起来瘦骨嶙峋。锐气也磨平了。他还剩什么？残留，灰烬，一丝日渐微弱的力气。终身遗憾。转瞬之间，房子就被处理。两口子的努力，二十年的牺牲，每个月底的捉襟见肘，这一切都灰飞烟灭。扔掉家具、摆件、衣服，让人心碎。另外，需要赶紧按跳楼价卖掉房子，最后，银行还拿走全部款项，以抵偿债务。

分配的时候，父亲还差点动手。说到底，他没有几个朋友，也没有正经八百的工作，很晚他才发现，连房子都不是他的，他心里生出的各种想法，或多或少都显得荒诞。他曾经相信，他拿回工资，这里就是他家，这是他的太太、他的窝、他的儿子。这些先入为主的想法，公证员三五两下就让其冰消瓦解。两年后，父亲还在支付律师费，但律师什么也没有挽回，只是一味地向他解释，他有错，是法律做的裁决。在这个文件和法学家满天飞的世界里，再也没有温情的人。有的只是协议。

在这段反复折腾的时间里，安东尼被责令站队。他并不愿意，各人都有各人的道理。他也有自己的理由。埃莱娜得出结论，他不够爱她。父亲呢，觉得母亲太护犊子。他遗传了她的懦弱无能、优柔寡断，穆热尔家每个人身上都带着这个怠惰的病毒。在他们那里，做事从来都是虎头蛇尾。男人都是妻管严，天生就是奴隶命，安东尼也给自己套上了枷锁。另外，他们还住在于连-费雷高中旁边那会儿，母亲一直都防着别人。安东尼在楼下与其他小孩玩，她就站在厨房里，俯视着下面的院子。她会毫不犹豫地从三楼发号施令。有一次，他跟别人打架，母亲跑下楼去，把他拉开。事后，连续好几个礼拜，其他小孩都叫他小猫咪。后来，母亲还去找医生通融，让他免修体育课。上初中毕业班之前，他还不会游泳。

"我不知道她为啥这样。"父亲说，"可能是因为小格里高利案件吧。"

"什么意思？"

"你跟他长得一模一样。你知道那张著名的照片。完全一样。说实话，他被捞起来的时候，就连我都觉得太奇怪啦。"

等他们到达的时候，工厂外面的人行道上早已乌泱泱地站满了人。这一次，酒吧终于敞开门户，人们进进出出，都在等待具体安排。桌子已经安上支架，铺上一次性桌布，该摆的都摆好了：手压式热水瓶，面包，无酒精饮料，塑料杯。阳光穿过云层，从天空投射下来，奶白的色调，很刺眼。空气中弥漫着咖啡的香味，老板娘卡蒂迎出门来，向大家问好，又热情，又会做生意，对她来说，今天真是开门大吉。她已经在脑子里一笔笔地算账，不由得心花怒放。帕特里克傻乎乎地认为，现在是把事情挑明的时候了。

"旅游的事，怎么样？"

"你说啥？"埃莱娜问。

她回应得有点生硬，双手紧紧抓着手包肩带。父亲的眉毛皱成一团，几乎连眼睛都看不见了。

"我跟你说过。你念叨的旅游，我给你出钱。你去度假。"

埃莱娜默不作声。她已经重复过无数次，没门儿。

"等你拿定主意，告诉我一声。"

她也没有再多说。安东尼寻找凡妮莎的目光。她朝他扮了个鬼脸。总之，这一切看起来都很复杂。

人行道上，有两名临时招聘的矮胖女孩，看起来就像粗粗的哥特字体，她们可能是姐妹俩。她们开始当街为客人上咖啡。卡蒂迎面冲过去。

"住手！你们有病，还是怎么啦？"

天气太热，谁都不想进屋，街道也就成为露台。太混乱了，坡上的汽车堵得无法动弹。有人狂按一通喇叭。有人挥舞手臂。要等死人。

"再这样下去，警察就要来了。"卡蒂开始担心，"蒂耶里！"

吧台后面，留板寸的高个子抬起头来。平日里，他是石膏板工，和卡蒂一起过日子。他脸红扑扑的，满头大汗，穿着衬衫长裤，只需看一眼他这副模样，就能知道里面有多闷热，空气有多压抑，室温起码也得有三十度。

"去看一下，把后门打开。"他女人吼道，"要让空气流通。"

随后，她又回到两个女孩身边：

"把人给我招呼回来，妈的。把马路让出来。你们到楼上去看看有几台电风扇。

面对连珠炮似的指令，两名女孩呆在原地，啥也不敢动。卡蒂气呼呼地详加安排：

"卡丽娜，你招呼这些人。索尼娅，拿电风扇，行吗？你们要不要便利贴？"

"那我把电扇插哪里？"索尼娅问道，倒并不局促。

这是两个女孩中更丰满、漂亮的那位。她打了耳洞，耳朵上挂满了小耳环。此外还有一头乌黑发亮的头发，两条美丽的腿，凝脂一般的肌肤。

"厨房有多头插座。快，自己想办法。"

索尼娅叹了口气。卡丽娜把人群往室内赶。场面有点好笑。但是，卡丽娜和老板娘联合施压，加上汽车又急着要通行，渐渐地，人们挤进了咖啡馆。安东尼待在父母身边，凡妮莎则坐在尽里头一桌，离卫生间不远。人声鼎沸，椅子吱嘎作响，就这样开场了。这时候，人群里走出一名男子，朝他们而来。这是一名北非人，满头白发，让人肃然起敬，他穿一身赭色衣服，脚下套一双白色大号球鞋。双腿从鞋子里冒出来，就像两根木棍似的。活脱脱一盆盆栽。

"你好。"他微微低下头打招呼。

他的声音铿锵、厚重，很耐听。安东尼花了几秒钟，才想起是谁。他心头一紧。母亲已经起身，伸出手去。记忆如潮水般涌现。摩托车，他们喝茶的那套小公寓。布阿利老爹。安东尼看见父亲也站起身来，他心想，得，死定了。出乎意料的是，老爸抓住这名穿大号球鞋的男子的手，热情地摇动。他们认识。

"啊，咳，是你呀!"

"都好吗?"老人问。

"告诉你呀，很好，很好……好久不见了，是吧?"

"真是好久啦。"对方边说，边打了个夸张的手势。

他眉毛上扬，看起来很激动。帕特里克抓住他的肩头，一边打趣，一边摇啊摇，好消除不自在的感觉。接着，他又给埃莱娜和儿子解释。分流之前，他和马利克·布阿利都在厂里上班，连工位都紧挨着。那是一段好时光。总之，不算太糟，不管如何，那时候还年轻。吕克·格朗德曼日下葬，说好说歹，也算是个事。

随后，两个人又约略说了说彼此的情况，身体、孩子、家庭，一切都好，是的，是的，还好吗? 感谢真主恩惠。接着，他们又一致表示，真他妈糊涂，要说住得远吧，连五公里都不到，居然从来没见过面。看最近哪天合适，安排点什么活动，跟那几个家伙，米什隆啊，洛西奇啊，还有海森堡两兄弟。当然，当然。布阿利老爹的双眼灰暗、湿润。帕特里克不再摇他。告辞之

前，老人再次向埃莱娜点头致意。他没有看安东尼，他走到屋子
另一侧，回到几名同伴身边。每一个动作都很迟缓。他已经属于
另一个世界，动作迟钝，身体一天不如一天，耐得住性子，夜里
失眠。

"你注意到了吧，这个可怜的家伙。"帕特里克又坐到位置
上，"以前干活跟畜生似的，就这结果。不知道有百分之几十的
残废，可怜的退休生活。而且，儿子们还总给他找事。"

一提起这个问题小子，安东尼又觉得胃里翻江倒海。他不敢
看母亲。父亲倒是很大度，最后补了一句话：

"你瞧，那都不是什么问题。我从来没有见过这么能吃苦干
活的人。"

对面，北非移民小团体凑在同一张桌上，差不多十来个人，
年迈、低调，像路人甲一样喝着皮康啤酒，只是不一定讲法语。
女人们都待在家里。谁也不会注意他们。不管怎样，他们来了。

"好啦。"帕特里克一边说，一边擦面前的桌子，"我得去吧
台。在这里面快渴死了。你们喝什么？"

大家都要啤酒。父亲去点了三瓶啤酒，自己还要了瓶巴黎
水。埃莱娜看着他。她不禁暗想，太遗憾了，那些无可挽回的岁
月，虚荣与酗酒，毁了这一切。只能走到这一步，而现在，他改
喝矿泉水，还愿意出钱让她旅游。

他带着酒水回来，给大家分杯子。啤酒清凉、甘冽。安东尼
喝了一大口。爽死了。

# 9

"我才不在乎，你知道的。总之，我可以肯定。"

斯特凡娜在撒谎。克莱芒丝由着她说。

两个女孩开着车转来转去，既不想分开，又找不到去处，最后无意中来到圣母像脚下。她们在基座上盘腿坐下来。走过弗拉芒广场后面的时候，她们在一口价商店买了七喜汽水，现在开始喝水。即将到来的暴风雨沉沉地压在山谷上方，山谷里，房屋、街道、楼宇，高低错落，参差不齐。阳光变成了棕红色，举目所见，昏天黑地之间，一片红光泛滥。斯特凡娜急切地盼望着世界末日到来。她唉声叹气。

"你生气啦?"克莱芒丝问。

"没呢。我才不在乎，不是告诉你了吗?"

一只小虫子落在她的肩头，她想打死它，却没有成功。她感觉自己黏糊糊的，浑身沉重，而且后背疼痛。她伸直晒得黑黑的双腿，觉得还不赖。她的脚踝很漂亮。已经这样啦。

"你们做过多少次?"

"我可不知道。"克莱芒丝回答说,双眼迷离的样子。

"别再装糊涂了。得了……"

克莱芒丝噘了噘嘴,怪怪的感觉,斯特凡娜扮了个鬼脸,意思是说,你别烦啦,女友却很想笑。

"说实话,我不记得了。次数不少吧。"

"你装蒜。"

"你想我怎么说?我又没有数过。"

"在哪儿?"

"啥意思?"

"你们不会在大街上做吧。告诉我,在哪儿?"

连续好多个礼拜,她们之间的秘密不断膨胀,直到十分钟前才一举引爆。她们又尴尬,又踌躇。主要还是松了口气。

斯特凡娜早就感觉到,有什么事情藏着掖着。女友很奇怪,一问她去哪里了,她就满脸涨得通红。肯定和男人有关。现在,她终于老实交代,其实也并没有那么重要啦。

克莱芒丝和西蒙上床。

克莱芒丝坦白之后,斯特凡娜当然臭骂了她一顿,这个婊子。但很快,好奇心又占了上风。现在,两个人又可以平起平坐,无话不谈,那更好!还可以比较。

"快啊。"斯特凡娜坚持说,"你在哪里搞的?"

"我不知道。随处乱搞。"

"什么,随处乱搞?你们上他家啦?"

"一两次吧。"

"你家呢?"

"一两次。"

斯特凡娜双眼圆睁,垂头丧气,浑身燥热。

"还不至于在他车里吧?"

"我忘了。"

"怎么会,太明显啦!"斯特凡娜嚷嚷,还推了她肩头一把,"太不要脸啦!"

"好吧,哦,好了吧。一两次而已。匆匆忙忙的。"

"话说回来,他各种姿势都跟你试过。"

"婊子,嗯,你说得对。"克莱芒丝解释道。

斯特凡娜一阵爆笑。

"杂种……"

"我知道……太对不起啦。"克莱芒丝说道,既真诚,又充满歉意。

斯特凡娜猛地站起身来。这段故事让她深受刺激,又万分懊恼。但是,心照不宣的关系得到重新建构,浸淫其中的感觉还是不错。她按捺不住。她什么都想知道。

"保持了多久?"

"我不知道。"

"得了,好吧,吐出来吧。"

"一两个礼拜。"

"好几个月吧,嗯!"

"嗯。"克莱芒丝承认，做出痛苦的样子。

"这个渣男，轮流跟我们上床。"

"同一天，还好多次呢。"

"说认真的?"

"绝不骗你。"

"混蛋。"

"垃圾。"

"真是一条肥狗!"

"有病。"

"十足的坏人，嗯。"

"太坏了。"

然后，好啦，笑也笑够了，该说实质内容啦。

"那?"

"什么?"克莱芒丝问。

"噢，舒服吗?"

"还行。"

"啊，说说呀，为什么你和他睡了好多个礼拜，却一副屁事没有的样子?"

"不是的，但还算舒服，我不知道。他多少还算在行……"

"哦，实际上，他不会为你着想。"

"说实话，他觉得自己在演戏。"

克莱芒丝摆出一副笨头笨脑的神态，紧紧握住脑海中臆想出来的阳物，凭空做出几个扭动腰部的动作，形象化地表现出来。

斯特凡娜受不了啦：

"这，哎，太过了！"

"更糟糕的是，那玩意特奇怪……"

她把弯弯的小拇指亮出来，一副无辜的样子，眉毛翘得老高。

"严重同意。"斯特凡娜回复道，"就跟约克夏梗的阴茎似的。"

克莱芒丝一顿爆笑。

"不要这样，得了吧。其实，是你不正常。"

两个女孩互怼，你推我搡，心潮起伏。斯特凡娜停不下来。

"是的，是的。"她接着说。

她继续往下说，带着一副恶心的神态用食指和拇指比划了长短，那长度比较损人：

"那玩意让人作呕，带点粉色，湿漉漉的。"

"你太过了！"

然而，克莱芒丝继续问：

"你没有注意到吗？他高潮的时候？"

"什么？"

"我不知道。他那个之后，就从鼻孔里呼气。"

斯特凡娜开始模仿他。呼哧，呼哧，呼哧。她鼻翼扩张，既让人想起小牛，又让人想起火车头。

"啊，啊！是的！"克莱芒丝欢呼道，欣喜若狂。

这种知心话充分体现了她们的友谊，恰如对童年的记忆、煲电话粥，或者边吃椰奶冰棍边看《辣舞》。绝对可以肯定的是，如果有需要，对方一定不会缺席。从青春期起，她们就会分析彼此的心路历程，每次和男孩约会之后，一定要共同总结，有秘密必须分享，以免得膀胱炎或真菌感染。女孩子的身体如复杂的机械，两个人一起来面对也并不算多。这种闺房里的悄悄话逐渐扩展到所有领域，各自度过的良宵佳夜，她们热衷于详加剖析，对交往的男人，她们要品头论足。男人们听说，女孩子比他们还要糟糕，更加直接，更加无情，尤其是无比精准。他们不愿意相信。他们错了。准确地讲，这种疯狂的解剖行为，女孩们首先是用到自己身上。她们相互审视，又跟杂志里的美女照对比，发现自己的毛孔更加紧致，于是沾沾自喜，她们认为，身材臃肿就是自杀的绝佳理由。

比如，关于自己的私处，克莱芒丝就有强迫症。她总是担心自己有病或者畸形。斯特凡娜只得多次安慰她。每当克莱芒丝准备找新男友的时候，强迫症就会如期而至。有一次，斯特凡娜实在控制不住，提出要看一看。

"你有病。它超级可爱。"

"哇，那你的呢，可是完美无瑕。"

"我承认。"斯特凡娜说。

最后，西蒙·洛迪埃又挨了一顿猛批。他这个傻帽，鸡鸡小，骄傲自负，不可一世，让人恶心，阳痿无能，不可交往。

"嗯，但他还是可爱。"

"是啊，太可爱了。"

"他把我们玩弄够啦。"

"嗯。"克莱芒丝表示赞同。

斯特凡娜把七喜递给她。饮料都热了,但克莱芒丝盛情难却,还是喝了几口。

"你怪我吗?"她问女友。

斯特凡娜甚至说不上来。

"这是个傻逼,仅此而已。"

"你要甩了他吗?"

"我做不到。这才是最糟糕的。"

"什么意思?"

"我甚至都不知道,他是不是我的男人。我们从来就没有正式的感觉。"

"什么正式?你想说什么?"

"咳,他父母,他们觉得我们只是朋友。"

"你说真的?"

"嗯,他从来没有正式介绍过我。我去他家,大概就跟哥们儿似的,没什么两样。"

"你呢,你把他介绍给父母没有?"

"哎,也没有正儿八经介绍。其实,从一开始,他就是拿我当调剂。我们从来没有单独去过任何地方。他高兴了就跟我做爱。最奇葩的是,我们一起出去,当着我的面,他还撩过太多的女人。我们见面的时候,几乎从来没叫过他的朋友,也没有叫过我的姐妹。他从不会放弃一场聚会来见我,也从没有邀请我去过餐馆。其实，他根本就没有操这份心。"

"那你呢?"

"咳，你不是很清楚吗?"

确实，克莱芒丝很清楚。自从两个人的谈话转向斯特凡娜的伟大爱情、她的希望、她的怀疑以来，总是这一套。再说，她变得没精打采。连续好几个礼拜，她都不吃东西，大家只好让她去看心理医生。心理医生只提供了最简单的服务，让她先谈谈自己的父亲，然后给她开了百忧解。

说到底，西蒙这个心浮气躁的小傻帽，克莱芒丝也不能真正恨他。他活着不过是为一张嘴，他与所有人不过是维系着纯消费关系。智商不高，有几个臭钱，假模假样的摇滚风，腐烂透顶。他真是绝了，让人受不了。

他第一次撩她，还是在罗尚家的儿子搞的聚会上。罗尚夫妇是公务员和持证教师，他们住在市中心的一套宽敞公寓里，整层楼镶了很多镜面，挂着灰色系现代画，还有木地板，长沙发，昂贵的仿古与现代设计混搭，美轮美奂。每年二月，他们都要去霞慕尼滑雪。这一次，他们把大儿子留在家里。说来也不光彩，他要补数学和物理。对于理科，这个可怜虫真是一窍不通，父母又坚持要让他选修理科，虽然他本人想子承父业，学习法律。无论如何，搞不了冬季运动，倒可以接二连三搞聚会，比起别的地方来，罗尚家也更为文明，因为这时候，所有人都宁愿抽大麻，而不是喝伏特加。在那里，西蒙想碰碰运气。他把克莱芒丝堵在厨房里，背靠着操作台，当时斯特凡娜在另一个房间。她闻到他的气息，感觉他的骨盆顶着自己。

"你以为这是在哪里？"

"什么？"

"别糊涂了。斯特凡娜就在眼前。你怎么回事，来真的？"

他只不过闲得无聊。他太自信了，对什么都满不在乎。她想抽他一耳光。还没有下手，他就抱住她亲吻，她听之任之。这一吻让人难以置信。太狂热啦，所有这些玩意，乍看起来似乎难以接受，让人恶心，突然之间，体内发生了变化，肌肤之下，在器官里，你感觉自己宛如大海一般汪洋恣意，既无比深邃，又波涛涌动。她跟着西蒙，很快就关进走廊尽头的卫生间里，闹腾了半天。女友谈起这个男孩，克莱芒丝听过太多次了，她早就有几分醋意，也体验到同样的欲望。她需要这样。事情就这样开始了。后来那些礼拜，要么是温柔的疯狂，要么是绝对的痛悔，总是摇摆不定。最通常的状态，她既恨他，又想要他。


"现在，干吗呢？"

斯特凡娜没有主意。她有一种失而复得的感觉。她朝女友笑了笑。不需要太多东西，她们又可以彼此相拥入怀。

"你还去见他吗？"

"不。现在算是完了。"

无论如何，斯特凡娜愿意相信她。她朝景观示意图走去，图上标着这条山谷的信息。上面有些用油性马克笔写的涂鸦文字：科特·柯本永生。没有未来。他母亲是婊子。

"你还记得吗，那年夏天那个男孩?"斯特凡娜问，"就是跟他表弟一起那个。"

克莱芒丝一时没明白她说的是谁。

"怎么不记得啊。他们划船来到沙滩。妈的，你还跟那个高个子约会。你知道，他家，还有那个神经病母亲。"

"哦，嗯。怎么了?"

"我见到了那个小的。"

"斜眼那个吗?"

斯特凡娜点头认可。在她的视野里，无非就是断壁残垣，荒烟蔓草，波澜不惊的日子，老面孔。

"这个操蛋的城市，我再也不会回来。"她说。

"跟这小子有啥关系?"

"毫无关系。我前几天晚上见到他了，在水上俱乐部。"

"他在那里干吗? 他们又没什么钱。"

"他打工呢。他还和罗曼不大不小打了一架。"

"哦，这些家伙，真跟吉卜赛人似的。"

"不管怎样，他变化非常大。"

"得了吧，你该不会从这些小家子气的男孩中找一个吧。"

"才不会。我只是告诉你而已，他变化非常大。"

克莱芒丝也站了起来。她挥舞着手臂，转了几圈，好放松肩膀，醒醒神。黄昏将至，可温度似乎还想往上攀升。

"他表哥很可爱，不管怎么说。"

"特别傻帽。"

"得了，他超帅。"

"嗯，但是那破房子，他母亲……热死了。"

"嗯，那？另外那个呢？"克莱芒丝问。

"我不知道。有点潜力。"

"无论如何，两个月后，我们就要离开这里，他们再也不会听谁谈起我们。"

"显然。"斯特凡娜说。

她看了看表。很快就十八点了。安东尼已经跟她约好，在老电厂后面，九点钟。她可能会去，再说，还有什么会拦着她呢？

# 10

　　哈希纳来酒吧接老爸的时候，那帮人已经连续喝了好几个小时。他把车停在稍远处，宁愿步行过去。他马上就明白了现场的情况。还在五十米开外，他就已经看到乱糟糟的人群，一窝蜂似的挤在马路上，歪歪倒倒，闹哄哄地瞎侃。临时搭起来的桌子上堆满了易拉罐和空盘子。白色纸桌布上印满了斑斑点点的棕色污渍。水沟里到处是东倒西歪的塑料杯。听见女人的笑声。里面齐声唱起《康尼马拉湖》，梆，梆梆，梆梆梆！随后又安静下来，留下一片低沉欢快的喧嚣。

　　在贸然闯进去之前，男孩觉得应该谨慎行事，于是先瞅了一眼。这地方早已人满为患，吵吵嚷嚷，人声鼎沸，弥漫着浓烈的啤酒和烟草味，喝了酒，再加上人挤人，发热的皮肤也散发出异味。他进入里面，就像走进桑拿室似的，寻找一副面孔。他立马进入混乱的人群，与喧闹的噪声融为一体。这是一个非常奇特的场景，女人们穿着猩红色礼拜天盛装，男人们穿着短袖衬衫，松了领带，懒洋洋地坐在椅子上，讲笑话，谈政治，谈贝尔纳·塔皮①，谈巴拉迪尔。孩子们兴冲冲的，在桌子之间来回跑动，时不时有位母亲抓住一名小孩，使劲摇他一下，"这不是疯跑的地方啊"。但是，游戏很快又开始了。大家早就不喝咖啡了，冰镇扎啤放在桌上，射出亮光。女服务员汗流浃背，像海狗似的，在屋里忙得团团转，加满啤酒，倒掉甜点盘大小的威廉·罗森牌烟灰缸。吧台后面，卡蒂几乎被拴在扎啤机上，分不开身。酒桶早已换过。她发现，这一天相当于半年的营业额。音响已经设置为怀旧模式，幽幽地播着米歇尔·博尔纳雷夫的《假日》。大家都很享受。远处，有人长眠在地下九十厘米处。好几次，他侄子都站起身来，举杯缅怀。现在，他在另一个角落沉睡，头枕着赤裸的双臂。啤酒洒得到处都是，哈希纳感觉地面黏乎乎的。

"哈希纳！"

最后，还是老爸先看见他。老爸坐在尽里头靠左那桌，就在通往后面台球厅的门边，他朝儿子打手势。男孩来到他旁边。显然，阿拉伯人都坐在一起。虽然酒喝得少一点，但他们全都心情大好。哈希纳认得好几位，都是街坊邻居。他向他们打招呼。

"这是你儿子啊？"一个家伙问道，他面部深陷，平滑的脑袋上闪着焦糖般的光泽。

"是的。坐两分钟吧。"

"我们还是走吧。"男孩回答。

———————————

① Bernard Tapie（1943— ），法国演员。

"坐坐，听话。快点……"

哈希纳只好听命，点了一瓶可乐。这些人都是在老家那边出生的，思想很幼稚，干起活来跟牲口似的，最后都龟缩在自己的角落里，虽然也受欢迎，但也就那么回事，哈希纳挤在他们中间，感觉很不自在。

他从来没有跟伙伴们谈起过他们，但这总算是一根粗大的芒刺。他们从小到大都很怕父亲，这些人可不是闹着玩的。同时，大家又很难真正把他们说的话当回事。他们中大部分人对真正的法国一无所知。他们法语也讲得很差。儿子们既本分地尊重他们，又顺理成章有点看不起他们。

当初一心想逃离贫困的父亲们，他们到底实现了什么？他们都有一台彩电、一辆汽车，他们找到了住房，孩子们也都有学可上。然而，虽然拥有这些物件、获得感和成绩，谁也不敢大胆说一句，他们算是成功人士。任何舒适享乐似乎也不足以抹去当初的贫穷。这是为什么？职场的伤害，低贱的工作，封闭的生活，如影随形般贴在他们身上的移民标签？或者是因为他们不愿意承认的无国籍的命运？因为，这些父亲始终悬在夹缝里，游弋在两种语言之间，生活在大洋两岸，收入不高，不遭人待见，背井离乡，没有继承人。儿子们对他们又气又恨，几乎无可救药。从那以后，对他们来说，在学校里用功读书，升学，入职，规规矩矩做人，这一切几乎都不再可能。在这个国家里，他们的家庭被视为一种社会现象，一丁点良好的意愿都类似于一种合作。

话说回来，哈希纳也有不少同学，要么在攻读高等技术文凭，要么在学社会学、机械学、营销技巧，甚至医学。最后，你很难做出明确的区分，有多少属于机缘巧合，有多少因为个人懒惰，有多少源自普遍压力。他自己呢，怎样挽回面子，怎样在法律面前享有自由，这就是他优先考虑的理由。

　　哈希纳喝完了可乐。差不多十九点了。一切都那么拖沓、漫长。他不喜欢这个地方，不喜欢这些人，也不喜欢这种氛围。另外，他晚点还要和埃利奥特碰头，要教给他今后怎么做事。一个微妙的时期已经悄然而至。必须动手啦。他带回来的那一公斤货，他觉得至少可以做四块大麻砖。这样呢，他就可以启动生意。如果直接从原产地生产商或者农场购买，一公斤的价格可以砍到一千二百法郎。他认识一些好的中间商，不过也不能不切实际。他可以按五六千法郎的价格拿货。搞两万个大麻球，就肯定有三四公斤。零售的时候，相当于二十块大麻砖。计划一旦实施，他本人先来跑货，然后等时机成熟，他打算把这个脏活交给别人来干。他可不想像那些傻瓜一样，本来早已身价百万，还亲力亲为把油门踩到底，一路穿越欧洲，仅仅为了寻求刺激。他要投身附加值高的工作：制定价格，原料供应，安排物流，现场团队管理。他早已反复盘算了无数次。一条条曲线，有着无限的增长潜力。等钱越来越多，他就可以退到幕后。当总指挥那点小名小利，他压根不在乎。然而，对发家致富的狂热，他还是不改初衷。对他来说，这既不意味着成功，也不是享乐。他需要这笔钱来报仇雪恨，一洗耻辱。

到时候，在兰斯和布鲁塞尔、凡尔登和卢森堡之间，他觉得可以多分一杯羹。虽然有竞争，但他并不担心。就像与小个子卡戴尔一样，他做到尽人事即可。剩下的就是要安排当地的人手。他还有点钱。他没有什么顾虑。但是，最初几个月至为关键。从前，波尔多、布里斯托尔、阿姆斯特丹的批发商，都把宝押在第一艘货船上，他很清楚，只押一处宝对他的宏大计划来说是致命的打击。这样的风险让他提心吊胆，就连夜里他都在磨牙。他惊醒过来，觉得下颌很疼，他心想，发生什么事了呢？他与埃利奥特一道拟定名单：后勤、放哨的、销售、管理，需要说服的人员，需要击破的对象。他先从后者开始。两三个典型。应该没问题。他肚子疼。连续很多天，他都在拉稀。他觉得差不多快拉死了。他凑到父亲耳边。

"我们走吗……"

"好，好，一分钟。"

老爸玩兴正浓。他还有时间去小便。他站起身来，看见了埃莱娜。

顿时，他大脑一片空白。这个女人，大约正当中年，头发垂肩，浓密厚重。她似乎让他想起谁来。但是谁呢？他们对视了一秒钟。哈希纳绞尽脑汁。在埃朗日，大都是熟悉的面孔。接着，女人旁边的人站起身来。这是个矮个子男生，粗壮、结实、年轻。左眼皮下垂。哈希纳马上从椅子上起身。

"你去哪儿，这样？"父亲问。

"马上回来。"

埃莱娜立马就认出了这个刚刚起身的年轻人，他褐肤棕发，身材颀长，像虫子一样关节分明。他继续看了一会儿，又礼貌地朝她点点头。他脸上一动不动，没有任何表情，黑色的眼睛有点浑浊，不讨人喜欢。埃莱娜喝了不少啤酒，头晕乎乎的。帕特里克正在跟旁边的人聊天。在她周围，只有一个个红扑扑的脸庞，一张张洞开的嘴巴。一片喧嚣，一团烟雾。女人们都手握教堂里发的那本黄色流程单，不停地扇风。安东尼站起身来，母亲挪了挪椅子，让他通过。

"我马上回来。"他也这样说。

他朝旁边的厕所走去。棕发年轻人穿过大厅。他跟着安东尼，卫生间的门在他们身后随即关上。天呐，埃莱娜想，身体突然僵住。

"帕特里克……"

她抓住他的胳膊，但他压根就听不见。何况他正在聊足球。已经有好几分钟了，埃莱娜满耳朵都是这些又陌生又几乎充满乐感的名字：巴乔，贝贝托，邓加，阿尔代尔。

"帕特里克。"她继续喊。

现在，她在求他。

工厂的厕所就像一条走廊。安东尼站到小便器前面，开始时粗时细地朝里面撒尿。他喝了五瓶啤酒，尿起来没完没了。背后是一个隔间，门虚掩着。侧边的金属支架上，安放着一个小洗手池，还有一块香皂，这是洗手的地方。要想擦手，那就只有自己想办法，一般都是在牛仔裤上对付几下。从窗格里洒进来几缕阳光。仅此而已。安东尼开始小便，心情放松。他有几分醉意，但这并不是全部。他很高兴，父母相处还算顺利。相互怨恨、侮辱了好多个月之后，彼此客客气气，这已经算是雨后的一抹晴天，妩媚可爱。而且父亲一直隐忍，即便在酒吧里。小伙子感觉身上注入了一股特别乐观的气息。这时候，门开了。

"你好。"哈希纳说。

安东尼拉上门襟，感觉到尿滴顺着大腿往下流。突然，墙壁似乎那么逼近，氨味那么难以承受。他往周围打量，除了窗户，别无他物。他又回到了十四岁。

"你好。"哈希纳说。

他不紧不慢地把门关上，插上快要掉出来的小门闩。他待在几米远的位置，非常冷静，毫无表情，身体黝黑。

"你想干吗？"安东尼问。

"你觉得呢？"

说实话，安东尼没有一丁点想法。到现在，一切都已经那么久远。父亲就在门的另一侧。近在咫尺。他可以听到外面闹哄哄的、低沉的闲聊，碰杯的声响。衬衫粘在他的背上，他扯了扯，决定出去。

"你去哪？"

"让我过一下。"

哈希纳用手掌推他。这是一个漫不经心的动作，但给人的感觉很别扭，就像迎面撞上蜘蛛网似的。安东尼感觉怒不可遏。前些日子，在罗曼那里遭受的侮辱还在心中不断发酵。他想到了父亲，父亲就在那后面。

"别惹我。"

哈希纳的脸上顿然发生了奇怪的变化。他把膝盖提到胸前，举起拳头，然后突然伸出腿，踢中了安东尼的腹部，这一脚来得干脆，只听见沉闷的响声。安东尼大吃一惊，在屋子里顺势飞了出去，一屁股坐在地上，喘不过气来。他双手接触到覆满尿液的地面，还有地砖上粗糙的纹理。漂亮的白衬衫上已经留下了哈希纳清晰的脚印。他大惊失色，随即站起身来。

"婊子养的。"他吼道。

他们你推我搡了几下，然后哈希纳往后退了退，对准安东尼的肋部，开始发动一连串的中脚踢。攻击中，他的小腿动作迅速，每一次踢腿都发出甩湿毛巾般的啪啪声。但是，踢的时候没有用力，只是要要花招，并不太重，也不会太疼，安东尼完全可以承受。很快，他们又正面相对，气喘吁吁，又恼怒，又滑稽。哈希纳采用泰拳中著名的防守招数，扭动着腰，挥舞着拳头。安东尼觉得自己傻乎乎的，不停地摆动手臂。他想停下来，免得再吃亏。哈希纳也快要撑不住了。

这时候，门开始来回摆动。哈希纳退后一步，躲到远处。门把手猛烈晃动，门闩断裂，帕特里克夺门而入。

"这什么意思？"

他看见了儿子，印着脚印的白衬衫，还有儿子又困惑又狼狈的神态。他转向哈希纳。埃莱娜长话短说，几个字就给他交代清楚。就是他。一连串无可辩驳的事实，在父亲的脑海里渐次闪现。摩托车，偷盗，离婚。

"没什么。"安东尼试着说。

父亲遗憾地看了他一眼。随即，他又转向那个大傻帽，他怪模怪样地瘪着嘴，头发打着卷。就跟你无意中碰见的北非人没啥区别。眼睛无神、空洞，不知道在琢磨什么鬼主意。帕特里克立马就想收拾他。

"那就是你啰？"他淡淡地说。

"我什么？"

安东尼了解父亲。他像石头般坚硬，憨憨的神情，如矿物般坚韧。他想说点什么，却被哈希纳抢了先：

"好啊，别把我惹毛了。"

父亲嘟哝了一声，像是在嘲弄，随即打出第一拳。

这一拳从远处而来，从肩头和后背而来，从腰部和丹田深处而来。它带着曾经的痛苦，曾经的失望。这一拳承载着不幸与厄运，承载着一吨重的苦难经历。它不偏不倚，劈脸打向哈希纳。它产生的效果绝不亚于一个铁球，连帕特里克都吓了一跳。在强烈的冲击下，男孩的头直往后仰，撞到墙上，又反弹回来，摔了个狗吃屎。嘴里马上鲜血直流，血很厚重，混杂着唾液，刚刚擦过嘴唇的手指也沾满血迹。哈希纳用舌头探了探，明白了伤得有多严重。随后，他把头转向安东尼的老爸，张开破裂的嘴唇。眼前的场景让帕特里克大为扫兴。他看到了他的门牙，左边的门牙已经斜斜裂开，另一颗门牙已经掉了。透过空缺的牙缝，男孩正吐着血水。小傻帽会挑衅他吗？

"你到门外面去。"父亲命令儿子。

"什么？"

"听我的。"

哈希纳还跪在地上，弓着腰，只能一个鼻孔呼吸，像管道一样发出急促的呼哧声。一些小碎屑还在扎他的舌头，他继续向外吐。这时候，他注意到地面瓷砖的图案。白色、棕色的小方格，排列得并非杂乱无章。它们巧妙地构成圆形和涡状拼图，既有辽阔的效果，又有鲜花的感觉。他开始感觉到疼痛，奇怪的是，他想到了那名工匠，很久之前，他也跪在这里，一片一片地拼装出考究的图案，最后却只能遭受践踏，被洒满尿液。

"不要逼我继续出手。"父亲说。

安东尼先从厕所出去，他面如土灰，衬衫也撕破了。母亲站起身来。

"安东尼！"

但是，男孩没有听见她。太嘈杂了，很多人都站着，又放着音乐。他用双手和肩膀分出一条路来，中途还撞上别人，酒水洒到他身上。埃莱娜看到了撕破的衬衫，一件崭新的衬衫。有人开始抗议，哎呀呀，得了，推什么推啊，要注意形象，比啥都重要。不管怎样，安东尼啥也看不见，谁也看不见。他心急火燎地往外跑。他很快就消失在门外，再也没有回来。

几秒钟之后，帕特里克也露面了，他看起来出奇的镇定。他小心翼翼地把厕所门关上，然后朝吧台走去。在那里，他抓起手边的一杯酒。这是一杯啤酒，已经被人喝掉一半。他看了看四周。卡蒂正在和一名女子聊天，那女子靠着吧台，爆炸式发型，牛尾色头发。蒂耶里不停地按啤酒龙头，一杯一杯地给顾客分酒。周围，不经意间，你会看到微笑、皱纹、细节。依旧是让人腻烦的喧闹。帕特里克把手插进头发。他的太阳穴和后颈窝都湿漉漉的。一名小孩把下巴托在桌面上，看着杯中石榴汁捕获的一只马蜂。生命的流逝，毫无邪念，营营碌碌地打乱秩序，又恢复如初。他把杯子举到嘴边，一饮而尽。就这样，他感觉腹中出奇的平静，一种枯骨堆似的死寂。他朝吧台示意，又要了一杯酒。还是啤酒，但这一次加了皮康。

# 11

　　老电厂是最坏的约会去处。断壁残垣，矗立在山丘上，早已被荆棘吞噬，蕨类蔓延，杂草丛生，角落里有残留的篝火堆，还有安全套、碎玻璃。斯特凡娜后悔不该来。而且这个臭小子还迟到了。她站在那里等着，一动不动，夏天的夜色凝滞又厚重……她又看了看手表。她很渴，也满是欲望。

　　他总算来了。

　　在那里，她心想，真是的，太不像样了。他骑着摩托车过来，那车弱不禁风的样子，周身叮叮当当直响，难看死了，他把双腿分得很开，衬衫也破破烂烂的。他踩下刹车，摩托车又往前一蹿，发出清晰而低沉的咯吱声。他连人带车都应和着减震器的动作，来回晃悠了几下，最后才完全稳住阵脚。

　　"你好。"

　　"你是不是忘啦？"

　　"没有。我迟到了，对不起。"

他支好脚架，从摩托车上下来。斯特凡娜盯着他，半是嘲讽，半是嗔怒。男孩有点尴尬，把双手伸进牛仔裤后面的兜里。这样可以衬托他的双肩，显得不那么难看。

"你又打架了？"

"没有。"

"衬衫还这样。"

"没事。"

她让他略等片刻。他看起来蠢蠢的，但同时，因为西蒙毛病不少，她也多少改变了想法。而且，他还算不错。一脸毛糙羞涩的样子，也有自己的魅力。

"好啦，来吧。你都让我等烦啦。"

她朝他示意，他们一起到后面的台阶坐下，正对从前车间的更衣室。至少，从这里可以看到优先城市化改造区星星点点的灯光，道路上一字排开的路灯，更低处市中心笼罩的光影。台阶很逼仄，他们肩并肩坐着。安东尼还没有走出窘境。他看了看自己的双手，想到了父亲。不管如何，他还是来赴约了。他太想见她了。斯特凡娜点燃一支烟：

"你到底怎么啦？"

"小麻烦，没事儿。"

又是一阵沉默，在炎热中更显凝重。在这种天气里，一切都像油一般黏稠。他盯着自己有些磨蚀的手指，她趁机仔细瞅他。脖子上布满红斑。颧骨分明，脸颊细腻，眼圈充血，皮肤柔软，年轻，他的味道。她叹了口气：

"你不是太好玩。"

"太热啦。我不知道该说啥。"他一边说，一边做了个不耐烦的动作，就像往地上扔东西似的。他束手束脚，犹犹豫豫。斯特凡娜很想逗逗他。

"我们来这里干吗？"

他看着她。她晒得黝黑黝黑的，穿着短裤、匡威帆布鞋、蓝色无袖衫。头发扎起来了。他闻出她的香水味，从来都是同一款，甜甜的，棉花糖的味道。大腿上有一层金色的汗毛。她问他问题，一副信任的口吻，一种通情达理的语气。

"试试吧。"

"怎么试？"

"你不会就这样待着吧？"

"你希望我干吗？"

"轮不到我来告诉你吧。"

"你想我拥抱你？"

"试试吧，自己看。"

他想干那事。这似乎有点夸张。斯特凡娜的眼神里满满的都是调皮，让他摸不着头脑，但还不至于让他完全泄气。

"你从来没跟女人睡过吗？"

"才不是！"男孩很生气。

"那好，你怎么跟其他女人干的？"

"我不知道。又不是单干。"

"跟我呢，你怎么跟木头人似的。"

"不管怎样，在台阶上，我没法抱你吧。"

她大笑起来。显然，她不会主动找他。但是，她可以去撩他，打趣他，入夜前给他来一个闪电似的吻，安慰安慰他。

"好啦。那么，干吗呢？"

"你想走走吗？"安东尼说。

"等等啊。多少也尝试一下嘛。"

"什么？"

"你想要的。"

"我想要的？"

"答应你，什么都可以。"

"随便什么？"

"免费大餐，我告诉你。"

她微微一笑，他也笑了。对于安东尼来说，这是一次天赐良机，但也可能毁掉一切。必须巧妙行事。他握住她的右手腕，把她拉过来。斯特凡娜忍不住想爆笑，这个白痴想干吗呀？他把女孩的手送到嘴边，轻轻地吻了吻指尖。

"妈呀，好浪漫。"

"嗯。"

"实际上，你太绅士啦。"

"太。"

就这样，他一直握着她的手腕，她也没有躲闪。在他们之间，仿佛进行着一场填字游戏，接触，肌肤。斯特凡娜的眼睛不断放电。现在，他们进入游戏中的林间空地。恰逢其时。夜幕降临。终于，事情的进展不算太糟。

"哎呀，我觉得我陷入爱河了。"

"正常。"

"你蠢到家了，你知道吗？你该抚摸我的胸。"

"或者你的屁股。"

"或者，还可以更坏点。"

"真的？"

"才不，你松口气吧。"

她收回手腕，推开他，笑了起来。透过半开半合的衬衫，他瞥见她胸罩上紧绷的蕾丝、浑圆的乳房、胸罩边缘的朱砂痣。她让人欲望升腾，宛如一线沙滩、一块糕点、一片巧克力。

"哦！你想让我帮你吗？"

"好呀，我啥也没干。"

"得了，走走吧。"

她一下站起身来，掸了掸屁股。

"你想去哪里？"

"我不知道。太糊涂了，该带点喝的东西来。"

"现在也不迟啊。我们只有去俱乐部。"

"干吗去？"

他看了看手表。

"这个点已经关门了。我知道钥匙藏在哪里。我们悄悄去，拿瓶喝的就走。"

"你觉得可以？"女孩问，"还是有点热，不是吗？"

他也站起身来，伸了伸懒腰，终于多少占据了主动，他很开心。

"不，还好。但是，我只有一顶头盔。"

"我有车。"

"最好骑摩托去。更简单。"

"能坐两个人吗？"

安东尼叹了口气："当然可以啊。"

"一会儿再把我送回这里？"

"没问题。"

"稍等。"

她跑到汽车旁边，取出海蓝色的小帆布包，斜挎在肩上，然后他们一起出发了。

"抓牢啊，行吗？"

"抓哪里？"

"看你啦。"

她搂住男孩的腰，男孩急忙发动摩托。他刚刚拐上大路，女孩就大喊大叫：

"你不要像蠢货一样开车，行么？"

在夜晚温热的空气里，他们向前穿行，在省道上一路飞驰。很快，斯特凡娜就冷得打寒颤。速度起来了，传到她的大腿、腹部。她紧紧地搂住他，转弯的时候，她尽量倾斜身子，把半边脸贴在他的后背，闭上眼睛。四围的旷野上，黄昏的余光逐渐消逝，天边只留下一线暗白。他们穿过住宅区，穿过森林，穿过田野。一路上，她闻着男孩身上酸酸的味道。他喝了酒，跑了路，出了汗，他也感觉得到。这种体味有点拒人千里。后来，在黑暗中，这味道也成为他的标志。夜幕沉沉将她笼罩。她只有听之任之。

到达水上俱乐部以后，安东尼让她在一旁等着，自己去储藏间找酒水。他离开的时间并不长，但斯特凡娜马上就觉得孤单，开始担惊受怕。周围漆黑一片，她兀自站在路边，穿着短裤。远处驶来一辆小汽车，射出黄色的灯光，车开得很慢，传来柴油机的声音，她闪到旁边树丛后面，隐藏起来。她蹲在桦树后面，静静地等待。坐在摩托车上，跟男孩身体接触时，她大腿内侧已经湿漉漉的。她心跳加快。头顶上，树叶团团簇簇，沙沙作响，昏暗中仿佛有人在偷窥似的。然而，没有一丝微风。等男孩再次露出身影，她跑过去迎他，终于如释重负。

"混蛋，你跑哪儿去了？"

"没去哪儿，咳，好啦。"

她本能地想挨着他，挽住他的胳膊。

"丛林，那里面。我心里七上八下的。"

作为回应，安东尼给她看了看伏特加酒瓶，还拿了些旧报纸，好用来生火。

"这些可以装你包里吗？"

"好吧。酒给我。我现在就得喝一口。"他递给她伏特加，皇太子牌，甚至都没有冰镇。这让人勾起很多回忆。她转动簇新的瓶盖，只听见一声脆响。她喝了两大口，又把瓶子还给他。

"爽。"

"好啦，赶路吧。"小伙说，"我不想在这里逗留。"

他把报纸塞进斯特凡娜的包里，斯特凡娜坐到他身后，他们火速出发。现在，她搂着他，抱得紧紧的。


湖泊周围，点缀着星星点点的小亮光，那是一堆一堆的篝火。各个沙滩上，年轻人忙着搞聚会，或者在野外露营。理论上，大家无权在那里露营或喝酒，但是习惯胜过规则。夏天，几乎每个晚上，年轻人都要过来，点燃篝火，沉思冥想，在星空下酣然入睡。晚一点，要么发生争吵，要么非法露营者溺亡。易拉罐碎片会割伤游泳的男女。这种做法引起很多危害，带来很多破坏，制造很多垃圾。市政府还搞过宣传活动，四周还安装了很多指示牌，标明了现行的禁令。也有巡逻队让违纪分子做笔录的情况。但是，每个埃朗日人都保留着这样的记忆，要么在沙滩上过夜，要么在月光下做爱。总的来说，对这一传统，大家都无计可施。

安东尼和斯特凡娜走了好一阵子，才来到一个僻静的角落。美国沙滩最长，人也最多。另外，那里的视野最开阔，可以看到整个湖面。他们走在路上，碰到一些十三四岁的少年，正在一杯杯地喝黄香李酒，一对夫妇躺在小帐篷前的户外毯上，还有类似童子军的孩子们，以及东一群西一群的少年人，他们正欢声笑语，沉醉在吸毒后的恍惚中，弹着吉他，在可爱的小屋前谈情说爱。他们终于安顿下来，旁边是大石头围成的圆圈，石头已经熏得黑黢黢的，安东尼往中间放了些树枝，用报纸生火，火势马上很旺。熊熊的火焰，纯净，金黄。火焰映照出他们的脸庞，拖长他们的身影。斯特凡娜坐在沙子上，弓着膝盖。他来到她旁边，他们开始喝酒。他们没有多少话说，但还算凑合，感觉还不错，斯特凡娜也不再想去别的地方。然而，在沉默中，安东尼又开始想老爸。他心想，工厂的事情到底怎么了结的？这一次，斯特凡娜想聊聊天气，这是最便捷的话题，随口说说就行了。

"这么热，我受不了啦。"

"嗯。"安东尼说。

"我没法睡觉。但是呢，我的卧室里有空调。"

"所有人都快疯啦。你看见了吗，报纸上，金色原野小区那个男人？"

"没有。"她说。

这已经让她觉得好玩。在这个角落里，会经常发生让你瞠目结舌的事情。她又喝了一大口伏特加。

"一大家子。他们住在那里面，有很多孩子，还有祖父母，到处都是小狗。谁也不工作。最后，你看这事。他们全都赤身裸体。"

"什么意思？"

"太热啦。他们不穿衣服。"

"不可能吧？"

"我发誓。邻居们叫了警察。他们太不舒服啦。看着一家老小走来走去，露着私处，就这样。"

"哈哈！你开玩笑?"

"不骗你啦。是我妈给我看的那篇文章。全家人不穿衣服。显然，警察也很难把他们都带走。"

酒让他们轻飘飘的，看到斯特凡娜笑，安东尼开始幻想。他们又讲了很多类似的轶闻趣事，山谷里不缺这玩意。道貌岸然的家庭，飞短流长的故事，在复杂的家族谱系里，兄弟、父亲、堂表兄弟，大家彼此混杂。在邮局操起铁钩大打出手，开着麦赛·福格森拖拉机进行大追捕，在铅弹横飞中结束的舞会，冒失鬼，骗取家庭补贴的家伙，三代人乱伦，民风民俗败坏之类，这种故事层出不穷。

对岸，一堆篝火熄灭了。

"瞧。"安东尼说。

她把头靠在他肩上。他们就两个人，已经喝得醉醺醺的，又有夜色、篝火、湖泊的掩护。一切都是那么顺理成章。她亲了他一下。一个恼人的吻，带着伏特加的药味。很快，他们就进入角色，疯狂地亲吻，舌头缠绕，和着唾液，晕乎乎的。他们向后倒下，躺在粗糙的沙子上，大腿纠缠。隔着牛仔裤，她拨弄他的私处，男孩一下子难以自持。

"怎么了?"斯特凡娜喘着粗气。

他看不见她的眼睛，只能信赖她的声音。她紧紧地顶着他，不停地扭动腰肢，甚至都没有意识到。他感觉她用骨盆来回磨蹭。气温至少有 250℃。

"一会儿就好了，别担心。"她又说。

“我不担心。”

斯特凡娜嘲弄他，但他没工夫生气。她已经扬起上身，好脱掉背心。里面戴着无衬骨胸罩。透过布料，可以隐约看到乳头。她站起来，踢掉鞋子，褪掉短裤。内裤是白色的，有些透明，跟她的大腿相比，内裤明显偏小。透过内裤，隐约可见里面黑簇簇的阴毛。她整个身体呼之欲出，丰满肥硕，就像袒露出来的低胸。

“来，”斯特凡娜说，“我们去洗澡。”

“那里面？”

“来，我不是说了吗？”

她扶着他站起来，又把他往水里拖。走路的时候，她的屁股轻轻地摇晃。他想脱掉衬衫。

“妈的！”斯特凡娜突然吼道，她单脚着地，一颠一簸的。

“你怎么啦？”

“不知道，踩到什么东西了。”

她顺势坐到地上，想看看伤口。

“闪出点亮光来，我啥也看不见。”

她坐在地面，把右脚放到左侧大腿上，开始检查起来，一脸沮丧的神情。安东尼也蹲下身子观察。一道清晰的小伤口，深颜色，杏仁大小，划破了苍白的皮肤，在足弓的位置。他用手指轻轻地挤伤口。就像一张嘴。

“哎哟！”女孩尖叫。

“不是很深。但最好还是别洗澡，我觉得。”

"背我！"

他抬头望着她。

"背我下水。我不想弄进沙子。"

安东尼脱掉牛仔裤，斯特凡娜看见他很坚挺。接着，他扶着她爬到背上。她搂着他的脖子，伏在他身上，又闻到那股味道。肌肤下面透着男孩的力量。她恨不得咬几口，尝尝味道。她不再矫情，把额头靠在男孩的肌肤上。随后，他们一起向水中前行，水越来越深，浑厚深重，一片黑色。等水到达齐腰位置，斯特凡娜从他背上滑下来，面对着他。他们又开始亲吻，她抱着他，大腿交缠，双臂环拥。他抬高大腿，若有若无地摩擦着她。下面，他傲然高耸。水热乎乎的。几乎让人作呕。

"水不错，嗯……"

"哦。"

现在，斯特凡娜说话细声柔气。她刻意迎合他的身体。水天一色，彼此交融。安东尼想到水中涌动的各种垃圾、六须鲇、鱼类、科林家的儿子早已腐烂的尸体。一具枯骨。往前走的时候，他能感觉到淤泥在脚趾间滑动。他打了个寒颤。

"你冷吗？"

"不冷。"

她把头靠在他锁骨的位置。头发的味道。肌肤。这一丝微妙的恐惧真让人心如刀绞。安东尼继续往前走。现在，水很深了。他已经快踩不到底了。

"拉住我。"她说。

"我拉着你呢。"安东尼回答。

那里，在水天相接的夜色里，他们宛如小岛，白晃晃的，偏离航向，但一切的经历都完全值得。

"停。"她说。

她缩成一团，像小动物似的。

"你害怕了？"

"有点。"

他吻了吻她耳垂下方。不知不觉中，她用双腿在他身上磨蹭，水很舒服，雨没有下来。他轻轻地摇她，享受她富有弹性而丰满的屁股。

"你硬了，硬汉……"

她轻声呢喃。他想给她看看究竟硬到了什么程度。

"别动。"她说。

她紧贴他的身体，波浪般上下起伏。隔着内裤的面料，安东尼能够感觉到她，感觉到身体内部的召唤。在水中，他想脱掉她的内裤。

"不要……"她说道。

她身体紧缩、急切、慵懒。这些你来我往的动作，响起有规律的啪啪声。大概把她弄疼了，她轻轻地呻吟。

"继续……"

"什么？"

"继续。"她说，"用力……"

他很使劲，她继续呻吟，更加急切。安东尼虽然兴奋，但感觉怪怪的，觉得孤独，觉得严肃。看不见斯特凡娜的脸。他面对的是黑暗，是湖泊中存在的生物，是天空的重负。女孩缩着身子，靠在他身上，自己很受用。她的骨盆具有女性特有的顺滑，让你兴致高昂。安东尼控制不住。他太想进入温柔之乡，进入斯特凡娜。他腾出一只手，抓住她的腰肢。

"啧啧啧。"斯特凡娜道。

"我想。"

"闭嘴。就这样待着。抱着我，坏蛋……"

他抱得更紧了。现在，她呼吸非常急促，她的胯部迎合着呼吸的节奏。他心想，就现在吧。

"等等。"安东尼喃喃道。

他也想达到高潮。同时，在湖水中，在黑暗里，似乎也并不容易。她用力抱着他，一种怪怪的呻吟，一种有点荒诞的呻吟，从胸中不断升起。

"等等。"他又说。

但是，他手中搂着斯特凡娜，他已然感觉她的热情在不断消减，变得就像一件被遗弃的衣服。她把他松开，面对面站着，观察他。他很快就软下来。他们周围一片死寂，仿佛有一种让人难以承受的基调。

"带我回去。我累啦。我冷。"

他看着她从水里出来。她的侧影清晰、坚实，她走路有点一瘸一拐，这个突如其来的举动，让她多了几分又性感又无用的颤栗。

"你生气啦?"斯特凡娜问。

她搓了搓手臂,在原地轻轻地跳了几下,好晾干身子。

"没有。"

几分钟后,他们穿上衣服。他们骑摩托车离去,把篝火留在身后,慢慢地熄灭。这一次,斯特凡娜自己抓着坐垫。到达老电厂后,作为告别,安东尼有权再吻一次。连续好几天,他都想说服自己,他睡过她。但事实恰恰相反。

1996 年 7 月 14 日

《发烧》*

# 1

总的来说，事情一茬接一茬，都比较机械。

五月份，安东尼满十八周岁了。六月份，高中毕业会考，非生产类科学与技术方向，不用再补考，对后面的事情也不用再抱幻想。无论如何，这并不重要。三月，他与全班同学去梅斯参加高中毕业会考指导论坛。在冷冰冰的博览园里，很多学校都来做宣讲。人们兜售高等技术文凭与工程师文凭，还有不少大学，有一大堆可能性，他全都一无所知。军队也有自己的展台。安东尼拿了本手册，跟展台的女人聊了聊，她穿着制服，金发碧眼，特别好玩。她送给他一张光盘，还让他看了很多图片，步兵、潜艇、直升机飞行员、圭亚那野外拉练。

四月，他签下一纸参军书。七月十五日出发。就是明天。

等着出发的日子，七月十四日早上，趁着天气凉爽，他照例跑了十五公里。他穿过小富日雷森林，然后绕湖一圈，再拐上省道，一直跑到猎人中继站。在那里，他回到车上。他大脑里空空的，感觉身轻如燕，身板硬实。他觉得舒服。

母亲把那辆旧车送给他，算是对通过高中毕业会考的奖励。你可以说是礼物。车子动不动就抽风出毛病。幸好，他可以去找蒙斯特贝尔热兄弟，他们在拉梅克路边开了家小修车行。他们帮他免费修离合器，换火花塞、化油器、刹车片，全都是免费。换机油的时候，西里尔·蒙斯特贝尔热还是打定主意，这差不多够啦。

"我们想告诉你，别再烦我们啦。"

兄弟俩是他父亲的朋友，高个子，屁股沟超长，肌肤粗糙不平，人很热情，双手一辈子都是黑乎乎的。埃莱娜叫他们废铁工。他们的母亲曾经负责处理各种票据。那时候，她还年轻，穿着也很讲究。从办公室的玻璃窗里，她监视着铺子里的一举一动。现在，安东尼可以自己修车了。如今，他去他们那里，无非就是喝杯咖啡，聊聊天。

一回到母亲家，安东尼就直接跑到屋后小花园。母亲找了一座只有一层的小房子，小巧美观，租金不贵。这个小区曾经是一片果园。昔日的乡村景象，如今只余下几株歪歪扭扭的老树，其中有一株黄香李，安东尼在上面安装了单杠。他脱下 T 恤衫，勒紧腰带，开始做引体向上。五组，每组二十个。现在是上午十点，虽然是在黄香李树荫下，但他很快就汗流浃背。接着，他锻炼腹肌，做俯卧撑，拉伸四肢。背部、手臂、大腿、腹部，全身都有点疼了。他很满意。对着厨房的落地窗，他打量了自己一会儿。块垒分明的肌肉，健美修身的体型，他刻意隆起三角肌。母亲把门推开。

"你还在搞啥名堂?"

"没什么。"

"来,帮我看看,折一下床单。"

他收拾好乱七八糟的行头,跟着母亲进入客厅。百叶窗关得严严实实,母亲一边忙着熨衣服,一边看洛朗·卡布罗尔主持的电视购物节目。

"拿着。"母亲一边说,一边递给他床单角。

他们彼此分开,床单自然拉直,随后他们折好床单。

"包准备好了吗?"

"嗯。"

"你想过去火车站看看时刻表吗?"

"嗯。"

他在撒谎。到现在一个礼拜了,她不停地拿这说事,他已经头昏脑涨。对她来说,准备出行几乎具有几分存在主义的色彩。她列了清单,晚上睡不着觉。她害怕出现小概率灾难。国营铁路公司的时刻表首当其冲,这是她一直放心不下的理由。安东尼由着她唠叨。不管怎样,她总有操不完的心。

折好床上用品之后,男孩又回到可爱的小厨房。他打开冰箱,拿出一瓶矿翠,几乎一饮而尽,他仰着头,上身赤裸,头发湿漉漉的。

"咦,冰箱。"

他用脚把冰箱关上,又把双手举过头顶,十指交叉,手掌朝外。埃莱娜不喜欢这个动作。从背阔肌到斜方肌，全是同样的图景，肌肉突起，结实紧致，一直延伸到肩头，再到肱三头肌青筋凸起。在她看来，这一切不过是隐而不宣的粗暴。在肌肉下面，她能够想象出打斗的可能性。这些东西，她看得太多了，如今她只期盼着自己的天堂，没有争斗，没有撕咬。灰色调，她的平庸之梦。

"这样下去，你会出毛病的，这么多运动。"

"我洗澡去了。"

"别忘了你的包。"

"好……"安东尼说，同时分开双臂，"得了。行了啊。"

"哈……"她心情不错地说，像赶蚊子似的把他赶到一边。

一副米其林轮胎人的仪态，走起路来总是摇来晃去，就像背着浮冰似的，这让她大为恼火。这样的傻大个，在军队能够干吗？她希望他们能够搞个明白。安东尼呢，他的看法却不同。跟成千上万的穷孩子一样，他在学校里压根就没有幸福感，他到外面闯荡，是为了谋得一席之地，学会拼搏，开开眼界。这刚好跟父亲对男人的看法不谋而合。克林特·伊斯特伍德的电影可没白看。他向母亲解释。埃莱娜笑了。她也看到过很多其他案例，要么打架斗殴，要么追求异域情调。回来的时候，不管当公务员，还是进刑警队，他们对纪律已经恶心厌倦，当兵期间他们从没有离开过军营，顶多也就是到驻地酒吧去喝喝劣质啤酒。

冲完凉，男孩刮了刮胡子。镜子里，他再也看不见那只死鱼眼。只有连成一线的厚重的肩头，垂直平坦的胸肌，肋间外肌，连休息时都隆起的肱二头肌。厨房的高压锅发出熟悉的扑哧扑哧声，周而复始，家中已经弥漫着午饭的味道。跟平素一样，埃莱娜听着欧洲电台。假装特别开心的聊天，间或被排行榜中的首首曲目打断。他听出了《黑帮天堂》，他正刷牙的时候，电话响了起来。他关掉水龙头，半开着门，偷听电话。高压锅开着，音乐也在响，他没听到多少内容。埃莱娜声音很低，是的，不是，是的是的当然。她叫他：

"安东尼！"

他靠在门边，一言不发，手里拿着牙刷。薄荷味刺激着舌头。他屏住呼吸。几秒钟后，她又在嚷嚷：

"安东尼！"

"什么？"

"是你爸！"

"我在冲澡呢。"

"我告诉你，不行。"

"他要干吗？"

"我哪儿知道？快，来吧。"

"告诉他，我给他打回去。"

"下来，小子！"

"不行，我没穿衣服。"

"快穿上，傻瓜！"

他把门砰地关上，她明白他的意思。接着，他回到洗手池，吐掉泡沫，漱了漱口。他的额头上泛起一道焦虑的皱纹。他看了看镜子中的自己。他实在不知道该怎么逃避。

他来到厨房，母亲正抽着烟，翻看邻居送她的旧《观点》杂志。桌子已经摆好。高压锅还在响个不停。玻璃窗上全是水雾，外面什么也看不见。他坐在母亲对面，等她抬起双眼。始终没有。

"他想干吗？"过了片刻，男孩打破沉默。

"你觉得呢……"

她从眼镜上方瞥了瞥他，一副谁都欠她的模样，这神态看起来又气恼又得意，让人直冒无明火。他尽量平静地呼吸。明天，一切都将结束，没必要再起争执。

"他是你父亲。"

"我知道。"

"你打算什么时候去？"

"不知道。"

"你明天就出发了。"

"我知道。"

她弹了弹烟灰，小心地把烟头熄灭，然后站起身来，来到灶台边。

"我做了烤肉、豆子。你还要面条吗？"

"嗯，我想要。"

他需要慢糖、淀粉，要长肌肉。他的饮食制度已经成为一门学问。他拥有一套说辞，诸如电解质、血糖指数、氨基酸等。每顿饭，她都得给他做肉吃。锻炼肌肉，食量惊人。

"你给他说什么了？"

"说你在洗澡。你希望我告诉他啥？"

"他说什么来着？"

她拿平底锅接满水，从壁橱里取出通心粉。煤气燃起蓝色火焰，等待着水慢慢沸腾。埃莱娜背对着他。他看见她摇了摇头。

"他没说啥。"

"我一会儿过去。"安东尼说。

"今晚上？"

"什么？"

"你不出去？"

"我可能去溜达一圈。"

"你明天就要走了，我提醒你。"

"我知道。"

她转过身来，手里拿着通心粉，向他摆出一副牺牲者的面孔，一副十足的母亲的面孔。她劳心费神，忍辱负重，不过是为了一切顺利，可以过得去，但什么都行不通，最后大家也无能为力。久而久之，她也变得难以承受别人的行事方式，难以承受世界的冲突性运转，还有不断凸显的障碍，这阻碍着她伟大的和解之梦。

"你知道，如果你迟到了，就会被当成逃兵。"

"得了吧，别说这些……"

"要说!"

幸好,计时器响了。埃莱娜开始上菜。安东尼连指头都懒得动。他抱怨说,肉不够咸。埃莱娜站起来,去拿食盐。

"拿着。"

"谢谢。"

"你几点的火车?"

男孩挥动叉子,狼吞虎咽地吃起来,他上身前倾,一只手横放在盘子与身体之间。嘴里的食物很烫,还是平常的那种好味道,黄油的味道。

"我已经给你说过几百次啦。十点十五分。"

"我要是你,今晚就不出去了。你应该只待在这里,安安静静的。你应该租一盘录像带。我们可以吃比萨。"

"他妈的,妈妈。"

他直起身来,说话的时候嘴里满是食物,忽闪着眼睛,似乎眼光可以抵消自己嘴笨的毛病。

"今天是国庆日。我不可能就这样傻傻地待着吧。"

"谢谢你有个傻妈。"

"我从来没说过你傻!"

"你想我怎么理解?"

"哦,妈……的……"

他继续吃饭,沉默不语。埃莱娜稍微动了几下盘中的食物,专门为儿子做的饭菜,他一口一口,如风卷残云,她看着也就满足了。只听见他咀嚼的声音,呼吸的气息,叉子和盘子相碰的哗哔剥剥声。他又加了些肉和意面，最后狂吞两个达能作甜品。最后，她告诉他说，他愿意怎么干就怎么干，毕竟是他的生活。

　　她往洗碗机放水的时候，他打开了电视机。奥运会很快就要开幕了。看来看去，还是同样的面孔，大块头杜耶，玛丽-若泽·佩雷克，让·加尔菲翁，还有卡尔·刘易斯，他上了年纪，但依旧宝刀未老。从天空俯瞰，亚特兰大就像一个硕大的棋盘，有点像光彩熠熠的大富翁游戏，四处耸立着钢结构玻璃大厦。到处都是水银色，干净、刺眼，充满了异乎寻常的现代性，似火的骄阳折射出万丈光芒，在阴凉处也达到四十度高温，幸好这里是可乐之城，不缺清爽的饮品。洗碗机很吵，他只得把电视声音调高。最后，埃莱娜在围裙上擦干双手，点起一支香烟。她看了看儿子。她过来坐下：

　　"我总觉得怪怪的。"

　　安东尼目不转睛地盯着电视屏幕。牙缝中塞了肉屑，他正在用舌头掏来掏去。

　　"什么？"他心不在焉地说。

　　"没有，没什么。"几秒钟后，她补充说，"记得把你那些玩意儿搬到阁楼上。"

　　"哪些玩意儿？"

　　"你那些破铜烂铁，那边。"

　　"嗯。"

　　埃莱娜说的是他那些器材，哑铃、杠铃、卧推架，全是由个人消费信贷公司出资。但至少，在这期间，他没有吸毒。

"不要光是嗯嗯，"埃莱娜说，"马上。"

"好的。我看看新闻。你可以等两分钟吗？"

"马上。不会是等你要走了再来收拾吧。太沉了，我一个人可干不了。"

安东尼的眼睛移开屏幕一秒钟。母亲显得急迫，她铁青着脸，这种表情已经成为她自我防卫的刀剑，仿佛在说，我也许已经老了，但这里是我家。自从他们俩一起生活以来，她几乎什么都让着他，客观地说，他已经占了太多便宜。就这样，他有了摩托车、游戏机，卧室里有电视机，还不用说门厅鞋柜里放着三双早已积满尘埃的耐克气垫鞋。同时，由于神秘的补偿心理，她总是放不下一些鸡毛蒜皮的细节，对时间的安排也十分刻板，不管是地面的整洁，还是衣橱中的布置，都吹毛求疵得让人害怕。差距太大了，所以总是不停地拌嘴。就像一对老夫老妻，彼此忍气吞声，活得很苦。也正是这样，安东尼才决定远走高飞。

"就现在。"母亲命令道，她抄着手，举着烟。

男孩叹了口气，站起身来。这时母亲又来了一击：

"不要拿小推车去！你会带回来很多脏东西。"


事实上，他那些行头很占地方。正因为如此，汽车也都停在外面。他把哑铃装进三色手提袋，卸下单杠，拆卸卧推架。渐渐地，他退了火气。他得承认，母亲过得也不容易。离婚之后，接着就是老爸的官司。他没有坐牢，但直到最后，他们都在害怕这看起来唯一合乎逻辑的结局。无论如何，碰上这种疯狂的事，家里本来就很拮据，连仅剩的钱也花得一干二净。从那以后，父亲要负一辈子债。说得夸张点，他就算工作也是白干，毫不管用，连付律师和打官司的费用都不够。各种杂费、罚款，丢掉工作的代价，纠缠其间，他已经被彻底榨干。说到底，这是让人难以置信的教训。如果你不守规矩，社会自有一整套工具，会让你彻底出局。在这里，既无关极权，也无关暴力执法，甚至都无关监禁，不像黑夜里发生在浴室里的强奸，或者各种施暴行为。法学家和银行自个儿就可以安排了事。六位数的债务，你只好在酒馆等待末日来临，跟和你一样的笨蛋喝喝闷酒。显然，帕特里克·卡萨蒂没有丝毫歉意。他狭隘、酗酒、愚蠢、粗暴。结果多少让人诧异。社会要砍掉朽木坏枝。如果摊到你身上，只能自认倒霉。

过完打官司这段时间，埃莱娜·卡萨蒂还必须面对其他羞辱。她在公司里任职二十五年，现在高层决定要对行政部门进行重组，刚刚更名为支持部。因此，老板让她接受一系列考核，以确保能够胜任工作。后来，一名外部审计员从南锡过来，这是个穿泰德·拉皮迪斯西服的主儿，抹一头发胶，他评价说不咋样。因此，她必须再参加培训，要去斯特拉斯堡，憋着一肚子气，把熟悉的东西再回炉一遍。她又变回小女孩，乖巧听话，求知欲强，在这个瞬息万变的世界里，需要得到指导，需要熟悉新的工具。最后，她的工作还是汇总工资，也就是说，把每一行数字加起来，在底部右端得出个总数。只不过，身边团队突然改头换面，变得难以领会，又庄重，又英美化。很快，办公室新来一位经理。她很有想法，比埃莱娜年轻二十岁，刚刚在美国读完MBA。一有机会，她就会拿文凭大说特说，一提起法国那些有百害无一利的障碍来，就情绪激动，滔滔不绝，说这是文明进步的绊脚石，因为，在柏林，有一堵墙倒了。从那以后，历史就终结了。只需运用办公软件，排除最后几个难题，就能组织五十亿人实现和平融合。地平线上涌动着永无休止的进步承诺，一种必然的大一统。埃莱娜很快就明白，她自己就属于这一历史进程的障碍。很快，她就心生恼恨，最后她请假两个月，治疗抑郁症。等再回去，她发现办公室多了两位搞营销的新同事，座位已经被重新分配。在开放空间里，给她重新安排了工位。为了留住办公桌上的儿子照片和绿植，她不得不给劳动监察部门写挂号信。此后，她就不大做事了。大家也把她忘到脑后。在一个可以上锁的抽屉里，她存放着饼干、糖果、花生。她吃零食。她胖了十一公斤。幸好，她新陈代谢很好，长的肉分布还算均匀。另外，她查出甲状腺有些毛病。她开始服用左甲状腺素钠片。她感觉浑身乏力、意志消沉，对什么都提不起劲，她总觉得热，可是有空调，同事们又不愿意开窗。至少，她又找了个男人，让-路易，虽然不算机灵，但为人还不错。一副眼镜总是松垮垮地垂在鼻梁上。他在餐饮行业工作，身上带着一股薯条味。起码，他做爱很在行。

　　安东尼花了差不多两个小时，才把杂七杂八的东西搬到阁楼。然后，最好再冲个凉。他决定先把行李收拾好。时间溜得飞快。差不多十五点了。

回到卧室，他发现所有物件都齐齐整整。床上，T恤衫已经熨烫妥帖，折得规规矩矩，还有两件衬衫、内裤袜子、一条干净牛仔裤、一个崭新的洗漱包。他打开一看，发现里面的东西也是簇新的，剃须刀、香体喷雾、牙膏、棉签等等。母亲想得面面俱到。她惹他烦。他还是很感动。

他从衣橱里取出大运动包，开始往里面装行李。他拿起那一叠T恤衫，发现两盒士力架巧克力。他拿起来，感觉喉头发紧。这一次，他要永远离开了。童年，也要结束了。

他很好地享受过童年时光。曾经多少次，人家对他说，你当小孩子多幸福啊！这些年来，操蛋捣乱，参与走私，偷摩托车，以破坏城市公物为乐，闲荡无事，逃学旷课。少年拥有这种懵懂的特质，你一直受到保护，但是，少年的时光远去，你突然就进入另一个世界，此前，你对它的残忍冷酷从来就不加怀疑。猝然之间，你的所作所为会劈头盖脑来打你的脸，再也不会有第二次机会，社会上的耐心也烟云四散。安东尼害怕这个转变，但从来都是半信半疑。军队是另一个可以栖身的怀抱。在那里，你只需服从。

尤其是，这是离开的途径。他不惜一切代价，想离开埃朗日，想远远地躲开老爸，哪怕远隔万里。

打完官司之后，老爸只得再次搬家。现在，他住在底楼，一居室，十八平方米，在出城方向，靠近蒙德沃，那里曾是军营，后来盖起了房子。从窗户望出去，可以看见省卫生社会事务部门的办公室，还有环岛、铁路线，根据不同日子，户外广告牌要么邀请你上勒克莱尔超市，要么邀请你逛达尔第。有一次，安东尼要去那边搞 TIG 电焊。他看见父亲从杂货铺回来，抱着一箱二十瓶啤酒。"瞧！"萨米尔说，这是与他一起除草的伙计。在啤酒的重压下，父亲歪歪斜斜。阿尔迪的廉价啤酒。开门的时候，他先把酒放到地上，在兜里翻来倒去，找出钥匙，开了门，却把啤酒忘在外面。两分钟后，他才出来拿酒。萨米尔忍俊不禁。

两年来，安东尼撞见过好多次，老爸衣服未脱，就躺在床上呼呼大睡，看起来就跟昏迷了似的。这个场景会不时飘过你的脑海。枕头脏兮兮的，嘴巴大张，睡得人事不省。确认过他还在呼吸，安东尼就趁机做做家务。他收起一个个空瓶子，放进大袋子里，吸吸地，换换床单，打开洗衣机。随后，等收拾完毕，他掩上房门，悄悄闪人，他也有钥匙。隔三岔五，母亲做的饭菜，他也给他送些过来。只要儿子在，老爸就不喝酒。安东尼帮他热千层面，看着他吃饭。他不会待太久。吃完饭，老爸开始吞云吐雾。他的手依旧稳健。明显已经岁月留痕，仅此而已。四肢有些瘦弱，面部浮肿，眼珠不时地闪烁。他还是他，但更加难对付，更加让人猜不透。安东尼看他消失在云山雾海中。他说，好了，我得走了。走吧，父亲说。他也乐得这么做，他又想喝了。

整个这段时间，吸引他的还是夜晚，还是飙车的乐趣。安东尼独自出行，像有约在身似的，那些街道准确明晰，早已深深刻入他的脑海。从小时候起，他就在周边溜达，了解每一栋房子，每一条街道，每一个小区，每一片废墟，每一块地砖。他的足迹遍布每个地方，步行，骑自行车、摩托车。他曾经在这条路上玩耍，曾经坐在矮墙上烦恼丛生，曾经在公交站下拥抱亲吻，曾经在人行道上徘徊流连，路边宽大的库房一字排开，夜晚，在死一般的寂静中，冷冻车正排队等待。

在城里，他看着那些小服装店、家具店、电器店，"上升"协议开发区①很快会将它们吞噬。市中心那些带踢脚线的公寓房，被教师或省府公务员按白菜价租下来。随军队搬家的士官们留下许多无主的豪宅。且不说临街的各种小店铺，电脑店、服装店、面包店、比萨店、烤肉店，还有十五六家咖啡馆，每天都开门迎客，有儿童游戏、弹子机、电视、刮刮卡，几份报纸，尤其是本地报纸，通常角落里还卧着一两条狗。在这道熟悉得如同一张面孔的景观中，安东尼辟出自己的道路。速度，灰色的墙面一闪而过，路灯渐次闪耀，物我两忘。很快，他就来到省道上，笔直向前，继续飞驰，奔那边而去，奔尽头而去。从中学到公共汽车站，从游泳池到市中心，从湖泊到麦当劳，蛰伏着一个世界，一个属于他的世界。他不停歇地穿越这个世界，油门踩到底，追寻着危险，追寻着窄道。

今晚，他最后一次驾驶125摩托车，他要去舞会。他要喝酒、跳舞。明天，十点十五分，上火车。别了，各位。

底楼的电话又响起来。母亲接起电话。随即，她的声音传了

---

① Zone d'aménagement concerté, 1967年12月30日实施，以取代前文的优先城市化改造区。

上来：

"安东尼!"

"什么?"

"你爸。"

# 2

哈希纳睡醒时，首先就想到科拉莉。其次，他想到嘴里的牙齿没有了。昨晚，他睡在客厅的沙发床上，觉得背有点疼。窗户开着，窗帘来回摇曳。远处，汽车飞驰在高架桥上，传来低沉的轰鸣声。他待了片刻，一动不动。浮想联翩。

赛博、萨义德、埃利奥特，昨天三个人都大驾光临，他们度过了夜晚时光。前两个凌晨三点才走。埃利奥特就在这里睡下。他还在睡，就在茶几另一侧，躺在充气床垫上。睡着睡着，他就把床单掀掉了，露出肥实的上身，白色的内裤，大腿像干尸一般瘦削。皮包骨。但是，汗毛又多又黑。

哈希纳抬起上身，用胳膊肘撑着。他立马闻到室内飘浮着可怕的味道。他四处打量。在某个角落里，小病号大概拉便便了。他们养了它差不多两个月，虽然平时都出去遛它，想改掉它的坏毛病，细心监视它，但它还是不能自制。它很好玩，等大家睡着了，它就会悄悄大小便，一想到这里，哈希纳笑了。

哈希纳和科拉莉度假回来以后，每天晚上八点左右，兄弟们就会如期上门。还是平素那些把戏，大麻烟，比萨饼，游戏机，边喝果汁饮料，边玩《FIFA足球世界》。在客厅的地毯上，还横七竖八摆着达美乐比萨纸盒、满满当当的烟灰缸、游戏机手柄，还有胡乱扔下的衣服。哈希纳看了看战场，毫不郁闷。明天，他就要重返工作。他们度过了最后一个无忧无虑的晚上，假期已经结束。另外，这一次，科拉莉也没有闹脾气。任由他们打完世界杯游戏，她什么也没有说。不管如何，只要有小狗作陪，只要给她抽大麻烟，什么都可以讨价还价。有一会儿，必须换到超级马里奥游戏。这有点麻烦，因为没有音视频多功能插头，这种转换需要先退出游戏，然后再接入任天堂娱乐系统。这种彻头彻尾的操作，需要二十分钟时间。

　　哈希纳去厨房拿了个垃圾袋，把地上乌七八糟的东西收拾起来。在科拉莉起床前，他希望一切都干干净净。刚过午夜十二点，她就在沙发床上打瞌睡，这是她的点儿，他把她抱进卧室。对他和兄弟们来说，真正开心的时刻才刚刚开始。男人的世界，可以讲粗话，说黄段子，埃利奥特不停地卷大麻烟，三张纸的大麻烟，出奇的实在，大家说啊笑啊，肚子都笑疼了。尤其是因为，赛博一直想选喀麦隆队，来赢取世界杯。

　　"一辈子也不可能，伙计，就算你玩上一百年。"

　　"你倒是认真说说，帮巴西队赢了比赛有什么好处？挑战在哪里？"

　　"你，就是挑战。"

"闭嘴，你选谁？巴西？"

"嗯，巴西。"

"你真白痴。少说也该选荷兰呀。"

"什么，荷兰？选荷兰队，我有什么可打的？"

埃利奥特偏爱阿根廷队。哈希纳要么选德国队，要么选英格兰队，球风硬朗，长传冲吊，他可以直传四十米，直接空中起脚，乒乒乓乓：进球！不用在中场反复倒脚。他打 424 阵型，一顿狂轰乱炸，毫无耐心。萨义德一心要选意大利队。谁都不会选法国队。那些烂货根本就不配，别想赢世界杯。

哈希纳在卤素灯脚下找到假牙。他闻了闻，然后走进浴室。他光着脚，穿着内裤，耐克 T 恤衫背后写着"Just do it"①。他用牙膏刷假牙，然后又放回牙床上。每一次都有一秒钟感觉不舒服，一种机械的感觉。后来，假牙自然归位。他照了照镜子。牙齿长长方方，非常漂亮。很假。

他从卧室前经过，回到客厅，叫醒埃利奥特。科拉莉穿着内裤和胸罩睡觉，他不敢把她脱得赤条条的。在她旁边，内尔森呼吸急促，蜷缩成一团。它遗传了猎狐梗的品性。科拉莉软硬兼施，缠了他差不多六个月，坚持要养只小狗。哈希纳不是很热情。有味，要花钱，还得遛狗，如果出门，怎么办？总要出门的。结果，他们养了这条又捣乱又可爱的小狗，跟他们一起生活，假期的时候还得给它找家宠物寄养店，他们才能出行。说实

---

① 耐克广告语，意为"只管去做"。

话，哈希纳很喜欢这趟海滨之旅，效果让他惊喜。科拉莉在西福尔找到一个超好的露营地，杉树耸立，遮阴蔽日，还有三个游泳池，来的都是常客，一家一家的。他们开着菲亚特，跨越整个法国，为的是来待上两个礼拜，抛开俗务，安安静静，挨当地小商贩一顿宰，任喧闹的孩子们几番纷扰，沉醉于林间的蝉鸣，夏日的暑热，冰镇的桃红酒，热闹的人群。哈希纳随性而为。早上，他们起得很早，在帐篷前早餐，有一搭没一搭地说几句话。旁人向他们打招呼。他们整日都穿着人字拖，几乎赤身裸体，呼吸着植物汁液的美妙气息，褐色的味道，甘甜的味道，从覆满松针的地面慢慢升起来。随后，两个人开车来到沙滩。科拉莉玩填字游戏。他看着各色人等，发发呆，昏昏欲睡。他们轮流下海，留下的人看着衣物。然后，他们用午餐，吃西红柿、烤鸡、炸茄子、米饭和沙丁鱼沙拉。生活出奇地简单。吃完饭，他们就躺在帆布椅上，打打盹儿，热气静寂无声地散落下来。这就是所谓的午觉。在遮阳伞下，就在旁边，一对身穿泳衣的五十来岁的夫妇，就着一台老晶体管收音机，正悄悄收听环法自行车赛直播。泳池传来另一种喧闹，低沉的汩汩水声，夹杂着孩子们的尖叫。

哈希纳了解这种萎靡的感觉，这种正午时分的压抑，这种慵懒闲散的乐趣。这里与摩洛哥截然不同。法国人热衷于度假。在这种有组织的懒散中，似乎有些不协调的色彩。在装着空调的超市里，在沙滩上，为了冲冲身子，或者洗洗碗，他觉得他们都太过用功，几乎可以说是急于求成。在表面之下，已经确定的返程在暗暗涌动，对闲适生活的那份幸福来说，这仿若一种威胁，仿若一种终结。

回程让他更加诧异。从摩洛哥家中回来，哈希纳总感觉身处夹缝之中，有双重的异乡感。这一次，与科拉莉一道，他们走七号高速公路，他感受到完全不同的忧悒。不管是堵车，还是全速前行，不管过收费站，还是进服务区，他都感觉自己已经被接纳，所过之处，他都有自己的位置，跟别人毫无二致。说到底，这种断续的来回转场，这种徒劳的你来我往，倒起到了黏合剂的作用。在苦涩的返乡中，在思念港口之夜的乡愁里，在怀想法国梧桐的梦寐间，成千上万的公民，都满心欢喜地把自己想象为自由的人。比起学校和投票站，他为自我构建起更多的法国身份。这一次，哈希纳终于有了参与感。然而，通过带薪假期来实现社会融合，也存在一大负面因素。总得重返工作。

今天是七月十四日，星期天，明天就要复工啦。

他坐在厨房里，喝着咖啡，双眼茫然地盯着外面，翻来覆去地琢磨人生的宿命。差不多十点钟光景，埃利奥特还在呼呼大睡。哈希纳已大致规整好房间，清理掉狗屎。冰箱差不多空了。另外，原本计划假期中必须做的事情，他压根就没有做。理论上讲，浴室里裂了缝的洗手池，他应该修一修，必须得换掉，还有卧室的窗户，总是漏风。而且，他与科拉莉一道还去过家修先生和乐华梅兰等店铺，但每次都是一无所获。对家里的修修补补，哈希纳一窍不通，他害怕被人糊弄，特别警惕，也不搭理售货员。幸好，旁边还有其他商铺，可以买装饰用品、衣服、游戏、高保真音响设备、外国家具，还可以吃东西。这就是外围商业区的魅力所在，能够让你从生活的轨道抽离出来，你可以在这里消磨一整天，不用琢磨任何问题，不用担心囊中羞涩。最后，他们甚至去了玩具王，一脸微笑地逛遍所有货架，心想如果还是孩子，把这么多玩具全部买下来，该是多么开心啊。结果，公寓房里堆满了蜡烛、塑料小灯、极地羊毛毯、各种佛教摆件。同样，科拉莉还嚷嚷要两把藤椅，再配上白色坐垫。在角落里摆上丝兰和绿植，确实，整体上才多了一分情调。墙角摆放着布鲁克林的大桥照片，如果哈希纳能做主，用一颗钉子把它挂起来，那就更添彩了。

中午时分，科拉莉才起床。她一直等着埃利奥特离开。每次他母亲来找他，都跟演马戏似的，她宁愿赖在床上。似乎，埃利奥特很快就有权领取成人残疾补贴，还可以和他的女人搬进自己的公寓。赶紧的吧！看他在这里蹭吃蹭住，她早已烦透了。她光着脚来到厨房。度假回来后，她每天都坚持日光浴，要么去游泳池，要么在楼下的小公园，白色毛巾衬得肌肤更加黝黑。

"你好。"

她总是满脸微笑，心情阳光，即便一大早，即便是星期一。哈希纳喜欢她颀长的身材，腿上的肌肉线条，扁平的腹部。冬天，她看起来并不起眼。她染着金发，鼻子很高，眼睛算得上清澈，化浓妆，穿靴子，讲克里奥尔语，裹的羊绒披肩也不像真的。但只要天气转好，她就会展现出模特般的身材，没有一点赘肉，纤细苗条，胸部微突，肩头完美。腰后有两个腰窝，才显得她并不是那么干瘦。

哈希纳给她倒了咖啡，她伸了伸懒腰，开心得跟小猫似的。

"他们很晚才走？"

"嗯。胖子在这睡觉。"

"嗯？怎么有股怪味？"

哈希纳用下巴朝科拉莉示意，指了指罪魁祸首，它傻不拉几地来到她身后，噔噔地踏着地板，仰着头。科拉莉格格直笑，然后坐了下来。她马上凑近自己的碗，哈希纳给她抹了一块黄油面包。内尔森盯着他，两眼放光。他抛给它一小块面包。

"来，杂种。"

"不要这样叫它。"科拉莉说。

"搞笑嘛……"

男孩开始清理桌子。他一边把杯子和餐具往洗碗槽收拾，一边问道：

"你想干吗，今天？"

"没什么。我不知道。做爱。"

男孩转过身来。通常，她喜欢这样，让他面红耳赤。很快，他们交往就要满十八个月了，从春天开始，他们就在这公寓里同居。还是因为她的坚持。他们刚认识那会儿，哈希纳还住在父亲那里。老爸又回北非老家去了，但还照旧在支付一小笔租金，跟从前并无两样。工作上呢，他在索罗迪亚找了份临时工，这是一家大型工业清洁公司，曾经一举拿下闻名遐迩的美泰乐的市场。以前那些钢厂，在山谷里拥有成百上千套住房、联排小别墅，甚至还有几幢气派的小楼，那是为工程师和老板们准备的。自工厂歇业以来，这些遗产就濒于荒废，早已残破萧条。等了很长时间，美泰乐才认同自己的责任，决定解决问题。索罗迪亚公司中了标，至少要干上三年。对于哈希纳来说，工作也并不复杂。每天早上，与三两名伙计一道，他们钻进某栋楼房，带着铁桶、榔头、撬棍，把能砸掉的全部砸掉。刚开始，这相当于一场搞破坏的游戏，比较好玩。推倒石膏隔断，打破砖墙，拆下老旧铅管。看到一面墙慢慢塌陷，再补上一脚，让其轰然倒塌，大伙儿能感觉到童年的乐趣。中午十二点，基本上已经所剩无几。空气中飘浮着滚滚尘埃，他们戴着纸口罩，防止吸入灰尘。这项工作结束后，还得清理废墟。大家轮番上阵。你往桶里装，我提着桶往翻斗车里倒。碰到梁柱、管道，就只得用肩扛。一开始，哈希纳工作起来就跟傻子似的。在楼梯里，他总是风风火火地往下跑，把一腔恼怒化作力气，上楼梯也是一路小跑，始终那么狂热、焦虑，急于完工。雅克把他拉到一边。他不是工头。他也不比其他人多挣多少，但是由他来发号施令。

"听着……"

他大致对哈希纳说了说。这种工作，没完没了。提完这一桶，还有下一桶。搞完这套房，还有下一套房。有的是墙要拆，有的是地方要清理。

"每天早上，你的闹钟六点就会响。没必要恼火。"

那时候，哈希纳想劈脸打他一拳。但是，他全身腰酸背痛，再说，雅克也干着百十公斤的重活。他的火气与尘埃一起慢慢消散。他们回到翻斗车上，男孩觉得自己跟个倒霉蛋似的，精疲力竭，无人理解。从窗户望出去，又是灰蒙蒙的一片，延绵不绝。天空下清一色的图景。雅克说得对。着急有个屁用。哈希纳从后视镜里打量他。Rica Lewis 牛仔裤、老掉牙的安全鞋、干燥的双手。工作的时候，他在腰间系一条法兰绒腰带。他话不多。

接下来的星期一，他死活起不来，上班迟到了。其他人都嘲笑他。懒虫。雅克叫他们别招惹人家。他再一次把哈希纳拉到一边。

"时间，终究是时间啊。"

哈希纳观察这位老哥是怎么干的，慢慢也跟上了节奏。他发现，雅克谨守一定的程序，能让自己缓一缓，更好地分配一天的时间。八点抽支烟，十点再抽一支，十一点调高收音机音量，因为这是他喜欢的节目。上午，他尽量多干活，下午就可以清闲点。同样，每周初尽可能多干活。就这样，通过各种策略，可以战胜时间的荒漠，大把大把的时间，千篇一律，你刚从床上跳下来就在等你，直到永远，直到你退休。哈希纳懂得了这一点。他的时间不属于他。但是，欺骗钟表总还是可以的。然而，他也不能反对另一种显而易见的事实：在他之外，其他意志总是将他们的原则强加于他。他成为一种工具，一项事务。他工作着。

也许，他不是独自在坚持。当他想到这里的时候，没有任何东西可以让他养成坚持的习惯。再说，这仅仅是个好主意，坚持，成为一个可靠的人，一个穷鬼，跟父亲似的？但是，还有科拉莉。

说实话，他很幸运。就是在书里面，他们的故事似乎也绝不可能。她有高等技术文凭，有一份在省政府的好工作，她超级可爱，第一回碰见她时，他在德尔什之家喝得烂醉如泥。两个月之后，他到她父母家午餐。她父亲在一所高中担任修理工，人非常热情，话痨、工会成员、秃头，穿一件拉链套头衫。母亲在索兰公司工作，这是当地最后一家纺织厂。她准备的鱼肉，做得细致、讲究。做父亲的更加粗线条。他不假思索，就拿出一瓶波尔多，哈希纳也是不请自饮。

　　此后，男孩就努力保持平衡。虽说受苦受累，但可以通过购买电器来弥补，虽说日子漫长，但一想到假期，就觉得有了盼头，每个礼拜的单调重复被科拉莉一扫而光，此外还有兄弟们、Canal⁺电视付费用户、《古墓丽影》。说到底，把这些凑一起，他们的小日子过得还可以。

　　不管如何，从丢了牙齿以来，哈希纳就不再兴风作浪。在工厂厕所里，人家发现他倒在血泊里。父亲跪在地上，把他抱进怀里。住院期间，他每天都去看他。父亲还出庭作证，始终保持尊严，特别卖力。后来，他回国去了，这一次是永远回去了。现在，每当哈希纳给他打电话，听到的好像是一个陌生人的声音，一个衰朽残年的老人，东拉一句，西扯一句，散漫无章。好多个月以来，哈希纳都盘算着想尽快去看他。他害怕到时候面对的会是一个幽灵。科拉莉也推波助澜，既继承不了遗产，又在死亡边缘徘徊。她抓起他的手，对他说，使劲吻我，宝贝，只需一些简单的玩意，就可以排遣寂寞。

但是，明天，哈希纳要重拾工作，他就像小学生一样，心里惴惴不安。从厨房的窗户望出去，他能瞥见山谷，还有成群的傻逼男女，他们济济一堂，生活得很幸福。又是一个礼拜天。他和科拉莉住的小公寓也不错，一半是共有产权，剩下的是廉租房。板楼、天然气取暖、双层玻璃窗，楼房是新建的，矗立在山坡高处，公共区域看起来还是崭新的。当然，这是科拉莉找到的房子。视野开阔，可以俯瞰全城，东边可以远远望见格雷芒日。奇怪的是，这么开阔的景观，还是让他情绪低落。从高处看红尘人世，芸芸众生有如蚂蚁，他禁不住开始琢磨具有普遍意义的人生问题。

科拉莉喝完咖啡，伸伸懒腰，不顾形象地打打哈欠，头往后仰，双腿紧绷，脚下的鞋子摇来晃去。这个情景又让哈希纳觉得踏实。

"说真的，干吗呢?"

"我不知道。可以待在家里。"

她再次朝他伸出手，笑吟吟的。他迎过来，抓住她的手指，他们在桌子上方亲吻。一个小小的吻，很响亮。然后，科拉莉看着他:

"你又怎么啦?"

"啥意思?"

"你又在那里生闷气……"

她学他，一副愁眉不展的样子，他耸了耸肩。

"好啦，知道你明天就要上班了，可别影响我们今天这一天嘛。"

"没有啊。"

"我还不了解你吗?"

他绷紧身子。好多年来,他一直保持这种奇怪的站姿,就像受到攻击的母鸡。科拉莉禁不住笑出声来。

"什么?"

"没什么。得了,最后一天啦。哦!"

她站起身,开始忙碌起来。她来到客厅,不知怎地,客厅立马显得更干净、亮堂。这种闪电般的变化,哈希纳观察过无数次。没有多少道理。某个物件,某个窗帘的皱褶,什么也不是,但她一来到某个地方,环境瞬间变样。三月份,她去实习了三天,家里眼看着就褪掉光彩,变得跟地窖似的。最后一天晚上,显得那么冷清,哈希纳宁愿上麦当劳吃饭。

她就像小蜜蜂似的,轻轻地飞来飞去,这个角落拾掇拾掇,那个角落捯饬捯饬,让一个房间阳光明媚,一完成这些工作,她就开始下面的行动。她穿衣服的时候,哈希纳准备好三明治,拿上户外毯,装满便携式小冰箱。一个小时后,他们已经来到湖滨,失落者的天堂。他们在树荫下找好地方,铺上毯子,平躺上去,她的头枕在他的膝盖上。

"你记着拿可乐没有?"

"嗯。"

"薯片呢?"

"嗯。"

"你爱我吗?"

他握着她的手，吻了吻。草地上真是惬意，在这棵老树下面，闲淡地看粼粼水波、帆板、蹲在湿滑沙土上的孩子们。他们用手抓各种东西吃，然后又去洗澡。平素，科拉莉爱唠叨，哈希纳喜欢倾听。通常，她设想各种计划，他最后总是说，是的，好主意。但这一次，他们没有说话。他们感觉就像宿醉未醒。他们你摸摸我，我摸摸你，耳鬓厮磨，心满意足。哈希纳想要她。他抚摸她的肩头，用食指摩挲她的锁骨。指尖下，他感觉到她的肌肤，又紧致，又细腻，有一刻，一挺宽大的木筏从远处划过，木筏显得古里古怪，全部由板子拼成，铁桶权当浮子，中间竖着一根桅杆。上面的小家伙们戴着救生圈，手拿木棒向前滑行。隔着一百米远，都能听见他们唧唧喳喳的。桅杆上，红白蓝三色旗猎猎飘舞。

"国庆日呢。"科拉莉说。

"那又怎样?"

这么说来，今天晚上，在美国沙滩上会放烟花，科拉莉想去凑热闹。市政府还要举办一场舞会。哈希纳从未参与过。

"为什么?"科拉莉问。

"我哪里知道。与我有何相干?"

"但是，太好啦。即便你小的时候，你从来没看过烟花吗?"

"从来没有，我告诉你。"

他的兄弟们也没有。这不是他们的玩意儿。在他家里，压根就没人提起这个话题。

"国庆日，关我啥事？"

"得了吧。对小孩来说，很奇妙的。有音乐，大家还有吃有喝。太棒啦。"

"嗯，才不是。更糟糕的是，我明天要上班。"

他愁眉苦脸的，她打了他一拳头。

"你又来了。"

"但是……"

"我们不会回去太晚。走吧。"

另外，他必须五点起床，夏天，很早就要开工。雅克早通知过他，这个工地真是苦差，有石棉瓦的风险。他一点也不想去跳舞。国庆舞会，肯定有很多气色红润的土包子，遍地警察，有管乐队，有军人，很操蛋。

他说了他的理由，科拉莉抬眼望着天空。

"我可怜的爱人……"她说。

哈希纳明白，人家已经低三下四，也不好再反对。

回去的路上，他还是成功地让她做出让步。他们不跳舞。

"好呀。"科拉莉说，"但是，下个礼拜六，我们去索菲家。"

索菲是她的女友，住在乡下。她和她男人改造了一座农庄。他们有四个小孩，其中一个刚刚出生。简直是地狱。他们每次回来，科拉莉满脑子都是对未来的规划。

# 3

斯特凡娜的父亲最终还是让人给她修了游泳池。

游泳池是长方形的，一汪蓝色。周围有木长椅、鲜花、遮阳伞，就像《巴黎竞赛画报》里电视主持人的家。女孩从露台上打量。母亲就在她身边，等待着最终评判。

"怎么样？"

"挺好。"

"是的哦。长椅是柚木的。防腐的。固定死啦，冬天也挪不了。"

她希望得到女儿的认可。没用。斯特凡娜戴着墨镜，看不见眼神。从回家以来，她一直保持这种距离感，顶多也就跟他们搭搭腔。母亲总想做点什么。

"你想游泳吗？我可以去给你拿条浴巾。"

"也许晚点吧。"

两个人差不多身材。斯特凡娜可能稍微丰满一点。母亲一袭白衣，抽着万宝路，每次把香烟往嘴边送，手腕上的金手链就发出轻微的叮当声，非常动听。远处，水泵一直在突突地运转。阳光洒在水面上，折射出细碎的粼粼白光。还没有人在里面游过。

"我渴了。"她说，"你想喝点什么吗？"

"随你。"

"快，我带你进城。"

"哦，咳。"

"我找地方，庆祝庆祝。"

"庆祝什么？"

母亲噘着嘴唇，发出一声低低的怪响，就像在放屁似的，意思是说，我们总会找到理由。她的反应让斯特凡娜觉得好玩。父亲越是想出人头地，母亲似乎越是放松。女儿离家在外，丈夫抛到一边，她要么一个人，要么跟女友们在一起。她不再操心。她决定自个开心。

"你想去哪里？"斯特凡娜问。

"只能去阿尔加迪。"

"你确定？"

"哦，别充高雅。他很高兴见到你。"

母亲看了看女儿，贪婪得让人担心。自从斯特凡娜回家以来，她去哪里都想带着她，炫耀给别人看。人家会说她是巴黎女郎。既让人高兴，又惹人烦。他们甚至还到卢森堡去购物。不管怎样，斯特凡娜真的别无选择。她已经将拜访压缩为零，只能待四天，然后就要跟女友们去意大利，佛罗伦萨、罗马、那不勒斯，圣诞节后她就没有回来过。还是她父母埋单。

　　她和母亲坐上高尔夫，往城里驶去。回到埃朗日，斯特凡娜心情复杂。虽然她不大情愿，看到这些地方还是很高兴的，地铁、商业、老店铺、老业主——帽商、服饰商、生鲜商，还有邮局及其七十年代的设施、为迎国庆彩旗飘飘的市政府、步行街、埃纳河上的大桥，最后还有她的母校。这道浓缩的永恒景观让她觉得自豪。再说，她希望大家能够知道，一个标签让她脱颖而出，如今她已经属于其他地方。她的态度说明一切，我只是过客。

　　等她们到达阿尔加迪，老板马上离开吧台，跑来迎接她们。维克多永远都是潮人，穿最新款运动鞋，卷着袖子，牙齿很美观，头发稀少，但脸上无一丝皱纹。他并非体重如牛，但还是开一辆四驱车，带上做过整形手术的太太，后排还有两个儿子，跟他一个模子刻出来似的，只是他们头发浓密，抹了很多发胶。斯特凡娜的母亲习惯来这里，周末，她和女友们一道来喝开胃酒，吃吃饭，这是她的老巢。她和他行过贴面礼，然后挽着他的手臂。

　　"哎哟，终于把巴黎女郎给我们带来啦！"

　　斯特凡娜面带微笑，绝不让对方感到尴尬。他眼珠黑黑的，眼角挂着一丝笑意，既迷人，又给人距离感。他的面颊很干净，就像那种一天要剃两次胡须的男人。事实上，他太吸引人了，让你不无担忧。他请两位女士跟着他，来到露台。天气很好。维克多问了问她们的近况。母亲开心地回应，也没有明确说出个所以然。他给她们找了座位，在大遮阳伞下面，离街道稍远的地方，街上偶有车辆驶过。她们身后有几棵树，带来一丝凉意，这里可以看到摩尔蒂埃广场全景，这是全城最美丽的广场，有老房子、石板路、当代艺术家设计的喷泉。

他们闲聊了一会儿，不过对谈话内容并不认真对待。说到底，在这场毫无意义的社交游戏里，斯特凡娜处于中心位置。母亲炫耀她，人家装得饶有兴趣，女孩就装装样子。就这样，流通的无非是一枚假币，却可以润滑彼此之间的关系。最后，谁也不会真正上心。

维克多给她们上开胃酒。大家没有点香槟。母亲选了基尔酒，斯特凡娜要了啤酒。差不多十一点钟光景。她们一边喝酒，一边看周围风景。人还不少。一段时间以来，市中心出现了某些矛盾的现象，一方面商业在往外围转移，一方面这里又在不惜血本翻新街道、墙面、历史遗产。必须得说，市长很有抱负，银行家也很配合。山谷里几乎不再有工厂，年轻人没有就业机会，都纷纷甩手走人。从前，因为工人众多，在市镇议会选举中自然占据大多数，可以左右当地政策的走向，如今他们注定只能分享适度的比例。在大区议会和国家的帮助下，市政府支持创新发展思路。旅游应该会带来当地的振兴。翻修停车场，扩大水上俱乐部、游泳池，打造迷你主题高尔夫球场，如今又在增加步行街、自行车道，据宣布，二〇〇〇年，一座全新的钢铁博物馆将横空出世。此外，城市周围还有很多坡道、弯弯曲曲的小径。所有这些都可以吸引出游的人。而且，大家还说服多家企业（本地的、德国的、卢森堡的），让它们支持月亮公园的创意。总的来说，计划很简单：投资。显而易见的手段：举债。不可或缺的结果：繁荣。斯特凡娜的父亲当上文化助理，全身心投入这段可圈可点的冒险历程，其效果也是备受期待。在市议会里，大家谨守官方讲话精神：发动机器需要时间，需要努力，但只要机器开始转动，就得承受一个世纪以来充分就业的后果。在等待的同时，如果碰到一名年轻气盛的经济学家、记者，抑或吹毛求疵的选民，某位官员就可能会被置于尴尬境地，他会把责任推到国家或者前任身上。

"不错哈，他们做的事。"斯特凡娜母亲说。

"嗯。"

"这座城市里，到处都是灰蒙蒙的。丑死了。"

"明摆着嘛。"

事实上，在整个区，已经耸立起很多醋栗色、绿色、紫红色或浅蓝色的墙面。这种模式一直入侵到省政府大院，这里的房子也一律刷成玫瑰粉。在城市中穿行的时候，你恍然置身雅克·德米的电影世界，渐渐地，在改头换面之后，那些残余的老城、铁管钢架、战争和死亡的记忆、天真的共和理念、宗教饰物，一切都仿佛烟消云散。这种粉饰墙壁造就的城市景观，带给居民一种独特的感受，既像新的，又像混凝纸。打着发展的旗号，为了这个最坚韧的理念，他们只好将就凑合。

斯特凡娜散漫地想到这一切，以及很多别的玩意，突然感觉一只手放在肩头。她抬起眼睛。克莱芒丝就在她身后。

"你在这儿干吗?"

"咳，没干吗。"斯特凡娜回答说，一脸开心。

"每次你回来，从来都不提前说一声。"

"我星期二到的，明晚就要走啦。"

"整个夏天，我差不多都待在这里呢。"克莱芒丝做出沮丧的样子。

"哦，倒霉……"

"嗯。"

"你不出去吗?"

"很快吧，八月份。但整个七月，我都得干活。"

"在哪里?"

"在诊所，我爸那儿。我顶替前台的女人。"

"好玩儿。"

克莱芒丝待在她身后，她只能从侧下方看着她，闺蜜的脸蛋像被奇怪地颠倒过来似的。她开玩笑说，差点连一起长大的发小都快认不出来了。

"坐吧。"斯特凡娜的母亲建议道，"跟我们喝一杯。"

克莱芒丝开心地接受邀请。她从邻桌搬过来一把椅子，他们开始饶有兴致地闲聊，互相观察，夹着手势，带着表情，根据不同的话题，声音时高时低。斯特凡娜了解到，克拉丽丝在学医，第一年没过，还要复读。她已经精疲力竭。还有，她男朋友去伦敦做毕业实习，他在巴黎九大读书，有点烦人。西蒙·洛迪埃在普罗旺斯-阿尔卑斯-蓝色海岸大区一所商校混日子，他更感兴趣的是帆板和电子音乐。最近他也在家，克莱芒丝碰到过他。

"那？"斯特凡娜问。

"还是那副模样。"

"真是混球。"

"对。"

她们大笑。斯特凡娜想见他吗？

"一辈子也不想。"

只要一想到他，她就感觉怪怪的，泛起一种无力的感觉。她们继续聊了聊老友故旧。罗德里格在梅斯学法律，再也没有见到过他。阿德里安·洛迪埃在体育学院成绩优异。他开始练铁人三项，已经获得过奖牌。斯特凡娜的母亲还多次在报纸上看见过他。

"嗯，终于，但最后也只能当体育老师。"

"显然。这家伙往后余生都只有在臭烘烘的体育馆里踢踢踏踏地蹦跶。烦死人了。"

斯特凡娜的母亲格格地笑。她已经喝完酒，出奇地开心。她还想要一杯，于是又点了一瓶白葡萄酒，冰镇得很凉，有一种触电般的口感。无疑情绪大好。斯特凡娜看到闺蜜还是本色未变，尖刻辛辣，让人艳羡，此外，还有几分说不清的味道。有点类似高傲，但也许就是成长。不管如何，这种气质让你对她难以抗拒。待在这里特别舒服，三人想继续享受这种乐趣。

"我们在这里吃饭吧。"母亲看了看手表，很快做出决定。

差不多半点了。不知不觉中，时间过得很快。克莱芒丝说，有人等她。母亲说请她吃饭。就这样。维克多拿来菜单。在她们周围，开胃酒喝得正酣。一些三十来岁的人，穿着 T 恤衫，正在享受阳光。孩子们来来回回，一直跑到广场中心的大水池。还有几位老年人，几个拿苏格兰布提包的人，来吃牛腿排或火腿馅饼的匆匆过客。女孩们想吃沙拉，母亲打算要三文鱼塔。但她们还在喝酒，最后只好点了比萨。谈话继续，越来越热烈、喜庆，滔滔不绝。克莱芒丝有一大堆父亲诊所的故事，一个个神经病先后登场。要说的话，小小候客厅真如一座奇迹之殿。酒鬼，吃养老金的家伙，穷人，矽肺病人，肥胖症患者，静脉曲张病号，残疾人，其他事故受害者，无可理解的外国佬，头脑稍微清晰点的法国人。

"来了一位和气的妇女，她有三个儿子，都是残疾人。一个呢，我愿意要。三个嘛，你说像什么话。"

太好玩了，还不止这些呢。关于社会问题的揶揄嘲讽，恰如一枚现行流通的货币，越传越广。它们既让人捧腹大笑，又能趋避邪恶，这种隐而不宣的浪潮从底层席卷而来，似乎逐渐汇成大江大河之势。在城里碰见的这些人，不再仅仅是民间江湖，不再是几个穷愁潦倒之辈，不再是几个酒后高谈阔论的冒失鬼。要给他们建住宅楼、奥乐齐超市、健身中心，要进行最起码的经济建设，才能管理贫穷，消除贫困。只见他们幽灵一般四处徘徊，从家庭补助局到优先城市化改造区，从小酒馆到运河两岸，他们拎着塑料袋，拖家带口，推着婴儿车，两条又圆又粗的大腿，不正常的啤酒肚，脸色红润得令人难以置信。时不时地，有小女孩出生其间，她美得别具一格。大家会设想很多事物，乱七八糟的场景，暴力十足的行为。但是，她很幸运。对于她来说，物质环境就是一张通行证，可以让她进入更美好的世界。这些家庭也会出混账王八蛋，他们不甘心自己的命运，总是伺机报复。他们走上歪门邪道，很快就结束短暂的一生，要么殒命，要么坐牢。没有具体统计数据，可以让我们评估这种堕落的规模，但是爱心食堂公布了其快速增长的业务，而社会福利部门则顿然倒塌。大家心想，这些人该过什么样的生活呢，他们住着简陋的房子，吃得很油腻，沉迷于游戏和连续剧，成天只知道生孩子，制造不幸、狂热、暴怒、渣滓。最好不要提这种问题，也不要统计人数，或者关心他们的平均寿命或生育率。这些孬种困居在标准线下，靠家庭补助为生，注定要消亡，注定让人害怕。

维克多推荐甜点，但三人已经吃饱喝足。就着比萨，她们又分享了一瓶罗讷河谷。她们真的放松下来了，懒洋洋的，身体沉沉的。母亲说，她动都不能动了。两个女孩也好不到哪里去。咖啡与账单一起上来。母亲把维萨卡放在上面。她们继续聊啊笑啊，露台上的人渐次散去。只有一对迟来的老年夫妇，一些英国人，几名一边抽切斯特菲尔德、一边品摩纳哥啤酒的少年。在正午过后的昏沉中，审视这虚空的七月，确实还算温馨。

"瞧。"克莱芒丝一边说，一边指向三穗街方向远处的小点。

斯特凡娜的父亲来了。他的啤酒肚垂得很低，已经盖住了腰带，他穿一件蓝白格子 Eden Park 短袖衬衫，上下都紧绷绷的。他盯着自己的双脚，一路走来，手里拿着公文包。他看了看手表，加快步伐。斯特凡娜的母亲站起身来，朝他示意。

"嗨。"她靠着椅背说。

"还行吧?"

"是的，是的。我还见了其他人。"

她抬起手来，手链滑向手臂，发出悦耳的叮当声。父亲马上急切地挥手回应，连忙走来。他脸色不好，随即开始讲述他的烦心事。三个女人赶紧作出洗耳恭听的样子。

皮埃尔·肖索瓦查看了舞会的准备情况，刚刚从美国沙滩回来。烟火设施还没有安装。消防烦死人，市政雇员也半斤八两。他们还要求三倍薪水，因为七月十四日是礼拜天。市长正在等他，要作汇报。他一边说，一边抓起女儿盘子里的比萨。斯特凡娜看着他的举动。按这种速度，什么也干不成。

"你们今晚来吧，嗯。人很多。"

斯特凡娜和克莱芒丝使了使眼色。说穿了，她们觉得一般。人声喧闹，打架斗殴，其实并不算她们眼中美好的夜晚。但是，父亲那么坚持，她们只好答应。后来，他又急匆匆走了，衣服绷得紧紧的，喘着粗气，拿着公文包，市长在等他，整座城市都以某种方式需要他。

"好……"

现在，母亲和两个女孩都觉得无话可说了。她们相互躲闪着目光。母亲明白了。她站起来，收拾残局。

"你开车了吗，克莱芒丝？"

"嗯。"

"那我就不管你了哦。我还有好多事呢。"

她让克莱芒丝代问父母好，然后就到里面去结账。她走起路来不太挺直，其实话说回来，她看东西也不是太真切。更多地是车载着她，而不是她在开车。看她这样子，喋喋不休，染着金发，皮肤黝黑，身上穿金戴银，斯特凡娜和女友会心地笑了。消失在远方之前，她还朝她们挥了挥手。

"你想干吗？"克莱芒丝道。

"不知道。"

"嗯。这里还是那么穷。"

"太穷了。"

她们默默地待了几分钟。她们品味着下午三点的萎靡不振，葡萄酒开始上头，午饭在胃里翻滚。

"你本该打个电话。"

"回来之后就没有消停过。母亲带着我到处跑。"

"嗯，好吧。"

她们决定走一走，活动活动筋骨。所有的店铺都已经关门，只有几家餐厅和酒吧焕然一新。透过打开的窗户，可以看见室内朴素的布置，底楼有一对夫妇正在看电视，一个少年的卧室里贴着《壮志凌云》的海报。

克莱芒丝开始讲她的生活、学习、南锡。她一开始在里昂读预备班，但跟不上，于是转去读医科。她刚刚通过大一的课程。

总的来说还算不错。但是，第一个学期，她学得很苦。她现在正在路上，迷失在莘莘学子中，一千六百名学生有待进一步选拔，老师讲课不注重趣味性，学业繁重，让人恐怖。直到三月份，日子一天接着一天，既没有光彩，也没有乐趣，宛如一条灰色的隧道，且不说疲倦、竞争，还有这座城市，不过就是一连串高傲的外墙，可怜的酒吧。最后她只能服用抗抑郁药。后来，她跟上了节奏，也结交了一帮朋友，大家都爱学习，很团结，有卡普西纳、马克、布朗士、爱德华多、纳西姆。他们一起上图书馆，一起聚会，也多少一起做爱。就这样建立起友情。八月，他们要一起去露营，两个礼拜，在塞文山中。

"你有没有碰到合适的男生？"斯特凡娜问。

"没大碰到。学习太紧张啦。"

随后，轮到斯特凡娜开讲。她有点闪烁其词。但是，自高中毕业那个夏天以来，她和克莱芒丝就没有见过面。不缺谈资。

高中毕业会考获得优秀成绩后，斯特凡娜突然开了窍。她再也不愿意学法律。她有预感，对于她这类人，进入法学院会有太多的自由、太多迷失的机会。在最后时刻，她拒绝去赶时髦。她无法下定决心，在猛兽般的阶梯教室里熬上五年时光，跟成百上千从乡下升上来的那帮混混打成一片。

只不过，克莱芒丝和其他同学曾经得到更好的引导，从童年时代起，就开始为学业做准备，斯特凡娜却截然相反，她压根就没有提前打算。从小学一年级到高中毕业，她始终是得过且过，最后那段时间，她又对西蒙朝思暮想。选择压在头上，在完成那一刻，她还是觉得处境艰难。她感到遗憾，还为此埋怨父母。

他们呢，过着舒适的中产生活，为人精明，没有太多文化素养，更没有为独生女儿制定明确的人生规划。皮埃尔·肖索瓦只有一个古怪的要求，高中毕业会考成绩优秀。其余的，他们设想斯特凡娜会上商校，要给她找实习，找工作，帮她在这里买两三套公寓，还有车库。房子很好出租，渐渐地，她也会像他们一样，能攒不少钱。然而，斯特凡娜不愿意接受这种短视的抱负。虽然开窍晚，她还是悟到了人生的总体运行规律。学校就像火车编组站。某些人早早离开学校，注定要干粗活，领低工资，没什么前途。但是，其中某个铅管工，最后也可能成为百万富翁，或者某个修车师傅，也可能腰缠万贯，不过总的来说，太早离开这条正道，并不能走得太远。其他人一直读到高中毕业，他们差不多占到同年龄段的百分之八十，接着再继续学哲学、社会学、心理学、经济管理。经历过第一学期突如其来的筛选之后，他们可以期盼一纸微不足道的文凭，然后再没完没了地找工作，旷日持久地参加公务员考试，开启各种让人灰心丧气的命运，比如当特岗教师，或者在地方政府做外宣项目官员。他们将壮大这个咄咄逼人的群体：高学历公民，大材小用，什么都懂，却无能为力。他们会失望、愤怒，雄心壮志逐渐消磨，然后开始找些消遣，如打造私家酒窖，或皈依东方宗教。

最后，还有些出类拔萃的家伙，他们靠的是成绩优异，履历扎实，这是进入理想职业生涯的敲门砖。他们走的是狭窄通道，要承受很大压力，他们会走得很快，爬得很高。要学好这些有如人生加速器的课程，数学是一大优势，当然，对那些长于抽象思维的头脑、历史学家、耽于幻想的思考者、艺术家等滑稽的主儿来说，还有其他几个不错的学科。斯特凡娜想跻身这第三个群体。

不幸的是，凭她的申报材料，想在公立学校读预备班，绝对是痴心妄想。父亲开始找补救措施。兰斯的一位奔驰经销商建议，有家私立机构也在搞预备班，面向埃塞克高商、巴黎高商、巴黎政治学院等类似院校，他们决定选择那里。问题是，这家机构在巴黎六区，而且费用高昂。每个月要三千多法郎，还不包括吃住行等费用。因此，斯特凡娜被下了最后通牒：家里可以支付这笔费用，但只要稍有闪失，她就会直接被发配回老家。

九月初，父亲租来一辆小型运输车，好把她安顿到单间公寓。他们一起赶路，这一次，终于有机会单独相处。父亲跟她聊人生，聊他的青春。他甚至还给她讲心底的老故事。有一刻，斯特凡娜问他，他还爱不爱母亲。

"不太爱啦。"

他说得云淡风轻，有几秒钟时间，他完全没有伪装，斯特凡娜喜欢他这样。她觉得自己受到了重视。然而，她绝不问他为什么他们还在一起，或者类似的傻问题。长大成人，准确地说，就是要知道，人生还存在很多其他的力量，不单是伟大的爱情，不单是大小杂志中充斥的无聊琐碎，生活不错，感受激情，像疯子一样获得。另外还有时间、死亡，以及你在人生中卷入的这场不懈的战斗。夫妻形同深渊边的那艘救生艇。父亲和女儿也没有再多说什么。在驾驶室里，他心想，他很自豪，斯特凡娜则觉得自己长大了。在茹阿尔下拉菲尔泰，他们在一家麦当劳停下来休息，斯特凡娜坚持要埋单。

在巴黎的第一个秋天让人憎恶。她上的是巴黎预科学校。一大把富二代小傻帽，整天只想着吃巨无霸，啥事也不干。在她班上，有贝宁大使的儿子、泰国部长的小孩，有些女孩用的是复合名，还有形形色色的富家子弟，留着长发，不可一世。在新同学眼里，斯特凡娜就是十足的乡下丫头。大伙儿嘲笑她，因为她穿Achile牌袜子。然而在埃朗日，这算是高档货。从第一次测试开始，老师就建议她，一定要改掉原来的口音，不然会严重影响考试成绩。另外，她还得购物、烧饭、做家务，即便房子只有十六平方米，做得也很快。周末，不复习功课的时候，她会出门溜达。她一直认为，在她与这座城市之间会是田园牧歌式的爱情。她感到失落。当然，巴黎一直保持着巧克力修女泡芙的特质，那些圆形建筑，充溢、拥挤，太过富饶——总之，在市中心各大区至少如此。诚然，只有在这里，才会有身处世界中心的感觉。但是，在这如潮攒动的人头前，在扑面而来的外墙、橱窗、灯光下，在汽车的灯光轨迹里，在地铁隧道的往复来回中，直面美轮美奂的名胜古迹、丑陋无比的大街小巷，斯特凡娜感觉到自己无力拥有这座城市。在她与巴黎之间，只剩下一道无可逾越的鸿沟。除非生于斯长于斯。或者，在这里获得成功。这正是斯特凡娜的打算。

所以，她开始发疯地用功学习。她在这里不再抱任何幻想，但也不甘心落人身后。确实，从最初上课开始，她就觉得身处异国他乡。参考书目，词汇表，各种期待，她都糊里糊涂。第一个星期，每天晚上，她都躲在被窝里哭。另外，她既没有电视，也没有电话。她只有下楼去外面的电话亭，才能给妈妈打电话。她感觉倦怠，老师们都清高倨傲、自命不凡，同学们也都半傻不傻的。从前，她一口气能睡八个小时，没有任何问题，现在夜里要醒两次，大汗淋漓，双颌疼痛。对着浴室的镜子，在可怕的霓虹灯下，她挤掉粉刺。挤完以后，她的脸上青一块紫一块的。她觉得丑陋，头发也失去光泽。而且，她还染上了坏习惯，一边吃零食，一边写卡片，考试前临时抱佛脚，心情不爽，就到甜食中去寻找慰藉。一转眼，屁股肥了一圈，手臂也是。十二月末，代价沉重：模拟考试全部败北，她脸色苍白得可怕，一称体重，长了七公斤。就这样，一个星期六上午，在一场六个小时的大考中，她碰到了这道文化通识题：

> 失眠的与日俱增非常显著，所有其他发展趋势亦复如是。
>
> 保尔·瓦莱里

她感觉嗓子一紧。这句直白的话语，这种显见的感觉。

斯特凡娜意识到，一直到现在，她都很走运。她生在一个好地方，赶上了人类历史中的平和时期。她生来就不用担心挨饿受冻，也没有一丝暴力的困扰。她属于令人艳羡的群体（富裕的家庭，机灵的朋友，顺风顺水的学生，率真的女孩），寒来暑往，日子周而复始，生活几乎从不需要她曲意逢迎，而是给她各种享受。因此，一直以来，对于未来，她都傻乎乎的，毫不在意。如今，远离埃朗日，一下子没有了保护，她非常不适应，她对此毫无准备，全部的行囊，无非就是几个幼稚的观点，这些观点来自小学，来自自负，来自罩在娇生惯养的孩子身上那副太精致的保护甲。

她仔细阅读了瓦莱里的名句，开始构思三段论提纲。接着，她一言不发地站起来，要去上厕所。监考老师已经习以为常。他也去上厕所，看到这名扎着高挑马尾的女孩经过，也只是会心地一笑。在楼层卫生间里，她关了好一阵子。她不能自已。在那里，她严肃地拷问自己，哪种方式更简单，是跳进塞纳河，还是到大区快铁去卧轨。

她还是回来了。监考老师问她，好点没有？好点了，会好的。她一路走过，有人咧嘴苦笑，有人难掩担忧。每个人都知道，同样的境遇也威胁着自己，突然虚脱的状况越来越多，小聪明不能持续太久，必须得投入，要么坚持，要么放弃。二月将是第一学年的转折点。

斯特凡娜坚持下来了。

她甚至开始靠数学大幅度拉分，这并不意外，在这方面，她向来就很优秀，终于松了口气。

圣诞假期之后，她保持平稳的节奏。她不再质疑自己，她刻苦用功，不再厌学，如有需要，她可以熬夜到凌晨一点。她很少有时间精心打扮。她很少看男生。她认真做卡片。她升入第二学年。

暑假期间,她还是继续努力,老师推荐的图书,她读完了大半。《种族与历史》,米歇尔·维诺克的《六十年代编年史》,雷蒙·阿隆,《法国右派史》,甚至还包括罗伯-格里耶、让·吉奥诺。即便如此,她还是放弃了普鲁斯特。电影般的场景,似锦繁花,彩绘玻璃,细微的心理活动,啥玩意啊。后来,她到布里斯托尔待了三个礼拜,住在一个专门接待外国学生的家庭。房子很轩敞,所有角落都铺着地毯,甚至包括浴室。这玩意儿,当你蹲马桶的时候,不禁会浮想联翩。其他房客大都来自日本或韩国。他们的行为举止,就像人们常说的,彬彬有礼,刻苦努力,女孩子笑不露齿,总是点头称是,似乎他们想说的每一个字,最后都被额头给挡了回去。斯特凡娜跟亚洲人相处融洽。在这里,他们就像过缓刑期似的。在欧洲游学一年,完美地掌握国际商业语言,一旦回国,他们就要当经理人。她和日本男孩由季睡过三次觉,他给她聊过未来会成为工薪族。每一次从夜总会回来,他们清晨六点准时做爱。男孩子染了发,直刷刷的,大概这就是东京或大阪时尚。他非常卖力,想让她高潮,让人感动。大滴大滴的汗珠从他额头上掉下来。斯特凡娜只好闭上眼睛。有一次,她叫他平静点,他直接就泄了气。结束后,他们闲聊。由季的父亲投入了大部分积蓄,让他通过日本托业考试。大家都指望他。很快,他就会有一份高薪,担任要职,西装革履,每天工作十四个小时。对他来说,说白了,就是屈从。斯特凡娜心想,在欧洲,即便爱你的人，你也不一定非得顺着他们。

因此，在这个紧张的夏天，她没有见任何埃朗日的老友。她离群索居，害怕被打扰，也害怕别人看见她那摔跤运动员一般的肥屁股。她躲了起来。

第二学年的特点是淡而无味，平铺直叙，宛如康颂灰色纸。斯特凡娜感觉学习就像在喜马拉雅山挖隧道。这项荒唐的工作让她想打退堂鼓，但在岩石上每前进一米，她又感觉获益匪浅。她知道，在隧道尽头，她会找到一片乐土，会找到职业生涯。她投入其中，非常刻苦。在书桌上方，她钉着一些明信片。西斯莱的一些油画，卡拉瓦乔的《朱迪斯砍下霍洛芬斯的头颅》，弗吉尼亚·伍尔夫的肖像，《筋疲力尽》中的贝尔蒙多。

她也交了一些朋友，雷纳塔和伯努瓦。从一开始，老师们就鼓吹竞争，认为这是解决所有问题的良方。因此也存在各种赌赢的方法。甚至还有类似的俗语。"预科同居，预科失败。"必须治好她的睡眠问题，最好结伴复习功课，跟学习积极的人泡在一起，给自己留点空余时间来放松减压。斯特凡娜和朋友们总结出一套方法：把要复习的章节标题写在小纸条上，然后放进鞋盒中，大家轮流来抽。星期六下午，他们到附近的青年文化中心打几局乒乓球。

这种组织形式逐渐发挥作用。斯特凡娜成绩优秀，各科都进步很大，即便哲学也不例外，尤其对她来说，用功再也不费多大劲。日常习惯也渐行渐好，她的各项能力都做好了应战准备。早上五点钟，她再也不会早早醒来，就算连续学习十二个小时也毫不厌倦，而且她还瘦了回来。惟一的阴影：稍一闲下来，就会感受到几分残留的慵懒，一丝焦虑的迷雾，某种无聊的纷扰。但是，不管怎么说，她并没多少闲工夫。

第二学年，她的数学天赋得到全面彰显。在初中和高中阶段，虽然她没有把心思放在学习上，但她从来都没有跟不上课程的烦恼。在预备班，她才发现了自我。她就是人们常说的数学狂人。更有甚者，她压根就不费力。数学仿佛从她身上奇迹般地流泻而出。这多少有点不可思议，正如某些离经叛道的家伙突然受到感化，开口就可以讲多门语言。在斯特凡娜命定的这个世界里，数学就像普世通行的萨比尔语。数学不仅能够让飞机上天，让电脑运行，还可以支配我们的文明，印证你的聪明才智，为创新奠定基础。

莫诺先生是头一个让她真正认识到自己有多么走运的人。那是她的经济学老师。一次课后，他把她拉到一边，然后到田园圣母堂大街一家小咖啡馆喝浓缩咖啡。他问了她几个问题：学习方法，家庭作业。他想知道，她有没有在外面补课。他还问她，父母干什么工作，交男朋友没有。他用英文词 boyfriend，大概是为了让问题显得不那么唐突。斯特凡娜觉得好笑，这太不符合他的身份啦，这种表达方式，他从哪里找到的？莫诺这个家伙，一身衣服裹得紧紧的，头发齐刷刷的，戴阿弗勒鲁无框眼镜，不修边幅，上课表情冷淡，喜欢含讥带讽，用绿色墨水批作业。有传言说，他喝酒惹过麻烦。据说，他上过巴黎综合理工学院，还在巴黎国民银行不动产部当过领导，后来一落千丈。他沦落过好长一段时间，因为有一次他告诉他们，还要缴二十五年社保才能领全额退休金。然而，他不可能低于四十五岁。喝咖啡这天，莫诺先生穿着西服，格子呢面料非常漂亮，看起来有几分啄木鸟的神气，系一条蓝色针织领带。领带衬托出他隆起的腹部。他看起来糊里糊涂的，正打算休一年学假。在他的鼻翼两侧，斯特凡娜能看见隐约看见静脉的纹路，她心想，这副皮囊，这种鼻子，这么大的毛孔，打死她也不会跟这种家伙上床。如果他真要勾引她，她就尽可能回避。为了不让经济学拖后腿，大不了做出点牺牲，用手帮他，或者让他过过手瘾。但是，她不会给他口交。不管怎样，她的性生活已经少之又少。但是她搞错了。沉吟片刻之后，他只是说：

"好，好……这种情况呢，目标定高点，肖索瓦小姐，目标定高点。"

五月，斯特凡娜跟一小群同学做伴，去参观巴黎高商，好感受感受气氛。她看到光鲜亮丽的校舍、精心打理的花坛、渲染的高科技色彩，老师们既神采奕奕，又有远见卓识，他们的薪酬比营销总监还高。最让她注目的还是那里的学生，他们像运动员一样精心训练，志在打造个人实力，他们深知自己就是精英，看起来也更加风流倜傥。

对她来说，这次参观就是为了确认。她想做的，正是这个。她想要的，正是这样的生活。

她一直有种印象，在巴黎之外，只存在二流的生活。看到这群如饥似渴的年轻人，她又产生了同样的印象。只有他们才懂得，只有他们才接受过到位的教育，能够理解世界运行的法则，能够撬动世界运行的杠杆。其余的都不足挂齿，物理学家、社会科学高等研究院的头头、教师、政客、哲学家、律师、明星、球星，这些人盲目、无能，全是傻帽。能够深入理解世界这台机器的人在这里，他们讲着入时的语言，他们知道如何真正拥抱这个永远在加速前进的时代，这个不断发展、无比贪婪，浸淫着光芒、速度、金钱的时代，他们齐齐汇聚在这里，是经济学王子，是决策者，他们穿着蓝色衬衫，身材线条流畅，挺拔，活力十足。

春天，她参加了入学考试，七月初收到成绩。邮件纷至沓来。她先后被里尔、里昂和埃塞克高商录取。终于。发射台一切就绪。她可以放松了。


斯特凡娜只告诉克莱芒丝，她报考的是埃塞克高商，言语间没有笑意，厌倦已极。

"那说来……"克莱芒丝道。

"嗯，我承认。"

"想起以前在高中。你根本没用功。"

"很明显。好像是吧，太遥远啦。"

"你怎么打算的？"

"不知道。我不想回这里。绝不回来。"

"你让我吃惊啊。"

"有时候，需要自己想办法。"

"嗯，太对了。"

"我无所谓，我知道自己想要什么，成功没啥好羞耻的。"

她们往前走了走，来到白色标志 106 旁，这是克莱芒丝在家期间开的车。这也是父母的万能车，有第三方责任险，汽油发动机，适应力强，耐力好。有时候，父亲开这车去森林。其余时间，它就烂在车库里。座位上发出一股霉味，令人不舒服。她们把车窗打开，好透点新鲜空气。

"去哪里？"

"不知道。"

"我家现在有游泳池了。"斯特凡娜说。

"正好呗。"

"酷。"

斯特凡娜很高兴。两年以来，她从来没有这样放松过，从来没有过这种无事一身轻的感觉。不用再复习任何功课，白天没有任何约束。父母甚至再也不管她，不会逼着她收拾房间，或者洗碗刷锅。理想的未来已经完整地勾勒出来。她只需信步向前，等待开学。她体验着这种颇不习惯的失重感，继续说道：

"说实话，舞会来得恰逢其时。"

"为什么？"

"女人啊，好多个月了，我都没有做过爱。"

克莱芒丝用手掌拍了拍方向盘，大笑起来。

"认真的？"

"当然啦。我像疯子一样学习。我们班的男生呢，压根就没有这个必要，都是垃圾。"

"嗯，但还是可以看情况嘛。"

"不知道。甚至都没有欲望了。我的性欲早已飞走了。"

"这，回来了吗？"

"臭娘们……"斯特凡娜反驳道，心照不宣的样子。

克莱芒丝又是一顿爆笑。

"总之，同时呢，又是国庆日，又是在埃朗日，你想干吗？找个大兵，找个茨冈人？"

"啊，我没啥好干的。"斯特凡娜说，"大不了就你老爸吧。"

# 4

帕特里克·卡萨蒂想按计划做点事情。他早早起来，趁着天气凉快，到朗博莱去买鱼饵。他带着雀巢 Nesquick 盒子回来，里面装了半盒粉虫。虫子在里面翻来滚去，实在恶心。他拧上盖子，笑了笑，他还记得儿子小时候特别恶心这个，接着他又开始准备鱼竿。装虫子那个盒子，到现在差不多有十五年了。那时候，安东尼还在喝巧克力，双手捧着碗，头顶一缕乱发。

他没怎么带他去钓过鱼。在他离家前，这倒是个好主意。

上午，除了等待，他没多少事可干。中午之前，不喝酒倒也容易。他一直对着电视，懒得挪窝，开始卷够抽一个礼拜的香烟。他把烟提前卷好，放进密封的铁盒中。后来，他开始打瞌睡，烟草和卷烟器就放在膝盖上。他在下面垫了一条毛巾，免得把碎屑弄得到处都是。就这样，他睡了好一阵子，张着嘴，下巴垂到胸前，鼾声不高不低。最后，阅兵式的声音把他吵醒了。电视里，装甲车沿着香榭丽舍大街一路走下来。军乐队列队经过，飞机划破长空，军人例行正步，方阵相继前行。看到希拉克傻乎乎、直挺挺地站在吉普车上，他忍不住笑出声来。

"啊！大块头！"

现在，他住在一套所谓在一楼的单间公寓。其实，要下五步台阶才能到他家，窗户就像地下通风口。总共加起来，他只有一个房间，长四米，宽三米，既当客厅，又当厨房和卧室，还连着一间浴室，厕所就在浴室里面。他擅长修修补补，把家里面装修了一下，尤其是安装了几层搁物架，多少腾出一些空间。睡觉的床只有九十厘米宽，还充当沙发使用。

要吃午饭了，他抓起用手摸得到的第一听罐头。洗碗槽上面的壁橱里，满满当当都是罐头。豆焖肉，勃艮第牛肉，手抓饭，饺子。都是主食。他把饺子倒进平底锅，再放到便携煤气灶上加热。两分钟，一切就绪。方便。基本不用洗什么餐具。他不用盘子吃饭，除非迫不得已。他放盐，撒胡椒粉，调出味道，然后倒上一大杯红葡萄酒。比起做饭，吃饭也不会花更多时间。对着电视，就着托盘，一顿风卷残云。不知道把遥控器丢哪里去了，又懒得起身，他只能继续听电视新闻。他吃了一个苹果当甜点，又给自己斟上一杯酒。不多，只是一小杯。床头的小闹钟显示，差不多十四点钟了。儿子快要来了。他干掉杯中酒，又倒上第三杯，也是最后一杯，他又昏昏欲睡。

就这样，在单间公寓里，他过着麻木的生活，靠救济过日子。通过私立物业公司，他找到了一份轻松的小工，每周工作十二个小时，按各行业最低工资标准领薪水。其实就是在几家安静的公寓楼里做做卫生，倒倒垃圾桶，时机合适的时候剪剪草坪，总之要保证出工。这不算啥事，但不时有老人要他去打个帮手。他帮着做点细木活，修修补补，他们打发他点小钱。刚开始，他感觉很不舒服，因为有可能碰上从前认识的人。不管怎么说，让你当着某位老同学的面拖地板，这绝对是人生考验。但总而言之，与其他工作相比，这份工作也并不逊色。他欠着债，收入又低，领着房补，市政府还给他一块地种，就在雷纳迪耶足球场后面。在那里，他尽量种些土豆、洋葱，他甚至还撒了草莓种子。其实，每次去那边，他都要带一箱啤酒。喝到第三瓶，他便停下手中的铁锹，坐到露营椅上，一边抽灰色卷烟，一边盯着翻好的土地。他可以这样待很久，一言不发，只顾着喝酒。太阳从体育场看台后面落下去。只留下他的身影，没精打采的，偶尔笑一笑，才会动一下，周围扔满了空易拉罐。他感觉很好。

就这样，等到了收获土豆的时节，效果并不理想。不管怎样，他还是照吃罐头食品。他也会去钓鱼。生活残缺不全，麻木不仁，他不会琢磨太多问题。就是这样。


他很快就醒了，嘴巴里黏糊糊的。电话卡在扶手椅上。他咕哝着把电话拔出来，心情来了个大转弯。所有这一切都让他无名恼火。电视上，在圣米歇尔山前面，一名男子正在为 SFR① 搞推广。看起来，现在到处都有了网络。但是要想让他买手机这种破

---

① 全称 Société Française de Radiotéléphonie，法国最大的电信运营商之一。

玩意，还不如让他去月球旅行。他调低音量，拨下前妻的号码。他凑到耳边，好听电话。

"喂?"

"是我。"帕特里克说。

埃莱娜"嗯"了一声，她听出来是他，她早已习惯。自结束冷战以来，他经常给她去电话。他让她填报税单，跟眼科医生约时间。对于他们这代人，与外部世界的联系都是由女人负责。这帮男人呢，会浇水泥板，可以一口气开两千公里车，但是要请客人来用一顿晚餐，他们基本不懂得该如何操作。

"那，他来不来啊?"

"当然要来，他不是答应你了吗?"

"没有呢，但我在等他。"

"我知道。别担心。"

"我不担心。"

"那就好……"

一阵沉默。

"你看阅兵式没有?"帕特里克问。

"看了。"

"外籍军团。"

"咳，是啊。我看见了。"

"真有点搞笑啊。"

"什么搞笑?"

"他要去参军了。"

"我明白，是的。晚上我没有睡着。"

埃莱娜总有理由，总有烦恼，除非凡事如月亮一般圆满。如果相信她的话，从一九九一年五月以来，她就没有睡过好觉。

挂掉电话后，帕特里克又喝了一杯酒。他刷好锅盆。因为要等安东尼，他又把空酒瓶收起来，整整五大袋，再开车送进垃圾集装箱。房间整洁干净。然后，他打开窗户，躺到床上抽烟，烟灰缸就放在胸膛上。电视一直在低声播放。外面，美丽的夏天尽情舒展。帕特里克经历过很多夏日，他已经了如指掌。没有雨水。澄澈的天空，几片白云时卷时舒，惟一的用途就是指示风向。今天，一如昨天，一如明天。他还记得童年的夏日，那是名副其实的热，他与兄弟们伙伴们身陷其中，一直到开学都逃不出来。在这些夏日之后，相继而来的是工作、女孩、摩托车。接着是成年人的夏日，几乎是毋庸置疑的，可以浓缩为三周强制性带薪假期，假期似乎从来都白白度过，但又永远没有休够。因为失业，他还经历过别样的夏日，那些夏日又罪恶，又漫长，让你浸透汗水，让你忧心忡忡。再就是现在。他什么都不清楚。他感觉超然物外。既轻松，又愤怒。

对他来说，最不可饶恕的是，精力都白白浪费了。他父亲十二岁就已经辍学，母亲也没有多念几天书。他本人呢，十四岁就离开了学校，后来一有机会，他总说自己的证书比高中毕业文凭还值钱，这无非是自我安慰。整个童年，父母对他的训导无非是纠结于无所作为，看不得游手好闲。他学会了劈柴，生火，安装地砖，修水龙头，换屋顶，维修房子，打理花园，还有基本的细木工活儿。跟兄弟们一起，他们都把青春消磨在户外，采蘑菇、蓝莓，摘黄香李。他并不上教堂，但在基督青年工人协会的帮助下，他学会了游泳。在他的世界里，谁也不认为应该宅在家里。大家宁愿待在户外，从事集体活动，或者干活儿。工厂的庞大运转体系，甚至也都倾向于户外。一切都胜过待在办公室里，手握钢笔，脸色苍白，若有所思。

现在，大部分时间，他都独自一人，困在家中。无聊的夜里，他就喝皮康啤酒，对着电视，张着嘴巴，呼呼大睡。凌晨三点，腰间凉飕飕的，他猛然惊醒。第二天，他不想起床，接着还得打一天工，挣点零钱。然后，他啥也不想干，除非是回家。在那里，又是老一套。一杯，就一杯，他对自己承诺。后来，意志力开始松懈，一听接一听，怎么也停不下来。现在，大部分时间，他都宅在家里，日复一日。有时候，他坐在扶手椅上，屁股一动不动，开始看自己的双手。这双手还是很漂亮、厚实。手背上出现了几块褐斑。他感觉自己被掏空，精疲力竭。他不想出门，也不想见人。再说，他几乎看谁都不顺眼。他本想给空空的双手找份活计。往手上放一根手柄。这双手天生就是为了拿工具，为了打磨材质。心头涌起的狂热和恼怒让他连杀人的心都有。

但是，这一次，帕特里克·卡萨蒂很高兴。儿子要来看他，他觉得有脸面。小家伙很快就要穿上军装，要去德国。他心里不会认为儿子要成为"大兵"。他更不会想到战争。脑海中只徘徊着一个词：军人。他还注入了适度的英雄主义色彩，端方守纪的感觉，尤其是公务员踏实可靠的味道。

说到底，这可怜的孩子投错了胎。他和埃莱娜早早就生下孩子。后来，厂里出现问题。生活中，他们总是如履薄冰，害怕朝不保夕。囊中羞涩，焦头烂额的杂事，边境上的竞争，要么马马虎虎地过日子，要么铁定成为穷光蛋。而喝酒的嗜好始终寸步不离。

他遇到埃莱娜的时候，她才十七岁。她和姐姐都自视为山谷里的宠儿。她们成天想东想西。克莱贝尔家的女儿更漂亮，尚塔尔·杜鲁普特也是。另外，她还去了巴黎，在电视自动唱机上，甚至还有人在佩图拉·克拉克①演唱的歌曲中见过她。大家都不知道，她后来有什么样的前途，单是凭着那一双美腿就不难预料，她要么会嫁个好人家，要么会当上职业空姐。只不过，埃莱娜身上有些糟糕的东西，会让你欲念如炽，非常危险。光是看看她，就差不多会开始意淫。那时候，男人们都围着她大献殷勤，她总是对那帮傻瓜发号施令，指手画脚。这套把男人耍得团团转的把戏持续了好几十年。说白了，对男人的这种魔力，埃莱娜并不想放弃。如今，帕特里克还总是开玩笑。魅力已然彻底不再。她剪了头发，双臂松软，面部松弛。乳房就更是没法提了，干瘪，斑斑点点，形同破布。他满心欢喜。埃莱娜消停了。

说来他们还不到五十岁。

世道轮回太快了点，他们还没怎么享受。这种过时的感觉在

---

① Petula Clark（1932— ），法国演员、歌手。

他们之间催生出一种新的默契，一种略带怨恨的忠诚。他们不再彼此伤害。可是太晚了。

　　稍后，帕特里克到洗碗槽下面的柜子里找礼物。他把礼物放到小操作台上，又回来坐到椅子上。差不多快十五点了。这小子是在玩弄大家吧。帕特里克待在那里，盯着闪亮的礼品包装纸、丝带包装花。椅子不太舒服，但他不敢回到扶手椅上，担心又睡着了。半个小时后，他站起身来，从箱子里抓出一听啤酒，这本来是留着两个男人喝着玩的。他喝了三听，后来就躺下来，瞌睡沉沉袭来。

　　等他醒过来，已经过了二十点，他觉得浑身僵硬，白天荒废啦。这期间，Nesquick 盒子里的小虫子还在不停地攒动。天空低垂，空无一物，天气不再那么晴好。他关上窗户，向厕所走去。他咬着嘴唇，三米外都能听到他的呼吸，声音不畅，像三十年的老烟枪一样沉闷，又像塞了一个个小石子。他瞅了瞅礼物，然后撕掉光鲜的彩纸，打开长方形的盒子，拿起里面那把漂亮的猎刀。这真是一件精致的武器，刀刃几乎锋利得发黑，非常宽阔，长长的，两头略圆，中间鼓起，让人想起犹大树叶来。他在小臂上试了试。刀很锋利。他把猎刀插进刀鞘里面，挂在腰带上。既然儿子不来，他只好亲自去找。

　　离开单间公寓前，帕特里克带上两听啤酒上路。他开上标志205，朝湖泊方向驶去。不管情不情愿，他都要给儿子送礼物。这个混蛋儿子。

# 5

他们都在那里，也许不是全部，但肯定很多，这些法国人。

老年人，失业者，大人物，骑摩托的小年轻，优先城市化改造区的阿拉伯人，失望透顶的选民，单亲家庭，躺在童车上的小孩，雷诺 Espace 车主，生意人，穿鳄鱼的企业高管，最后的工人，卖薯条的小贩，穿短裤的美女，发胶抹得发亮的伙计，远道而来的客人，土包子，冒失鬼，当然还少不了几名大兵，以备不时之需。

他们成群结队地来到湖滨，沿着省道一路停车，车停了三公里长，还有人停到原野上，停到树林里。他们三五成群，呼朋引伴，兴高采烈，形形色色，让你瞠目结舌，看起来势不两立，却又并肩携手，相安无事，情同朋友。

大家都奔同一个方向，朝美国沙滩拥去，大家只知它唤作美国沙滩，但并不知其根底。这个名字由来已久，六十年代，一个开军需品店、卖进口牛仔裤的家伙决定在那里开一家汽车电影院。他号称来自得克萨斯，脚穿牛仔靴。但搞太多了就行不通。影院不了了之，但名字却保留了下来。

到达的时候，斯特凡娜和克莱芒丝发现现场已经准备就绪。讲话的主席台已经搭好，一名市政雇员时不时调试音响，人群上空发出漠然的电流啸叫声。今年没有乐队，价格太贵，演奏又不入流。有一位调音师就够啦。还有一个宽宽的吧台，几张长桌，两旁摆着木长椅，在塑料大伞下面，一个家伙正在卖薯条和香肠。从理论上讲，他算是独家垄断，因为只有他才有收银机和营业许可。实际上，他也卖别的东西，有小烧烤架、炸锅和变压器，这样可以在路边摆摊赚点小钱。不管怎样，政府部门盯得也不是很紧。

来得早的看客占据了有利位置。他们安顿在水边，有椅子或帆布躺椅。他们一边等好戏上演，一边喝从彩色冰桶中取出来的冰镇啤酒。稍远的地方，湖中漂浮着一艘驳船，上面载着烟火。明净的天空倒映在湖面上，但已经日影西斜，光影散乱，在攒动的看客周遭笼罩着一种杂乱、阴暗的氛围，还有树叶的窸窣声。头顶上方飘浮着一股烤肉的味道，一种夏日的馨香。人们看起来都很有耐心，乐享其成。斯特凡娜和克莱芒丝四处闲逛。

"坐哪里啊？"斯特凡娜问。

"不知道啊。只能走走看。"

"我可不想被老爸撞上。"

来之前，女孩们也去朗博莱家买了点酒水。礼拜天，商店都关门大吉，只有去老人那里。他早就做好了打算。在他家车库里

412

面，有各种你想都想不到的食物，而且从不打烊，这天晚上，更是堆满了食品、酒水，可谓洋洋大观。你不禁纳闷，他是否有权贩卖这些商品。他穿着蓝色工装、紧身背心，与儿子女儿一道，不分昼夜，忙着招呼顾客。关了卷帘门也没关系，按铃即可。把门微微开启，办法总是有的。

女孩们到达的时候，只见当地所有的冒失鬼都在忙着排队，年轻人居多，但也有其他人。效率堪称典范。轮到某位伙计，他要买一打啤酒，还有鳄梨酱。朗博莱老人说当然当然。他儿子马上到后面库房去找货，库房打理得也很简洁，无非冰柜和金属货架，他把商品拿过来，顾客挨宰，然后下一位跟上。轮到她们的时候，斯特凡娜和克莱芒丝要了一打十二瓶啤酒。三十五法郎。

"好贵！"

"就是这个价。"

老人，蓝色工装，他的两个孩子。她们付了账。

在路上，她们循环听同一首歌，歌里唱着："一连几个小时，她让我疯狂。"她们兴致很高，一边开车，一边狂喝啤酒。斯特凡娜负责按重播键。每听一次，歌词就让她们更加疯狂。到达目的地之前，在一条蜿蜒穿越树林的乡间小道上，她们几乎把一打啤酒喝完了。速战速决。

随后，夜幕降临，森林里生出几丝凉意，也开始让人害怕。她们再次出发，把纸箱扔在原地。接着要找停车位，然后操作，克莱芒丝蹭蹭前车，蹭蹭后车。女孩们一笑了之。发乱如麻，发丝吹进嘴中。她们留了两瓶啤酒，好赶完最后一程。她们很难用打火机撬开啤酒瓶。

"妈的，别去了，这副模样，万一被老妈碰见。"

"没有任何风险，这么多人。"

"嗯，好吧，居然来了这么多傻帽。"

"没有啦，这里呢，她们都来了。好歹算嘉年华吧。"

"太多人了。我心想，他们来这里干吗呢？"

"咳，你不是想做爱吗？"克莱芒丝戏谑道。

斯特凡娜做了个鬼脸。突然，想法不那么确定了。她有些担心，觉得名声已经败坏。她心想，她已经迈起了啤酒步，兜一小圈，她就让克莱芒丝带她回去。

渐渐地，她们也融入人群。有香味，有音乐，有喧嚣，不同的面孔从面前闪过。女孩们一起往前走，不再说话。她们已然成为一道风景。不久，她们又买来薯条，到圆木上坐下吃。一帮男孩打那里经过，贪婪地瞅着她们，一帮土包子，留着圆平头，还有童子军。他们穿着无袖牛仔夹克，里面套一件黑金属乐队T恤衫。某些人还想蓄胡子，却并不成功。看见他们不死心的样子，克莱芒丝朝他们竖起一根手指，他们只好走开了。

"他们真好玩，这些摇滚爱好者。如果你喜欢他们，就再也看不到别人了。"

"嗯，差不多大家都一样。来吧，咱们动动吧。我够啦。"

"哦啦啦，你一下子就失望啦。"

斯特凡娜没有回答。确实，她感觉很奇怪。

"人太多了。"

"你想走吗？"

"不知道。"

克莱芒丝站起身来，拽住女友的胳膊，使劲地拉着。她们继续走，穿过人群，慢悠悠的，信步向前。


科拉莉和哈希纳手牵着手，领着小狗一起散步。这么说吧，哈希纳太不爽啦。他心想，过了吧台，他就要闪到一边去。吧台过了。他没敢闪。这乌泱泱的人，这成群的傻帽。他们还碰到以前的朋友，他就跟中了暑似的。他不太清楚原因，但是成双结对，一起散步，在街头亲吻，他以前绝不会这么干。女人可真是麻烦。你想上她们，然后呢，她们却要说服你继续睡，慢慢地，你就得签协议，做计划，直到有一天，周围的人与事，你再也不认识啦。你以前习惯去的那些地方，你再也不会去。一起长大的伙伴也形同路人。你开始小心，上完厕所以后，一定要放下马桶圈。

说实话，科拉莉什么要求也没有提，她其实很酷。证据就是，朋友们在他们家玩了大半夜电子游戏。不，还是有一点小偏差，渐渐地，哈希纳也脱离了往日的种种习惯。他并不遗憾。他生活得更好了，这毫无疑问。当他感到沮丧的时候，他早就不必独自思考，他的生活是否本该更好，别人是否都比他幸运。因为有了她，他才不再有彻底挫败、人生虚度的凄凉感。她让他改变了想法，她做爱太棒啦。就连她父母也很热情。只是，当他们俩一起到城里的时候，他总是害怕被人看到，就像做了什么亏心事似的。在他看来，如果某一天曝光于天下，这段爱情真有点假面舞会的效果，他自己就像蹩脚演员，天生不适合这个角色。他一心想当坏孩子。男朋友这个角色，他还不习惯。

有时候他会想，他不见这些人的时候，他们会干吗呢，慕斯和萨义德那帮人。他不在的时候，大概他们还继续自己的生活，游手好闲，为非作歹。小个子卡戴尔因为暴力事件被判了两年，正在坐牢。一段从吵架发展到火拼的白痴故事。哈希纳倒想再见到他。

科拉莉想吃薯条，喝啤酒。哈希纳付了钱。他在心里盘算，一旦老老实实挣钱，所有东西都变得昂贵。一开始，领工资无非给你兜底的感觉，免得生意场上起伏不定。后来他很快明白，这些微不足道的小钱并不只是开始，而是老实人的日常节奏。你开始计算超市购物车上的商品，对比住房保险金，对比巴利阿里群岛之旅的价格。生活也变成一连串的精打细算，操持用度一丝不苟，不舍得吃，不舍得穿，非但没有丝毫痛苦，反而总是觉得不满足。比如，一段时间以来，科拉莉缠着他要海水浴。一个周末，两个人要五千法郎。哈希纳每个月挣七千二百四十法郎。穿着浴袍，趿着拖鞋，享受两天时间，而需要你吭哧吭哧努力两年去攒钱，这怎么行？只要想一想，他就觉得浑身焦躁。科拉莉反复说：你看嘛，会让我们很享受的。

二十一点左右，音乐声停下来，科拉莉把哈希纳往主席台方向拖。市长已经登台。身旁站着一位优雅的女士，面部看起来像啮齿动物，还有一位胖乎乎、圆滚滚的男士，看起来心情很好，他就是皮埃尔·肖索瓦。在主席台后面，可以看见一览无余的湖面，在另一侧湖岸，看得见高低错落的树林剪影。音响里传来噼里啪啦的电流声。

"有请各位……"

马上安静下来，市长可以开始讲话了。他很高兴来了这么多人。对本地发生的一切，他都很高兴。冬天，圣诞市集、新的室内体育馆、汽车博物馆，今年已经创下参观纪录。夏天，埃朗日当然可以享受自然遗产的利好，按他的说法，有人远道而来，图的就是自然环境。连圣特罗佩都得加油了。此外，市里面还整治了赛艇路线、滑板公园、网球场，翻修了游泳馆、迷你球场、露营地，等等。现在，一切都很顺利，他不想停下来。城市还有其他抱负，因为必须一往无前。皮埃尔·肖索瓦又接过话筒，宣布一条特大好消息。明年夏天，埃朗日将有自己的赛艇比赛。公众反应并不热烈。有几个好奇的人问赛艇比赛究竟是什么。

"我知道，这看起来有点自命不凡。"皮埃尔·肖索瓦说，出奇地激情昂扬，"这不太属于我们这个地区的文化。但是，我相信，我们已经万事俱备，可以迎接这样的知名赛事。我去看安纳西、卢加诺、科莫湖。他们没有任何值得我们羡慕的地方。"

市长绷着脸没有笑，他说也许还是可以羡慕一下科莫湖的税收。胖子继续说，这种活动的影响力不言而喻，但是哈希纳听不进去。他四处打量。其他看客不是太专注。在他们的脸上，看得出来都是礼节性地笑笑。还有些小滑头格格地笑出声来。有一刻，有个喝了酒的男子大喊一声："裸奔！"旁边的人都笑了，他太太却没有。说到底，人们对埃朗日的社会文化生活漠不关心。他们来这里是为了凑热闹、看烟火、喝酒。平民老百姓都等着讲话结束。突然，有什么东西吸引了哈希纳的目光。但是，他还来不及反应，那张熟悉的面孔，那耷拉的脸皮，就已经不见了。

安东尼独自过来。他不想见父亲，也不想见任何朋友。他只想来感受一次，他已经确定要与埃朗日说再见了。这是一种全新的体验，说走就走，几乎就像匆匆旅人，在风景中，在人群里，这一切已经与他不再相干。总之，明天，他就要出发了。

听着斯特凡娜父亲最后说的那些话，他不由自主地开始找她。他希望她也在现场。这是最后一面的理想时刻。这一次，他们可以平等地玩。皮埃尔·肖索瓦祝福大家晚上开心。市长也跟着祝福。那个啮齿动物面相的女人没有发言，猜得出来她很失望。

"在等待烟火的同时，请大家欣赏调音师的高超手法。"市长边介绍一位年轻人，边做了最后总结，年轻人身体微胖，穿着白色T恤衫，脖子上套着耳机。调音师开始放调频音乐台，哪里都能听到，谁都耳熟能详。安东尼和其余五千号人又开始东溜西走。他喝了一瓶热乎乎的啤酒。这时候，他看见了表哥。

表哥正在闲逛，表姐两口子陪着他。他们随身带着婴儿车，两个小孩。朱莉十八个月，吉莲三岁。安东尼和男人们握手，与卡丽娜和孩子们贴面。他们简单地说了几句话，讲了些彼此的糊涂事。再见面还是很高兴。

"那准备好啦？你就要走了……"

卡丽娜说这句话的语气，既有指责，又有褒奖，她把女儿抱在腰间，一只手推着婴儿车。安东尼觉得她变化特别大。在她身上，妊娠能够奇异地说明问题。人家会以为，这是一名彻头彻尾的懒女人。实际上，她属于那种全身心付出的母亲。从老大开始，她就投入到新的角色，青春年少的痕迹消失得无影无踪，一生孩子，少女的身形就全然消失。如今，她已经成为一种温顺、关爱的力量，无休无止地泛溢着奶汁、泪水、爱心、疲劳。毫无征兆地，她就切断了与从前人生连接的桥梁，无怨无悔地为孩子们奉献，弹指间就成为全职家庭妇女。她的日子遵循着同样的节奏，从用餐到午休。伺候孩子们起来，热奶，裹襁褓，然后是熨衣服。很快，中午时分，炖锅响了起来。有土豆、黄豆、猪肉。她一边有一搭没一搭地看游戏节目，一边喝咖啡。十四点左右，孩子们睡午觉，她才可以缓口气，对着电视剧大吞巧克力。下午又是新一轮劳作，又是重复的事务：服侍孩子们起来，喂饭，出去遛弯，回家，准备晚饭。要是出门，必然是从家里到诊所，从勒克莱尔超市到游乐场。在她家里，电视机每天开十二个小时。公寓里有三台电视。她男人米卡在体育行业工作，每周有三个晚上不在家。他回来的时候已经精疲力竭，顺势就躺倒在沙发上，孩子们也挨着他缩成一团。家里形成了一个传统，大家有权享用冰淇淋。全家人聚在一起，看着电视屏幕，嘴里感受着香草的气息。还能期望什么更好的呢？

只要看看她，安东尼就觉得不舒服。这些女人，一代又一代，最后全部沦落，一半都当上了家庭主妇，只一门心思传宗接代，她们注定有同样的快乐、同样的痛苦，这一切都让他觉得格外伤感。在无声的固执中，他依稀可见自己这个阶层的命运。更糟糕的是，种族的法则，通过这些烧菜做饭的女人身体，通过她们宽阔的髋部，通过她们满实的小腹，在不知不觉中延续。安东尼讨厌这个家庭。它带来的无非是轮回反复的地狱，既没有目标，也没有终点。他要远行，他要创造奇迹。他会给自己带来改变，但究竟怎么样呢，他也不知道。

在等待的同时，他们开始与表哥聊天。多少聊几句，显得很热情，虽然他从母亲那里一直都能得到消息。不久后，大家同意喝一杯。吧台前面，长桌一字摆开，他们挑了一张桌子，在最头上坐下来。座位不够，大家都挤着坐下。米卡急着去买喝的。他人很好，一双小腿宛如两根杆子从短裤里伸出来，这短裤还是从三道杠运动裤上截下来似的。这一次，表哥话很多。一年来，他经历了很多失望挫折，他慢慢道来，一副置身事外的口吻，就像一个历尽沧桑的男人，难掩内心的酸楚。与他的"傻姑娘"，他们最后也分道扬镳。安东尼心想，这是必然的，但是并没有说出口。此外，他在卢森堡找到一份新的工作，为那些在玻璃大厦中做决策的高管送午餐。

"那边，大家都开宝马。"表哥说，"所有人都包含在内。"

安东尼表示同意。跟山谷里的所有人一样，他不断听人谈起卢森堡，谈起他们高额的工资、不足挂齿的负担，还有漂亮的公务用车。公国太缺少劳动力，当局决定实施相关部署，让跨境工作的雇员开奔驰、宝马 5 系，或者奥迪 Quattro，而不用掏一分腰包。从埃朗日看这事，简直有如人间天堂。

不幸的是，表哥不属于他们之列。他生活的地方靠近边境，住一套小两居，得自己想办法去上班。米卡买了啤酒回来。马上就要放烟花了，孩子们兴奋不已，怎么都管不住。卡丽娜又是威胁，又是许诺，不停地说"我警告你啊"之类的话，但都不管用。在碰杯的时候，她差不多一口就干掉杯中的啤酒。每个人轮着去买酒，安东尼坚持给小孩买来炸薯条。成年人都在食品盒里面翻来找去。很快，桌子上就摆满了吃的和酒杯。大家都心情舒爽，即便孩子们哭啊闹啊，扭来扭去的。安东尼和表哥看着湖，有点伤感。他在那里度过了很多重要的辰光。安东尼想撒尿。他醉了。他越来越渴。

"我马上回来。"他说。

"快点啊。快开始了。"

他站起来，尽量挺直身体，朝稍远处临时搭建起来的化学厕所走去。调音师显然是印度支那乐队的粉丝，安东尼已经听出《冒险者》，《每周三夜》和《金丝雀湾》已经放第二遍了。他想，这是他的最后一夜。


帕特里克兜了一小圈，最后在小酒吧找到鲁迪，他们肩并肩坐下来。因为鲁迪没有多少钱，主要是帕特里克请他喝酒。不一会儿，理发师也加入他们。三个男人，胳膊肘撑在吧台上，一边看热闹，一边喝酒，不急不忙，也看其他客人，看大伙一片海喝，看接啤酒的棕发年轻女子。她一袭黑衣，动作很快，就算听到刺耳的话，她也只是微微一笑算作回应，不是太漂亮，但很匀称，是大家关注的焦点，算是酒吧女招待吧。鲁迪更是心神不定。有一会儿，当她把三杯啤酒放在他们前面的时候，他摸了摸她的手腕。她马上缩回手臂，跑到老板耳边说了几句话。

"你傻逼呀。"理发师说。

"咳，怎么啦？"鲁迪说。

老板让他们把小伙伴看好，不然会出事。帕特里克诺诺答应。

"丑话说在前面，不管残疾不残疾，如果他再动手，我劈脸就打。"

"我不是残疾。"鲁迪说。

"嗯，咳。"

老板留着浓密的唇髭，只能勉强看见下嘴唇。帕特里克知道，他是橄榄球队的，专门训练小孩儿，安东尼小时候还注册过三年。他同意了：

"在眼皮底下呢，放心吧。"

理发师嘿嘿一笑，大家也就到此为止。

"别犯傻了。你不舒服，还是咋了？"

"她看我呢。"

"她根本就没有看你。"

"平常你从来不为女孩伤神啊。这是怎么了，这出把戏？"

"我不知道。我觉得，她在看我。"

"谁都需要爱情。"理发师说，充满哲思地举起酒杯。

"是这样哦，对。"

帕特里克背朝吧台，开始用目光在茫茫人海中搜寻。现在，他享受着他的状态，微醺，伤感，又无所不能。不管怎样，在这潮水般涌动的面孔和光影中，他很难找到儿子。他怨气冲天，又喝了一大口啤酒。鲁迪也转过身来。在那张刺猬脸上，他的眼珠一动不动，像铅一样闪着光芒。他仔细观察，热情若狂，半张着嘴巴。

"那边！"他伸出指头说道。

帕特里克努力顺着他的手指。一个身影有点像安东尼，确实刚刚离开人群。鲁迪的手指还悬在空中。帕特里克甚至都没有问他，他是怎么知道的。醉鬼、傻瓜、圣人，说白了，这一切都体现了同样的自然秩序。

"我马上回来。"

他喝掉杯中酒，开始辟出一条道路。这并不容易。他咕哝着，那些人不断拥过来。他发现猎刀还在，还别在腰带上，还在他的 Polo 衫下。走出人流，他看见了表哥和卡丽娜，还有小孩，以及有点西班牙味道的小胖子。

"瞧。"他说。

"你好。"

表哥让他坐。卡丽娜的一个小孩刚刚蹒跚学步。另一个小孩微笑着，要去照顾更小的。大家做了介绍。帕特里克发现，这个家庭实在太大了，几天不见，还在继续扩大。他站着，心头一紧。小孩很可爱，他们流着鼻涕，因为小孩总在桌子下钻来钻去，浑身都带着倒胃口的气味。他假装做了个手势，跟小朱莉玩偷鼻子游戏。

"哦噗!"

小孩睁大眼睛。帕特里克看见卡丽娜有点不满。毕竟，他是一个酒鬼。

"你们怎么样?"

"没什么。你呢?"

"还行。"

"人不少啊。"

"嗯。"

帕特里克在兜里找烟。表哥递过一支。

"拿着。"

他给他火。谢谢。没关系。帕特里克不知道该从何说起。他又想喝了。

"你妈呢?"

"还是老样子。"表哥说。

帕特里克若有所思地吸烟，慢慢地表示同意。

这些小孩，他们打这么高的时候就认识。他们在他家玩。他给他们买票，让他们坐旋转木马，还陪他们在游泳池洗澡。他清了清嗓子。

"你们没看见安东尼?"

他往桌上看了看，怪怪的样子。谁也不愿意说话。表哥马上开始喝水。

"看见了，五分钟前。他撒尿去了。"

"他说要来看我的。"帕特里克解释道。

年轻人没有反应。显然，这关他们什么事？突然，帕特里克觉得有点疲倦。他灭了烟头，笑了笑。

"好啦。我走啦。"

"晚上开心。"

"如果你们看见安东尼……"

"我们告诉他，没问题。"

他又回到小酒吧，每一步都尽量脚踏实地。他不想在他们面前歪歪倒倒。这一切让他觉得十分懊恼。到达吧台，他找到鲁迪和理发师，还有他的烟盒。他点燃一支烟，示意那个大胡子给他再来一瓶啤酒。他没有问其他两个人要不要喝点什么。


安东尼很快就明白过来。要撒尿的话，整个沙滩总共就三个厕所，蓝色塑料隔间，每个隔间前面都排了二十五米长的队。主要是女人。男人看见队伍这么长，随即就躲到树丛里解决了事。安东尼也模仿他们。他找到一个僻静的角落，即便在那里，也是人声嘈杂。他钻到树林深处。很快，森林的暗影笼罩在他身上。在他身后，人群的喧嚣只余下昏黄的、低沉的搏动。他继续走了几步。树叶沙沙作响。他拉开门襟。

每当他处于这种境况，事情超出他的控制的时候，他就会想起冒失鬼。十到十二岁的时候，他与表哥一道，整下午整下午地看恐怖电影。他们把窗户关上，坐在地上，抬眼看着屏幕。他们赌谁能扛得住。有时候，恐惧感那么强烈，安东尼只好闭上眼睛。只剩下声音，在他脑海中，恐怖已经无以复加。此后，他整晚做噩梦。即便在学校里，在家中，他总觉得有某种神秘的存在跟着他，看到阴暗的角落，总觉得有什么东西躲在里面。因为一丁点小事，他也会战战栗栗，不想一个人去上厕所。母亲还说要带他去看心理医生。幸好被父亲制止。然后，他们又开始看黄片，那是表哥在 Canal$^+$ 频道上翻录下来的，阿什琳·盖尔与克丽丝蒂·卡妮恩，他的睡眠又立马改善。

在那里，在灌木丛中，生殖器悬在空中，他又有了那种阴魂不散的感觉。他后背打了一个冷战。其实并不冷，但是空气里有种扎人的湿气，从树枝上落下来，从领口沿着肌肤往下滑。在他前面，在开阔的树木之间，他似乎看见有暗影飘过。他忽闪着眼睛，打量着空洞洞的树林。再一次，一个白乎乎的东西映入他的眼帘。立即，他的阴囊一紧，小臂上的汗毛全都直刷刷地竖起来。就在此时，他听出来了，那声音潮湿、熟悉，原来是尿液冲刷在林中松软的地面上发出的声音。

然而，他撒不出来。

他大气不敢出一声，赶紧拉上门襟。他不敢有任何动作。

"嘿！"

从一棵树后面冒出一个声音，那是另一个撒尿的人。安东尼觉得浑身发颤，很快又松了口气，差点晕过去。

"妈的，我怎么撒不出来。"

"嘿嘿。"那家伙道。

单单听到他的声音，就像重新点燃了火焰。一下子，安东尼重新找到了感觉。他撒了很久，非常愉悦，有另一名男子在，他觉得很踏实，他也跟那人一样，靠着一棵树方便，全身轻松。那人方便完了，还朝安东尼这边走了一步。

"我讨厌这地方。"他说。

"沙滩？"

"不是，这片森林。我不知道，我没有把握。"

"显然。"

安东尼看不真切，但听他的语气，似乎年轻、友好，跟他本人一样，多少也醉醺醺的。远处响起了《拉邦巴》的旋律。安东尼挤掉最后的尿滴，拉上门襟。那人在等他。大概是出于礼貌。安东尼在牛仔裤上擦了擦手，跟上前去。

"妈的。"

哈希纳和他劈头碰上，这是这么久以来头一回。他们待了片刻，一言不发，都有点昏头昏脑。说白了，他们不太清楚，这样见面该怎么办。他们都认出了对方，但是不知道如何面对。他们的恩怨已经集满尘埃，早已褪色，变得无味。作为条件反射，他们肯定都要挑衅，各自都仰仗着那份站不住脚的虚荣。很久以来，昂首挺胸是他们系统化的解决方法，是最简单、最男人的方法，也是无需太多文字的方法。然而，他们并不想就此打一架。

"我们干吗呢？"

"婊子养的。"安东尼试着说，但心不在焉。

那边，音乐停了下来，沙滩已经陷入一片黑暗。两个男孩完全置身黑暗之中。一动不动的人群中飘过一阵低声喧哗，第一支烟花升上天空，在湖面上方勾勒出一道弧线，闪闪发亮。它射得很高，很高，非常壮观。《谁愿永生》初初响起，在高昂地回荡着。安东尼发现，他已是独自一人。哈希纳已经走了。在他身后，森林沉沉笼罩，宛如一段记忆。他快速跑到表哥和其他人身边。

# 6

沙滩上，成千上万张面孔齐刷刷转向天空。可以看见红色的折射、蓝色的光影、白色的华彩。烟火在夜空中喷薄而出，闪闪发亮，直刺天空，如花般绽放在人们心间，耳朵都快被震聋了。这是一个光影喧嚣的世界，一挂色彩斑斓的瀑布，一幕如雷滚滚的大戏。这一次，市政府下了大力气。

斯特凡娜和克莱芒丝也找不到什么可指责的说辞，即便音乐听起来悲伤婉转。席琳·迪翁，《保镖》中的歌曲，然后是强尼。只要识货，音乐和灯光绝对让你难以自持。她们身边，有个父亲用手臂托着小女孩，小女孩伸着手指说，红色漂亮，蓝色漂亮。有对夫妇在深情拥吻。就连警察也看得入迷了。同一种目光，同一条山谷。这就是国庆日。

最后一束烟花伴着《我这样爱你》的旋律。斯特凡娜感觉闺蜜靠在自己身上。她们的眼睛里闪着同样湿润的光泽。在她们体内，歌词来回躁动，"我的身体在你之上"，一种猛兽般的、天然的、莽撞的激情，让人无可抗拒地心头一紧。

随后就结束了，有口哨声，有鼓掌声，所有人都急着要喝一口。大家都渴得不行。舞会可以开始了。

很快，气氛就变了。起初是一种信马由缰的天真气息，现在大家都变得疯狂起来。被酒精、噪声和疲劳刺激的躯体互相吸引，又互相疏离，自己却全然不知。舞池上，在一串串彩灯的辉映下，舞者开始兴奋躁动。调音师开始放杰克逊五兄弟，然后又放葛罗莉亚·盖罗。他了解自己的经典曲目。在祖露的胸口上，肉眼都能看到汗珠。老人们看着这一片狼藉，眼睛开始无神。有人甚至开始打瞌睡。但是，少年人绝不会困。他们耸肩缩颈，耍帅扮酷，站在舞池边，你盯盯我，我盯盯你，目光如同匕首一样犀利。每一代人都渴望战胜同样的矜持。恼火的是不知道该如何下手。

斯特凡娜和克莱芒丝也来到舞池里。安东尼从树林回来，刚好碰上她们。她们正在跳舞，超级漂亮，动作不太利落，交换几个手势，胳膊在空中挥舞，一切都宛如电影中的场景。两首曲子之后，她们耳语了几句，克莱芒丝离开了舞池。

这似乎是好时机。

"你好。"

斯特凡娜朝他转过来。她只需要两秒钟，就可以把他撩拨起来。

"哦，咳，操！"

她满脸笑意。他们想说说话，但是音乐声太高了。她主动离开舞池。

"好啊，你怎么样？"

"现在，我在巴黎。"

"啊，酷啊。"

"还行吧，我学得跟疯子似的。我长了两公斤肉。"

男孩从头到脚打量她。很明显，多长的这一部分肉集中在乳房上。肩头上，小背心的蕾丝带已经深深地嵌入肌肤，就像从前系在腰间的带子。

"喂。"斯特凡娜一边说，一边在他鼻子下面打了个响指。

"你很漂亮。"

"但，这很傻……"

话虽这么说，她还是开心，而且难以掩饰。这时候，克莱芒丝蹿了出来，手里端着两杯啤酒。

"我找不到你了。你去哪里了？"

"我一直在。"

斯特凡娜不知道该说什么。安东尼一言不发。出师不利。

"我打扰你们了，也许？"克莱芒丝说。

"没有啦。"

什么也没有发生。音乐震耳欲聋。安东尼牺牲了自我。

"好吧，我去买点喝的。再回来。"

"好啊。"克莱芒丝道。

你瞧，又一次死翘翘。他往远处走去，尽量显得酷酷的，即便他已经彻底厌倦。他来到这里，不过是为了利用机会，最后感

431

受一下这座操蛋城市的气息，然后就要一走了之，斯特凡娜还和往常一样，对什么都不在乎。他甚至都不能回去，她可能会和那位猪脑子闺蜜一起挤对他。他在酒吧前排队买好东西。他忍不住想要盯着她的肩膀，但他又不敢。一切都让你想揍人，或者揍自己一顿。然而，他觉得自己已经走出这段故事。女人嘛，肯定的，惹人伤心……

"喂！"

他转过身来。斯特凡娜独自过来。闺蜜已经不见了。奇迹。

"晚点你可以送我回去吗？"女孩问。

"当然。"

"克莱芒丝要回去。现在就让我回去，太让人恼火了。"

"没问题。"

"嗯，那你不要多想呀。"

太晚了。安东尼对一切都充满渴望。他拿来啤酒，他们避开人群，来到树林边缘，想要说说话。其实，说话就是坐在草坪上消磨时间。斯特凡娜问他一些问题。他无非回答是或否，支支吾吾，几乎都看不清她的脸。轮到他了，他想要知道这两年她在干什么。她不太想多说。一切压根就不像原本应该的那样。

"你真让人烦。"斯特凡娜说。

他朝她转过身去，亲吻她。他们的牙齿碰得格格响。这是最后的机会，一个粗鲁的吻。她很疼，抓住他的头发。他们差点失去平衡。他们闭上眼睛，舌头旋转，心跳加速。渐渐地，笨拙的感觉褪去。他们翻倒在扎人的草地上，他把她压在身下。男孩吻她的面颊、脸蛋，吮吸她的脖子。他很沉，在这个男人的重压下，斯特凡娜束手就擒，防线全部崩溃。这一次，她什么也不再想。他也是。他们都想要，这就是桃源仙境。他开始在斯特凡娜的短裤内乱摸，这时候，女孩改变了主意。

"等等。"

"怎么了？"

"我父母在那里。我不想被他们撞上，正在跟男孩接吻。"

"他们看不见我们。这里很僻静。又不是干坏事。"

"但是……"

为了打破僵局，她想到什么，就随口说出来。

"不管怎样，我想跳舞。"

"说真的？"

"去吧，我喜欢这首歌。"

"我不喜欢跳舞。"

但是，已经做出决定。她把他推到一侧，迅速穿好衣服。

"快，来吧。还不晚，然后你再跟我做爱。"

在酒鬼生涯中，帕特里克·卡萨蒂经历过不同时期。呼朋唤友的聚会时期，经常喝到断片儿，第二天上午服下两片阿司匹林和一瓶可乐就能了事。后来，他可以连醉多日，并为此捶胸顿足地懊悔，他甚至责备朋友们，还打算去教堂忏悔。同样，他还经历过天天中度醉酒的时期，把一个个酒瓶藏在衣帽间，用口香糖掩盖口气，朋友们在工作中极力帮他遮掩种种琐事，大好时光在酒吧里玩儿，然后闷闷不乐地回到破房子。最后总是一通谩骂，在客厅沙发上倒头就睡，儿子全看在眼里……美泰乐公司倒闭后，他靠酒精理疗，放松心情，鼓足勇气，忘掉烦恼，失业者也有权享受一点好时光。不喝酒的时候，连周末也滴酒不沾那会儿，他有过一段平静的时光。可说到底，那段日子仿佛在等他重新端起酒杯，让他投降的那杯酒终究会到来，一口波尔图葡萄酒，他彻底沦陷。在戒酒的日子里，他不想出门，也不想有人上门，圣诞节成为一大威胁，他害怕见朋友，也害怕每天晚上喝开胃酒那段时间。七点钟左右，他雷打不动，开始想喝酒。没有什么可资谈笑，就是一杯酒的诱惑，就一杯。不会有什么坏处。开胃酒有自己的时间、自己的声音。就像是朋友的声音，这个朋友知道人生苦短，也知道最后谁都要入土。及时行乐。因此，帕特里克会允许自己出点儿格，第二天发现自己彻底完蛋，一切都需要从头再来。

这些时期一个接一个，不断地重复，在混乱中更替，他全部都经历过。目前，这又是另一种情况。他像运动员一样喝酒，寻找自己的极限，像健美运动员一样追寻最大负荷，让自己产生虚空感，让努力全都白费。在努力的过程中，一直到呼呼大睡，他生活得跟国王似的。无所不能，粗暴，让人恐惧、害怕。因此，只需要看他一眼，就知道他无所不能，就知道他渴望的终极目的是墓园。

"好啦。"他说，"还没有结束呢。"

鲁迪和他躲在一个小角落里，从那里可以看到舞池，而且还避开了别人的目光。在那里，他们悄悄喝光了从某张桌上顺来的一瓶酒。几乎没有剩余。他们斜斜地靠着，胳膊肘撑在桌面上，跷着二郎腿，他们无欲无求，就这样待在那里。

"我得走了。"

"去哪里？"鲁迪问。

"不去哪里。如果继续待在这里，我就要睡过去了。"

"那么？"

"我不想睡着了。就这样。"

帕特里克马马虎虎直起身来。他双腿摇摇晃晃。他在身上摸来摸去。

"你找啥？"

"我的猎刀。"

"你放哪里了？"

"啊啊啊。"

他蹲到地上，手终于摸到了猎刀。他再次把猎刀别在腰带上，把 Polo 衫翻下来盖住。然后抓起酒瓶。

"我干了。"

鲁迪没有反对。并非他好像没有选择。不管怎样，因为日子过得一团糟，帕特里克落下了这副面孔。他的嘴巴上有一道苦涩的皱褶，面颊上皮肤紧绷，有几分僵尸的味道。他面前剩下的酒不多了。他打算全部喝掉。他把瓶子送到嘴边，喝得滴酒不剩。

"喝爽啦。"

现在，他醉得可怕，脑袋里有如群蜂乱舞，又如当年车间里金属相撞，叮叮当当。他看着那个傻子，头发蓬乱，皱纹深深，傻得让人心碎。这个可怜的孩子，一无是处，脑筋空转，从来就不可能得到女孩的倾心。还不如死了。

"回去走好啊。"鲁迪说。

帕特里克轻蔑一笑，上路了。他一直拿着酒瓶，喘着粗气，弓着背。很快，他就挤到桌子中间。他得手脚并用，才能辟出一条通道。谁都不想挪屁股。有人踩到他的脚。有年轻人推搡他。还有阿拉伯小子。还需要最后一杯，再打道回府。他可以找人送他回去。在一张桌前，他停下来待了一会儿，骑在长凳上。人多得要命，音乐也震天响。看看我吧，傻帽儿，还行，来吧，闻到了，真吵。他在桌上寻找。扔到一边的酒杯，喝剩的啤酒、红酒。能够找到的，他都喝了下去。他发现有人在看他。那是一家人，祖父母，还有孙辈。

"怎么？"

没什么。他们无话可说。这些懦夫。他想站起来，但双脚像灌了铅一样，把他粘在长凳上，他还没有明白怎么回事，就失去了平衡，劈头盖脸栽倒在地上。那位父亲急忙冲过来。

"等等，别动。"

帕特里克摔了个狗啃泥。他动弹不得，只好由着别人。

一旦站起来，他赶紧拿手去摸额头。他并没有多少感觉，但鲜血已经流到 T 恤衫上，流到鞋子上。鼻子整个都擦破了。他用手指去摩挲，感觉到这里已经塌陷。对面的男人皱着脸，意味深长。

"您伤着了，是不是？"

"深不深？"

那位老好人抓住帕特里克的手腕，拉开他的手，好看得更清楚。

"嗯。有点。"

帕特里克用舌头检查了牙齿。嘴里有股金属的味道，他流血了。但是，似乎没有受伤。

"没什么。"他说。

他看了看手和衣服。那人的太太从手包里取出一盒面巾纸，丈夫拿过来递给帕特里克。

"没事。"帕特里克说。

"血流得很厉害。"

帕特里克觉得自己太傻了，双脚跟棉花似的。他伸出手，看抖不抖。明天，他什么都不会记得，只知道青一块紫一块，只知道伤疤。他的手抖得厉害。

"我们去找消防员。"

"不用。没事。我遇到过。"

他用纸巾擦了擦。当纸巾浸满血后，他就塞进兜里，然后再拿一张。他又拿了两张，血才止住。那人坚持要去叫急救。他很热情，胖乎乎的，脸上有点坑坑洼洼，头发已经染白。家人在一旁看着他。可以说是个正派人。

"听我的，没事。"帕特里克说。

他突然站起来。他站得并不稳。

"我可以对付。"

他深一脚浅一脚地走了。

这么一刺激，让他差不多醒过神来。他漫无目的地走向舞池。灯光已经变成蓝色，伴随着悠悠的狐步舞，那些成双结队的情侣，深情地彼此相拥，在胶合板地面上踱着舞步，他看得如痴如醉。他感觉手很沉，手臂像灌了铅似的，他不时用面巾纸去擦额头。单是这个动作就耗尽了他最后的力气。已经过了午夜。夜深了。

这时候，他看见儿子正在跟一名女孩跳舞。男孩紧紧地拥着她，两个年轻人慢慢舞动，像水母一样慵懒。艾罗斯·拉玛佐第[1]操着重重的鼻音，正在吟唱爱情的苦痛，每一对恋爱中的男女，都彼此紧紧相拥，似乎命中注定的庄重情感已然把他们感染。女人们还记得那些模模糊糊的伤感。男人们也放松了警惕，他们脸上流露出的懊恼宛如丝丝怨恨。有这首凄凉的曲子助兴，一下子，生活于他们都是本色体现，凌乱无章，只有一系列不合时宜的抢跑。这首凄婉的意大利歌曲，浅吟低唱的是不幸人生的秘密，离婚和葬礼在不停地减分，工作让人伤痕累累，浑身早就遍体鳞伤，还有失眠的怅然，孤独的遥夜。这不禁让人浮想联翩。人们相爱，分手，什么都主宰不了，自身的激情也好，最后的归途也罢。

但是，在安东尼的脑海中，这种观点压根就没有容身之地。

---

① Eros Ramazzoti（1963—  ），意大利国宝级歌手。

他与女友一起深情相拥，难分你我，他们一起跳舞，发丝凌乱，汗水相杂。帕特里克看见男孩的手伸到了舞伴的后背。儿子在跟女孩说悄悄话。歌声戛然而止。他们迅速散开，既没有牵手，也没有别的。

父亲就这样待了片刻，气喘吁吁，不能动弹。他甚至都不渴了。他只知道一件事，他还不想睡觉。

# 7

哈希纳岂止火冒三丈。科拉莉碰到了几名工作中的同事,他没办法脱身,只得与他们坐下来喝几杯。三对情侣,在新生活中,如果说有什么让哈希纳讨厌的话,那就是跟其他情侣的交往。在某个时刻,男人们总会凑到一起闲聊。必须得学会这种游戏。有个家伙穿着米塞奥格林衬衫,脚踏船鞋,他开始给你讲,他如何打算让房产增值,然后再去买套大的。他关心什么,说实话?另外,斯瓦兹克和罗曼刚刚买回一条小狗,那条哈巴狗超级烦人,不断骚扰内尔森。哈希纳只有一个念头,就是给它来一枪霰弹,看看什么效果。他甚至连酒都不能喝,明天就要开工。科拉莉也感到事情不对,把一只手放在哈希纳的膝盖上。她不时使劲地摁他,让他回归理性。信息传递到位。

最让他气不打一处来的是,去撒尿的时候,他刚好撞上那个斜眼小傻帽。他倒是希望,要么山谷里人多地狭,很多人愁眉苦脸面容相似,要么是同父异母关系,但这纯属想多了。而且,他还逃之夭夭，跟懦夫似的。当时必须得走，他还得回去找桌上那几个傻瓜呢。他感觉很奇怪，仿佛得到了缓刑，又觉得耻辱，似乎所有人都盯着自己。此后，他不停地看手表，看周遭，看会不会碰上某个人。这期间，雷米和他女人想说服他和科拉莉一起去滑雪。简直是地狱。

"就一个周末。"

"说实话，我倒是跟我们公司的企业委员会有些计划。小木屋，三天，每人还不到五百法郎。"

"我都不会滑雪。"哈希纳发表意见。

"没关系。你会看到，山中风景很美。"

科拉莉在坚持，哈希纳不情愿的心理似乎越来越明显。本可以去感受寒冷，却让这么好的机会擦肩而过，就好像他疯了。

"不，但是说真的，你可以自己去。"

"就两天嘛。"

"算什么啊，两天时间。我们一起吃火锅。你还可以喝热红酒。"

就这样持续了好长一会儿。到后来，哈希纳心想，他们是不是在故意找茬儿烦他。最后，他索性退出讨论，任目光四处飘散，毫无目的。现在，人已经没有那么多了。舞池里，调音师还在一首一首地放狐步舞曲，既是为了让大家舞动起来，也是为了平息大家的热情。在舞池边上，有一个家伙摇摇晃晃。

"不是吧……"哈希纳说。

"什么?"科拉莉问。

哈希纳站起身来。他认出他来了，在那边，那个踉跄欲倒的身影。那是毁掉他满口牙齿的男人。

"哦!"科拉莉一边说，一边想抓住他的手。

男友勃然变色。他那样子几乎吓人。

"怎么了?"斯瓦兹克问。

哈希纳看不大清楚男人的脸庞，再说这无关紧要。这副丑态已经刻骨铭心，住了五个礼拜的医院，四个月的康复期，走到哪里，他也能认出他，哪怕是黑夜，哪怕闭着眼睛，他早已成为他肚子里的蛔虫。

桌上，所有人都不再出声。另外两对情侣见机行事，交换了一下眼神。科拉莉嘀咕着，想阻止事态的发展：

"住手。你怎么啦?"

在舞池的边缘，再一次，那个身影似乎犹豫不决，究竟是站姿好，还是睡姿好，然后他又继续往前走。很快，哈希纳跨过长椅。科拉莉想拉住他，但抓了个空。

"没事。"她一脸苦笑。

大家都装作若无其事的样子。

在此期间，男人又开始往前走，虽然喝高了，但步履还算稳健。一开始，哈希纳还追不上他。后来，他渐渐远离舞会，在他身后，狂欢慢慢消退。很快就只剩下他们两个，只剩下远远的喧嚣，还在他们耳朵里回荡，宛如单调而遥远的背景音乐。他们继续往前，一路向南，中间隔着二三十米的距离。男人靠近了岸边，有时候，他的脚步走偏了，踩到水里，溅起一片水花。但是，他继续走着，坚持，执拗，一直向前，奔沙滩尽头而去。这是最长的一片沙滩，差不多有三公里。在他那坚定的意志中，在他那醉汉的笨拙里，有某种东西让你想起干活的牲口，仿佛在身不由己地完成任务。

十分钟之后，他们到达的地方，沙子已经变成稀泥，这里是一个大杂烩，既有沼泽、灯芯草，又有荆棘、疯长的野草。直到现在，哈希纳才敢从身后看他一眼。不知不觉中，他们已经走了不少路。男人又出发了。最后，他找到一块扁平的石头，一屁股坐下去，弯着腿，把双臂放在瘦骨嶙峋的膝盖上。就这样，他打量着湖泊和夜色。哈希纳也蹲下来，从远处观察他。从野草和灯芯草之间，他看着这个印第安人似的身影，一动不动。男人什么也不做。断断续续的蛙声打破了夜空的死寂。哈希纳在等待时机。

后来，男人好像开始打瞌睡。他的头变得很沉很沉，低低地垂在胸前。哈希纳认为，现在就是时机。但是，对方马上清醒过来，一边摇摆昏沉的脑袋，一边低声嘟哝。他直起身来，还在不停地发牢骚。像是在骂人，又像是在指责。他开始脱衣服，脱鞋的时候遇到不少麻烦，最后终于脱掉了衬衫、裤子、袜子。最后，还脱掉了内裤。他脱得赤条条的，开始小心翼翼地往水里走，来到齐腰深的位置。他漂浮在水面上，先是仰面朝天，像水獭一样浮着。后来，毫无征兆地，他又开始朝外围游去。

"他要干什么？"

他挥动白花花的臂膀，做出笨拙的蛙泳动作，虽然极不协调，但终究可以游动。哈希纳站起身来，为了看得更加清楚。但是，这个形状已经几乎看不见了，消失在远方，消失在空洞洞的天际线，消失在夜色和湖水的茫茫交汇处。他还能看见几股白花花的条纹，然后什么都看不见了。

他急匆匆来到石头边，那里还堆着一堆衣服。水在他脚边轻轻地荡漾。他什么都看不见。一切都深邃如墨。他的心猛烈地跳动起来。他大喊：

"嘿！"

后来，又小声喊了一句：

"先生！"

但是，他的呼唤听起来很假。他等了好久，眼睛使劲地看着，无边的水色和夜幕在身前尽情铺展。他想追过去，但又拿不定主意。他身上有种东西在抵制，一种不合时宜的希望。最后，他翻了翻男人留在石头上的那堆衣服。没有什么东西，没有手表，没有钱包，只有一堆破衣服，一把猎刀。猎刀很漂亮，哈希纳别在自己腰带上。然后，他穿过树林往回赶。无论如何，他没有什么好自责的。一路上，他都在想这个男人，还有他的儿子。他觉得自己已经具备凶手的灵魂，这到底还不错。

# 8

　　欧宝停得很远，安东尼和斯特凡娜沿着省道往前走，他们都累了，酒气也退了不少。不时有汽车经过，他们只好并排走在路边。现在夜色已深，路两旁已经空无人迹。有时候，他们互相碰碰手。一切都变得那么严肃，那么珍贵。他们都沉默不语，一心想着后面的事。谁都不想就这样结束，还什么都没有干。

　　"好啦。"安东尼说道。

　　他刚刚瞥见自己的车就在远处，孤零零地停在路边。他们放慢脚步，走完这最后一程。斯特凡娜坐在副驾驶，安东尼坐在方向盘后面。他刚要点火。

　　"等等。"女孩说。

　　他原地等着。通过挡风玻璃，什么也看不见。他们就好像迷失在大海之中。斯特凡娜想开点窗户，透透气。为此，她摇动车窗把手，只听见吱嘎一声。方方正正的车顶棚上，天空沉沉笼罩，没有月光，夜色无动于衷。只听见周围田野里传来窸窸窣窣的声音，又细微，又执拗。

"闷死了。"

"是的。"安东尼说。

"明天你几点出发？"

"十点出头的火车。"

"来。"

她俯身过来。他们的嘴正好在变速杆上方。安东尼闭上眼睛，开始探寻斯特凡娜的胸。透过胸罩，他已经感受到她的肌肤，算是很结实。他用力压了压，斯特凡娜格格地笑。

"怎么了？"

"没什么。"

"笑什么吗？"

"没笑什么。你抚摸我的乳房，就跟按塑料似的。"

"有点像塑料啊。"

"笨蛋。"

"不，但它们超硬。"

"这是坚挺。"

她把腰身前挺，得意地炫耀。

"来看看嘛。"

他又摸了摸。

"怎么样？"

隔着吊带背心，他轻轻地摩挲，接着又轻弹指尖，抚弄袒露的肌肤。

"这里呢，是柔软的。"

在小背心两条蕾丝肩带之间，他用手来回轻抚，还把食指伸进乳沟。

"你出汗啦……"

斯特凡娜把手伸到后背，解开胸罩扣子。她把蕾丝肩带滑到肩头，从侧边取出胸罩，又从头顶上方脱掉小背心。黯淡的星光照进来，隐隐可以看见她浑圆的肩头、丰满的胸脯。他多渴望看到这一切啊。他握住乳房，感觉难以置信，但立马又觉得还远远不够。他开始探索，喘着粗气，轻咬乳头。女孩低低一叫，随即忍住。他弄疼她了。说白了，她不太喜欢被这样抚摸。这一次，她需要速度，需要草草了事。正好可以掩盖突如其来想哭的怪念头。然而没有任何理由。天色已晚，人又倦乏，她靠在他身上，安东尼把她搂在怀中。不管怎么说，有变速杆横在中间，他们都觉得碍手碍脚。渐渐地，他们都觉得气恼，身体无比饥渴，却只能像中学生那样拥吻，双手在对方身上游走，驾驶室里充满了窸窣声、呻吟声。他们亲吻面颊、额头。她轻轻地咬他。她想死了。她忍不住一声抽噎。

"不行了吗?"

"还行，还行。没事儿。我累了。"

她跨过变速杆，骑到他身上。

"嘿……"

他喃喃细语，抚慰她，用拇指拭去她身上的汗水。她用额头轻轻碰他。

"得了。好啦，我告诉你。我很想。要我吧。"

她开始解他的牛仔裤，但是扣子很多，真的很操蛋。

"帮帮我。"

他弓起下半身，好打开门襟，斯特凡娜差点撞到汽车顶棚。但是，她满不在乎，骑在他身上，不停地摩擦，她已经不能自已。

"快点。"

她把手伸向两个人之间，隔着内裤，抚弄他。她坐在他怀里，扭动腰肢。突然一声响动，让他们都分了心。

"什么?"

"等等。"

身后有声音越来越大，一开始还只是嗡嗡声，连续不断，慢慢变成了轰隆声。

"是什么?"斯特凡娜继续问。

"毛孩子。别动。"

她贴着他。他趁机解下她头发上的皮筋儿。

"哦!"

"嘘。"男孩说。

车灯投射在挡风玻璃上，越来越清晰。灯光照亮了整个驾驶室。既无比美妙，又让人焦虑。摩托车风驰电掣而过，轰轰隆隆，然后消失在省道远处。只剩下远方不停闪烁的尾灯，随即便消逝不见。

"太奇怪了，不是吗?"

"他们没有看见我们。"

"嗯，我不知道。你不觉得，他们故意减速啦?"

"没有啦。"

"是谁啊?"

"没什么，别介意。"

毕竟，这让他们冷了场。斯特凡娜想了想。

"我脱掉短裤吧。这会让我们更有活力。"

安东尼大笑。这确实是个好主意。要脱掉短裤，就必须克服某些困难，驾驶室空间逼仄，黑灯瞎火，变速杆又碍事，但是，斯特凡娜成功地跪在座位上，脱掉短裤，里面的棉质内裤就非常省事了。在松紧带上方，她的小腹微微隆起。

"你很漂亮。"

"今年，我胖了不少。我觉得自己就像一头肥实的奶牛。"

他抚摸她的大腿，随着手掌动作的起伏，双腿显得又温驯、又广袤。一身细腻爽滑的肌肤。皮肤下面，肉体丰腴、迷人。

"停。"

"太刺激了。"

"好，那不更好吗? 还是停下吧。"

她又在他身上坐下，他扶着她的腰身。

"你有安全套吗?"

"在兜里面。"

他递给她安全套，趁她打开的时候，他把手伸到她身后。斯特凡娜发出一声舒心的呻吟，他隔着内裤抚弄她。他感觉到女孩的私处正逐渐变得松软。已经热血沸腾，激情躁动，汪洋恣意。斯特凡娜的头发垂下来，遮住了脸蛋。然而，他依稀能感觉到，肉欲在她体内开始发酵，面颊开始潮热。最后，她从包装盒里取出安全套。她把安全套含在嘴边，双手抓住内裤，一把就撕破了。

"褪下牛仔裤。"她说。

他弓起腰身，让屁股离开座位，然后褪下裤子。

"停。"斯特凡娜说道，头又撞上顶棚，"别动。"

远处又传来摩托车的声音。声音太尖锐了，在黑暗中，就像牙医的牙钻。斯特凡娜抱得更紧了。

"别动。"他说。

她没有吭声。他把她抱在怀中。

她害怕。贴着她的肚皮，安东尼能感受到她的呼吸。他心想，这些插曲都快让他一泻千里了。摩托车走近了。他们减速通过，有一刻，灯光照亮了驾驶室，里面纤毫毕现。声音从低垂的窗户传进来。仿佛他们就在旁边似的。安东尼害怕他们停下来。随后，他们又慢慢远去。

"不妙。我敢肯定，他们看见我们了。"

"我才不在乎呢。"斯特凡娜说。

"我不喜欢这样。"

"住嘴。"

但是，她感觉得到，他不是很在状态。她手一挥，把头发拢起来，打上一个结，露出了脖子和脸庞。她坐在他身上，胸脯前挺。他看见了她下颌的角度、耳朵的轮廓。她俯在他身上，亲吻他，他把双手放到她后背。沿着她的脊柱，汗水留下一道湿漉漉的印迹，他可以清晰地感受到。他能闻出她私处的味道，他抚摸她的上身，他的双手始终会遭遇惊喜，身体的某个凸起，意想不到的某处褶皱。在皮肤下面，仿若有柔软肌肉组成的一副轴承、一口正在运转的锅炉，紧张、强烈、眩晕。大滴大滴的汗水从她的肋间往下流。他自己的屁股也粘在座位上。他的嘴向上移动，一直到深深的、汗津津的腋窝。他想咬她，想咬破她的肌肤，喝她体内的香液。他想闻到她汗水中的盐味。斯特凡娜忍不住娇喘微微。突然，汽车顶棚上传来一声巨响。

他们都呆住了。

有人影在外面兜圈子。还有脸庞凑近副驾驶窗户偷窥。那家伙透过车窗缝闻了闻，嚷嚷起来：

"里面有一股骚味！"

斯特凡娜蜷起身子，在地上找胸罩。车顶上，引擎盖上，一下一下渐次响起。同样的人影，消失了，又回来。很难知道，他们究竟有多少人。声音在整个车厢里回荡。安东尼设法系好扣子。现在，小欧宝开始剧烈摇晃。

"把车窗摇起来。"安东尼说。

但是，斯特凡娜赤身裸体，正被一堆人围观，现在她只好躲在地上。大为光火。

"咳……咳……咳！"一个声音嚷道。

有手指从窗缝伸进来。好事者可能是三人，也可能是十人，他们大喊大叫，发出鬼哭狼嚎般的声音。小车似乎都被抬起来了。你都不知道应该往哪边看。

"住手！"安东尼吼道。

手指伸进半开的窗户。两边都有人拉门把手。一张脸贴在安东尼那侧的窗玻璃上。还以为是一条苍白的大鱼，紧贴在水族馆的池壁上。五官已经散漫，但脑袋两侧的招风耳清晰可见，让这副噩梦中的头颅多了几分奇妙的色彩。安东尼发动汽车，狂按喇叭。

一声压抑的长啸，从小车底下传出来，在深邃的夜色里远远地回荡。混乱局面应时而止。入侵者一闪而光。重归黑暗，夜色似乎在否认刚刚发生的事情。

"穿上吧。"安东尼说，"快。"

斯特凡娜三五两下穿好衣服，她直打哆嗦。安东尼打开车灯，然后下了车。外面空无一人。一派荒芜。她也从车上下来。她都没来得及穿鞋子，脚下能感受到路上厚重的颗粒。沥青路面还留有余温，空气已经凉下来。伸手不见五指，周围的树林默然不语。周遭的风景似乎在等待着什么，她看不清，只凭猜测。

"我希望你送我回去。"

她指了指远方。

"马上。"

他回到车旁，打开后备厢，从后面取出一个扳手，以防万一。然后，他们双双上了车。

"这肯定是冒失鬼。"

"我冻坏了。"

她在副驾驶上哆嗦了半天。他抓起后座上的一件套衫，递给她。斯特凡娜不太清楚，冒失鬼究竟指什么。当然，这个说法，她是知道的。在她那里，这个词始终用来形容那些怪里怪气的人，乱伦的北非裔家庭、流浪汉、骑摩托的粗鲁傻小子、后颈窝刮得光光的主儿、长鼻疽的家伙。在社会案例中，是属于最底层、最低级的那种人。从生活方式而言，他们来自偏远的农村，长着一副爱惹是生非的面孔，这似乎体现出某种天性。人们想象，他们一定幽居在农庄里，或者像牲口一样杂处。她又打了个寒颤。

"走吧，请。"

"我知道。现在，我带你回去。"

他们不再说话。安东尼不时看看手表。他的包在后备厢里，火车几个小时后就要出发。他终于上了斯特凡娜·肖索瓦，只剩下这些，苦涩、疲倦，逢人可以吹嘘一番。谁也没有高潮。

到她家还有一百米远，斯特凡娜就让他停车。

"好啦。我步行回去。"

他踩住刹车，没有刻意停车。街道上空无一人。一路上连人影都没有碰到。

"你住得远吗?"

"不远。"

他没有多问。斯特凡娜已经打开车门，把脚放到地面。她需要洗个澡，然后睡上十个小时。她想到了卧室。新换的床单，少

453

女时期的装饰。墙上还贴着一张卢克·贝里的海报。

"等等。"安东尼说。

"怎么了?"

"我不知道。就这样告别,太狗血了。"

"你想要什么?我们不会要来一段故事吧。"

"我可以给你写信吗?"安东尼问。

"如果你愿意。"

她近在咫尺。

"不好意思。"他说。

"再见。"

她关上车门,他看着她渐行渐远。她光着脚,手里提着运动鞋。她甚至都没有回头。他至少和她做过爱。他这样想着安慰自己,然后掉过头来,打道回府。

1998

《我会活下去》*

* *I will survive*，美国女歌手葛罗莉亚·盖罗演唱的歌曲，发行于 1979 年。

# 1

勒克莱尔超市大了不少。现在,它有纺织品区,翻新的水产区,尤其是多出一块高保真电器区,配得上任何高级设备。一共有上万平方米的大卖场。施工期间,超市并没有关门,只是用胶合板把施工区围起来,消费者照样可以购物。

改造工程一结束,整个山谷里都充斥着宣传单,"闪亮大酬宾"。从熨斗到平板电视,全是疯狂甩卖。顾客趋之若鹜。还专门派出警察,维持交通秩序。此后又修建了两座欧洲环岛。每个礼拜六,停车场、收银台、新麦当劳,到处都要排队。那些悲观人士到处都可以看到经济危机的幽灵、全球化的弊端,超市的成功无疑会让大家心头多几分温暖。

但是,这也会造成些许不便。比如,在卫生用品货架前,安东尼就犹豫不决。这么多促销产品,要是你没有错过什么优惠,你就很难买下一支牙膏。最后,他选中了一管高露洁,然后又接着逛。小推车已经差不多满满当当。在他周围,顾客来来往往,心情很好，可谓宾客如云，而今天还只是星期三。商店里彩旗飘飘。好几天以来，整个法国都变成了三色旗的海洋，全国上下都回荡着同样的字眼。从早上八点开始，他就听见收音机闹钟里说，法国队进了半决赛。

购物还是得去购物，不过可以尽量加快步伐，好躲过这一关，因为，在这穷乡僻壤，最后总会遇到几个熟人。你得说说近况。你母亲好吗？你怎么样啦？安东尼二十岁了，他很年轻，未来还有一辈子要过。这是人们唯一可以对他说的。

"工作呢？"

"在找呢。"

婴儿潮一代①也表现得善解人意。他们那时候还是要容易得多。

"你母亲呢，怎么样？问她好啊。"

她还好。好的，会带到的。你继续啊。


自回家以后，安东尼没有干过什么好事。无疑，走到哪里，他都是年轻人。不管如何，人们总是不停地这样对他重复。他应该动一动。你该去加拿大。或者参加个什么培训。每个人都有自己的建议。在解决别人的人生问题上，大家都很有天赋。安东尼找不到词语向他们解释。

他又买了些罐头、芸豆、青豆、沙丁鱼。此外，在他的小推

---

① 指第二次世界大战后于 1945 年至 1955 年间出生的人。也有人认为这次婴儿潮持续
  到 1960 年。

车里面还有惯常的物品，火腿、腊肠、碎肉牛排、面条。早餐的可乐和牛角面包。咖啡、香蕉、酸奶。

最后，他来到酒水专区。在那里，他选了两瓶红酒，一箱二十四瓶啤酒，还有一瓶雷堡5号苏格兰威士忌。傍晚时分，他约了去表哥家，要一起看比赛。因此，他买了一盒桃红葡萄酒，免得空手去。去之前，他先放在冰箱里。

法国进入了半决赛。有个声音再次提醒亲爱的顾客朋友，值此机会，超市推出平板电视大酬宾。安东尼马上再次穿越勒克莱尔超市，好看个究竟。

确实，在电视专区，大型霓虹招牌上，显示着甩卖信息。顾客们一台一台地看，担心能否找到属于自己的幸运，而且人越来越多。同一个声音从高音喇叭里提醒大家，法国进入了半决赛，但不是人人都有份。安东尼马上做了决定。三星95厘米，只要六百法郎，真是意外的收获。售货员穿着紧身蓝背心，像教士那般慈眉善目。他甚至懒得吹嘘。不管如何，买电视就跟买小面包似的，不仅仅因为促销的作用。在这种情况下，购物就等于爱国。安东尼想装模作样讨讨价，但售货员压根不想搭理。已经这个价了，没有必要吧。趁他准备发票的时候，安东尼专心地看着电视墙，正在播放对意大利的比赛片段。一些小孩席地而坐，看得全神贯注。远远望去，能认出每一名队员的身影。利扎拉祖、德塞利、齐达内，留着马尾辫的珀蒂。跟其他五千万笨蛋一样，安东尼也热血沸腾，个人的不幸暂时放一边，个人的欲望融入到国家的伟大希望里。巴黎证券交易所前四十大上市公司的老板，博比尼的小屁孩，帕特里克·布吕埃尔[1]和约瑟·博维[2]，谁都同意，不管在巴黎，还是在埃朗日，都是一样的情感。不管工资高低，从穷乡僻壤到拉德芳斯，全国都发出同一个声音。说到底，事情也简单。做事就要像美国，把自己当做全世界最优秀的国家，不断地自我欣赏。

安东尼用国民互助信贷银行的支票付了第一笔款。他已经在透支，但是平板电视可以分六次付款，无附加费用，最后大不了让母亲来解围。然后，他通过收银台，把采购的东西放进雷诺Clio后备厢，然后去超市后面的仓库提取新电视。他不紧不慢地回家，这是完美的一天，他不用工作。收音机里还在说半决赛，明显要拿下克罗地亚。但是，必须要集中精力，太过自信会有爆冷门的危险。等他回到家，差不多已经中午了。他插上新买的电视，开始调台。为了庆祝，他给自己倒上一小杯威士忌。在比利时法语区电视一台上，让-皮埃尔·佩尔诺兴奋异常。诚然，克罗地亚有战术上的优点，也有伟大的球员。其次，这个新生国家充满了活力，它需要证明这一切。不过法国是一个伟大的足球国家，又占尽主场之利，而且民众空前的狂热，所有评论员在这一点上都表示同意，在其他方面也毫无异议。在所有问题上，大家都一致赞同，只要齐达内能够上场。我们经历过克洛维斯的洗礼、马里尼亚诺战役、索姆河战役。现在，法兰西—克罗地亚。一个民族勾起一段历史。很酷啊。

---

① Patrick Bruel（1959—　　），法国歌手，有"情歌王子"之称。
② José Bové（1953—　　），法国政客，是一名激进分子。

安东尼又倒了一杯威士忌，这次酒更好点。酒精开始发挥作用，他打开一盒薯片，切了几片腊肠，对着新电视，开始吃起来。对新买的电视，他很满意。彩色色调很饱满，比真实的物体更加诱人。电视报道前赴后继，热度越来越高。看来将是一场伟大的比赛。记者采访了一些法国人。他们形形色色，大喊大叫，自信满满。他们的小孩在现场待不下去了。他们的脸庞看起来很热情，说话带着各地口音。插播广告。安东尼关掉电视，心想他应该动一动，做做饭。他看了看自己在黑屏里的影子，膝盖上端着酒杯，大腿分开。一时间，马上又动了念头。他又打开了电视。

在军队里，课余时间，安东尼踢足球时受了伤。半月板。看起来并不严重，他先在医务室待了一个礼拜，膝盖周围打满绷带，服用多利潘，烦躁得像只老鼠，而且一直疼得要命。有一次，护士发现他躺在床下，昏迷不醒，床单裹在身上。人家又给他开可待因。最后，他终于能看杂志了，也不再昏厥。主治医生度假回来，给他做了检查。这是个讲究的小个子男人，小拇指上戴着印章戒指，张口闭口都是笨蛋、懒鬼之类的话。他把整个医务室都骂了一遍，安东尼被立即送回法国，在圣芒代军队医院接受手术。随之而来的是六个月的康复训练，然后再出发去德国。他接受了一系列身体测试，评估他的体能素质，之后有人向他解释，没必要再坚持下去。他来到一间三平方米的办公室，面前是一位穿便装的男子，那人向他宣布：他可以领两年军饷，现在就回家。请在这里签字。当时看起来似乎是一笔好交易。

就这样，一天，安东尼来到火车站，兜里揣着一张差不多两万法郎的支票，还带着一个行李包。天空阴暗，凉飕飕的。这是一个德国火车站。终点对他来说毫无意义。多特蒙德、慕尼黑、波兰。他是否要直接回埃朗日？最后，他买了一张去巴黎的车票。

在巴黎东站下车后，他不由得心头一紧。这是他人生第一回来这里。随后，城市的规模让他大为扫兴。在这座城市里，处处是黑人、危险、店铺，街上川流不息，熙来攘往。他隐约觉得，这里的每一位居民都注定要跟他兜里的钱过不去。他躲到阿尔萨斯大街，躲到最近的酒吧里，开始玩弹子游戏，一杯一杯地灌啤酒。在这里，至少他觉得悠闲自得，一家朋克小酒吧，老板留着飞机头，颇有几分猫王的味道。他放着斯卡乐曲，卖比利时扎啤。安东尼做了几回东，交了几个朋友。凌晨一点，老板说要关门，安东尼醉醺醺地站在人行道上。他问老板需不需要帮忙。老板每个指头都戴着戒指，牛仔外衣上带着毛领。他看起来很酷，连声说不不，已经好了。

"现在，干吗呢？"

"我呢，我回去了，朋友，我的一天结束了。"

"你知道我可以到哪里睡觉吗？"

"在酒店，当然。"

那人拉下金属卷帘门，上了锁。玛让塔大街往下延伸到很远，一直通往市中心，路上有一闪而过的暗影，各式彩色招牌，收敛的喧嚣。安东尼觉得很一般。他需要有人给他当向导。他有点害怕。

"老板，请帮帮忙，我以前是军人。我不了解巴黎。"

老板看了他一会儿，似乎觉得有趣。显然，他不觉得这之间有任何联系。

"我不能帮助你什么，伙计。我还有家人呢。他们在等我。"

安东尼掏了掏腰包，找到支票，给他看了看，似乎有钱什么问题都可以解决。

"嗯，酷啊。然后呢？"

"你可以让我住吗，就一晚上。"

"得了，别这样说。"

"我给你付钱。"

安东尼把手放在他肩上。对方马上干脆地躲开。

"朋友，我不认识你。如果你想我劈脸打你一扳手，那就继续吧。"

安东尼往后退了一步。那家伙看起来倒是很酷，安东尼还给他付过酒钱，给他，也给所有人。

"好啦，再见。"

在石板路上，他的牛仔靴传来声声回响，然后消失在火车站后面。在巴黎，安东尼形单影只。即使从远处看，城市也显得复杂，成千上万的街道，骗人的霓虹灯彩，林林总总，楼宇，教堂，贫穷之上的纸醉金迷，让人产生警惕的感觉，窥视的印象，每走一步都能碰到移民，比肩继踵，三教九流，鬈发，黑人，千千万万。他朝共和国广场而去。街道两边只有非洲人的理发馆，箱包店，狭窄的快餐馆闪着霓虹灯，几个年轻人在前面一边高声说话，一边喝廉价啤酒。谁也没有看他。这是一个平常的夜晚，街上虽不是杳无人迹，但总归还算清净。安东尼心想，这些人都到哪里去呢。他觉得他们截然不同，但又说不出为什么。也许，女孩子比别处的更漂亮。有时候，男孩子看起来有点娘，但都带着女友。总的来说，这是一个鱼龙混杂之地，危机重重。他的酒气渐渐消退。他还在走。他不时会看看，支票始终放在兜里。巴黎让他艳羡。他想要这些女孩，他想在咖啡馆痛饮，他想在那些公寓里居住，从人行道望上去，可以瞥见一盏吊灯，一段吊顶。那么诱人，那么给人希望。但是难以企及。应该从何处开始？有一刻，碰到两个穿皮夹克、留长刘海的年轻人，他问他们，埃菲尔铁塔在哪里。

"一直往前。"

"然后继续走，你可以看到大海。"

小混混。

他害怕迷路，害怕遇到坏人，只好折回来，在火车站周边徘徊。已经十一月光景。天气很冷。流浪汉过来讨烟。他没有烟，他们就开始招惹他。他好歹身强体壮，很想杀一儆百。那些家伙臭烘烘的，歪歪扭扭地站着。很容易的事。但是，他更想走开，撒腿跑到角落里，对着手哈气，停一会，又继续走。酒店让他望而却步。太晚了。黎明已经不远，何必白花一百法郎呢？早开的餐馆又营业了，他在吧台要了一杯咖啡，看着垃圾车、清扫车穿梭往来。清洁大军。一大早，他就买了经南锡回埃朗日的票。中午刚过，他就到了母亲家。

"你在那儿干吗呢?"她问道。

她显得并不是特别吃惊。床已经铺好。还剩有焗花菜、面条，她做了个奶油肉片。他一顿狼吞虎咽，然后就上床睡觉，一口气睡了二十个小时。

后来，他东一下西一下打零工，军队签给他的那张支票，他动都没有动。他不敢动，他觉得一旦开始，立马就会坐吃山空。很快，他就开始缺钱花，过苦日子，只好又依靠母亲度日，他又变成穷光蛋，吃闲饭的孩子。他开始找工作。零工也不错嘛，朋友们都在干。在樊尚诊所，他负责做卫生。在屠宰场，同样的差事。后来，他帮学校做卫生。很快，他又加入省政府食堂大军。问题是距离太远，所有的工资几乎都付了油钱。他跟万宝盛华公司负责的女人谈起来。她鼓励他不要泄气，不然印象不好。连续八个礼拜，他每天都是黎明即起，驱车一百公里，工作四个小时，然后再回来，所有付出只不过为了每个月差不多四千法郎的工资。累死人，这样会出毛病。但是，当他回到家里，至少母亲不会挑刺。他必须努力干活，这是他们家的标准。再说，他也差不多这样想。至少，他站在道义的一边。他可以抱怨税收、移民、政客。他不亏欠谁，他是个有用的人，他抗议，他备受剥削，他模糊地意识到自己属于大多数，属于无所不能的大众，这个大众同时又深信，做什么都是徒劳的。

后来，他专门做养老院的工作。他负责床上用品，打扫卫生，三个月内，他攒了五家。可谓生意兴隆。此外，维瓦尔特仓库，力魔，梅拉克斯印刷厂，最后是戈登工厂，他在其中一个车间找到了相对稳定的工作。工作就是按照标准施工图，把金属板、钢条、栅栏组装起来。最后的造型有点像立体石棺，不锈钢材质，大型起重车把它们吊起来，放进同样让人诧异的高炉里面。里面燃烧着一千度以上的火焰。似乎就这样，最后会造出空调机。虽然困难愈来愈多，戈登还是行销全欧洲。几名操心的工头负责监视工人，只要一有经济困难，临时工来来去去的，日子也就不好过了。上面还有组长、工程师、管理层。可以在食堂碰见他们。那是另一个世界。

在工作中，安东尼也交了几个好友。西里尔、卡里姆、达尼、祖克、马尔蒂奈。上午可以见到他们，他很开心。他们一起到食堂吃饭，休息的空当，他们在 C 车间后面的小院子里，坐在平板小拖车上悄悄抽大麻烟。下班后，他也会去见他们。他们有同样的爱好，领同样的工资，对未来有着同样的不确定，尤其是都羞于提起真正的问题，不管愿意不愿意，他们都营营役役地讨着生计，日复一日，在谁都想离开的这个穷乡僻壤。过着跟父辈一模一样的生活，真是漫长的诅咒。日常的因循重复，这种先天性的痼疾，他不能接受。要是说出来，更显得他们逆来顺受，只能平添耻辱。诚然，让他们足以骄傲的是，自己既非游手好闲之辈，也非近利贪功之人，既不是同性恋，也不是失业者。马尔蒂奈还有边打嗝边背字母表的本事。

不管如何，时间一长，安东尼也租下一套小公寓。他去Confo买了家具，还给自己买了一辆小车，全新雷诺Clio，他的支票用光了。此后，他开始举债，但他还是打算在夏天买一辆摩托车。母亲总是指责他，说这些钱花得毫无意义，但只要他还在工作，她也就无话可说。然而，找女朋友却不太成功。

　　显然，星期六晚上，跟朋友们出去，要么参加聚会，要么去帕帕家约餐厅，他还是可以带女人回去。但是，这种故事没有意义。都是收银员、护工、保育员，或者已经是两个孩子的妈妈，周末趁祖父母带孩子，自己得空跑出来玩玩。他有其他理想。

　　他不曾对人说起。但是，时不时地，等到天色已晚，当他比平常喝得更多的时候，他就从二楼下到车库，随身带一听啤酒，开上自己的雷诺Clio。他在收音机里找好听的内容，点燃一支香烟，然后朝北开去。斯特凡娜家的方向。

　　在埃朗日的夜色里，他喜欢酒后开车的乐趣，听着RFM音乐台，任泪水盈眶。他开得不紧不慢，沿着埃纳河堤一路前行，在自己土生土长的这座城市里，在耳熟能详的路上尽情奔驰。路灯一盏盏渐次滑过，勾勒出一段段行程。渐渐地，凄凉婉转的歌曲唤起他内心的强烈情感，在体内翻滚涌动。他听之任之。强尼是他的最爱。他吟唱失落的希冀，吟唱零落飘飞的故事，吟唱城市，吟唱孤独。时光如飞。一手握着方向盘，一手拿着啤酒，安东尼也成为一道风景。硕大无朋的工厂，位于不同轨迹的交汇点。公共汽车站，一半的童年时光，他都在那里等待校车。学校、生意兴隆的土耳其烤肉店、他出发去远方的火车站都还在老地方，他又灰溜溜地失意而归。无聊时站在上面往河里吐口水的那座桥，马票发售点，麦当劳，空荡荡的网球场，黑灯瞎火的游泳池。他慢慢驶向别墅区，驶向原野，驶向一无所有。《我会忘记你的名字》的旋律响起。很快，他在不觉中来到斯特凡娜家附近。他调高音量，喝了一口啤酒。他盯着远方肖索瓦家的漂亮小楼，还有它的栅栏，它的遥控门。他心想，她在不在家呢？大概不在。他点燃一支烟，一边抽烟，一边放飞思绪。后来，他又像傻逼一样回家。

但是，这一切都不再有意义，因为法国队已经进入半决赛。十七点左右，他抓起桃红酒，登上汽车，奔表哥家而去。

# 2

　　哈希纳和科拉莉带着小家伙从产科医院回来后，他们的生活就变成了无休无止的苦力活。起夜，全天候换围兜、纸尿裤、遛弯，还要继续上班。白天过得飞快，日复一日，心力交瘁。与科拉莉说话，每次都以吵嘴而告终。他们每天的见面无非是应付场面，就像两个合伙人，企业已经命悬一线，表面上还得维持。是个女孩。她叫奥赛亚娜，水瓶座，八月初就半岁了。

　　科拉莉希望身材漂亮，不想却长了肉，她心情抑郁。怀孕期间，她胖了十二公斤，现在很难减回去。她动不动就哭鼻子，哈希纳劝她说长胖点没什么，结果却更糟。

　　从他们升级为爸爸妈妈以来，岳父母也拥有了新的权力，可以介入他们的生活。如今，只要他们高兴，请都不用请，一阵风似的就过来了，来看小家伙，来打帮手。你瞧，我做了汤，给你们带了一点。这种温柔备至的入侵，谁也不能阻挡。科拉莉的母亲还留下一条围裙在他们家，还有几件清洁用品。她帮着做家务，必须要有好工具。厨房里的抽屉，她全部重新整理过，小两口压根就不知道。

有时候，哈希纳坐在客厅沙发上，与岳父一起看新闻。他心想，到底发生了什么，现在搞成这个样子。他有一种寄人篱下的感觉。他一点也不开心，这不像他的风格，他得处处小心提防，他要耐心等待。科拉莉呢，午觉一场连一场。

哈希纳已经被撕裂。一方面，他当然知道感恩。他们形同再生父母。然而，他讨厌他们的癖好、他们的生活方式。吃饭的时间雷打不动，十二点，十九点。一切都要算计，定额分成小份，每一天都宛如切分好的馅饼。每顿饭后，岳父总要说几句大实话。对于所有问题，他们的看法都很简单、坦诚，永远是受骗上当的主儿。一副温良谦恭的模样，面对世界的大势所趋，他们始终只有认命。在市镇小学，他们接受过三两个主流观点，但是无助于理解天下大事、政治、就业、欧洲歌唱大赛弄虚作假的结果、里昂信贷事件。对于这些，他们只能无力地发发牢骚，口头说说，这不正常，这不可能，这不人性。在他们家，三板斧就几乎裁定了所有问题。然而，生活总是与他们的预判相悖，让他们的希望落空，使他们机械地上当，他们还是勇敢地坚持一贯的原则。他们一如既往地尊敬长官，相信电视上讲述的一切，需要的时候，他们就热情昂扬，有人操纵的话，就义愤填膺。他们纳税，遵纪守法，喜欢卢瓦尔河谷城堡、埃菲尔铁塔，买法国汽车。岳母甚至还读《观点》杂志。这无异于自杀。

哈希纳需要的，就是有一个人，一个盟友，能跟他谈谈这些。现在，他在拉梅克的达尔第仓库工作，长期合同，每次只要他敢当着同事的面说，他再也受不了啦，肯定会有人站出来反驳，说有小孩是人世间最美好的事情。在工作中，在别的地方，根深蒂固的观念畅行无阻，主要是为了粉饰太平，让大家中毒，自以为幸福，而不想戳破事情的真相。

至于科拉莉，他一句也不会说她。很奇怪，因为说到底，她从来就不是他以为的那样。自从奥赛亚娜来到世上，他就重新认识了她，并为此大吃一惊。他过去一直喜欢她的开朗，喜欢她的性格，跟谁都是自来熟。科拉莉嘴上不说，但跟他一样，这家伙，不是我的菜。但与他相反，她自己凡事不会提前掂量。一切都需要做，需要尝试。只要有意愿就够了。这个女孩喜欢玩，喜欢美食，喜欢呼朋引伴。到了圣诞节，她简直变得疯狂。这是她的重要时刻，必须快乐，一连购物好几个礼拜，会想到成千上万的细节，细致入微，给每个人都要准备小礼物，同时她也会索要礼物。看到她面带红霞，手舞足蹈，或者大吃三次烤肉，哈希纳超喜欢。包括她拙手笨脚的样子，粗劣的玩笑，独角兽或毛毛熊的那一面，五颜六色的指甲。她就是纽带。要是没有她，他会觉得生活难以应付。他不敢。他只能躲在自己的角落里。

实际上，自从有了小孩，他明白了别的东西。科拉莉一直觉得内心空虚。一段时间里，她内心深处有个地方一直空荡荡的。奥赛亚娜出生之后，首先占据了这个位置，让她感到彻底充实。此后，所有的安排都从这里开始。孩子是一切的尺度，孩子是一切的存在。

哈希纳毫不嫉妒。他不觉得受到特别的冷遇。他不怨恨小孩。他不会想，一心扑在小孩身上，做什么不比这好啊。只不过，他没有这份空虚，没有虚席以待的位置。奥赛亚娜来到世上以后，其他的也随之而来，他的神经官能症，他的苦痛，还有他挥之不去的激怒情绪。对他来说，生活远远不够，小家伙也没有带来任何改变。恰恰相反。总之，比这复杂多了。他也说不清楚。

在商店里，售货员出具售货单，证明卖出了一辆铃木 DR 摩托车，哈希纳可以拿着单子直接去提货。他不假思索开了支票。那天晚上，科拉莉真正跟他吵了一架。因为钱的问题，他们现在处境艰难。今年，他们不能去度假。再说，摩托车放哪里呢，他们又没有车库。最后，摩托车跑得快，十个骑手九个栽，妈的，谁不知道。

"你多大啦？"她问。

小家伙蹲在婴儿围栏里，正忙着撕商品目录里面的男装页。科拉莉抄着双手，似乎要哭出来了。她的眼圈黑得吓人。她刚刚染了发，这个月第三次了。因为荷尔蒙失调，她的指甲、头发、皮肤、性欲，全都变了样。她想尽量控制住局面，但很难办到。

"你连驾照都没有。"

"不需要。这是小型的。"

"你付了多少钱？"

"不贵。"

"多少？"

"一千法郎。"

"保险呢?"

"我会想办法。"

她闭上眼睛,顺了顺气。不要在小家伙面前发怒。要沉住气。

"我父母刚刚问过我,什么时候还他们钱。我怎么说?"

小家伙现在开始撕内衣页了。哈希纳无话可说。科拉莉躲到卧室里。他选择骑摩托车出去兜一圈。天空苍白已极。速度起来了,他身子发抖。他吓到了自己,他想逃离。倒霉啊,油箱几乎空了,他身上没有带信用卡。因此,不到二十二点,他就返回家中。

"高兴了?"科拉莉说。

小家伙已经睡了。他很高兴,是的。

此后,他很努力。科拉莉不理解,但是她让步了。他们的夫妻关系,逐渐具有了几分阵地战的意味。她指责他,说他总是脑子发热,行事风格像孩子。哈希纳只得把批评的话咽回肚里。晚上,他出去兜风。不戴头盔。这没什么好担心的。总的说来,一切看起来都稳定了。世界杯除外。

而另一边,岳父开始挖苦他,因为摩洛哥队晋级了,假如这个表现平平的队伍碰到法国队,那绝对会是一败涂地。这傻帽还放声大笑,整个肚皮和双下巴都晃动起来,就像明胶似的。摩洛哥3∶0输给巴西之后,挖苦更是有增无减。幸好,几天之后,阿特拉斯雄狮以3∶0战胜了苏格兰,一雪前耻。但终归没有晋级淘汰赛。

事态进一步恶化，是因为有一天下班之后，哈希纳没有像平常那样直接回家，而是和同事到酒吧去看法国队和丹麦队的比赛。他很想回去，但是，回家就得重新面对同样的装饰、公寓、岳父母、啼哭，他也受不了。他选择了逃避，跟大家一样要了半升啤酒，喜忧参半地看起比赛来。享受比赛也不容易，想到回家时的场面，他提前就开始害怕。他思前想后，甚至都没有看到第一个进球。等到别人欢呼，他才如梦初醒。最后，他在中场时就回了家，球没看好，还要饱受指责，最坏的结局。

回到家中，他发现公寓里空无一人。科拉莉在厨房餐桌上留了张小纸条："我和孩子去父母家了。"虽然羞于承认，但他终于松了口气。他做了一大份面条，一边看下半场比赛，一边悠然自得地吃饭。睡觉前，他难得清静一回，于是边看黄色 DVD 边手淫。他慢条斯理，高潮得超级爽。

在浴室里，他心想，自己究竟是在哪里。水流在他的胸口和阳物上。他看着脚下白花花的泡沫。他要做什么呢？他已经误入牢笼。小家伙。她没有什么要求。他像疯子一样爱她。他坚持不住了。他服了一片劳拉安定，睡觉。

第二天，科拉莉回到家里，整整一星期，他们没有说上三句话。然后，法国队开始让消费者狂欢。小组赛后，法国队在八分之一比赛中战胜巴拉圭队，随后又击败意大利队。所有人都发现，现在法国队状态越来越好。意大利队的毛病可谓家喻户晓，一旦他们出局，一切都有可能。只有科拉莉不愿意参与这全民的盛宴。哈希纳什么都看，比赛，集锦，电视新闻，评论，重播，他甚至还买报纸，什么都不落下。这既让人兴奋，又非常方便。他沉浸在国家队的史诗中，好忘掉自己日常的悲剧。他投身法国队的浪潮期间，他能感觉到科拉莉无声的指责。她甚至都不批评他。但是，一听见他的脚步，一听见他关抽屉，一听见他关冰箱或吃酸奶，他就明白，她在生闷气。她甚至没有发怒。她只是伤心，这才是最糟糕的。

哈希纳还是勇敢地不管不顾，好像没那回事。压力上升。他期待着爆发。对于小家伙来说，他满足于最起码的关怀，每两次就有一次是他换纸尿裤，时不时喂喂奶瓶，晚上哄睡觉，可能的话唱一首歌，但都很快，不会来第二遍。他睡沙发。逃兵！

半决赛那天早上，科拉莉来客厅把他叫醒，端着咖啡。

"拿着。"

他接过咖啡，科拉莉拉开窗帘，把窗户打开。天气很好。七月明净的太阳在白色的地板砖上反着光，亮闪闪的晃人眼睛。惯常的车流声从高架桥上传来。咖啡香气四溢。

"她还在睡？"

科拉莉说是。然后，她也到茶几旁坐下。

"你打算怎么办？"

"什么意思？"

男孩直起身来，揉了揉脸。这一切都像圈套。他咽下一口咖啡。

"今晚。你的比赛。你去哪里看？"

"不知道。"

"你别待在家里。"

"什么意思?"

他多少有点激动。再怎么说,这毕竟是他家。

"我不想看见你在这里。"科拉莉继续道。

"怎么了,这么疯狂?为什么这么对我讲话?"

"哼……"

她把手张开,伸到他眼前,想要看看他有没有清醒。

"你中风了还是咋的?你哪里听不明白?"

"我明白得很,不管怎么说,你烦死我了。"

这时候,她揪住他的耳朵,使劲地扯,差不多快撕裂了,痛得他大声尖叫,叫得撕心裂肺、滑稽可笑,整个房间里都在回荡。外面估计都听见了。他们待着不动,都担心小家伙有什么反应。有时候,需要半个多小时,才能重新哄她入睡。哈希纳去说几句话,科拉莉瞪她几眼。时间一秒一秒地过去。小家伙还一直在睡。

科拉莉使劲盯着他,盯到了骨子里,她又低声补充道:

"你听我说,小蠢货。要么你正经点好好过,要么我就拖箱子走人,带着女儿,你永远也不要见我们。"

她出去了,把哈希纳和女儿留在家里,而他必须在一个小时后去上班。幸好,岳母及时赶到。她也不搅浑水,只是把孩子从他怀里接过来。

"我来带吧,过一下就没事啦。"

他迅速准备，要赶紧去上班，只听见岳母在挠孩子痒痒，小家伙格格地笑个不停。她那么容易感到幸福，那么娇小，那么微不足道。只需要一点点东西，就可以养活这个幼小的生命。也只需要一点点东西，就可以了结她的生命。不幸摔倒，一辆汽车经过，洗澡淹死，他们不缺死的机会，这些虚弱无力的小不点。一秒钟不留神，一次粗心大意，就可能要面对一口一米二的小棺材。妈的。出门前，哈希纳吻了她的脑袋和她紧握的拳头。然后，他跨上摩托车，而科拉莉则开车出去了。

后来，他一整天都在反复琢磨。这一天的工作氛围特别奇怪，就像放假前一天的感觉，所有人都兴奋异常，到处都在重复这句话："法国队进入半决赛了。"顾客与销售在谈足球。仓库管理员和运货工人也在谈。就连股东也很高兴，平板电视卖起来如同卖面包，还有啤酒机、冰箱、烧烤炉。

傍晚时分，所有同事都去高炉体育馆看比赛，那里新安装了大屏幕。他不想跟他们同路。既然不去，他就骑摩托车进城转悠。气氛真的很疯狂。所有酒吧都人满为患，一直坐到人行道上。大家都在看同一个频道，比利时法语区电视一台，蒂埃里·罗兰，让-米歇尔·拉尔盖，都属于足球解说员大家庭。他在城里转来转去，想找个气氛热烈的地方，转了一家又一家咖啡馆，一来二去，他来到了工厂。从那次"事故"后，他再也没有踏进过这里半步。这就是代价。

# 3

达沃·苏克接阿萨诺维奇长传，射门得分。

打得干脆利落、出其不意。去趟更衣室的工夫。在第四十六分钟。

整个国家似乎都到了千钧一发的时刻。

达沃·苏克，尖尖的脸，颧骨突出，下巴前突，眼窝深陷。他就像一名雇佣兵，一个刚刚走出丛林的生猛汉子，一个饿着肚子的游击队员。他一副卑鄙的样子，大张着嘴，不停地欢呼，似乎连嘴唇都没有，苍白得让人厌恶。他穿着白球衣，上面印着红色斜方格，他张开双臂，纵情奔跑。

达沃·苏克。单单这个名字就足以唤起不堪的回忆，令人想起德国俯冲轰炸机，面对它的速度，我们无能为力。在电视机前，成千上万的观众顿时灰心丧气。安东尼把啤酒放在吧台上。跟其他人一样，他也双手抱头。这是个悲剧性的动作。不能抱太多希望了。

十七点左右，他开车来到表哥家，提着桃红酒。表哥在网球场附近找了个新地块，刚刚建了房子。对他来说，事情进展很快。差不多一年前，他遇到了纳特，又在克莱霍夫公司找到一份长期工作，做暖气工，于是马上贷了款。纳特怀孕了。表哥很高兴。他也长了小肚子。与纳特在一起，他觉得很快乐。

在主人的带领下，安东尼参观了一圈，每次过来都是这样，顺便看看工程进展。小楼已经拔地而起，位于一小块地皮的中央，这里将整治出一片草坪，还有四面墙壁，屋顶，底楼是白地砖，楼上每个卧室里都铺着木地板。全新的。墙刚刚刷过，一摸一手白，里面还露出电线。现在，需要借助梯子才能上楼。纳特不方便。因此，他们就睡在楼下，床就摆在客厅里。在这套六居室的房子里，松木家具似乎很不起眼。表哥目标远大。剩下的就是要赢取世界杯，还银行贷款。

纳特是一位漂亮的棕发女子，眼睛里有微黄的色泽，她在市镇警察局工作。她打算继续读书，或者参加行政考试。等小孩上学了，到时再看。在这期间，他们全身心投入到房子上，时间、金钱、精力。表哥很骄傲，当然也很累。总有做业主的焦虑。

"我受不了啦。我要花时间全部返工。百叶窗尺寸不合适。妈的，在这房子里，都没有一扇门可以关上。真是懒鬼。"

参观结束后，他们仨就在露台上安顿下来，所谓露台，其实就是一小块平地，在上面铺满碎石，再摆几件塑料家具。纳特伸直双腿，把脚放在男人膝盖上。她喝水。表兄弟俩则一听一听地喝啤酒。安东尼有点难以适应表哥现在的态度，成天有操不完的心，什么都要监督，他现在彻底踏实了下来。他很喜欢纳特。她特别有意思，每次讲笑话，自己都绷着脸。他们一起取笑表哥。安东尼有点找到家的感觉。夏天，他经常过来。他们问他有没有兴趣给小家伙当教父。他回答说当然。

谈话主要还是围绕足球。纳特压根不相信"黑人/白人/北非移民"融合的神话。对她来说，这不过是一时的奇想，是喜剧的精神鸦片。从警察角度来看，原来什么肤色，就是什么肤色，她坚持自己的看法，带着一种合乎情理的冒失。表哥不赞同。

"我不信。如果赢了，还是会留下些东西。"

"留下什么？"

"说明大家可以很好地相处。"

"你说什么呢？"纳特嘲弄道，"然后，你又骂土耳其泥瓦匠，阿拉伯工人。你还是会抱怨葡萄牙人瞎捣乱。"

"才不是，但他们有精神病。从世界杯一开始，他们就在循环听《我会活下去》。真让人发疯，说真的。"

"嗯，所以呢，你说：葡萄牙人烦死我啦。"

"可这不是种族主义。"

"那是什么？"

"观察意识。"

安东尼玩得很开心。只听见远处不时传来喇叭声、鞭炮声。旁边的房子里升起一支烟火。一群小孩子骑着山地自行车，嘴里高喊"法国队加油"。猜得出来，在每一栋房子里，都弥漫着急切的心情。表哥在烧烤架上放了猪排和香肠。人们都在户外吃饭。开着电视。既安静，又狂热。表兄弟俩倒上大杯桃红葡萄酒，加满冰块，杯子里发出清冽的声响，在夜空里很悦耳。渐渐地，纳特没有了热情。她累了。怀孕第三个月。两位男士赶紧收拾残局，把杯盘都扔到洗碗槽里，然后来到客厅。快开始了。整个国家都屏神静气。奏两国国歌。开球。

上半场打得不算太差，法国队踢得小心翼翼，但缺乏激情。克罗地亚队本来就无所谓失去，人又年轻，没有心理负担，球风积极硬朗，头脑中还想着上一场大胜德国队的比赛，不一会儿，他们就频频制造威胁。这种局面也让表兄弟俩纷纷发表评论，诸如："他们在添乱啊！""吉瓦尔什这是在哪里啊，在酒吧吗？"卡伦布受伤了，亨利替补上场。后来，大家看到法国队阵营逐渐瓦解，克罗地亚队已经将它撕烂，像面皮一样虐来虐去。中场位置出现巨大的漏洞。安东尼甚至都不敢喝酒了。他紧张地咬着指头，表哥站起来又坐下，再站起来。差不多到了四十分钟，纳特困了。她倒是说睡就睡。

中场休息的时候，表哥建议去酒吧看下半场。

"她啊，一睡就要睡十二个小时。我把她安顿到床上。你在外面等等我。我马上出来。"

"快点。一会儿就重新开战，不能错过了。"

"好的，好的，别担心。"

安东尼抽了支烟，靠在雷诺 Clio 引擎盖上。夜幕逐渐降临。周围的房子全都给人一种家的味道，都有一小块地盘，棕红色的屋顶，崭新的外墙，还没有竣工的篱笆，前面都停着一辆汽车。新修的街道都以树的名字命名，它们弯弯绕绕的。在这个小小的世界里，弥漫着一种宜人的静谧。从千般细节可以看出，居民很在意自己的舒适，在意自己的隐私，同时也在意对别人产权的尊重。一个男人拿着喷头，正在给草坪浇水，他敞开衬衫，很开心的样子。远处不时传来一声欢笑，入夜时分，要把长椅拖回家，地面响起一声刮擦。在他头顶上，燕子双双对对地飞过。天空广袤、浑圆，恰如孕妇的肚子。正在这时，表哥赶来了。

"快，点火，我们走。"

"她没说什么，纳特？"

"她连醒都没有醒。"


他们上了车，全速朝最近的酒吧驶去。整座城市已经没有一个停车位。长长的街道上空无一人，停满了汽车。每一个酒吧，每一个露台，都挤满了球迷。估计很难找出一个克罗地亚人。然而，里面有些不常见的身影，他们剃着光头，怪模怪样。四周村子的人也往市中心跑。比打折季还糟糕。最后，表哥挨着别的车，并排把车停下，不论如何，他喝了太多酒，很难倒车入位。他与安东尼找了个角落，只剩下一点点空间。全都满座。时间过得很快。广告快结束啦。他们从高炉一侧进入酒吧，淹没在工厂的人潮里，挤出一条路，来到吧台。安东尼看见了鲁迪。马努也在。他和表哥匆匆点了一份慕斯。

达沃·苏克进球了。

举国上下，一片沉默，无语、失望。

"混球。"鲁迪说。

就在这时候，一个满头鬈发的家伙也进入酒吧，他钻到吧台前，要了一瓶啤酒，随后转过身来，看有没有熟人。他认出了安东尼。安东尼也认出了他。他们彼此点了点头。哈希纳开始关注墙上的大屏幕。比赛进行到第四十七分钟，从没有进过球的利利安·图拉姆，长途奔袭到对手腹地，打进一球。酒吧立马沸腾了。所有人异口同声，发出一声尖叫。一张桌子被掀翻在地。啤酒洒到地上。观众们在原地跳起来，大喊大叫，彼此拉着手。哈希纳把两个拳头挥向天空，他感觉有人在摇他。是安东尼，完全失控啦。两个人互相庆祝，仿佛也在绿茵场上，你拍拍我，我拍拍你，心花怒放，比法国人还法国人，以前的事已经彻底忘啦。


比赛继续，气氛已经彻底疯狂。啤酒像水一样哗哗地喝，烟抽起来像火灾现场，大家叫啊闹啊，一桌一桌地打招呼。安东尼也开始猛喝，一口接一口。现在，他与哈希纳肩并肩待在一起。当年的争执已经没有意义。与表哥一起，他们轮流做东，请鲁迪喝酒，鲁迪从来没有这么狂放过，法国队每做一个动作，他都要高呼一番。

第七十分钟，图拉姆再踢进一球，这意义非同小可。一下子，全体民众彼此融合，回归同盟命运，不论差别，不提地位。不加入其中，则得不到理解。加入其中，就要发出同一种声音。全国上下都接近一种虚幻状态。这是一个团结的时刻，男人女人的团结，庄重严肃的团结。其他的东西已经概不存在，不再有历史，不再有死亡，不再有债务，这些全都被魔幻般地抹掉。法兰西被绑在一起，无限的博爱。

有一刻，安东尼受不了了，他想去撒尿。厕所前排起了长队。他想出去。他告诉哈希纳：

"我出去五分钟。"

实在太吵了，他只得摆出五个指头，表示五分钟。哈希纳一脸懵懂。他会错过比赛结尾，但只能这样，要不就撒在身上。

"我马上回来。"

在外面，男孩呼吸到夜间的空气，稍微恢复了活力。街上很安静。一阵阵的欢笑、喧闹，时不时从咖啡馆传出来，就像黄昏的阵阵暑热或高压锅里吐出的热气。他在稍远处选择了一个角落，开始对着美泰乐工厂的墙壁撒尿。高炉的剪影高高耸立着，沉沉地压在他身上。他抬起鼻子，一边在砖头上画出曲线，一边咒骂这千吨巨物。

等他回到酒吧，表哥逮住他。

"我得走啦。"

"要回去啦？"

"嗯。我不想等了，大家到时候都要上路。将会是世纪大堵车。"

"你不想庆祝庆祝？"

"不了，我想回去。"

当然，安东尼很理解。纳特和孩子，这也很正常。

"决赛那天，再庆祝吧。"他说。

"好嘞。去吧……"

他们互相拥抱，使劲拍了拍后背。这是一个特别的时刻。就差没有说，他们彼此相爱了。不是那回事。

"再见。"安东尼说。

"嗯，很快就会见面，再见……别干傻事。"

表哥用头示意，指了指哈希纳，他胳膊肘撑在吧台上，正跟所有人一样，盯着电视。

"哦，你知道……"安东尼说。

表哥快步离开了那里。安东尼回到酒吧，要了半升啤酒。法国队获胜了。法国队闯进了决赛。

# 4

哨响了，埃朗日沸腾了。街道上，立马变得川流不息，喇叭声从四面八方传来。窗台上彩旗飘飘，大家手里都挥舞着国旗，旗杆又长又柔软。最后，整个场景变得影影绰绰，让人想起地面体操运动。人们的脸上也映着三种颜色。年轻人来回跑动，吹口哨，放鞭炮。人行道上，大家拿着大号易拉罐频频碰杯。几个小混混迎着拥堵的车流在引擎盖上打滚，从一辆车跳到另一辆车上。警察不急不躁地看着这一切，就跟老好人似的。还有行人停下来拥抱他们。这座城市从来就不知道自己这么有活力，这么有能量。经历了三十年的晦气才重新发现自己，胜利将危机一扫而光。市政府已经打开香槟。在中央广场上，一位本地记者已经趁热打铁采访了几位行人，看他们有什么反应。明天的报纸上一定会一片赞誉。所有人嘴边都挂着这个代词。我们赢了，我们进入了决赛，我们是冠军。街头，偶尔大胆闪出几面阿尔及利亚国旗，也受到热烈欢迎。另外，市中心的奥贝尔坦修车行，几天前就在门楣上做好横幅，上面写着"齐达内总统"。国民阵线的办公室已经临时拉上了卷帘门。

凌晨一点左右，安东尼和哈希纳来到工厂前面的人行道上。远处只有零星的爆竹声和东一下西一下的喇叭声。酒吧关门了，烂醉如泥的酒鬼被打发回家。安东尼走起路来跟跟跄跄，一来到外面，他只得靠墙站着。整个晚上，他跟很多人说过话，喝过酒，尤其是鲁迪，他喝得酩酊大醉，已经长长卧倒在桌子下面，有些小孩拿着烧焦的瓶塞，在他脸上乱涂乱画。但是，他一直跟哈希纳在一起。这种哥儿们情谊让人咋舌。现在，它已经深入彼此心间。一种冰释前嫌的奇怪感觉正在暗暗酝酿。两个人不知不觉都在寻找对方，他们既相互吸引，又保持距离。

"乱得一塌糊涂。"哈希纳说。

"嗯。"

高炉的轮廓被照亮了，高高矗立着。他们不知道该说什么。哈希纳先开腔。

"你在本地工作吗？"

"是的。在戈登公司。"

"你开心吗？"

"不开心。"

这个回答让哈希纳觉得好玩。

"到处都一样。"

"你呢，你在哪里？"

"达尔第，在拉梅克。"

"有意思啊。"

"什么？"

"又这样见面啦。"

"嗯。"

过了几秒钟，安东尼才继续说话。

"我父亲去世了。正好两年。"

这条消息宣布后，安东尼想看看同伴的反应。愿望落空了。但至少，可以把这事放下。了结啦。一切都过去了。

"他怎么啦？"

"不知道。我们觉得，他是淹死的。"

"湖里面。"

"嗯。尸体没有浮上来。"

安东尼抽着烟，若有所思。

"那下面可能很复杂吧。"

哈希纳陷入回忆。

说来，他老爸过得也不体面。呼吸衰竭。他拒绝回法国治疗，如今，不管走到哪里，他都用小车拖个氧气瓶。哈希纳回国去看他，看到的情况他并不喜欢。老爸像个瓷器人似的，再也不肯出门，成天待在暗处，不肯行动，离群索居，对着电视机不挪窝。不知道什么原因，他的脸上和手上都抹了一层膏药，毫无血色的皮肤上突然多出一层光泽。他就像一只小动物，生活在岩洞深处，远离了阳光，成天都在黑暗里，浑身软塌塌的，且不说那一股味道。

"我买了一辆摩托车。"

"真的吗?"安东尼问。

他马上喜形于色,跟孩子似的。他继续说:

"太好玩啦。"

"嗯。太好玩啦。"

"什么型号?"

"铃木,125DR。"

安东尼放声大笑。一切又回到原点。仔细想想,人生就是一出奇妙的喜剧。他顿时兴奋了。

"可以让我试一下吗?"

"我觉得不行。"

"我坐后面。我们溜一圈。"

"不,不。好啦。"

"去吧,别装孙子。"

在他们头顶上方的公寓里,有人开始唱《马赛曲》。一个女声,唱得很准,但不太熟悉歌词,唱到"敌人的脏血将灌溉我们的田地",歌声便戛然而止。

"得了,伙计,"安东尼坚持说,"再说,我表哥把我扔这里了。我得步行五公里呢。"

哈希纳最后让步了。后来,他觉得有几分得意。他来到摩托车旁,问道:

"他多大啊,你老爸?"

"说实话，我都不清楚。"

安东尼坐在行李架上，哈希纳拐来拐去，绕过街面上残留的垃圾。埃朗日是一座小城，二十三点的喜悦爆发之后，很快就恢复平静，这是狂欢之后的灾难性场景。大街上留下很多包装纸、被压坏的易拉罐、爆竹的残余，还有几名蹒跚行路的夜归人。哈希纳开得很快，绷紧神经：加速，刹车，加速。在后面，安东尼享受着风景，享受着夜色。夜风轻抚着他的脸庞。尾气的味道，小发动机清新的轰鸣，将他带到很远很远。他很想亲自驾驶。他们在一堆篝火旁停下来，他又问了一遍。

"说真的，让我试试，我会小心的。"

"没门儿，伙计。"

"我们到停车场去。我就开两个来回。很快的。就试试嘛。我闭着眼睛都能开。"

"嗯，但是不可以。"

安东尼缠得他头都大了。好说歹说，最后，他们来到了蒙特综合整治新区。这地方还处于草创阶段，一个大型城市经济振兴项目。东一处西一处耸立着几栋库房，还有服装市场，家电商场，新修的写字楼，如同叠放起来的集装箱。每次修建的都是功能性大楼，两天时间就能搭好墙壁、通道、楼梯，总体看上去都很脆弱，仿佛第一阵风吹过来，所有建筑物都会轰然倒地。那里面还有会计事务所、诊所、各种商铺、开放的工作空间、电脑、咖啡机、复印机。未来气象。如今，停车场广袤得如同牧场，一个个均匀切分,中间点缀着盏盏路灯。夜幕降临,还误以为是大海,是一片片空地的海洋。

在停车场西入口,哈希纳用脚点地。从那里望去,视野很好,一览无余。在俩人前面,五百米的直线尽情伸展。安东尼从摩托车上下来。哈希纳熄了火,支好脚架。他犹豫着。毕竟,他们都不赶时间。

"你有烟吗?"

安东尼把烟盒递给他。他变得有些急躁。他开得比哈希纳好太多了,他觉得,对方不把铃木借给他,让他兜一圈,这似乎太不可思议。他越来越觉得,哈希纳应该让他开。

哈希纳坐到花坛边上。他抽着烟,手臂放在膝盖上,非常镇定。安东尼站在一边,盯着他。没有多少话可说,真的很有趣。毕竟,他们在同一座城市长大,工作都不开心,上过同一所学校,也都早早离开了学校。他们的父亲都在美泰乐工作过。他们见过千百次面。然而,对他们来说,这些共性一文不名。他们之间有着隔阂。安东尼失去了耐心。开车的愿望急火攻心,就像尿意一样急迫。

"快啊,伙计。"他又说道。

哈希纳抬起眼睛。他们之间的情绪发生了转变。安东尼走到他身边,伸出手来。

"快啊……"

哈希纳掏了掏衣兜,把钥匙甩给他。

"你开到头,然后回来。"

"好。"

"一个来回就够了。"

安东尼脸色不好看了。这种坚持让他有点恼火。他嘴里答应着，但眼里闪过几丝狡黠。

"没问题。"

"认真的，伙计。"哈希纳又强调说。

这一次，算是威胁。

安东尼转过身去，骑上铃木，点火。在夏夜里，在这种理想的静谧中，发动机发出噼里啪啦的响声。安东尼调节油门，立马就感受到 125 特别的震感，传到大腿，传到骨盆，一直传到胸口。很好。他开始感受到哥萨克人的快乐。自古以来，很多像他这样的人，年轻，没读多少书，肩宽体阔，喜欢骑马，喜欢破坏。他们大腿粗壮，紧紧夹住臭烘烘的坐骑，他们追风逐电，有时候甚至挑战诸多帝国。为此，只需考虑自己的冲劲，别的什么也无需操心。他脚下加速，摩托车即时回应。他直线飞驰，陶醉，随着提速，夜空里留下一连串浓缩的金属声。

又找到了快乐的感觉，控制的感觉，男孩想到了自己的父亲，在湖底的淤泥里，他早已化为乌有。

到了停车场尽头，他减速、转弯，一脚点地。在另一端，哈希纳站起身来、朝他挥手。再来一次，安东尼出发了，这次速度更快，抬起前轮，响声如雷，他还是醉醺醺的，但灵巧得让人害怕。轮子重新接触沥青地面，他进一步提速。他朝哈希纳冲过去近乎疯狂，时速差不多有九十公里。哈希纳围着他转，摩托车随即从他身边绕过，安东尼那么精准，毫发不爽，他又全速驶出，油门踩到底，撕破单薄的夜幕。哈希纳在后面追着跑。

"回来，乱套啦！"

安东尼觉得好玩，还想再耍耍他，于是加速远去，然后更疯狂地返回。就像一场恼人的斗牛赛。哈希纳跑得飞快，满身大汗，非常滑稽，他挥舞着双手，但毫不管用。安东尼对摩托车太熟悉了。他轻松地避开他，什么也不害怕。最后，他溜走了。想都没有想，他就直奔斯特凡娜家而去。他的心跳得比摩托车还快。早已飞奔而去。

在肖索瓦家门前，随着一个优雅的液压运动，摩托车稳稳停住。这栋房子很漂亮，上下两层，外加阁楼，宽大轩敞，在突出的屋檐下方还有阳台。他从来不敢靠这么近，仔细地打量。拐角处装饰着打磨过的大石头。一排石阶直通厚重的大门，上面镶着铁铸的门环。草坪上精心辟出了一块块花坛，独具匠心。看起来，它们就像市政府前面的环岛似的。还看见两株柳树，一株垂枝桦，一丛九重葛。碎石地面上停着一辆宝马7系，一辆老敞篷高尔夫。

没有灯光，没有一丝响动。安东尼在牛仔裤上擦了擦手。旁边的房子也是草坪环抱，侧柏轻拥。怎么知道斯特凡娜在不在家呢？他不应该来，这显然是犯糊涂。然而，要是现在就离开，他也下不了决心。这是一个特别的夜晚。只需要仰望天空。繁星会刺痛你的心。

他支上脚架，朝房子走去。房子高大、庄严。这不是老式布尔乔亚豪宅，以前他与父亲修剪篱笆那会儿，看到过不少那种宅子。这一栋更新。他使劲地猜想里面的样子。在他更小的时候，也就是贩大麻那会儿，他交往过不少富家子弟，有幸看到过这种家庭的日常运转。他艳羡美国冰箱、踩上去没有声音的地毯、厚重的茶几、价值五百法郎的艺术图书、挂在墙上的油画。父母从来不在家。通常，客厅里甚至都没有电视机。在斯特凡娜家，他猜测是有点软绵绵的复古风，在罗奇堡沙发旁边，摆着一把思特莱斯安乐椅，在车库里，有经过修整的桑拿房。他又靠近一步，手插在裤兜里，犹豫不决。虽然还是醉醺醺的，但已经越来越清醒。他又往旁边走了一点。突然，灯光让他花了眼。

"妈的……"

屋檐下，一排五十瓦的聚光灯投射在他周围，白晃晃的一片。他抬起一只手，遮住眼睛，不敢再动弹半步。最后，灯光渐渐熄灭。

他待了片刻，一动不动。他还不放心，又挥了挥手。马上，灯光顿时又亮了，还是那么刺眼。像监狱的探照灯那样煞白。他发出一声呻吟，又轻快，又低沉。这是感应动静的玩意儿，只能吓吓小猫和小偷。他的努力没有白费。他心想，最好还是回去。几秒钟后，灯光又熄灭了。他回到摩托车旁，再一次恍如白昼。

"嘿，嘿！"

阶梯上，一个身影叫住他。

"你在那里干吗？"

正是斯特凡娜。即便逆着光线，他也能轻而易举地认出她。

"你好。"男孩回答。

"等等我。"

她进去动了动什么，然后关上门，来到他旁边。这一次，灯光彻底熄灭了。女孩三步并作两步下了台阶，她穿着牛仔裤，短衬衫，光着脚。头发比以前更短。

"你运气不错，我父母不在家。"

"他们去哪里了？"

"走啦。"

他寻觅她的脸庞，但看不见。彼此之间只有天空苍白的浅影，街头路灯昏暗的微光。但远远不够。

"怎么样？"

"没什么，路过而已。"

"你没看时间？"

"我们进决赛了。"

"那又怎样？"

他们一直站着，在黑暗中近在咫尺，彼此一愣。他们周围，夏日漫长，草丛里发出低微的声响。他低下眼睛。她不耐烦了。

"仅此而已？"

他直起身来。

"你不想兜一圈吗？"

"什么兜一圈？"

"摩托车。"

"去哪里？"

"不去哪里。就这样啊。"

"你一身酒气。"

他也回答不出个所以然。安东尼本想问她两三个问题。想知道她在干吗，在哪里生活，有没有男友。但心思已然不再。不过，他还是坚持道：

"你肯定不想去兜一圈？就十分钟。我一会儿直接送你回来。"

"不。"

安东尼用手摸了摸左眼皮。多年的条件反射。他再没有机会了。一时百感交集。

"对不起，"斯特凡娜说，"一切都结束了。"

男孩把双手伸进屁股后面的裤兜，深深地吸了口气。已经翻篇了。当时的境况，已然从指缝中溜走。他本想拉拉她的手，或者做点别的什么。他只是说：

"我一直都在想你。"

看女孩的侧影，她绷紧身子，就像冲浪似的。

"你尽瞎想。"她说，"现在，我要回去了。明天得早起。"

她转过身去，回家了。几天之后，她就要飞往加拿大。男友在那边等她。他念完了新闻记者培训中心的课程，刚刚获得一个实习机会，是在渥太华的一家地方小报。名义上，斯特凡娜只能待三个礼拜，但是等到了那边，她还有到大学注册的秘密计划。她可以当服务员。人们给小费很大方，似乎这样就可以很好地生活。一个幅员辽阔的国家，一切都是全新的。她觉得已经起航，将漂洋过海，对她来说，埃朗日的一切都不再有意义。她两步两步地爬上阶梯。安东尼甚至都没有看清她的脸庞。

"再见。"他说。

她挥手作别。分开的时间里，他已经长大了。差不多就是一生。在七月的一天，他又见到她的马尾辫。最后一次，她的剪影勾勒在门框里，门随后就关上了。他再也没有抚摸到她的乳房。

发动摩托车之前，他小心翼翼地远离那栋房子。然后，他发动机器，发动机听话地启动了。至少，机械还是可靠的。每一个部件都有准确的功能，又异常简单。一粒火星即可点燃混合气体。燃烧可以带动活塞，上下运动，轮流安排进气、燃烧、排气。新的混合气体进入汽缸，把燃烧的废气挤出。运动周而复始，更快，更强，不知疲倦。这是完美的循环，只要机械装置在转动，只要有汽油在流动，就可以一直产生能量，催生速度，让你忘却烦恼，直至无限。

在埃朗日的夜色里，他转悠了一会儿，然后决定把摩托车直接开回家，藏到车库里。在关上金属门的时候，他心想，上班前得先回表哥家，才能取回雷诺 Clio。真麻烦啊。除非骑摩托车上班。再看吧。

随后，他回到自己的公寓。他找到雷堡 5 号，倒上一大杯，又从冰盒中取出两个冰块，放进去摇了摇。一切都那么安静。冰块发出清冽的声音。路灯的光线投进客厅，在皮沙发上勾勒出浅淡的菱形图案。他看了看外面。一些半新不旧的汽车停在那里，路灯让人觉得踏实。楼里的居民已经沉沉睡去。他们等待着闹钟响起。安东尼打开了hi-fi频道。收音机里，一位女孩正在放飞想象，如果她是上尉的话，生活应该是什么样子。威士忌令人作呕，他换了酒。痛苦是一种令人惬意的东西。他感觉超然物外。他的嘴唇上有一道苦涩的褶皱。他看了看手表。三个小时后，他就要上班了。晚上，他还得和母亲一起吃饭。七月十四日到八月十五日，戈登彻底关门。他没有度假计划，也没有任何愿望。他心想，已经结束了。他感觉自己无债一身轻。

他来到浴室，要冲冲凉。他脱光衣服，对着洗手池上面的大镜子打量着自己。随后，他把水调得很热。镜子蒙上一层水雾。在滚烫的水流下，他急促地抖动身体，张着嘴巴，用手指梳着浓密的黑发。他待了很久，一直到水变得温热、清凉。斯特凡娜在他身上留下一个空白。他能感觉到这个空白，就在他的胸中，在他的腹内。生活还要继续。这并不容易。但生活总要继续。

一身湿漉漉的，他就上床了，马上就酣然入睡。

# 5

第二天早上，安东尼决定坐公交车去上班。他迟到了，大概并不是唯一的一个。穿过戈登停车场的时候，他发现很多车位都空着。他不紧不慢地赶往工作岗位。起床的时候，虽然服了两片阿司匹林，但还是浑身乏力，双腿沉重，头疼得厉害。然而，今天上午特别美妙。天空瓦蓝瓦蓝的。百鸟齐鸣。天气很好。在路上，他看见有穿短裙的女孩，有母亲，有童车，还有正在收拾狂欢残局的清洁工。他随时都期待着哈希纳出现。他猜想着他的反应。一直到公交车停下来，到达目的地，他也没有看到哈希纳的影子，他几乎有点失望。不管怎样，他知道他工作的地方。

在堆材料的位置，他见同事们都心情愉悦。脸部轮廓仿佛拉长了，但是谁都喜上眉梢。大家脑海里都还回味着头天的比赛，法国队已经进入决赛。平素弥漫在车间里的凝重感，此时一扫而空。当然，他们虽然很有激情，但还不至于加快工作节奏。因为在工作中，规则要求保持节奏，而不是提高频率，要不然下个月就会调高你的工作目标，就这样，一点一点，压力会逐渐走高，管理层会严苛地制定绩效奖金，你迟早被机器完全占有、吞噬、榨干。工头们一直在来回巡逻，面无表情，监督偷懒行为，看有谁在磨洋工。他们懂得干活不出力的把戏，但是又没法证明。工人们的诡计就是表面上一直工作，但处处都慢吞吞的，保持最省力的样子，随时忙里偷闲，在两个动作的间歇，休息片刻，喘口气，暂停一下，工作要稍微往前赶，这样才能在后面更好地休息，而且始终得偷偷摸摸。在车间里，这种无休无止的弄虚作假，这种班组长的巡回监视，催生出一种持续的警惕感，一种工人间的完美的团结印象。只知干活的傻子遭殃了。

在休息的空当，大家围着咖啡机，又谈起比赛。马尔蒂奈尤其热情高涨。他一再说，他从来没有看到过这样的比赛，从来没有。老斯林格尔不同意这种说法。他抛出自己的学问。墨西哥，科帕，皮安托尼，方丹，就这样，可以追溯到很久以前。

"你啊，话多得就像泉水似的。"祖克说。

他坐在角落里，垃圾桶上，其实他平时就这样，就在你以为他快要睡着的时候，往往会冷不丁冒出一句不中听的话，简单干脆。有好多次，他差点被人打断眉骨和鼻梁。他的脸看起来没有一丝血色，萎靡不振，眼睛都不大看得见。才二十五岁，看起来跟四十岁似的。他每天抽十支大麻烟，也没有给他带来好气色。但是，他很搞笑，常常不合时宜，缺乏想象。

聊天继续。这一次破例了，监工们、工头们都加入工人的队伍。大家一致同意，利利安·图拉姆配得上一枚奖牌，而且将被载入法国史册，差不多介于拿破仑与普拉蒂尼[1]之间。大家又聊起比赛的奖金，聊起罗纳尔多的健康状况。巴西是一块硬骨头，但是南美洲的球队，一走出他们的半球，就很少获得世界杯。不管如何，只要有齐达内，法国就无坚不摧，只管相信好啦。卡里姆心想，不管艾梅·雅凯走到哪里，都带着个超大黑色笔记本，里面究竟有什么？肯定是统计数据。大家猜测，里面少不了概率算法，少不了巫术。从前，教练也在工厂上过班，在圣夏蒙的一家钢厂。就这样啊，西里尔说着，闪过一丝忧郁。铃声响起，跟在学校似的，该上工啦。安东尼没有说一句话。马尔蒂奈兴奋不已。

"不舒服吗？"

"让我安静安静。"

"哦，咳，这样啊。"

每个人都迈着轻盈的步伐，回到工作岗位。这一天，凡事似乎都更加容易，时间过得飞快。只有安东尼闷闷不乐。谁都不关心他。


在餐厅里，大家又开始聊天。在这里吃饭，需要买饭票。饭菜用红票，葡萄酒用蓝票。每人每个月可以买十张蓝票。四张蓝票可以换一瓶红酒。管理层找到了减少浪费的方法。他们曾经试过禁止卖酒。这种尝试引起一片抗议，最后只好使用限票这

---

① Michel Platini（1955—  ），法国足球运动员，被誉为二十世纪八十年代最出色的中场球员，曾任欧足联主席。

一招。

这一天，大家把酒票凑到一起。葡萄酒一抢而光。整顿饭都闹哄哄的。大家一起取笑，说话，动作很大。礼拜天将是个了不起的日子。各种预言大行其道。谁也没有想到失败。这不可能。奇迹已然开始。证据呢，卡里姆站到凳子上，唱起《马赛曲》。工人们齐声合唱，瞎闹着，歌声震天，让人受不了，几乎唱出革命的意味。虽然号称是爱国，但是太胡闹了，不过这也不失为好办法，可以烦烦在一旁吃饭的高管们。

安东尼没有唱。他也没有动酒杯，只顾着狼吞虎咽地吃了饭，牛肉、胡萝卜、土豆。最后，外加一个达能巧克力酸奶。有点童年的味道。小时候，母亲经常买。还有给父亲的咖啡味酸奶。只不过老爸喜欢一次吃两个，自己的吃完了，就吃他的巧克力酸奶。安东尼还记得三个人一起用餐的情景。互相爱护，可以过那么多年；互相讨厌，也可以过那么多年。最后都是同样的结局。父亲去世了。母亲也重新开始了生活。她去见不同的男人。现在，她一头赤褐色头发，留着爆炸头。还要十五年，她才能退休，如果政府不再出什么幺蛾子。还远着呢。她天天数着日子。周末，她去看姐姐，去见女友。想要享受生活的单身女人，数目还真不少。她们一起散步，参团旅行。就这样，你可以看到很多大巴车，穿行在阿尔萨斯、黑森林，满载着单身女子、寡妇、离异女人。如今，她们也乐得开心，在裸露着梁柱的客栈里，大家一起吃包饭，全套大餐，奶酪，咖啡小点。她们参观城堡、特色乡村，组织卡拉OK晚会，集体攒钱去巴利阿里群岛。在她们的生活里，孩子、男人，那不过是一段插曲，自己才是第一位的。她们一心要逃避，要摆脱千年一贯的受奴役的地位。这些穿长裤的巾帼英雄，简朴低微，笑容满面，适度的妖娆，染发，自认为屁股还不算太肥，一心渴望着享受人生，因为说起来，人生实在短暂，这些出身工人无产者家庭的姑娘，这些听着耶耶摇滚乐长大的女孩，在职场上普遍都只是小职员，经历过一段烦恼的日子，一段紧巴巴的生活，现在都想尽情玩耍一番。几乎所有女人都经历过多次怀孕，丈夫要么下岗，要么抑郁，有暴力倾向，大男子主义，失业，反复遭受羞辱。在餐桌上，在酒馆里，在床上，这些男人始终愁眉苦脸，毛手毛脚，一颗破碎的心，多年来一直认为世界就是狗屎。从工厂倒闭、高炉停产以来，都没法安慰他们。即便是那些和蔼的人，贴心的父亲，善良的小伙，沉默寡言的汉子，逆来顺受的男人。所有这些男人几乎都随波逐流。一般来说，他们的儿子也不争气，常常胡作非为，麻烦不断，最后好不容易有理由安顿下来，通常就是找个女孩。所有这些辰光，女人们都在坚持，忍耐，遭受虐待。最后，在大萧条的危机之后，事情变得可以接受。再说，危机嘛，本来就不是一时半会儿。在事物的秩序中，这是一种立场。一种命运。她们的命运。

正好，安东尼晚上要去见母亲。每周星期四，她都要去采购，于是他们约好在勒克莱尔自助商店见面，十九点左右。炸牛排二十法郎，肉很干净，安东尼点了小份排骨和漂浮之岛甜品。他们找到这种解决办法，家里面不能再没完没了地吵下去。每次男孩一踏进家门，母亲就母性大爆发，开始给他各种建议，帮他规划人生，常常没事找事。为了守住自己的天地，他通盘拒绝。至少在勒克莱尔，他们只能尽力克制。每人轮流结账。餐厅里禁烟，喝完咖啡之后，他们到停车场才能抽烟。埃莱娜话很多。她声音嘶哑，牙齿发黄。眼睛下方，憔悴的黑眼圈，还保留着昔日伤感的记忆。现在，她已经没有那么多目标。儿子安顿好了，丈夫也不在了。那些奔她而来的男人，这些情况都弄得一清二楚。她很平静。

甜点之后，安东尼迫不及待离开餐厅。其他人心想，他能有什么事呢。

"他从来就不开心。"

"临时工啊，就这样。"老斯林格尔估摸道。

"你才临时工呢。"祖克反驳道，他也是万宝盛华招来的。

安东尼在停车场抽了一支烟，停车场刚好把食堂和车间分开。午饭后，暑热起来了，空气在引擎盖上颤动。他看了看表。他提前了二十分钟。烟草有股酸味。他的手潮潮的，指甲很脏。他很难调整过来。内心深处升起一股焦虑。哈希纳会来找他。只是时间问题。现在还没有来，他已经有点惊异。应该怎么办，他毫无想法。这一切拖了那么久。他累了，仅此而已。

不久，同事们三五成群从食堂出来，喝了酒昏沉沉的，显然没有刚才那么活跃。碎石地面上，步履拖沓。大家吸了吸气。还有四个小时。车间里没有空调。不管如何，他们还得努力干。上午的幸福早已消散。在十五点休息的时候，一片沉默，哈欠连天。咖啡机不停地响。大家聊起假期。当天晚上，西里尔就要开始休假。他要带孩子们去汝拉山中的岳父母家，家里还有些工作得做，比如弄弄挂毯。然后，他们要去看大海，这很不错。

白天的最后两个小时格外漫长。在死一般的沉寂中，时间无限地延伸。终于，夜班工人来了。打卡的时候，安东尼发现，他还差两个小时，因为他早上迟到了。实行三班倒，就很难补上时间。只有扣工资，等人事部的邮件。就业事务所会一顿臭骂。他觉得心头一紧。他感觉自己处境很悬。每个月，他可以挣七千法郎。房租就花掉了一半。他还有车，要加油、抽烟、购物、各项贷款。加起来已经四千法郎。每个月结束时，至少还差五百法郎。还得考虑出点偏差，去趟餐馆，到酒吧一醉方休，他挖了个大洞，再也没希望填平。发工资那天，他走出财务困境，暗自许诺一定要努力，要勒紧腰带过日子。但是，钱花起来就跟流水似的，他很快又身无分文，开始透支。他和银行谈判，免掉了透支利息。但是，他的财务状况不断恶化。每个月有二十天，他都要靠银行家的慷慨度日。因此，他要回来工作，干一天算一天。需要支付汽车、冰箱、床、皮沙发、新平板电视的费用。

在回去的公交车上，他突然有种奇怪的感觉。车上人不多。很多人都已经出门度假。交通很顺畅，暑气已经降下来。两个老太太在他前面聊天。他有一搭没一搭地听她们唠嗑。说的是西红柿长得不像以前那么好啦，霜冻到来的时间也不准啦。公交车穿过城市，一站又一站：拉特桥、贡博大街、市政厅、德贝克游泳池、路易-阿尔芒中学、埃当日路。他在三穗街下车，稍微有点远，但是他想走走。傍晚的光线柔和、散乱。他走着，包背在肩头，什么都不想。他意识到，自己感觉很惬意。

一回到家，他就给母亲去电话，想告诉她一个想法。

"你知道大件垃圾回收场吗，就是我和表哥经常去的那个沙滩？"

"什么？"

"我心想啊，我们可以到那里去晚餐。"

"野餐？"

"嗯。"

母亲犹豫了一秒钟。这种提议，不大像是由他发起的。

"为什么不呢？"

"你有吃的东西吗？"儿子问。

"有，有，我剩了点沙拉，还有鸡腿。"

"我带点薯片，还有喝的。"

"好啦……没什么事吧？"

"没有，没有，"安东尼说，"别担心。"

她先挂掉电话。对她的反应，安东尼没什么不开心的。他装好双肩包，酒杯、一瓶桃红葡萄酒、薯片、一板巧克力。随后，他来到车库，骑上哈希纳的铃木。摩托车一发动，他就品味到金属花边的美妙响声，噼噼啪啪，声音尖锐，宛如一连串"i"音。发动机反应很快。他预热了一会儿。他已经打定主意。晚些时候，他会把摩托车停回拉梅克达尔第公司门口，哈希纳在那里上班。他会把钥匙塞进商店的邮箱。不是太复杂。他可以步行回来，或者搭一辆便车。他上路了。

暮色降临在山谷里，他穿过树林，张开双臂，分开大腿。两边的树木不断变换，渐次闪过。七月真是好季节，他回来了，仰着脑袋，又痛苦，又安全，他刚刚二十岁，在全速中回归本位。随着提速，铃木发出恼人的声音，刺破轻盈的、乳白色的空气。

不管如何，安东尼感觉自由自在。

他找到了正在沙滩上等他的母亲。在一块方格桌布上，她已经摆好纸盘。锡纸里包着一大份沙拉。鸡腿放在一个特百惠塑料盒中。她还带了纸巾过来。男孩把摩托车停在旁边。更远的地方，在水边，一群小孩正围着篝火。他们有多大呢。十五六岁。三个女孩，五个男孩，啤酒，吉他。

"这辆摩托车怎么回事？"

他跟母亲行过贴面礼，然后脱掉球鞋，坐下来。

"朋友借我的。"

"好吧。"

一个男孩开始弹《女人，不要哭泣》。他拔掉瓶塞。低处湖泊里，深深的湖水在神秘中尽情铺展。

"来，碰杯。"

"祝你健康。"

他们开始喝酒。埃莱娜看着他，既亲热，又怀疑，好像正等待一番知心话，一条好消息，某样重要的东西。

"咳，那？"

"那什么？"

"你不会无缘无故让我来这里吧？"

的确引人好奇，但是他压根就没有觉得这二者有什么关系。他只是想有点变化。天气很好。他们很久都没有野餐了。仅此而已。

"我以为你想跟我说说你老爸。"

她手里拿着酒杯，朝湖里指了指。母亲和儿子看了看湖面。暮色开始降临，像一层油布罩在了上面。另一侧，在湖岸，杂树丛生。最后是天空，把一切都沉沉笼罩。

父亲失踪后，他们一直没有机会详细讨论。安东尼在德国服役。母亲给他写信，告诉他消息。后来那些日子，男孩当然和她通过电话，但他没有回埃朗日。有什么理由来请假呢？没有尸体，没有证据。什么也没有。每次和母亲通话，他们都只是提提具体的细节。安东尼想知道，警察是怎么想的，母亲能不能回老爸的单间公寓。他的那些东西呢，怎么办？

"哦，有什么啊。"

实际上，父亲住在一套超小的房子里，几乎什么都没有，两条牛仔裤，三件 T 恤衫，一台电视机，几口平底锅。很久以来，他都在缩减自己的家当。他早就在慢慢地消隐，这次失踪也算是合乎逻辑的结局。过了很多个礼拜、很多个月、不管是安东尼，还是母亲，都没有提过葬礼的问题，或者美剧中常见的这种玩意。

如今，埃莱娜再提起前夫，她既不说好，也不说坏。记忆如潮，像硬币那样一枚枚掉落。她梳理过往的插曲，设想出一段适合自己的故事。不管如何，他们度过了一些美好时光。这是她人生的一部分，她不后悔。谁也不应该负责，肯定不是突发疾病。酒还差不多。这就是命运，这就是他们的人生，她并不觉得耻辱。然而，当安东尼时不时表现得太强硬或者太狭隘的时候，她会对他说，你就跟你爸似的。这不是褒奖。他却很骄傲。

"他在那边，也很好的。"

"嗯。"安东尼同意。

后来，埃莱娜换了话题。她姐姐就要做甲状腺检查。她很期待。按现在医生的说法，这可能会解释清很多事情。

"她猜想，所有问题都出在这里。还没怎么样呢，她又开始烦人啦。"

他们一边开心地吃东西，一边聊起认识的人，说他们的坏话。这样消磨时间，很开心。至少，他们还能找到认同点。一瓶酒很快喝完。低处的孩子们传来一阵阵爆笑。黄昏降临。

"我该再带一瓶来。"安东尼说。

"不。这样就很好。不管如何，天色也晚了。"

到时间了，比利时法语区电视一台上，夏季连续剧很快就要开始。安东尼还想待一会儿。他帮着母亲收拾好东西。埃莱娜用眼角的余光看了看他。他多少有点不正常。

"好了，快，吻你。"她说。

"嗯。再见啦。"

她轻触他的脸蛋。若有若无。

"肯定吗，没问题?"

"嗯，嗯，别担心。"

"走啦，明天又是全新的一天。"

她穿着厚底凉鞋，来到汽车旁边，步履蹒跚，手里提着沉甸甸的包。她一直都很苗条。她的胳膊肘有点像干果，腰间的牛仔裤荡来荡去。

安东尼独自待在那里，点燃了一支烟。他想到了老爸，想到了他们的人生。他真的有点后悔，酒已经喝光了。他掏了掏腰包，看还有没有钱，好从下边那群小孩那里买一两听啤酒。但是，他的兜里空空如也。他看了看西斜的日影。很快，天边就燃起火烧云。现在，随身带吉他的那个男孩开始弹复杂的玩意，大概是一首西班牙歌曲。两名女孩打着拍子。随后，有两个人决定下湖游泳。在朋友们的起哄声中，他们脱掉衣服。男孩身形很美，颀长、线条流畅，游泳塑造出雕塑般的身材。他的女友上身非常结实，方头方脑，粗粗的小腿，胸部很平，肩很宽。他们玩了一会儿水，然后一扎猛子游开了。接着，弹吉他的小伙挑衅他们，让他们游过湖去。

"你有病啊，天很快黑啦。"

"一直向前，很容易的。"

"加油!"

"你赌什么?"

"一百法郎。"弹吉他的男孩说。

他们开始往远处游去。其他人都聚集到水边，忙着为他们鼓掌，吹口哨，远远地加油。他们非常兴奋，又异常年轻，他们的两个朋友游得很快，游得很精彩，他们有规律地挥动双臂，多少打破了沉睡的湖面。

安东尼不想看这一切。他跨上铃木，很快就回到省道上。他的手掌重新感受到发动机惊慌的震颤，一种马上要爆炸的感觉，地狱般的声响，尾气的馨香。还有一种柔和的光影，当埃朗日的七月在一声叹息中落下帷幕，在入夜时分，天空轻飘飘的，染上了玫瑰色。一成不变的夏夜印象，林间的暗影，拂面的风，空气中特有的气息，有着少女肌肤质感的熟悉的道路。这是山谷刻在他骨子里的印迹。这种归属感，既可怕，又温馨。

Nicolas Mathieu
**Leurs enfants après eux**

ⓒ **Éditions Actes Sud，France 2018**
Current Chinese translation rights arranged through Divas International，Paris
巴黎迪法国际版权代理

图字： 09‑2019‑185 号

**图书在版编目（CIP）数据**

他们之后的孩子/（法）尼古拉·马修著；龙云译
. —上海：上海译文出版社，2021. 9
书名原文：Leurs enfants après eux
ISBN 978‑7‑5327‑8753‑1

Ⅰ. ①他… Ⅱ. ①尼…②龙… Ⅲ. ①长篇小说一法
国一现代 Ⅳ. ①I565. 45

中国版本图书馆 CIP 数据核字（2021）第 158797 号

| 他们之后的孩子 | Nicolas Mathieu | 出版统筹 赵武平 |
| --- | --- | --- |
| [法]尼古拉·马修 著 | | 责任编辑 李月敏 |
| Leurs enfants après eux | 龙云 译 | 装帧设计 尚燕平 |

上海译文出版社有限公司出版、发行
网址：www. yiwen. com. cn
201101 上海市闵行区号景路 159 弄 B 座
江阴市机关印刷服务有限公司印刷

开本 890×1240 1/32 印张 16.25 插页 5 字数 234,000
2022 年 1 月第 1 版 2022 年 1 月第 1 次印刷

ISBN 978‑7‑5327‑8753‑1/I·5400
定价：89.00 元